BESTSELLER

José María Olmo (Cartagena, 1981) dirige la sección de Investigación de *El Confidencial*. Ha participado en las investigaciones internacionales de los Papeles de Panamá y la Lista Falciani. Destapó el caso del Pequeño Nicolás; el espionaje a Isabel Díaz Ayuso; los negocios de Piqué y Rubiales, y los movimientos bancarios de Juan Carlos I en Suiza, entre otros escándalos. En 2014 recibió el Premio Periodista del Año que otorga la Asociación de la Prensa de Madrid.

David Fernández (Madrid, 1975) es periodista desde el año 2000. Ha trabajado en los diarios *20 Minutos*, *El Confidencial* e *Infobae*, y colaborado en *Tiempo*, *Interviú*, *Mongolia*, *Vozpopuli* y *El Plural*. Pertenece a la Asociación de Periodistas de Investigación (API) y ha escrito otros dos libros: *Los de la ETA han asesinado a tu hijo* y *Gürtel, la trama*.

Para más información, puedes seguir a los autores en sus redes sociales:

✖ @josemariaolmo
✖ @dfernandez1975

JOSÉ MARÍA OLMO
DAVID FERNÁNDEZ

King Corp. El imperio nunca contado de Juan Carlos I

DEBOLS!LLO

Papel certificado por el Forest Stewardship Council®

Primera edición en Debolsillo: noviembre de 2025

Printed in Spain – Impreso en España

ISBN: 978-84-663-9050-7
Depósito legal: B-19.693-2025

Impreso en Black Print CPI Ibérica
Sant Andreu de la Barca (Barcelona)

P 390507

Para Sara, por hacer todo posible.
Y para mis padres, Pedro e Isabel, que siempre creyeron.

José María Olmo

A Diana y Jimena, por su paciencia y comprensión.

David Fernández

ÍNDICE

«Aunque la verdad sea a menudo desagradable, debe contarse».

JOHN FANTE, *SOY UN ESCRITOR VERAZ*, 1936.

ASÍ VIAJÓ LA FORTUNA DE JUAN CARLOS I

⬤ Juan Carlos I

◯ Corinna

Arabia Saudí
En agosto de 2008, el Gobierno saudí regala 65 millones de euros al emérito.

Suiza
El emérito deposita el regalo saudí en una cuenta del banco suizo Mirabaud.

Panamá
Los 65 millones están en una cuenta suiza de la Fundación Lucum, con sede en Panamá.

Suiza
El emérito presta 1.6 millones de euros a Corinna para que compre un chalé en Suiza.

Baréin
En abril de 2010 el rey de Baréin regala 1.9 millones de dólares al emérito, que ingresa en su cuenta suiza.

Kuwait
En noviembre de 2010 el Gobierno de Kuwait paga 4.4 millones de euros a Corinna por trabajos de asesoría.

Bahamas
En junio de 2012, el emérito dona toda su fortuna a Corinna, que la mete en un banco de Bahamas: 65 millones de euros.

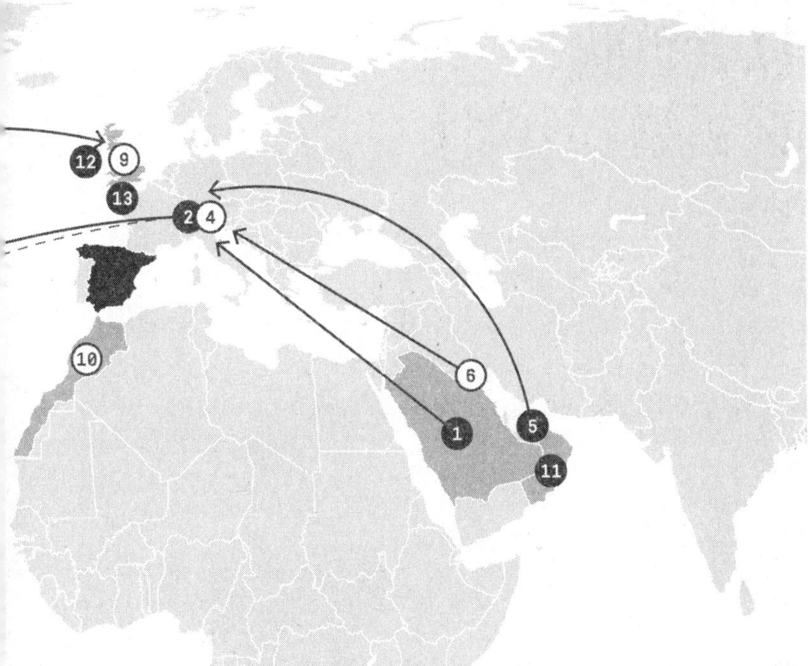

⑧

Nueva York
Corinna mueve 39
millones de euros
a un banco de
Nueva York.

⑨

Reino Unido
Corinna usa 11
millones de dólares
para comprarse una
casa de campo en
Bridgnorth, cerca
de Gales.

⑩

Marruecos
El rey de Marruecos
regala en marzo de
2014 unos terrenos
valorados en 1.7
millones de euros a
Corinna en Marrakech.

⑪

Omán
El sultán de Omán
regala en julio de
2014 un ático en
Londres al emérito
valorado en 62.7
millones de euros.

⑫

Irlanda y México
El empresario Allen
Sanginés-Krause envió
desde Irlanda y
México 1.1 millones
de euros a las
cuentas de un
ayudante de campo del
emérito para sufragar
gastos de la familia
real entre los años
2016 y 2019.

⑬

Isla de Jersey
En marzo de 2004 se
abrió un fideicomiso
en este paraíso
fiscal cuyo
beneficiario era el
emérito. Llegó a
acumular 14.9
millones de euros.

LOS VIAJES
DEL EMÉRITO

Vancouver en
septiembre
de 2017 **8**

12 Connecticut en
mayo de 2018

Los
Ángeles en **2**
diciembre
de 2015

Bahamas en
diciembre
de 2017 **10**

7 Bermudas
en junio
de 2017

República **6** **11** República
Dominicana Dominicana
en febrero en enero
de 2017 de 2018

3 Tahití
en enero
de 2016

Baréin,
Abu Dabi y
Kuwait en
noviembre
de 2017

Baréin y
Emiratos Árabes
Unidos en marzo
de 2016

Abu Dabi en
noviembre
de 2016

Botsuana
en abril
de 2012

ÍNDICE CRONOLÓGICO

Febrero de 2004: Corinna y Juan Carlos I se conocen en una cacería celebrada en la finca La Garganta, en Ciudad Real, el mayor coto de caza de España. Es propiedad de Hugh Richard Louis Grosvenor, duque de Westminster, el aristócrata más rico de Inglaterra.

9 de marzo de 2004: Joaquín Romero Maura, historiador, abre un depósito en el paraíso fiscal de la isla de Jersey, una especie de fideicomiso cuyo beneficiario es Juan Carlos I. Bautizado The JRM 2004 Trust, se fundó con 14.9 millones de euros.

13 de marzo de 2006: El rey presenta a la lobista iraní Shahpari Zanganeh como su «persona de confianza» en una carta dirigida al príncipe saudí Bin Abdulaziz.

8-10 de abril de 2006: Juan Carlos I realiza una visita oficial a Arabia Saudí acompañado de Corinna Larsen y Shahpari Zanganeh y varias empresas españolas.

Mayo de 2006: La relación entre el monarca y Corinna se consolida. La empresaria ayuda a organizar en Barcelona los Premios Laureus, los galardones más importantes del mundo del deporte.

8 de mayo de 2006: Casi tres años después de su constitución, la Fundación Zagatka modifica sus estatutos e incorpora como beneficiarios a Felipe VI y a sus hermanas Cristina y Elena de Borbón.

19 de junio de 2007: El fondo hispano-saudí es presentado en el Palacio de El Pardo por Juan Carlos I y el rey Abdalá durante la primera visita a España de un mandatario saudí desde 1980. Ese mismo mes el rey entregaría el Toisón de Oro al monarca árabe.

16-18 de julio de 2008: Madrid acoge una Conferencia Mundial para el Diálogo Interreligioso, un foro auspiciado por Arabia Saudí. Es una petición de la monarquía árabe que Juan Carlos I ayuda a gestionar para generar un clima de confianza y entendimiento mutuos que espantara el miedo provocado por el terrorismo de Al Qaeda en las naciones del primer mundo.

31 de julio de 2008: Arturo Fasana y Dante Canonica crean la Fundación Lucum en Panamá con el objetivo de ocultar el «regalo» económico que Arabia Saudí ha comunicado que quiere conceder a Juan Carlos I. Se crea en un despacho panameño especializado en entramados opacos.

1 de agosto de 2008: El BOE publica un nuevo Acuerdo General de Cooperación entre el Reino de España y el Reino de Arabia Saudí con el objetivo de «fortalecer la relación existente» entre ambos países.

6 de agosto de 2008: Canonica y Fasana abren en el banco suizo Mirabaud la cuenta 505523 a nombre de la Fundación Lucum.

8 de agosto de 2008: El mismo día que comienzan los Juegos Olímpicos de Pekín, Arabia Saudí transfiere a la cuenta de Lucum 100 millones de dólares, 64.8 millones de euros al cambio de esa época.

12 de enero de 2009: Juan Carlos I, recién cumplidos los setenta y un años, realiza la primera retirada de dinero en efectivo de la cuenta de Lucum: 207 000 euros para «gastos personales».

Enero de 2009: Juan Carlos I pide matrimonio por primera vez a Corinna. Así lo asegura la examante del emérito en una entrevista que concedería años después a la BBC.

18 de febrero de 2009: Corinna compra un chalé de lujo en Villars-sur-Ollon, en los Alpes suizos. Entre mayo y octubre de ese año Juan Carlos I ordenó que se transfirieran 1.5 millones para ayudar a pagar la vivienda.

15 de mayo de 2009: El primo del rey, Álvaro de Orleans, empieza a pagar vuelos en jets privados al monarca, desplazamientos que serán pagados por la Fundación Zagatka, creada el 1 de octubre de 2003 en Liechtenstein. La Fiscalía suiza descubrió que Zagatka pagó más de 8 millones de euros en vuelos privados entre 2009 y 2018.

20 de mayo de 2009: La Policía Nacional detiene a Arturo Fasana en Madrid en el marco del caso Gürtel. En esos momentos el bróker suizo es gestor de la fortuna oculta de Juan Carlos I.

25 de mayo de 2009: La Fundación Zagatka recibe una transferencia por valor de 4 689 930 dólares (unos 3.3 millones de euros al cambio de la época), una comisión por unos supuestos trabajos de asesoramiento en una importante operación inmobiliaria en México. Ese proyecto se convirtió en un resort de lujo del Grupo OHL llamado Ciudad Mayakoba.

7 de abril de 2010: Juan Carlos I se presenta en Ginebra en casa de Arturo Fasana con una maleta con 1.9 millones de dólares en billetes regalados por el rey de Baréin. Juan Carlos I necesitaba que su asesor suizo ingresara los fondos en la cuenta de Lucum.

Noviembre de 2010: Corinna recibe 4.4 millones de euros procedentes del Gobierno kuwaití. Corinna declaró que el dinero correspondía a un pago por labores de asesoría «entre Kuwait y España».

10 de marzo de 2011: Canonica y Fasana formalizan en un acta quiénes son los verdaderos beneficiarios de la Fundación Lucum: «S. M. Juan Carlos I, rey de España (Juan Carlos Alfonso Víctor María de Borbón y Borbón), nacido el 5 de enero de 1938 en Roma, Italia». El segundo beneficiario de la cuenta sería Felipe VI.

Agosto de 2011: Juan Carlos I busca casa en Londres para estar junto a Corinna y da el visto bueno para comprar un dúplex de 6 millones de euros en el número 8 de Upper Belgrave Street. La compra finalmente no se materializa.

Octubre de 2011: Corinna compra su actual residencia en Eaton Square, en el lujoso barrio londinense de Belgravia.

Pagó 5.8 millones de euros por la vivienda e invirtió otros 4.7 millones en reformarla. Juan Carlos le donó 1 595 000 libras (1.91 millones de euros entonces) «a título gratuito» y «sin posibilidad de retorno» para adquirir esta casa.

26 de octubre de 2011: Arabia Saudí adjudica a un consorcio español el mayor contrato en el extranjero nunca concedido a empresas nacionales: el AVE que uniría las ciudades santas de La Meca y Medina, bautizado como «el tren de los peregrinos». El contrato es de 6736 millones de euros.

17 de noviembre de 2011: Juan Carlos I decide donar dos millones de euros procedentes de su cuenta de Lucum a otra examante, Marta Gayá. Finalmente solo le llega un millón.

29 de diciembre de 2011: Iñaki Urdangarin es imputado en el marco del caso Nóos.

8-13 de abril de 2012: El rey viaja con Corinna a Botsuana a cazar elefantes. La noche del 12 al 13 el monarca se tropieza y cae al suelo rompiéndose la cadera. Juan Carlos I debe volar de inmediato a Madrid. Ya el día 13 es ingresado en la clínica San José de Madrid para ser examinado e intervenido. Se había roto la cadera en tres fragmentos.

22 de abril de 2012: Una semana después del accidente, Corinna recibe en su móvil un mensaje de texto de un número no identificado que le comunica que sus «amigos de Madrid» habían contratado una empresa de seguridad para protegerla.

5 de mayo de 2012: El general Sanz Roldán viaja a Londres para entrevistarse con Corinna; le recomienda que no se convirtiera en un dolor de cabeza para los intereses nacionales y le pide que le entregue cualquier prueba o documento relacionado con Juan Carlos I que esté en su poder.

5 de junio de 2012: Juan Carlos I decide transferir a Corinna todo el dinero que tiene en la Fundación Lucum en concepto de donación. El dinero que llega a manos de Corinna suma 52 749 390.84 euros, 3 778 983.89 francos suizos y 14 493 993.26 dólares.

10 de septiembre de 2012: Se disuelve la Fundación Lucum.

Agosto de 2013: Juan Carlos I y Corinna, que habían roto su relación oficialmente a finales de 2010, se encuentran en el condado inglés de Sussex. Él le pide matrimonio por segunda vez y plantea la posibilidad de que ella obtenga el título de su alteza real Corinna de Borbón.

Noviembre de 2013: El rey de Marruecos, Mohamed VI, regala a Corinna un terreno ubicado a las afueras de Marrakech valorado en 1.7 millones de euros. Un año después Corinna relata al comisario Villarejo que Juan Carlos I la había utilizado como pantalla para camuflar esa finca.

Mayo de 2014: Corinna asegura que el rey le volvió a pedir que se casara con él por tercera vez y que el emérito empieza a viajar a la capital inglesa con «más frecuencia» y a decir «falsamente» a amigos y conocidos que ambos habían retomado su relación y «que pronto vivirían juntos en Londres».

19 de junio de 2014: Juan Carlos I abdica y cede el trono a su hijo Felipe VI.

2 de julio de 2014: Omán compra, dos semanas después de que Juan Carlos I renunciara al trono, un ático en Londres para que el monarca se instale allí. Omán pagó por el ático 50 millones de libras, unos 62.7 millones de euros al cambio de la época.

Septiembre de 2014: La revista italiana *Oggi* publica que el emérito ya vivía con Corinna en Londres y que estaba esperando a firmar los papeles de divorcio con Sofía para anunciar públicamente el nombre de su nueva pareja.

16 de septiembre de 2014: Corinna se reúne en Londres con Juan Carlos I y el abogado Dante Canonica. El emérito le exige que la donación de 65 millones de euros que le hizo en 2012 debe ser devuelta o puesta a su disposición. Canonica le dice al monarca que la donación es irrevocable.

4 de noviembre de 2014: Corinna asegura que mantiene una fuerte discusión con Juan Carlos I cuando le deja claro de una vez por todas que nunca volverá con él.

Noviembre de 2014: A partir de ese mes, la Fundación Zagatka dispara el gasto de los vuelos privados del monarca. De los 7 929 118 euros que salieron del balance de Zagatka para costear los viajes de Juan Carlos I, 6 166 250 euros se corresponden con el periodo posterior a su salida del trono.

Noviembre de 2014: Pepe Fanjul, el magnate del sector azucarero íntimo amigo del rey, escribe a Corinna Larsen para contarle que el monarca ha encargado a Allen Sanginés-Krause la gestión de sus finanzas personales.

15 de abril de 2015: Primera reunión entre Corinna Larsen y el comisario Villarejo en Londres

27 de mayo de 2015: Segunda reunión entre Corinna y Villarejo en la casa de la empresaria en Londres. El comisario está grabando las reuniones sin que la empresaria lo sepa.

15 de junio de 2015: Corinna Larsen se reúne por tercera vez en Mónaco con el comisario Villarejo.

7 de octubre de 2016: Cuarta y última reunión entre Corinna y Villarejo en Londres. Para entonces, el CNI ya vigila al comisario.

Diciembre de 2016: Juan Carlos I es invitado a la boda entre el empresario de origen libanés y nacionalidad británica Mo el-Husseiny y la diseñadora inglesa Zoë Onions. El banquete se celebra en el Real Casino de Madrid. El rey regalaría a los novios el ático de Londres que le compró Omán. Luego la pareja vendería la vivienda sospechosamente por 20 millones menos a una empresa radicada en un paraíso fiscal.

17 de febrero de 2017: La justicia condena a Iñaki Urdangarin a más de seis años de prisión por el caso Nóos.

22 de julio de 2017: Juan Carlos I viaja junto a Marta Gayá a Clonmellon, un pequeño pueblo irlandés para visitar el castillo de su amigo Allen Sanginés-Krause. Allí es grabado por una vecina que sube el vídeo a YouTube. Durante ese viaje el rey le pide a su amigo mexicano que le invierta unos 20 millones de euros.

3 de noviembre de 2017: La Policía Nacional detiene al comisario Villarejo en su casa de Boadilla.

Mayo de 2018: La Fundación Zagatka paga el último vuelo a Juan Carlos I. El día 16 de ese mes el emérito partió de Torrejón hacia el aeropuerto internacional Bradley, en Windsor Locks, Connecticut, en la costa este de Estados Unidos.

11 de julio de 2018: Los diarios *El Español* y *Okdiario* publican las grabaciones del comisario Villarejo en las que Corinna Larsen acusa a Juan Carlos I de cobrar comisiones por el contrato del AVE a La Meca, revela que tiene cuentas en Suiza e identifica a Álvaro de Orleans como su fiduciario de cabecera. La Audiencia Nacional abre una pieza separada para investigar el contenido de los audios, pero las pesquisas se archivan en tiempo récord.

6 de agosto de 2018: La Fiscalía suiza abre sus propias diligencias sobre las grabaciones de Corinna y, apenas dos meses después, ya tiene todos los movimientos bancarios de las dos principales fundaciones instrumentales que había usado Juan Carlos I para gestionar su fortuna: Lucum y Zagatka.

16 de septiembre de 2018: Juan Carlos I envía una carta manuscrita a su primo Álvaro de Orleans para comunicarle que a partir de ese momento no usaría más los fondos de Zagatka. El rey ya sabe que el fiscal Yves Bertossa ha abierto diligencias de investigación.

19 de diciembre de 2018: Corinna declara en la sede de la Fiscalía de Ginebra que el dinero que recibió del rey «fue una donación por gratitud, por amor, porque tenía esperanza de recuperarme, no para deshacerse del dinero».

Marzo de 2019: Varios bancos detectan que un coronel del Ejército del Aire jubilado que había servido como ayudante de campo de Juan Carlos I, Nicolás Murga Mendoza, llevaba tres años recibiendo grandes transferencias de dinero desde el extranjero que no se correspondían con ningún tipo de servicio ni operación financiera. Los investigadores descubren que el responsable de las transferencias que llegaban a los depósitos de Murga era el exdirectivo de Goldman Sachs y empresario mexicano Allen de Jesús Sanginés-Krause, íntimo amigo de Juan Carlos I, y que el militar estaba actuando como un simple testaferro. Solo entre 2016 y 2019, Sanginés-Krause pagó a Juan Carlos I y su familia gastos por importe de 1 083 644 euros.

5 de marzo de 2019: Los abogados de Corinna, del despacho estadounidense Kobre & Kim, envían una carta al jefe de la Casa del Rey, Jaime Alfonsín, para pedirle a Felipe VI que ponga fin a la campaña de acoso a la que, según ella, estaba sometiéndola su padre.

15 de marzo de 2019: Último encuentro de Juan Carlos I y Corinna. El emérito viaja a Londres para almorzar con su examante y convencerla de que no siga amenazando con desvelar detalles íntimos de su vida personal y de los negocios que han tenido juntos.

18 de marzo de 2019: Tras esa comida entre el emérito y Corinna, los abogados del despacho Kobre & Kim envían una segunda carta a la Zarzuela que dejaba constancia por escrito de esa reunión e insisten en la necesidad de abrir una vía de negociación con el visto bueno de Felipe VI.

2 de junio de 2019: Juan Carlos I se retira definitivamente de la vida pública.

15 de marzo de 2020: Felipe VI renuncia a la herencia de su padre.

Junio de 2020: Álvaro de Orleans corta todos los lazos societarios con el emérito. Modifica el reglamento de la Fundación Zagatka para retirar a Juan Carlos I su condición de tercer beneficiario. El nuevo texto estableció de manera «irrevocable» que Álvaro de Orleans era el primer beneficiario de los fondos, y su hijo Andrés, el único heredero.

3 de agosto de 2020: Juan Carlos I emite un comunicado para anunciar su marcha de España. Pasaron quince días hasta que la Casa Real confirmó que el antiguo jefe del Estado se había mudado a Abu Dabi.

Octubre de 2020: Una alerta del Servicio de Prevención contra el Blanqueo de Capitales (Sepblac) descubre el fideicomiso abierto en marzo de 2004 en la isla de Jersey. Aquel primer aviso ya apuntó «ciertos indicios de que el propietario último de los fondos podría ser Juan Carlos de Borbón».

Diciembre de 2020: Corinna presenta en Londres una demanda por acoso contra Juan Carlos I.

9 de diciembre de 2020: El emérito realiza una primera regularización ante la Agencia Tributaria. Paga 678 393 euros por los pagos que le hizo durante años su amigo el empresario Allen Sanginés-Krause para gastos personales.

25 de febrero de 2021: Segunda regularización de Juan Carlos I ante Hacienda. Abona 4 416 757.46 euros para evitar un posible delito fiscal por los gastos (principalmente vuelos) que le costeó Zagatka. El rey comenzó a disfrutar de los vuelos en 2009, pero el riesgo se ceñía a los ejercicios no prescritos, de 2014 a 2018.

Diciembre de 2021: La Fiscalía suiza cierra la investigación del fiscal que inició en 2018 con una simple multa al banco Mirabaud. Bertossa no pudo demostrar que los 65 millones de euros pagados por Arabia Saudí fueran algo distinto a una donación al rey Juan Carlos I.

2 de marzo de 2022: La Fiscalía General del Estado anuncia que archiva las tres investigaciones que mantenía abiertas desde hacía casi dos años sobre el patrimonio oculto de Juan Carlos I. La primera, por la famosa transferencia de 65 millones de euros, que se sospechaba podría ser una comisión por el AVE saudí. La segunda, por un dinero descubierto en el paraíso fiscal de Jersey, una pequeña isla en el canal de la Mancha. Y la tercera, por el uso de dinero opaco de Allen Sanginés-Krause para pagar gastos personales de la familia real casi al completo.

Mayo de 2022: Juan Carlos I regresa a España por primera vez desde que se marchó a Abu Dabi. Elige la localidad gallega de Sanxenxo.

1.
LA MISIÓN

Juan Carlos I se levantó ese sábado con la misión de salvar la monarquía. Su legado y el futuro de su hijo Felipe VI dependían de lo que ocurriera en las siguientes doce horas, aunque el antiguo jefe del Estado parecía comportarse desde hacía tiempo como si no le preocupara el destino de la institución que había liderado durante cuarenta años y restaba importancia a sus propios problemas con la justicia.

Aquel 15 de marzo de 2019 tuvo que despertarse temprano, recorrió los cuarenta y cuatro kilómetros que separan el Palacio de la Zarzuela del aeropuerto militar de Torrejón de Ardoz y se subió a un jet privado con el encargo de desactivar la mayor amenaza que se había cernido sobre la Corona en la era democrática. Su caída, desde cotas de popularidad con las que ni siquiera habría soñado cualquier otro mandatario, estaba siendo estrepitosa. Pero el derrumbe amenazaba con descontrolarse y degenerar en algo violento, capaz de arrastrar su herencia política y a sus descendientes.

A mediodía, Juan Carlos I ya había aterrizado en Londres. Soplaba el típico viento húmedo del oeste que anuncia la llegada de la primavera a la capital británica. En la Antigua Grecia llamaban a ese viento Céfiro y los oráculos lo interpretaban como un buen presagio para sus reyes, pero Juan Carlos I no vio en el cielo ninguna señal de optimismo. Sus escoltas lo ayudaron a descender del avión y lo introdujeron en un coche con los cristales tintados.

El emérito había viajado a Londres para reunirse con Corinna Larsen, la aristócrata y empresaria alemana de 1.80, cabello rubio, ojos azules y rostro afilado con la que había compartido casi dos décadas de su vida y estuvo a punto de casarse. El 5 de marzo de 2019, los abogados de Corinna, del despacho estadounidense Kobre & Kim, habían enviado una carta al jefe de la Casa del Rey, Jaime Alfonsín, para pedirle a Felipe VI que pusiera fin a la campaña de acoso a la que, según ella, estaba sometiéndola su padre[1]. En un tono protocolario pero contundente, los abogados de Corinna culparon a la Zarzuela de filtrar las noticias que la implicaron en el caso Nóos, la trama de corrupción por la que fue condenado Iñaki Urdangarin, así como en el cobro de comisiones ilegales por la adjudicación del contrato del AVE a La Meca a un consorcio de compañías españolas en 2011.

Según Corinna, esa supuesta campaña de difamación contra ella había comenzado en 2014 y estaba relacionada con el control de una cantidad millonaria. En 2008, Arabia Saudí había transferido 65 millones de euros a Juan Carlos I en una cuenta secreta del banco Mirabaud que el monarca administraba a través de la Fundación Lucum, una sociedad instrumental panameña.

En 2012, tras el accidente en el safari de Botsuana, Mirabaud pidió al rey que se marchara cuanto antes a otra entidad por temor a que el episodio terminara aflorando la existencia del depósito. La cuenta incumplía toda la normativa suiza contra la prevención del blanqueo de capitales y Mirabaud

---

[1] José María Olmo, «El bufete de Corinna envió la carta que desató el fin de Juan Carlos I e implica a Felipe VI», *El Confidencial*, 16 de marzo de 2020.

se arriesgaba a una sanción millonaria, además de al evidente coste reputacional.

Ante el escaso margen que tenía para reaccionar a la solicitud del banco y la ausencia de alternativas de garantías, el monarca pactó con Corinna la entrega de los 65 millones de euros de la Fundación Lucum, una compañía en la que, además de Juan Carlos I, también figuraba como beneficiario el propio Felipe VI y la siguiente heredera del trono, la infanta Leonor.

El objetivo de Juan Carlos I era que su antigua pareja actuara como su fiduciaria durante unos meses, igual que habían hecho otras personas de su confianza en el pasado. Al menos, hasta que encontrara un lugar seguro en el que alojar definitivamente esa inmensa fortuna.

Corinna aceptó guardar el dinero, pero no de manera provisional. Exigió que la entrega quedara perfectamente protocolarizada como una donación para que nadie pudiera acusarla de blanqueo de capitales o fraude a Hacienda. Juan Carlos I nunca se había caracterizado por su generosidad, pero el accidente de Botsuana había debilitado su posición y atravesaba en esas semanas su primera gran crisis de imagen. El riesgo de que trascendiera la existencia de los fondos era real y podía ensanchar el cataclismo que había provocado el episodio del safari.

El emérito nunca tuvo la más mínima intención de desprenderse para siempre de esos fondos. Aquellos 65 millones de euros le garantizaban una jubilación placentera y estaban destinados también a convertirse en una bolsa de seguridad para Felipe VI y la infanta Leonor, en el caso de que la supervivencia de la monarquía se viera aún más comprometida. Entre la posibilidad de que la sociedad española descubriera la fortuna suiza y el riesgo de perder para siempre los fondos con una donación a Corinna, Juan Carlos I acabó decantándose por esta última opción. No halló ninguna salida mejor que transferirle los 65 millones a su examante en las condiciones que ella misma decidió.

La relación sentimental de Juan Carlos I y Corinna había terminado en 2010, pero las verdaderas diferencias entre ellos surgieron efectivamente cuatro años después por la gestión de esos fondos. Tras su abdicación, el ya exjefe del Estado empezó a tener más dificultades para acceder al resto del dinero opaco que seguía conservando en el extranjero y que tradicionalmente había usado para sufragar sus vuelos privados, el mantenimiento de sus barcos de competición y sus vacaciones en destinos tropicales, entre otras partidas. Además, el mundo empresarial había empezado a darle la espalda y ya no estaba dispuesto a poner a su disposición tanta liquidez como durante su reinado.

En esa tesitura, Juan Carlos I empezó a pedirle a Corinna, a partir del verano de 2014, que pagara en secreto sus gastos personales con los 65 millones de euros que le había donado dos años antes. Era una forma de recuperar poco a poco el patrimonio que había tenido que dejar en manos de su expareja. El jefe de Seguridad del monarca, Vicente García-Mochales, enviaba las facturas del rey a la empresaria para que esta las sufragara.

Al principio, Corinna transigió. Pagó varios de esos gastos por pura cortesía con la persona que le había regalado un depósito millonario. Pero pasado un tiempo, Corinna decidió poner fin a esa operativa. Por un lado, comenzó a temer que las autoridades británicas o españolas descubrieran esos reintegros y la acusaran de estar actuando como cualquier otro testaferro del soberano. Por otro lado, el monarca le había donado los 65 millones de euros de Lucum de forma definitiva y a todos los efectos legales. No había ningún motivo por el que tuviera que seguir costeando sus vuelos o vacaciones.

En la carta remitida por el despacho Kobre & Kim a Zarzuela, Corinna afirmaba que su negativa a seguir pagando los gastos de Juan Carlos I había desatado, a juicio de la empresaria, una campaña de espionaje y hostigamiento que atribuía el rey emérito y al entonces director del Centro Nacional de Inteligencia (CNI), Félix Sanz Roldán, y que incluía episodios como seguimientos ilegales en la capital inglesa, la ciudad en la que vivía desde hacía años, y el registro de una segunda casa en Mónaco para sustraerle documentación relacionada con el monarca.

La misiva del bufete de Corinna desató el pánico en palacio. En marzo de 2019, la opinión pública aún no había oído hablar de Lucum, ni sabía que el rey había usado esa sociedad para controlar 65 millones de euros ni, menos aún, que Felipe VI y la infanta Leonor aparecían en los estatutos de la mercantil como futuros perceptores de los fondos. Habían trascendido las grabaciones del comisario José Manuel Villarejo a Corinna y se conocían algunos detalles del entramado que usaba el rey emérito como pantalla, pero ni siquiera había podido demostrarse que, detrás de los nombres y sociedades que ella mencionaba en esos audios, se escondiera realmente el monarca ni que esa estructura camuflara una fortuna acumulada durante todo su reinado. El daño sería irreversible si Corinna hacía pública la carta de sus abogados o compartía su contenido con otras personas.

La Zarzuela y el CNI acordaron que Juan Carlos I se desplazara inmediatamente a Londres para convencer a Corinna de que no aireara esa información ni ninguna otra a la que hubiera accedido durante sus años de convivencia. El rey tenía que persuadirla de que cualquier filtración también sería perjudicial para ella. Después de todo, por sus cuentas había circulado dinero del monarca. Si un juez abría una investigación por esos hechos en España, Corinna sería una de las primeras imputadas por blanqueo de capitales o cohecho. A cambio, cesarían los seguimientos y vigilancias a los que estaba sometiéndola el CNI. Parecía una buena oferta. Nadie volvería a molestarla ni tampoco le reclamaría de nuevo los 65 millones de euros.

La carta de Kobre & Kim parecía la constatación de que el Estado estaba siendo sometido a un chantaje. Semanas antes de que el documento llegara a palacio, un emisario de Corinna ya había contactado con el entonces embajador de España en Londres, Carlos Bastarreche, y con el secretario de Estado de Comunicación del Gobierno de Pedro Sánchez en esa época, Miguel Ángel Oliver, para intentar establecer un primer canal de comunicación. El objetivo de la examante del rey era el mismo: denunciar el acoso del CNI y buscar una fórmula para desactivar cualquier tipo de investigación penal que pudiera afectarle, especialmente, en lo referente al contrato del AVE a La Meca.

La Zarzuela había sido avisada de esos dos primeros movimientos, pero la misiva que recibió Jaime Alfonsín el 5 de marzo de 2019, con la mención expresa a la donación de los fondos de Lucum y las referencias a Felipe VI y la infanta Leonor, se leyó como la declaración de guerra definitiva. Corinna parecía dispuesta a desvelar la trama financiera de la familia real si no obtenía algún tipo de pago o compensación, aunque los abogados de la aristócrata insistieran en su voluntad de llegar a un acuerdo de no agresión cuanto antes y siempre «de buena fe».

Los servicios de inteligencia concluyeron que Juan Carlos tenía que reunirse con Corinna de manera urgente para tratar de obtener una prueba incuestionable de que su antigua amante solo buscaba una enorme suma de dinero por mantener la boca cerrada. Sanz Roldán estaba convencido de que esa prueba sería el final de los problemas de la monarquía y del conjunto del Estado. A partir de ese momento, cualquier noticia que Corinna o un tercero filtraran sobre las cuentas del rey en Suiza, sus testaferros o sus viajes en aviones privados, podría ser desacreditada mediante la simple difusión de un corte de audio en el que se oyera a la empresaria exigiendo dinero al monarca a cambio de su silencio.

Días antes del viaje a Londres, varios testigos presenciaron una conversación del emérito con Sanz Roldán en la que este consideró imprescindible que la reunión con Corinna quedara grabada. Esas mismas fuentes aseguran que el monarca se mostró de acuerdo.

La fortuna del antiguo monarca seguiría existiendo pero, en la lógica de Sanz Roldán, los medios de comunicación no hablarían de ella para no ser cómplices de un ataque al exjefe del Estado y, por extensión, a España.

Sobre ese mecanismo de autocensura se había edificado el mito de Juan Carlos I. A finales de los setenta, en una democracia tan frágil como la española, caló fácilmente la idea de que investigar al monarca o cuestionar los comportamientos de su esfera privada ponía en riesgo la estabilidad de todo el sistema y abría la puerta a los fantasmas del pasado. Parecía que España solo era viable si se respaldaba enfáticamente al jefe del Estado. Había que tapar los escándalos o, en el mejor de los casos, mirar para otro lado.

Había otra espiral de silencio dando vueltas alrededor de Juan Carlos I sin ese componente patriótico pero igual de efectiva. Los estamentos de la sociedad más próximos a la Corona y, por tanto, con mayor acceso a información comprometedora eran, al mismo tiempo, los más interesados en cultivar la figura del rey y tapar sus secretos.

El prestigio de estadista transformó rápidamente al monarca en un exitoso intermediario. Moverse por sus inmediaciones permitía, tarde o temprano, obtener algún tipo de beneficio económico. A veces, en forma de chivatazo sobre una privatización o una oportunidad de inversión en el extranjero. En otras ocasiones, involucrando al propio rey en las operaciones para garantizar su éxito. Cuanto más cerca estaba alguien del jefe del Estado, más beneficiosa podía resultar su influencia y más motivos encontraba ese individuo para protegerlo.

El dinero se convirtió en el pegamento de una vasta red de intereses recíprocos que proporcionó al monarca el respaldo de las capas más altas de la sociedad. Estas se aseguraron luego de irradiar hacia abajo su aura de demiurgo para que esa visión también se extendiera entre las clases populares. Los ciudadanos de a pie desempeñaban un papel pasivo. Nunca tuvieron un conocimiento directo de quién era o qué hacía el rey de España. No podían mirarlo a la cara ni estrecharle la mano. Lo contemplaban desde la distancia, a través de los ojos de unos pocos privilegiados con acceso ilimitado a la Corona que decidían lo que podía contarse y cuándo.

Los servicios de inteligencia y la Zarzuela conocían los resortes de ese sistema. Los usaron, por ejemplo, con el escándalo de Bárbara Rey a mediados de los ochenta. La élite económica y social de todo el país sabía que el monarca había tenido una relación con la vedette. El CNI llegó a pagarle 500 millones de pesetas de los fondos reservados para que nunca difundiera vídeos de sus encuentros sexuales ni aireara el noviazgo.

En julio de 1997, la propia Bárbara Rey estuvo a punto de contarlo en directo en el programa pionero del corazón en España, *Tómbola*, un espacio que se emitía los viernes por la noche en Canal 9, la televisión pública valenciana. El espacio llegó a anunciar la presencia de la artista pero, en el último instante, se canceló su aparición. La dirección de la cadena recibió una llamada de Madrid con la orden de que se suspendiera su intervención.

El periodista Francesc Arabí cuenta en su libro *Ciudadano Zaplana*[2] que el CNI y el Gobierno de José María Aznar maniobraron posteriormente para conseguir que Bárbara Rey presentara un programa de cocina diario en el mismo canal entre 2000 y 2005, a pesar de que no tenía ni idea de cocinar, no tenía ninguna relación con esa comunidad autónoma ni hablaba valenciano. La artista rentabilizó su silencio. En esos cinco años, se embolsó unos cinco millones de euros por presentar el espacio de cocina. El director del CNI entre 2004 y 2009, Alberto Saiz, confirmó en noviembre de 2021 que el organismo se movilizó para colocar a Bárbara Rey en Canal 9 y tenerla contenta para que no revelara el *affaire*.

El episodio nunca llegó al gran público. Ningún medio se atrevió a contarlo por temor a que la Zarzuela o el CNI lo consideraran cómplice de una extorsión a la Corona o la imagen del rey comenzara a resquebrajarse.

Algo similar ocurrió con el caso KIO en los primeros noventa, la trama de corrupción que se apropió de más de 600 millones de euros invertidos por Kuwait en un conglomerado empresarial español llamado Grupo Torras. Las conexiones del monarca con los financieros Javier de la Rosa y Manuel

---

[2] Francesc Arabí, *Ciudadano Zaplana: La construcción de un régimen corrupto*, Madrid, Foca, 2019.

Prado y Colón de Carvajal, encargados de gestionar los intereses del emirato en España, eran conocidas en los despachos nobles de Madrid, y se hicieron aún más populares cuando los dos industriales cayeron en desgracia. Pero airear los negocios que Juan Carlos I había hecho con ellos o deslizar la sospecha de que el dinero kuwaití había terminado realmente en las cuentas del rey suponía alinearse con las tesis de dos perdedores y poner de nuevo en riesgo la magia del monarca. Nadie quiso colocarse en el bando equivocado.

La última vez que esa estrategia de ocultación funcionó fue con la trama del comisario Villarejo. El CNI logró convencer a decenas de medios, jueces y fiscales de que centraran sus pesquisas en el funcionario jubilado y no en la información que este había acumulado durante las tres décadas en que había ejercido como agente encubierto de la Policía Nacional. Difundir las grabaciones efectuadas por Villarejo a políticos, empresarios e incluso a Corinna equivalía a formar parte de su organización criminal, aunque su archivo guardara casos de corrupción que afectaban a medio IBEX 35 y al hombre que se sentaba en la cúspide del Estado.

Juan Carlos I había usado en otras ocasiones métodos más expeditivos para estrangular la libertad de información. *El Confidencial* comenzó a desvelar en 2012 la relación del rey con Corinna y la participación de esta en operaciones empresariales. Aquellas noticias no sentaron bien al monarca y este recurrió a las mayores compañías del país para tratar de asfixiar al medio que le molestaba.

Para ello utilizó como palanca el Consejo Empresarial para la Competitividad, un foro creado en 2010 por BBVA, Santander, Mercadona, El Corte Inglés, Iberdrola, Caixabank, Ferrovial y Telefónica, entre otros gigantes de la economía nacional, con el fin de promover la imagen de España en el extranjero y pactar las líneas maestras de la inversión publicitaria en los principales medios de comunicación del país. El objetivo último del grupo era asegurarse la difusión de los mensajes que más interesaban a sus miembros. En la práctica, actuaba como un potente cártel publicitario que podía dejar sin ingresos a medios díscolos.

En septiembre de 2013, los directores de comunicación y relaciones institucionales de las compañías del Consejo Empresarial se reunieron en las oficinas de Telefónica, como era costumbre, para discutir una petición cursada por uno de sus antiguos colegas, Javier Ayuso, que había sido director de Comunicación del BBVA hasta 2012 y, desde ese año, ejercía como jefe de Relaciones con los Medios de la Casa Real.

Siguiendo órdenes del rey, Ayuso había solicitado a las corporaciones del Consejo Empresarial que vetaran la inversión publicitaria en *El Confidencial* porque se había convertido en un actor mediático descontrolado. El director de Comunicación del BBVA advirtió a sus colegas de que, igual que había publicado noticias contrarias al discurso oficial de la Casa Real, en el futuro podía atreverse a cuestionar la gestión de cualquier consejo de administración del IBEX.

La propuesta de Ayuso concitó un amplio respaldo entre sus colegas y tuvo efectos en la facturación publicitaria de *El Confidencial*, poniendo en peligro su independencia económica. Sin embargo, algunas empresas acabaron descolgándose de ese acuerdo porque antepusieron sus propios intereses informativos y publicitarios a las vicisitudes que pudiera estar atravesando Juan Carlos I como consecuencia de su comportamiento individual. Esa grieta se hizo cada vez más amplia y los planes de Zarzuela acabaron fracasando. El grueso de los miembros del Consejo Empresarial para la Competitividad volvió a normalizar sus relaciones con *El Confidencial* y el foro se disolvió finalmente en 2017.

Once días después de que Kobre & Kim enviara la carta a Jaime Alfonsín, el coche de don Juan Carlos se detuvo frente a la casa de Corinna, una planta baja de casi 300 metros cuadrados en Eaton Square, una gigantesca plaza alargada en el lujoso barrio de Belgravia, el más caro del Reino Unido y el mismo que escogieron Margaret Thatcher, Mick Jagger y Sean Connery para fijar su residencia. Corinna compró la casa en 2011 por 5.8 millones de euros e invirtió otros 4.7 millones en reformarla.

Un agente del CNI lo acompañó aquel día hasta el interior del inmueble, donde Juan Carlos I había estado decenas de veces. Corinna ordenó que el escolta se quedara en la cocina, junto a dos miembros de su equipo de seguridad, antiguos agentes del Mosad que llevaban tiempo trabajando para ella. En la casa también estaba su hijo Alexander, de diecisiete años.

Tras los primeros saludos de cortesía, el rey, Corinna y Alexander pasaron al comedor. Se sentaron en la mesa principal, con tamaño para ocho comensales: el rey en un extremo, Alexander en el otro y Corinna en un lateral. La empresaria había cocinado pasta, sirvió caviar y descorchó uno de los vinos preferidos por el monarca, un Vega Sicilia Reserva Especial Único, a 460 euros la botella.

En otro contexto, aquella comida se habría desarrollado entre risas y probablemente habría terminado ya entrada la noche, pero Juan Carlos I tenía una misión que cumplir. Reprochó a su expareja el contenido de la carta que habían enviado sus abogados a Jaime Alfonsín y también sus intentos de acercarse al embajador de España en Londres y al secretario de Estado de Comunicación. Le advirtió de que esa estrategia era suicida y que, si acabara filtrándose a la prensa el más mínimo detalle de esa disputa, las consecuencias serían catastróficas. Juan Carlos I le propuso firmar un acuerdo: nadie volvería a molestarla, pero debía ser discreta y olvidar todo lo que sabía sobre sus finanzas.

Corinna se negó a aceptar esa solución. Reprochó al monarca que no hubiera hecho nada para detener el acoso al que estaba sometiéndola el CNI desde hacía años; los perjuicios que habían sufrido sus empresas por las informaciones que la implicaban en el caso Nóos y en el cobro de las comisiones del AVE a La Meca, y que incluso hubiera contado a varios de sus familiares que era una ladrona que le había robado 65 millones de euros.

La empresaria contó en octubre de 2020 a *Okdiario* que le llamó la atención el pin que llevaba el rey en la solapa aquel día. Su tamaño era mayor de lo habitual, no parecía solo decorativo. «Era como una bandera de España —recordó—. Se comportaba de forma muy rara. No hacía más que echarse hacia delante y preguntarme que qué era lo que quería».

El rey reclamó una y otra vez a Corinna que dijera qué quería exactamente. Le pidió que aclarara qué estaba buscando. Pero la lobbista respondió repetidamente que su único objetivo era que concluyeran los ataques que estaba sufriendo y que dejaran de filtrarse a la prensa noticias negativas sobre ella porque podían provocar que sus problemas legales, que habían comenzado meses antes con una investigación de la Fiscalía de Suiza, se extendieran también a España.

Aquellas palabras no comprometían a la empresaria. Juan Carlos I necesitaba alguna frase que dejara claro que estaba siendo víctima de una extorsión. El emérito negó que hubiera dado órdenes a los servicios de inteligencia para hostigarla, exigió a Corinna que dejara a Felipe VI al margen del conflicto y le preguntó de nuevo por qué estaba provocando tanto daño a la monarquía.

Alexander se incorporó en ese momento a la conversación para apoyar a su madre. El joven al que Juan Carlos I regaló un quad cuando solo tenía cuatro años, con el que había pasado casi una decena de navidades, con el que había hecho barbacoas en la casa de La Angorrilla de El Pardo y con el que también había compartido una semana de caza en el delta del Okavango en 2012, elevó la voz y empezó a señalarlo con el dedo índice para reprocharle que su progenitora estuviera pasando por un calvario de insultos, seguimientos y amenazas.

La comida terminó sin pacto ni grabación. Corinna no dijo ninguna palabra que pudiera interpretarse, ni siquiera ligeramente, como un precio para su silencio. Tampoco pronunció ninguna frase que evidenciara la existencia de intereses espurios ni la participación de terceras personas o Estados en ese conflicto. Si el CNI quería convertir aquello en una extorsión, tendría que inventárselo.

El emérito se despidió y se subió de nuevo a su coche para emprender el camino de vuelta a España. Incluso para alguien que llevaba tantos años mostrándose tan alejado del pulso de los acontecimientos como el monarca, era innegable que el resultado de aquella misión había sido un auténtico desastre.

Aquel sábado por la tarde se manifestaron en Madrid más de medio centenar de organizaciones independentistas catalanas para protestar contra el inicio del juicio del Tribunal Supremo contra los líderes del 1-O y reivindicar el derecho a la autodeterminación de Cataluña. El resto de partidos políticos celebraron actos de campaña para las elecciones generales que iban a celebrarse el 28 de abril. El Atlético de Madrid perdió 2-0 en el campo del Athletic de Bilbao y el Real Madrid venció 2-0 al Celta de Vigo en el Bernabéu. El Barça jugaba al día siguiente. España desconocía lo que acababa de ocurrir en Londres y puede que Juan Carlos I también tardara en darse cuenta de la verdadera dimensión de este episodio.

Solo dos días después, el 18 de marzo de 2019, los abogados del despacho Kobre & Kim enviaron una segunda carta a Zarzuela que dejaba constancia por escrito de la reunión con Juan Carlos I. Corinna seguía insistiendo en la necesidad de abrir una vía de negociación que contara con el visto bueno de Felipe VI.

Cuatro meses después, terminó el mandato de Sanz Roldán al frente del CNI. Durante diez años había sido el mayor escudero del monarca, el guardián de su lado más oscuro. El peligro había escalado y el rey emérito se estaba quedando solo.

2.
LA ESTAFA

Juan Carlos I cedió el trono a su hijo Felipe VI el 19 de junio de 2014, pero no descubrió que había dejado de ser el jefe del Estado hasta cuatro años después, cuando se agolparon las malas noticias. Si su hundimiento comenzó con la cacería de Botsuana en abril de 2012, en 2018 se sumergió definitivamente en un laberinto de escándalos financieros y procedimientos judiciales que amenazaban con sentar a un rey en el banquillo por primera vez en la historia de España.

Hasta que comenzaron sus encontronazos con la justicia, el monarca disfrutó de un retiro soberbio. El segundo monarca español más longevo —el primero, Juan II de Castilla, solo le superó por nueve años (1406-1454)— había perdido el cetro antes de que lo enterraran en el Panteón de los Reyes del monasterio de San Lorenzo de El Escorial. Aquella jubilación anticipada había sido humillante y su antiguo poder omnímodo para mover los hilos del sistema se había diluido, pero también se habían esfumado las obligaciones de su agenda y ya no tenía a tanta gente escrutando lo que hacía.

Quizá aquella cadena de escándalos del final de su reinado había sido, además de la constatación de su alejamiento de la realidad, una forma inconsciente de pedir un relevo. Tras la abdicación, solo tuvo que seguir cumpliendo algunos compromisos. Por lo demás, podía exprimir la fortuna que había acumulado durante décadas ejerciendo como el mayor y mejor comisionista de su propio reino.

Atrás quedaban las recepciones soporíferas en la Zarzuela, los largos viajes de Estado y los aburridos actos militares. Ya no era necesario que saludara a los mandatarios extranjeros de visita en España. Desde su abdicación hasta el 2 de junio de 2019, cuando se retiró definitivamente de la vida pública, solo participó en 119 actos oficiales[1], incluyendo eventos deportivos, reuniones de patronatos y asistencias a corridas de toros benéficas. Apenas una aparición cada dos semanas, una media ridícula en comparación con los más de setenta actos que tuvo que presidir en 2012, por ejemplo.

Juan Carlos I había crecido siendo una pieza clave en la partida que disputaron su padre don Juan de Borbón y el general Franco para perfilar el futuro de España. Después, fue él quien tuvo que asumir el mando para tratar de consolidar la democracia. La monarquía parlamentaria no empezó a fluir hasta después del golpe del 23F y, para entonces, tenía cuarenta y tres años, que había pasado haciendo equilibrios entre ideologías y grupos de poder, buscando la aceptación de la comunidad internacional, obedeciendo el estricto protocolo de la jefatura del Estado y escuchando las recomendaciones de sus consejeros y asesores.

No empezó a sentirse liberado hasta mediados de los ochenta. Las escapadas para participar en monterías y acudir a los restaurantes más exclusivos se hicieron cada vez más frecuentes. Ya no le interesaba la aristocracia sobre la que había pivotado el tardofranquismo. La máxima autoridad de

---

[1] Agencia EFE.

la pujante democracia española se echó en los brazos de una nueva élite económica que cambió el diario *Arriba* por el *Financial Times* y convirtió a los yuppies de Wall Street y la City en sus únicos referentes.

El rey se rodeó de los prohombres del pelotazo y se empapó de sus aspiraciones. Mario Conde, Javier de la Rosa, Juan Miguel Villar Mir, Alberto Cortina, Alberto Alcocer, Enrique Sarasola Lerchundi, Javier Monzón, Miguel Corsini, Jaime Castellanos y Juan Abelló, entre otros, pasaron a ocupar su tiempo libre. Sabían cómo ganar dinero y lo gastaban sin contemplaciones. Querían comerse el mundo y no tenían líneas rojas.

Juan Carlos I se entregó a la ola de desinhibición que fascinaba a los barrios ricos de la capital. Pasó a intimar con otras mujeres, a veces, compulsivamente. Bárbara Rey, Marta Gayá, Queca Campillo, Sol Bacharach… Algunos amores duraban años, otros solo una noche. Las relaciones se superponían. Eran tantas y tan habituales que nuevos rumores recorrían continuamente Madrid.

La revista *Hola* publicó en 1987 una portada con un retrato de una grande de España, una duquesa y una condesa. Las tres eran nobles, pero se habían convertido en iconos de la mujer poderosa y liberal, y formaban parte de la vibrante *beautiful people*. La portada parecía una reivindicación de la modernidad, pero también se interpretó como un guiño de *Hola* al monarca porque, en ese momento, se le vinculaba simultáneamente con las tres protagonistas de la portada. El tiempo demostraría luego que aquellas informaciones no iban tan desencaminadas.

Juan Carlos I descubrió pronto dos cosas. La primera era que no tenía que preocuparse por lo que hacía porque nadie se atrevería a contarlo. El mito en torno a su figura seguía creciendo y le protegía prácticamente de cualquier escándalo. Lo que empezaron siendo pequeñas licencias o incursiones por el lado distraído de la alta sociedad acabó convirtiéndose en una forma de vida que ocupaba más tiempo en su agenda que las funciones propias de la jefatura del Estado. Ese reparto de las horas sería cada vez más acusado con el paso de los años.

Lo segundo que averiguó es que le fascinaba el dinero y no había ningún motivo por el que tuviera que ser más pobre que las personas con las que empezaba a codearse, teniendo en cuenta además que, gracias a sus mediaciones ante otros mandatarios, hacía ganar auténticas fortunas a los principales empresarios de España. Juan Carlos I tenía a su disposición a centenares de funcionarios y un inmenso patrimonio, pero ni con los tapices que colgaban de sus palacios ni con los uniformes de la Guardia Real podía pagar un viaje en avión privado, ni comprarse un Lamborghini, ni alojarse en un hotel de cinco estrellas. Cuanto más tiempo pasaba con Mario Conde o Juan Abelló, más le atormentaban sus estrecheces económicas.

Al inicio de los ochenta, su liquidez se limitaba a la asignación de los Presupuestos Generales del Estado, que rondaba los 10 millones de pesetas, unos 60 000 euros al cambio, y al dinero que había heredado de su progenitor.

Don Juan de Borbón vendió en 1972 al Ayuntamiento de San Sebastián el palacio de Miramar, una finca heredada de Alfonso XIII con una de las mejores vistas a la playa de la Concha, por 102 500 000 pesetas (616 037 euros)[2]. En 1977 se deshizo de otro palacio, el de La Magdalena, traspasándoselo al Ayuntamiento de Santander por otros 150 millones de pesetas (901 518 euros).

---

[2] José María Zavala, *El patrimonio de los Borbones*, Madrid, La Esfera de los Libros, 2006.

Al año siguiente, el conde de Barcelona vendió por 60 millones de pesetas a una inmobiliaria la isla de Cortegada, cincuenta y cuatro hectáreas de terreno frente al municipio de Vilagarcía de Arousa. Y en 1988, se desprendió de la que había sido la residencia familiar desde 1948, villa Giralda, el palacete que ocupaba el número 367 de la calle de Inglaterra en Estoril. Se la quedó por 85 millones de escudos, unos 70 millones de pesetas al cambio (420 700 euros), el empresario Klaus Saalfeld, un judío alemán que había llegado a Portugal en 1940 refugiándose de la Segunda Guerra Mundial.

Los 382.5 millones de pesetas (2.3 millones de euros) de esas cuatro operaciones no duraron mucho tiempo en las cuentas de don Juan. En 1987, utilizó parte de los fondos para comprar la vivienda en la que se instalaría tras su vuelta a España, una mansión de dos plantas y 4229 metros cuadrados de parcela en el número 25 de la calle de Guisando de Madrid, dentro de la exclusiva urbanización de Puerta de Hierro. Allí vivió el padre de Juan Carlos I hasta su muerte el 1 de abril de 1993.

Solo una porción de esa herencia llegó al rey emérito, aunque es imposible saber cuánto. El monarca y sus hermanas, las infantas Pilar y Margarita, vendieron el chalé familiar a una inmobiliaria en 2002 por 2.7 millones de euros, pero los hijos de las infantas se llevaron una comisión adicional de 1.2 millones de euros[3], casi la mitad del precio de la casa. Don Juan también conservó hasta su fallecimiento unas oficinas en Gran Vía y un apartamento en Estoril que fueron igualmente traspasados en 2002 por sus descendientes.

[3] Quico Alsedo, «CPV: Parientes del Rey y 1,2 millones de euros sin justificar», *El Mundo* (edición web), 26 de marzo de 2008.

A ese dinero procedente de la venta de inmuebles hay que sumar otros 375 millones de pesetas (2.2 millones) que Juan Carlos I heredó en Suiza[4], el país en el que vivió la familia antes de mudarse a Portugal en los años cuarenta. Don Juan guardó los fondos durante toda su vida en territorio helvético como un depósito de supervivencia, por si la situación de España volvía a torcerse y la familia tenía que afrontar un nuevo destierro. Tras su muerte, su hijo recepcionó los fondos en la cuenta de otro banco suizo.

La suma era importante, en torno a unos 4 millones de euros, pero no suficiente para Juan Carlos I. Solo en 1993, Mario Conde ingresó rentas de Banesto por importe de 154 millones de pesetas (925 000 euros). La riqueza del banquero se tasó en ese momento en hasta 100 000 millones de pesetas[5] (600 millones de euros), equivalente a 666 palacios de La Magdalena. El monarca no solo aspiraba a ese nivel de vida, sino que estaba convencido de que, para un rey de España, era una obligación alcanzarlo.

Sobre esas premisas, comenzó a desplegar a mediados de los ochenta un entramado financiero en el que participaban decenas de empresarios, sociedades *offshore*, bufetes especializados en servicios fiduciarios y cuentas opacas en las principales plazas bancarias. El monarca fue engrasando ese conglomerado con el paso de los años hasta convertirlo en una corporación en la sombra que le garantizaba un suministro inagotable de efectivo, procedente en su mayoría del blanqueo de las comisiones ilegales que cobraba bajo cuerda por sus intermediaciones para distintas compañías nacionales, desde

[4] Ana María Ortiz, «Don Juan dejó una herencia de más de mil millones de pesetas», *El Mundo*, 31 de marzo de 2013.
[5] «El caso Banesto. El secreto de su fortuna personal», *El País* (edición web), 24 de diciembre de 1994.

el Banco Zaragozano al Grupo Torras, pasando por la constructora OHL.

El conglomerado era gigantesco, pero, al contrario de lo que ocurre en una gran compañía, donde todas las divisiones convergen en la cúspide, la red del monarca estaba dividida en compartimentos estancos para asegurarse de que cada uno de ellos funcionaba de forma autónoma, sin compartir información con las otras patas del sistema. Si una de las líneas de negocio se veía afectada por una investigación judicial, la identificación de un testaferro o cualquier otro contratiempo, nunca quedaba expuesto el conjunto de la estructura.

En ese sentido, la corporación privada de Juan Carlos I tenía un funcionamiento parecido al de las células yihadistas, en las que círculos reducidos de individuos efectúan la totalidad de las operaciones terroristas, desde el diseño hasta la propia ejecución del ataque, sin interactuar en ningún momento con otros miembros del grupo. Si una de las células cae, el resto puede seguir actuando como si nada.

La abundante documentación descubierta en Suiza sobre la fortuna privada de Juan Carlos I prueba que, entre 2008 y 2017, llegó a emplear de manera simultánea hasta cuatro vías distintas para nutrirse de fondos de origen opaco, y cada una de ellas funcionaba como si no existieran las otras. Si alguno de esos negocios era descubierto, el monarca solo tenía que dejar caer a los implicados en esa parte del engranaje. Eso hizo con su testaferro Manolo Prado y Colón de Carvajal, por ejemplo, cuando la justicia comenzó a acorralarlo en los años noventa por su implicación en el caso KIO.

A ese esquema de captación y ocultación de comisiones hay que sumar lo difícil que habría sido, durante los primeros cuarenta años de la democracia, que un medio de comunicación se hubiera enfrentado abiertamente a Juan Carlos I desvelando sus negocios personales. Pero, aun en el caso de que alguien hubiera roto ese tabú, el monarca contaba con la ayuda y protección del aparato del Estado y, en especial, de los servicios de inteligencia. Alrededor de dos mil profesionales de la seguridad velaban permanentemente por sus intereses, más de los que soñaría tener en nómina cualquier multinacional estadounidense.

El accidente de Botsuana en abril de 2012 erosionó el mito, pero los partidarios de la Corona siguieron siendo mayoría. Tras el incidente, y pese a la crisis de legitimidad que sufría el conjunto del sistema político en ese momento, el 53 % de los españoles se declaraba partidario de la institución, frente al 37 % que prefería la república, según datos del Centro de Investigaciones Sociológicas (CIS)[6]. Y en los años siguientes empezaron a vislumbrarse algunos signos de que la coronación de Felipe VI estaba actuando como revulsivo. En enero de 2014, la Casa Real disfrutaba de un apoyo popular del 49.9 %, según un sondeo del diario *El Mundo*. En junio de ese mismo año, dos meses después del relevo al frente de la jefatura del Estado, el respaldo social a la institución que expresaba el mismo barómetro había subido al 55.7 %[7].

Incluso después de la abdicación, Juan Carlos I continuó disfrutando de importantes privilegios. Su despacho en la Zarzuela había sido ocupado por Felipe VI, pero pasó a utilizar otro de las mismas dimensiones en el que seguía recibiendo visitas. Era un despacho rectangular de estilo clásico, con biblioteca y muebles de madera de tonos roble. Tenía una mesa de reuniones nada más entrar. Su mesa de trabajo, del

[6] Fernando Garea, «La monarquía, en el peor momento de popularidad», *El País*, 2 de junio de 2014.
[7] Marisa Cruz, «La Corona gana apoyo y el 73 % cree que Felipe VI será buen Rey», *El Mundo*, 9 de junio de 2014.

mismo color marrón claro que el resto del mobiliario, aunque con remates dorados, estaba al fondo a la derecha, con las banderas de España y la Unión Europea en un costado y un gran lienzo de Joan Miró de tonos azules presidiendo la estancia. Completaban la decoración una fotografía con su amigo Torcuato Fernández-Miranda, estratega de la transición y consejero de cámara, que falleció en 1980, cuando Juan Carlos I tenía cuarenta y dos años; un retrato de su hijo Felipe VI y, al lado, un grupo de fotografías de todos sus nietos.

No había ningún ordenador en el nuevo despacho, pero Juan Carlos I tampoco había usado uno nunca. Lo más parecido era su móvil, que siempre guardaba en el bolsillo de su camisa para notar la vibración cuando alguien lo llamaba.

Seguía disponiendo de mayordomos y asesores, un equipo de escolta permanente y la flota de vehículos del Parque Móvil del Estado. Incluso podía seguir volando en los aviones Falcon del Ejército del Aire. Tenía decenas de millones de euros escondidos en el extranjero, la estructura de un país a su servicio y pocos compromisos. Ya solo era un rey emérito, pero vivía mejor de lo que la mayoría de los reyes hubiera imaginado nunca.

En julio de 2017, Juan Carlos I tenía tanto tiempo libre que decidió viajar a Irlanda para pasar unos días en la mansión de un amigo. El industrial mexicano Allen Sanginés-Krause lo invitó a su castillo, emplazado en Clonmellon, un pueblo de 600 habitantes a 75 kilómetros al oeste de Dublín, en plena campiña, rodeado de laderas verdes, rebaños de ovejas y antiguos linderos de piedra medio derruidos, que parecía la antítesis del verano en el puerto deportivo de Palma de Mallorca.

El monarca había conocido a Sanginés-Krause cuando este era responsable del banco estadounidense Goldman Sachs en España, aunque no establecieron un vínculo de confianza hasta después de la abdicación. Corinna ya había hecho negocios en el pasado con el banquero. Juan Carlos I y Sanginés-Krause pertenecían a esferas distintas, pero el rey emérito consideró que el financiero podía resultarle útil después de la abdicación.

Sanginés-Krause nació en México en 1959. Tras cursar sus estudios universitarios en el Instituto Tecnológico Autónomo de Ciudad de México, ingresó en la Universidad de Harvard, donde se doctoró en Economía en 1987. Después, empezó una larga carrera en el mundo de la banca de inversión que le llevó a codearse con magnates de casi todos los continentes y a sentarse en los consejos de administración de fondos soberanos y compañías de telecomunicaciones.

Sanginés-Krause también tenía otras inquietudes. Ocupaba un asiento en el organismo que gestiona los principales castillos del Reino Unido, entre ellos, la Torre de Londres y Kensington Palace; formaba parte del consejo de antiguos alumnos de Harvard; era miembro fundador de la Fundación Europea para la Cetrería y hablaba seis idiomas, entre ellos, ruso y alemán. Aunque Sanginés-Krause había ganado mucho dinero en la banca, su riqueza era muy inferior a las de Juan Abelló, Juan Miguel Villar, las hermanas Koplowitz o la familia Botín, algunos de los empresarios que formaron parte hasta 2014 del selecto círculo de confianza de la Zarzuela. Pero el mexicano conocía bien el funcionamiento del sistema bancario y ese aspecto despertó el interés de Juan Carlos I.

Tras la renuncia al trono, el rey emérito tomó la decisión de fijar su nueva residencia en Londres y rodearse de una nueva corte. Quería empezar de cero y tejer otra red de contactos, una que nadie pudiera controlar desde Madrid. Para montarla, necesitaba un gestor financiero. Sanginés-Krause emergió como el mejor de los que tenía a su alcance, la persona idónea para actuar de puente entre su pasado y su futuro. En 2014, el rey Juan Carlos tenía fundaciones y testaferros con millones de euros en diferentes bancos y países. El banquero mexicano sabría gestionarlos.

El viaje a Irlanda era una oportunidad para hablar de negocios. Sanginés-Krause había comprado el castillo en 1999. Una operación de ese tipo solo es asumible en España para grandes fortunas, pero en ese país pueden encontrarse ejemplares del siglo XVIII por 500 000 euros. El industrial se fijó en el de Killua, construido en 1780 sobre una ligera elevación del terreno. El edificio fue ampliado posteriormente en varias ocasiones con la incorporación de nuevas torres y remates que le confirieron su definitivo estilo gótico. Había sido habitado por última vez en 1930 y se encontraba en un pésimo estado de conservación. Sanginés-Krause encargó una reforma ambiciosa: se cambiaron las vigas de madera, todas las ventanas y los adoquines del sótano, se instaló suelo radiante en todas las plantas, se levantó un puente peatonal y se restauró un parque y un lago cercano, como explica la empresa contratista, Powderly Construction.

Cuando terminaron las obras, Sanginés-Krause ordenó remozar también la vecina iglesia de San Juan Bautista, situada en medio del diminuto casco urbano de Clonmellon. El templo era de la misma época que el castillo. En 1990 fue desacralizado y vendido junto a terrenos circundantes. El exbanquero mexicano lo adquirió después de casi una década de abandono y mandó arreglar los tejados de pizarra y la fachada de piedra para devolverle su aspecto original.

La reforma de la iglesia concluyó en 2017, y el 22 de julio de ese año, Sanginés-Krause decidió organizar una pequeña celebración para que todos los vecinos del pueblo pudieran comprobar el resultado de la reforma. El mecenas dirigió unas breves palabras a los asistentes y anunció que pronto llegaría un invitado importante. Minutos después, apareció en escena Juan Carlos I acompañado de una mujer. Los vecinos de Clonmellon se quedaron boquiabiertos. No podían creerse que el antiguo rey de España estuviera allí con ellos.

Una granjera de la zona, Marian Tighe, grabó la secuencia y la subió a YouTube. El vídeo, de 1:54 minutos, grabado en el interior del templo, arranca con los aplausos que le dedicaron los asistentes al rey emérito cuando descubrieron su presencia. Unos dos centenares de personas contemplaron la escena. En un lado, Juan Carlos I, con traje oscuro, chaleco fino debajo de la chaqueta y sin corbata, apoyado en un discreto bastón negro. En el otro extremo se ve a Sanginés-Krause con la falda o kilt irlandés, el atuendo de la cultura local reservado para las grandes ocasiones, pronunciando un discurso de agradecimiento a los vecinos y al monarca.

El diario más leído de Irlanda, el *Irish Independent*, entrevistó días más tarde a Tighe[8], la reportera improvisada. «En realidad, fui allí para ver el edificio y los terrenos. Fue una recepción encantadora. Sanginés-Krause dijo que estaba presente un invitado muy especial, convencido de que no teníamos ni idea de quién era», contó Tighe. «Hacia el final del evento, presentó al exrey de España para sorpresa y deleite de todos los presentes y fue aplaudido. Era un caballero y estaba feliz de posar para las fotografías. Así que

<hr>

[8] Jane Last, «How former king of Spain and his friend turned Irish village into internet sensation», *Independent.ie*, 19 de agosto de 2017.

tomé algunas fotografías y vídeos. Puse el vídeo en YouTube, obtuvo unos cientos de visitas y me encantó. Luego reedité el vídeo y cambié el titular diciendo que el rey Juan Carlos estaba en él. Lo siguiente que ocurrió fue que las vistas se dispararon a 99 000».

Los ecos de la escena llegaron rápidamente a los medios españoles. Los ojos de la prensa no se posaron en el rey emérito ni en su nuevo amigo, sino en la mujer que acompañaba al monarca, una señora de unos sesenta años, alta, morena y con el pelo largo. Vestía una gabardina negra y un fular de colores pastel. El gran público nunca la hubiera reconocido, pero la prensa del corazón no tardó en identificarla. Era Marta Gayá, una antigua amante del rey. Juan Carlos I se sentía tan liberado tras la abdicación que ya no le importaba aparecer en compañía de una mujer que no fuera la reina Sofía. Aquella fue la primera vez que lo hacía ante desconocidos o la primera vez que no le preocupó que trascendiera.

Para entonces, los españoles ya habían empezado a asumir que su matrimonio con Sofía de Grecia era un mero formalismo, y su relación con Corinna Larsen ya había ocupado, sobre todo tras el episodio de Botsuana, centenares de páginas y minutos en los medios de comunicación.

Juan Carlos y Sofía vivían en la Zarzuela, pero cada uno ocupaba un ala distinta de la zona residencial. El paso de unas dependencias a otras estaba bloqueado por una puerta con llave. Su relación había terminado cuando Felipe VI tenía cinco años. Hacía años que no compartían ni un solo minuto de su tiempo privado. Era una evidencia cotidiana para los 300 trabajadores que pasaban diariamente por las instalaciones del palacio.

Sofía tenía aficiones y amistades muy distintas a las del rey Juan Carlos y la brecha se ahondó tras su separación. Su hermana Irene se convirtió en su gran compañera. La hija menor de los reyes Pablo I y Federica de Grecia, nacida en 1942, nunca estuvo casada ni tuvo hijos y siempre fue una apasionada de la música clásica, la pintura y la historia, como su hermana Sofía, cuatro años mayor. Juntas hacían escapadas recurrentes a Viena e Italia para asistir a conciertos. También realizaron viajes culturales de varios días por Egipto y Turquía.

A muchos de estos viajes las acompañó su primo hermano Miguel I de Rumanía, fallecido en 2017 a los noventa años, por quien la reina Sofía sentía una profunda admiración. Para Juan Carlos I, Irene de Grecia y Miguel I de Rumanía solo formaban parte de su familia política.

El viaje a Turquía fue sufragado por los mejores amigos de la reina, el matrimonio formado por el cardiólogo Jean Henri Fruchaud (1937) y la aristócrata y bacterióloga Tatiana Radziwill (1939), perteneciente a uno de los linajes más ricos de la nobleza polaco-lituana y pariente lejana de Sofía. Aunque Tatiana no aspira a ningún trono, tiene tratamiento de Su Alteza Serenísima (S. A. S.). Habla cinco idiomas y toca el piano. Ella y su marido tienen nacionalidad francesa, viven en París y son poco conocidos, aunque ocupan un hueco destacado en la biografía de la reina Sofía desde hace décadas. Tatiana fue dama de honor en su boda con Juan Carlos I y son inseparables. La reina los invita todos los veranos a pasar unos días en el Palacio de Marivent. Es frecuente verlos paseando juntos por Palma de Mallorca o navegando por las aguas de la isla a bordo de algún yate.

No todo era cultura en la vida de la reina Sofía. También le gustaba ir de compras con su hermana Irene, especialmente cuando se acercaban las fechas navideñas. Uno de sus destinos más frecuentes era Londres. Se hospedaban en el hotel de cinco estrellas Claridge del exclusivo barrio de Mayfair, uno de los más caros de la ciudad, en el que una habitación normal supera los 500 euros por noche y la suite del ático llega a 6000 euros. El alojamiento y las compras se pagaban con una tarjeta de la Casa Real. Los gastos en los que incurría el personal de seguridad que la acompañaba eran asumidos por el Ministerio del Interior.

También hizo viajes parecidos a Nueva York. La reina y su hermana siempre se desplazaban en vuelos comerciales. Para evitar que las reconocieran, entraban al avión cuando todos los pasajeros ya habían embarcado y se sentaban en las primeras filas. Cuando llegaban al destino, eran las primeras en salir.

La reina no buscaba las firmas y boutiques más exclusivas, sino los establecimientos y los centros comerciales a los que acudía la clase media y que en España no podía frecuentar sin ser rápidamente reconocida. Es posible que, mientras el rey estaba de viaje en Irlanda con su amante, Sofía e Irene estuvieran viendo las últimas novedades de algún Zara europeo.

Las interioridades de aquella vida separada fueron ocultadas a los españoles durante décadas por la Casa Real con la ayuda de decenas de autoridades, funcionarios, consejeros y periodistas. Solo unos pocos conocían el gran secreto de los Borbones. Pero, en 2017, el rey emérito se sentía tan maltratado por su entorno que dejó de preocuparse por algo tan sagrado para una monarquía como son las apariencias.

El nombre de Marta Gayá ya había salido en el pasado. El rey la conoció en Mallorca. Hija del hotelero mallorquín Fernando Gayá y decoradora de profesión, se divorció en los setenta, solo tres años después de casarse. A finales de los ochenta, empezó a acudir con sus amigos al Sporting Club de tenis de Palma y entró en contacto con el círculo de la jet set que frecuentaba Juan Carlos I en sus estancias estivales en el Palacio de Marivent. El noviazgo se prolongó durante años. El rey llegó a confesar a su entorno que estaba tan enamorado de su nueva pareja que estaba dispuesto a oficializar su ruptura con Sofía y casarse por segunda vez, pero la relación nunca fue confirmada y aquellas palabras no trascendieron.

Gayá nunca hizo declaraciones a la prensa. Se comportó con la discreción que el monarca exigía a sus amantes. No así el propio monarca, que empezó a ausentarse continuamente de Madrid para mantener encuentros furtivos con ella en Mallorca, Suiza y Francia. La aventura amorosa se convirtió en un problema de Estado hasta el punto de que el Gobierno de Felipe González fue interpelado en 1992 en el Parlamento sobre las escapadas del monarca. Juan Carlos I acabó cediendo a las presiones de su entorno para que redujera los contactos y volviera a centrar su atención en la convulsa actualidad nacional de aquel año, con su agenda repleta de compromisos por la celebración de los Juegos Olímpicos de Barcelona y la Expo de Sevilla.

Veinticinco años después y superada ya su relación con Corinna, Juan Carlos I decidió refugiarse en su antigua amante y pasar unos días con ella en Irlanda. Allí les esperaban Sanginés-Krause y su mujer, Lorena, fotógrafa de profesión. La inauguración de la iglesia solo duró una hora. El resto del tiempo recorrieron la zona y disfrutaron de las tres plantas del castillo y sus jardines amurallados.

Juan Carlos I y su nuevo asesor económico pasaron muchas horas hablando de dinero e inversiones. El antiguo banquero es socio y directivo del fondo inmobiliario BK Partners, un conglomerado con una cartera de activos que superaba en ese momento los 2200 millones de euros. Uno de los vehículos financieros que gestionaba, RLH Properties, acababa de cerrar en abril de 2017 la compra del 51 % de un complejo turístico en el Caribe con varios hoteles de lujo y campos de golf de la constructora española OHL[9], propiedad de Juan Miguel Villar Mir, uno de los amigos más estrechos del rey y también uno de sus principales financiadores. El primo del monarca, Álvaro de Orleans Borbón, cobró 4.6 millones de euros en 2009 por intermediar precisamente en el desarrollo urbanístico de los terrenos que terminaron ocupando los hoteles y campos de golf de ese resort. Ese pago y otros similares se convertirán en uno de los mayores problemas de Juan Carlos I con la justicia.

En 2017 todavía no hay ningún motivo que le inquiete. Su fortuna privada está a salvo y Sanginés-Krause inyecta más dinero en su caja B por una nueva vía: al menos desde 2015, el empresario mexicano transfiere fondos al rey a través de uno de sus ayudantes de campo en la Zarzuela, el coronel del Ejército del Aire Nicolás Murga. El dinero llega a una cuenta del militar en Ibercaja y desde ahí sale para pagar facturas privadas del rey y su familia. Las infantas Elena y Cristina y los hijos de estas usan esos fondos durante años para comprar caballos, pagar viajes y sufragar hasta desplazamientos por Madrid en Uber.

Juan Carlos I tiene otros asuntos que tratar con Sanginés-Krause. La fortuna que guarda en el exterior está en continuo movimiento. El detalle de sus cuentas revela operaciones con divisas e inversiones en instrumentos bancarios de hasta una decena de entidades diferentes. Los gestores y testaferros

---

[9] José María Olmo y Beatriz Parera, «Juan Carlos I cobró 4,6 M en Suiza por un resort en Riviera Maya de Sanginés-Krause», *El Confidencial*, 5 de noviembre de 2020.

del monarca tienen orden de invertir el dinero en acciones de grandes compañías, bonos, fondos de inversión, sicavs y cualquier otro producto que genere rentabilidades extraordinarias.

Ese verano de 2017, el rey le cuenta a Sanginés-Krause que acaba de recibir una cantidad importante de dinero —diversos testimonios de su entorno más próximo cuantifican el importe en unos 20 millones de euros— y que pretende colocarlo en una estructura *offshore* distinta de las que ya usa para diversificar riesgos y obtener nuevas plusvalías. El banquero mexicano se ofrece a invertir ese nuevo dinero y a aumentar su valor sin que nadie descubra quién es su auténtico propietario.

La propuesta satisface al monarca. Lleva desde 2015 recibiendo pequeñas partidas para gastos del antiguo directivo de Goldman Sachs y, aunque sigue disfrutando de los privilegios de la Zarzuela, su capacidad de seleccionar a nuevos testaferros y diseñar redes instrumentales se ha visto mermada de forma significativa por su caída en desgracia. Tiene ya setenta y nueve años.

El encargo está a la altura del currículum de Sanginés-Krause, que ha trabajado para una entidad de la envergadura de Goldman Sachs durante veinticinco años y conoce los entresijos del sistema bancario internacional. Ha sido responsable de la entidad para México, Latinoamérica, Rusia y España y ha pasado por otras divisiones del banco. Además, ha sido presidente del consejo de administración de una compañía telefónica especializada en mercados emergentes, y ha ocupado un asiento en el máximo órgano directivo del grupo sueco de inversión propietario de la plataforma de venta online de ropa Zalando, Kinnevik AB.

Su trayectoria también tiene un reverso tenebroso que lo hace aún más idóneo para este encargo. Su nombre apareció en los llamados Paradise Papers[10], una investigación periodística similar a los papeles de Panamá, liderada por el Consorcio Internacional de Periodistas de Investigación (ICIJ) y el semanario alemán *Süddeutsche Zeitung*, que accedió a 13.4 millones de documentos secretos de proveedores de servicios *offshore* de Bermudas y Singapur y registros mercantiles de otras diecinueve jurisdicciones.

La investigación reveló que Sanginés-Krause era accionista y administrador de una sociedad con domicilio en Malta, con ramificaciones en Luxemburgo, Países Bajos y México. Se llamaba Rasa Land Investors y le servía para controlar 1500 hectáreas de terreno distribuidas en trece kilómetros de costa virgen del estado mexicano de Jalisco. En la sociedad también participaban fondos estadounidenses y hasta veinticinco fortunas españolas, como la familia vasca Delclaux, el industrial Jaime Castellano y la que fue mujer del editor Jesús Polanco, Mari Luz Barreiros. Los activos de Rasa Land Investors estaban valorados en el año 2017 en 267 millones de euros.

Si Juan Carlos I necesita encontrar una grieta en el sistema para introducir unos 20 millones de euros de origen opaco sin que salten las alarmas de los organismos contra el lavado de capitales, Sanginés-Krause es el mejor profesional a su alcance para hacerlo. El trato se cierra paseando por los dominios del castillo de Irlanda. El rey ha encontrado una salida para unos fondos que le quemaban en las manos.

A finales de ese mismo verano, Juan Carlos I y Marta Gayá viajan con el matrimonio Sanginés-Krause a las islas griegas.

---

[10] Ana Sánchez Juárez, «El millonario que acogió a Marta Gayá y al Emérito este verano, en los Paradise Papers», *El Confidencial*, 15 de noviembre de 2017.

Durante varios meses, las transferencias del banquero siguen llegando a la cuenta que tiene el ayudante de campo del monarca en Ibercaja y, desde ahí, son transferidas a la Zarzuela para pagar todo tipo de gastos, algunos de ellos obscenamente menores. La relación del rey con su amigo mexicano es más intensa que nunca.

La situación da un giro inesperado en la primavera de 2018. En una de sus habituales conversaciones con Sanginés-Krause, el rey pregunta por la evolución de los 20 millones de euros que le ha confiado. Ha transcurrido casi un año desde que le entregó el dinero y no ha recibido ninguna noticia. A Juan Carlos I siempre le ha gustado hacer un seguimiento exhaustivo de su cartera. Sus testaferros de cabecera, el abogado Dante Canonica y el gestor Arturo Fasana, se desplazaron durante años desde Suiza a la Zarzuela para comentar directamente con el monarca el comportamiento de sus negocios opacos y recibir instrucciones[11].

La respuesta de Sanginés-Krause provoca estupor a Juan Carlos I. El inversor mexicano le cuenta que la inversión ha sido un desastre. El dinero se ha esfumado y no puede hacer nada para recuperarlo. No hay forma de deshacer la inversión y reintegrarle los fondos.

El rey recibe esas palabras como un puñetazo en la nariz, la misma que se ha señalado centenares de veces para subrayar el olfato que siempre ha tenido para la política y los negocios.

La sorpresa inicial da paso a la ira. ¿Cómo es posible que se haya perdido el dinero? Aun en el caso de que la inversión hubiera sido desastrosa, es altamente improbable, casi imposible, que desaparezcan los 20 millones de euros por completo,

---

[11] José María Olmo, «Juan Carlos I metió en España miles de euros en billetes por los controles de Barajas», *El Confidencial*, 14 de septiembre de 2020 (actualizado el 29 de abril de 2021).

menos aun teniendo en cuenta la supuesta pericia de Sanginés-Krause como gestor.

Las explicaciones del financiero mexicano no convencen al antiguo jefe del Estado. Sus palabras suenan a excusas. El rey le exige la restitución inmediata de su dinero, pero su nuevo gestor insiste en que eso ya no es posible.

Aquella situación desconcierta a Juan Carlos I. Tiene la sensación de estar recorriendo un camino por el que no ha transitado antes. Nadie se hubiera atrevido en el pasado a engañarle de una forma tan burda e interpreta el episodio como el signo irreversible de su decadencia, como la grieta que amenaza la estabilidad de un coloso.

Una anécdota apócrifa del franquismo relata que los ministros de la dictadura se dieron cuenta de que el régimen se acercaba a su final cuando la próstata de Franco dejó de aguantar las cuatro horas que solían prolongarse sus consejos de ministros. El declive del rey emérito empezó cuando comprobó que le habían levantado 20 millones de euros en su cara.

Aquel signo de flaqueza era quizá el resultado de otros comportamientos o un anticipo de lo que llegaría luego. Como resume el periodista José Antonio Zarzalejos en su libro *Felipe VI, un rey en la adversidad*, «estamos ante un monarca que en la senectud perdió quizá las referencias de la realidad, se desnortó, y al hacerlo, continuó con ese reiterado destino de sus antepasados en los que, sobre la dignidad de su cargo, se impusieron las pulsiones de los hombres y mujeres vulgares: la avaricia, la promiscuidad y la prepotencia»[12].

La información que le llega desde Irlanda sume a Juan Carlos I en la estupefacción. Está decidido a demandar por estafa

[12] Zarzalejos, J. A., *Felipe VI, un rey en la adversidad*, Barcelona, Planeta, 2022.

a Sanginés-Krause, pero antes quiere conocer la opinión de varias personas de su círculo de confianza. Sus activos son casi una proyección de su cuerpo. Nunca ha sido generoso con el dinero. El histórico abogado Ramón Hermosilla, defensor del general Armada en el juicio del 23F y abogado en los casos Matesa, Rumasa, Cartera Central, Banesto e Ibercorp, entre otros, trabajó en la sombra para Juan Carlos I durante décadas. Pero lo único que Hermosilla recibió del monarca como pago después de tantos años a su entera disposición fue una teba, la típica chaqueta de lana de color verde oscuro con botones marrones. La mera posibilidad de perder los 20 millones le pone furioso, se siente insultado y vulnerable.

Pese al enfado, su entorno lo convence para que no acuda a los tribunales. Sería imposible ganar el caso porque no tiene ningún contrato ni documento que acredite la entrega del dinero. Además, oficialmente, no dispone de más activos que las rentas que recibe de los Presupuestos Generales del Estado, que en 2018 ascienden a 194 232 euros. Juan Carlos I habría necesitado la asignación presupuestaria íntegra de 103 años para reunir esos 20 millones de euros. Exigir la devolución implica admitir en un tribunal la existencia de un patrimonio del que, en ese momento, no ha trascendido ninguna noticia.

Juan Carlos I ha entrado en un callejón sin salida, pero, en las semanas siguientes, descubrirá que tiene problemas aún más graves. En julio de 2018, *El Español*[13] y *Okdiario*[14] publican las grabaciones del comisario Villarejo en las que Corinna Larsen lo acusa de cobrar comisiones por el contrato

---

[13] Daniel Montero, «Las cintas en las que Corinna desveló que Juan Carlos I la usaba como testaferro: "No porque me quiera mucho, sino porque resido en Mónaco"», *El Español*, 11 de julio de 2018.
[14] «Escucha todos los audios de Corinna sobre el Rey Juan Carlos», *Okdiario*, 12 de julio de 2018 (actualizado el 8 de junio de 2020).

del AVE a La Meca, revela que tiene cuentas en Suiza e identifica a Álvaro de Orleans como su fiduciario de cabecera. La Audiencia Nacional abre una pieza separada para investigar el contenido de los audios. Aunque las pesquisas se archivan en tiempo récord con la ayuda de la Fiscalía Anticorrupción, que inexplicablemente no aprecia nada extraño en el contenido de las grabaciones, un fiscal del cantón de Ginebra, Yves Bertossa, inicia ese mismo verano sus propias diligencias para averiguar si Juan Carlos I ha lavado dinero de origen ilícito en territorio helvético. Nada detendrá ya su caída.

3.
UN ÁTICO DE LUJO EN LONDRES

Los problemas financieros de Juan Carlos I con Allen Sanginés-Krause tienen su origen en otra isla del Reino Unido. En el lado sur de Hyde Park, muy cerca de la estación de metro de Knightsbridge, en medio de uno de los barrios más elitistas de Londres, está el número 5 de Princes Gate. Un edificio nuevo, de seis plantas, en tonos anodinos, que no llama la atención de los viandantes, pero que forma parte de la realidad paralela que fue tejiendo Juan Carlos I durante años, al margen de sus obligaciones, su cargo y su familia.

El bloque fue adquirido en 2010 por el prestigioso promotor y diseñador británico Mike Spink, quien un año después vendería a un multimillonario ruso, el banquero Andrey Borodin, la casa más cara en la historia del Reino Unido: un palacio a sesenta kilómetros al oeste de Londres por 164 millones de euros.

Construido inicialmente como edificio de oficinas, Spink convirtió el número 5 de Princes Gate en una lujosa promoción de viviendas que no desentonaría en un barrio como Knightsbridge, plagado de mansiones y embajadas y a solo unos metros de distancia de los famosos almacenes Harrods y el Royal Albert Hall, la mítica sala de conciertos; y con vecinos como Bernie Ecclestone, el patrón de la Fórmula 1; el jeque Hamad Bin Jassim de Qatar; el hombre más rico de Kazajistán, Vladimir Kim, y la cantante Kylie Minogue.

Para comprender bien esta historia hay que viajar antes a Oriente Medio y al año 2014.

El 29 de abril de ese año, el monarca llega con sensaciones agridulces al Aeropuerto Internacional de Seeb de Mascate, en el sultanato de Omán. Es su último viaje oficial antes de comunicar a la opinión pública española que en junio de ese año abdicará en favor de su hijo.

Esta última gira, bautizada como «misión arábiga» por el Gobierno y como la «ruta del dátil» por la Zarzuela, le llevará a cinco de los seis países que forman el Consejo de Cooperación del Golfo Pérsico: Arabia Saudí, Kuwait, Baréin, Emiratos Árabes Unidos y Omán. El desplazamiento a Qatar, el sexto del grupo, estaba en la agenda, pero finalmente se suspende. Es el rey quien decide visitar estos países como colofón a su reinado. Podría haber elegido como viaje de despedida una ruta por países de Suramérica, más ligados históricamente a España. Pero el monarca está pensando en su jubilación: ninguna región le ha dado tantas alegrías como Oriente Medio.

La Unión Europea considera a Omán un paraíso fiscal. Apenas llega a los 4.6 millones de habitantes, pero siempre ha jugado un papel internacional relevante por su estratégica posición en el estrecho de Ormuz, la puerta marítima del golfo Pérsico, y por sus ricas reservas en petróleo. Es un Estado singular en el complicado ecosistema de la zona: disfruta de una estrecha relación política y comercial con Irán y, al mismo tiempo, mantiene una relación fluida con Israel, EE. UU. y el Reino Unido. Además, es el único país del mundo con mayoría de fieles del credo ibadí, una rama del islam que no se adscribe ni al sunismo ni al chiismo. Los ibadíes predican la hermandad de todos los musulmanes y consideran que no debe haber divisiones entre ellos, por lo que abogan por la neutralidad y el diálogo ante cualquier conflicto. En política exterior, Omán destaca por ser un actor no interventor, neutral respecto a los conflictos de la región.

Juan Carlos I es recibido en Omán con todos los honores por el sultán Qaboos Bin Said al-Said, en el trono desde 1970 y enfermo de cáncer en ese momento. A pesar de que Omán no ha estado nunca entre los destinos favoritos de Juan Carlos I (solo dos viajes oficiales y alguno que otro privado), su relación con Qaboos es buena. En 1985 el monarca consiguió que el Gobierno español concediera al entonces joven sultán omaní el Collar de la Orden de Isabel la Católica[1].

Qaboos Bin Said al-Said llegó al poder en 1970 tras dar un golpe de Estado contra su propio padre, Said Bin Taimur, que entonces gobernaba un país sumido en el caos, que combatía una revuelta separatista de carácter marxista-leninista apoyada por China, y que sufría una legislación autoritaria que, por ejemplo, prohibía fumar en público o hablar con alguien más de quince minutos. La esclavitud seguía estando permitida.

Qaboos padecería las consecuencias de ese régimen de terror. Cuando finalizó su educación en Inglaterra y regresó a Omán, su padre lo condenó a arresto domiciliario para que se dedicara a la lectura del Corán. Durante su encierro, su madre le facilitaba a escondidas una radio y prensa británica, que le permitían seguir la actualidad y el conflicto armado que vivía su propio país. Hasta que en 1970 se hartó y decidió derrocar a su padre apoyado por agentes británicos.

---

[1] Real Decreto 2335/1985, de 13 de diciembre, por el que se concede el Collar de la Orden de Isabel la Católica a Su Majestad el Sultán Qaboos Bin Said al-Said, Sultán de Omán, BOE núm. 300, de 16 de diciembre de 1985.

Ya en el poder, Qaboos promovió cierta apertura política y empezó a asumir un papel de mediador en conflictos internacionales. «Amigo de todos, enemigo de nadie», solía decir. De puertas para adentro, repartió cuotas de poder entre los líderes tribales mientras reforzaba su control sobre el territorio, haciendo girar todos los poderes fundamentales alrededor de su persona a través de un entramado institucional especialmente diseñado para ello[2]. Los miembros del Consejo de Ministros pasaron a ser directamente elegidos por el sultán y, aunque existía una especie de Parlamento (el Majlis), este tenía únicamente carácter consultivo. La última palabra siempre la tenía Qaboos.

El periodista Ignacio Cembrero lo entrevistó en la década de los ochenta. «Era un personaje agradable, culto, refinado, seguro de sí mismo, pero poco democrático en los gustos políticos», explica. Lo más curioso es que, en una cultura que considera a la familia el pilar básico de la sociedad, el sultán Qaboos no tuviera hijos, lo que dio lugar a especulaciones sobre su orientación sexual (la homosexualidad está castigada en el sultanato con penas que oscilan entre seis meses y tres años de prisión) y siempre se especuló con su interés por los menores de edad. Solo estuvo casado tres años con una prima suya y nunca llegó a tener descendencia. Esas circunstancias convirtieron a Qaboos en una personalidad poco frecuentada por el resto de dirigentes de la región.

Cuando visita el país en 2014, Juan Carlos I viaja con un nutrido grupo de empresarios españoles. Omán tiene en cartera

---

[2] Daniel Roselló, «Omán, la discreta potencia árabe», *El Orden Mundial*, 28 de abril de 2016.

ambiciosos proyectos de infraestructuras por valor de más de 63 000 millones de dólares, como la construcción de un ferrocarril de 2250 kilómetros que uniría toda la costa del golfo, la ampliación y construcción de puertos y aeropuertos, nuevas plantas de producción de petróleo y gas, hospitales, la reforma del sector eléctrico y estaciones de desalinización y de tratamiento de residuos, y la creación de una red de hoteles siguiendo el modelo español de paradores nacionales.

España no llega a esa ventana de oportunidad en las mejores condiciones. En 2014 solo dieciséis empresas españolas hacen negocios en Omán, según datos del Instituto de Comercio Exterior. Las más destacadas son Unión Fenosa, Técnicas Reunidas, Indra y OHL. La gira de despedida de Juan Carlos I tiene como objetivo generar nuevas alianzas que faciliten el desembarco de las empresas españolas en ese mercado.

En esa gira se crea el fondo España-Omán Cofides/SGRF, un pacto de la Compañía Española de Financiación del Desarrollo (Cofides) y el fondo soberano omaní State General Reserve Fund (SGRF) para vehicular la financiación de proyectos conjuntos. Desde entonces, el número de empresas españolas asentadas en el sultanato comenzará a crecer hasta alcanzar el medio centenar en 2021.

Juan Carlos I cumple, una vez más, con su papel de embajador de las empresas españolas. Si él ayuda al despegue económico de firmas privadas y contribuye a mejorar los resultados y los salarios de sus directivos, ¿por qué no puede lograr algún tipo de compensación personal a cambio?

El periodista José Antonio Zarzalejos señala en su libro *Felipe VI, un rey en la adversidad* (Planeta), que Juan Carlos I aprovechó este viaje para asegurarse el amparo de las familias reinantes por si, en un futuro cercano, las cosas se ponían desagradables para él. No puede negarse que, en 2014, demostrará tener una gran visión sobre su propio futuro.

Unos meses antes de este viaje oficial, el monarca había pasado junto a Corinna el fin de año de 2013 en Omán. Ella mantenía por entonces negocios con Mohammed Mahfoodh al-Ardhi, un expiloto de combate que se había reconvertido en empresario de éxito y ocupaba la vicepresidencia del Banco Nacional de Omán. La pareja viajó hasta el sultanato después de que el rey grabara su tradicional discurso navideño. En aquella ocasión mandó «un saludo especialmente afectuoso a aquellos a quienes con más dureza» estaba golpeando la crisis económica.

Durante la estancia, Juan Carlos I se resintió de la operación a la que se había sometido en noviembre de 2013 para que le implantaran una prótesis en su cadera izquierda, y tuvo que ser atendido por médicos del sultán Qaboos.

Aprovechando esa visita, el mandatario omaní ofreció a la pareja una residencia en Omán, pero Juan Carlos I hizo saber a su anfitrión que estaba planeando instalarse en Londres para empezar una nueva vida. El rey emérito disponía entonces de fondos suficientes para comprarse una vivienda en alguno de los mejores barrios de la capital británica, pero dejó que ese mensaje calara en el sultán.

Aquella conversación en la visita de final de año dio sus frutos en el viaje de abril de 2014. En un receso, el sultán Qaboos anuncia a Juan Carlos I que ha decidido comprarle una mansión en Londres para que pueda instalarse en ella hasta el mismo día de su muerte.

Tras regresar de Omán, Juan Carlos I comienza a rastrear el parque inmobiliario de la capital inglesa. Le llama la atención el número 5 de la calle Princes Gate por sus fuertes medidas de seguridad, sus vistas a Hyde Park y su perfecto emplazamiento, a solo unos metros de distancia de la casa de Corinna en Eaton Square. En ese momento, ya no están juntos, pero el monarca confía en que su traslado a Londres sirva para resucitar la relación.

Juan Carlos I elige el ático-dúplex, el más caro del edificio. En la planta superior hay una cocina, un salón con un comedor anexo, un pequeño baño y una amplia terraza orientada hacia el sur. Desde ese punto, el rey emérito puede contemplar un parque privado para los residentes de esa manzana. Las estancias personales ocupan la planta inferior. La del monarca tiene un despacho, un baño y un amplio vestidor y está separada por un vestíbulo de otras dos habitaciones reservadas para invitados. Completan la planta de abajo una pequeña biblioteca con zona de té y una lavandería.

La entrada dispone de vigilancia durante veinticuatro horas al día; los ascensores suben directamente desde el garaje hasta la planta seleccionada sin detenerse por el camino, un importante detalle que garantiza la protección y privacidad de los inquilinos; y en los rellanos de las plantas hay amplios halls con sillones pensados para hacer más cómodas las vigilancias de los escoltas de los residentes. Hay pequeños apartamentos en cada planta reservados específicamente para el personal de seguridad de los inquilinos.

La embajada de Omán en Londres será la propietaria oficial de la vivienda. Tras el fallecimiento del rey emérito, el inmueble pasará a ser utilizado por mandatarios y diplomáticos de ese país. La compra se formaliza el 2 de julio de 2014, dos semanas después de que Juan Carlos I renuncie al trono. Omán paga por el ático 50 millones de libras, unos 62.7 millones de euros al cambio de la época. La operación marca un récord en el mercado inmobiliario londinense[3], al doblar el precio más alto que se había pagado hasta ese momento por una vivienda en la capital británica. El piso de abajo, el apartamento 5, con la mitad de superficie, se ha vendido semanas antes por 26.5 millones de libras.

La adquisición de la casa despierta el interés de varios medios británicos, que especulan sobre la identidad de su futuro inquilino. Ninguno da con la pista del rey emérito. Su nombre nunca aparecerá en el registro de la propiedad. Según la escritura, los 50 millones de libras son pagados directamente a la promotora de la vivienda, la empresa Coll Hill Spink Limited, por Hussain Abdullatif, antiguo embajador de Omán en el Reino Unido, miembro destacado de la Sociedad Anglo-Omaní y consejero especial del sultán Qaboos.

Las obras de reforma comienzan en las semanas siguientes. El rey manda transformar uno de los baños en una zona de masaje y rehabilitación. En 2014 tiene setenta y seis años, ha sido operado de la cadera tras el accidente en el safari de Botsuana y arrastra otras dolencias en un cuerpo castigado tras múltiples intervenciones. El año anterior ha pasado dos veces por el quirófano. La primera, para extirparle dos segmentos herniados de disco situados en la zona lumbo-sacra de la columna vertebral que le provocaban grandes dolores. Y la segunda, para implantarle una prótesis definitiva en un tejido de la cadera izquierda. No es extraño, por tanto, que mande reformar una de las estancias de invitados para convertirla en una habitación para su médico de confianza.

Corinna ayuda a decorar su interior con los mejores muebles y complementos. Ambos se habían conocido una década

[3] Nicholas Reilly, «Britain's 10 most expensive properties cost a whopping £288 million», *Metro.co.uk*, 13 de diciembre de 2014.

antes en una finca de caza de Ciudad Real y habían mantenido una relación sentimental llena de altibajos. Diez años después de aquel primer encuentro, la vivienda de Londres parece unirlos de nuevo. Así lo cree, al menos, Juan Carlos, que sueña con decorar la casa a imitación de la que Corinna posee en Eaton Square, en Belgravia, donde han pasado tanto tiempo juntos. La nostalgia se construye con pequeños detalles: el emérito quiere tener en su ático hasta los mismos juegos de toalla.

El monarca quiso casarse con Corinna en 2009, pero su entorno le convenció de que la sociedad española no entendería la decisión. Fue la propia Corinna la que desveló ese episodio en una entrevista concedida a la BBC[4]. «Mi padre me llamó y me dijo que el rey había ido a verlo y le había dicho que estaba muy enamorado de mí y que tenía la intención de casarse conmigo (…) Pero preví que sería muy difícil porque podría desestabilizar la monarquía. Por eso nunca lo alenté, simplemente lo tomé como una muestra de la seriedad de la relación», relató en esa entrevista.

Finn Bönning Larsen, padre de Corinna, que fue representante en Europa de las líneas aéreas brasileñas Varig, murió ese mismo año, en 2009. Unos meses después, la pareja sufrió una crisis y rompió, pero en 2010 retomaron el contacto en forma de «íntima amistad», como la definió la propia Corinna. De hecho, fue en esa época cuando Juan Carlos I comenzó a buscar por primera vez un piso en Londres.

---

[4] Linda Pressly, «The king, his lover - and the elephant in the palace», *BBC.com*, 20 de agosto de 2020.

Así lo atestigua un correo publicado por el diario *El Mundo*[5] que Corinna envió el 22 de agosto de 2011 al bróker suizo Arturo Fasana, el gestor de la fundación oculta en Suiza a nombre de Juan Carlos I, para comunicarle que el rey le había dado el visto bueno para comprar un dúplex de 6 millones de euros en el centro de Londres. «No quiere perder esa oportunidad», avanzó Corinna a Fasana, que ya había puesto en marcha la búsqueda de una sociedad para que hiciera de pantalla en la adquisición del inmueble londinense y ocultara la identidad de sus futuros propietarios. Este documento fue incorporado a la investigación del fiscal suizo Yves Bertossa.

«Después de una completa búsqueda de propiedades en Londres, hemos encontrado un muy muy bonito apartamento en el número 8 de Upper Belgrave Street, a cincuenta metros de Eaton Square y a cien de mi antigua casa —comenzó explicando Corinna—. El tamaño es bueno, más pequeño que Villars [un apartamento que había adquirido en esta estación alpina de Suiza], pero tiene un tamaño práctico y fácil de mantener», añadió la empresaria.

La casa estaba justo al lado de la embajada española en Londres. «El diseño es excelente, un dúplex: buenos recibidores, dos grandes dormitorios en suite y un despacho. En total tiene 252 metros cuadrados, entrada privada, alto nivel de seguridad, un pequeño patio privado, ha tenido un contrato de alquiler largo, tiene 118 años, está recién reformado y no necesita ninguna reforma estructural (…) Todos los baños, la cocina, etc., se encuentran en perfectas condiciones, por lo que se puede decorar muy rápido». La vivienda disponía,

[5] Esteban Urreiztieta y Ángela Martialay, «Corinna al testaferro de Juan Carlos I: "Nuestro amigo me autoriza a ofrecer seis millones por el dúplex de Londres"», *El Mundo* (edición web), 20 de julio de 2020.

además, de «portero que vive en la finca y los gastos de comunidad están por debajo de las 7000 libras al año, un muy buen precio para los estándares de Londres», aclaró la empresaria.

El inmueble tenía «acceso a Belgrave Square», un jardín privado al que solo pueden acceder algunos residentes de la zona. Un lugar idílico, que cuenta con grandes plataneros, bonitas pérgolas cubiertas de rosales, una cancha de tenis y un área de juegos para niños. Un importante aliciente para Corinna, «lo cual está muy bien para Alexander [el hijo de la intermediaria, que en aquel momento tenía nueve años] —relató—. No hay mejores opciones disponibles de este nivel y hemos mirado en varios barrios de Londres —añadió—. A nuestro amigo [Juan Carlos I] le gusta mucho esta opción por su ubicación, la entrada privada y porque nadie le puede ver (…) He hablado del inmueble con él en detalle y me ha autorizado a hacer una oferta, que fue aceptada el viernes [tres días antes de enviar este correo]. Él no quiere perder esta oportunidad porque algo así es difícil de encontrar. Se trata de un apartamento con el nivel de discreción de una gran casa».

Corinna desglosó en ese mensaje remitido a Fasana las cifras de la compra. «El precio de la vivienda es de 5 350 000 libras más el 5 % de impuestos. Tiene un precio de 2000 libras por pie cuadrado, el valor de mercado en la zona».

Mientras Corinna se ocupaba de esas gestiones, Juan Carlos I continuaba con su agenda oficial. Aquel 22 de agosto de 2011 hizo balance de la visita del papa Benedicto XVI a España con motivo de la celebración de la XXVI Jornada Mundial de la Juventud. Había sido un verano convulso para la Casa Real. El caso Nóos empezaba a coger vuelo. La justicia había llamado a declarar el 2 de junio a Diego Torres, el socio de Iñaki Urdangarin, yerno del rey. Ese mismo mes, el monarca se operó de la rodilla y, en septiembre, pasaría por el quirófano por una lesión en el tendón de Aquiles. Además, en octubre llegaría un duro golpe demoscópico. Por primera vez, los españoles suspendían a la monarquía en una encuesta del CIS.

Como arrastrada por los malos presagios, la compra de aquel primer piso de Londres acabó frustrándose. A pesar de tener lista toda la operación, solo a falta de la firma del contrato definitivo, el vendedor se echó para atrás en el último momento. Así se lo explicaría Corinna al fiscal suizo Bertossa durante su declaración judicial en diciembre de 2018.

En esa misma declaración, la aristócrata detalló que finalmente compró otra vivienda en Londres. Será en esta vivienda de Eaton Square, en Belgravia, donde años después el comisario Villarejo grabará a Corinna y donde la empresaria recibirá al rey emérito en marzo de 2019 con el escándalo a punto de explotar. La documentación que obra en poder del fiscal suizo revela que Juan Carlos le donó 1 595 000 libras (1.91 millones de euros entonces) «a título gratuito» y «sin posibilidad de retorno» para adquirir esta casa. El dinero fue enviado desde Suiza en tres transferencias, entre octubre de 2011 y enero de 2012.

Aunque la compra de aquella primera vivienda no salió adelante, el monarca y Corinna mantuvieron un contacto fluido y siguieron buscando un inmueble. En abril de 2012, viajaron juntos al safari de Botsuana para celebrar el décimo cumpleaños de Alexander. El accidente y los posteriores registros del CNI en la casa y oficina de la empresaria en Mónaco provocaron un distanciamiento entre ambos, pero, en septiembre de ese mismo año, el monarca donó a Corinna los 65 millones de la Fundación Lucum.

La periodista Ana Romero cuenta en su libro *Final de partida*[6] que en agosto de 2013 la pareja se volvió a ver en el condado inglés de Sussex, y que él discutió con ella «la posibilidad de contraer matrimonio y de que ella obtuviera el título de su alteza real Corinna de Borbón». Era la segunda vez que Juan Carlos I se planteaba en serio esa posibilidad. Si Carlos de Inglaterra lo había conseguido con Camilla, por qué no podía hacerlo el rey de España. Uno de los planes que barajaba el monarca era llegar a los fastos de celebración del cuadragésimo aniversario de su proclamación en noviembre de 2015, luego abdicar y finalmente retirarse con ella a un país extranjero.

Quería que ese hipotético destino fuera Londres y el ático de Omán le puso en bandeja ese objetivo.

La prensa extranjera siempre había apuntado con tino a la capital inglesa como posible nido de amor de la pareja. En septiembre de 2014, la revista italiana *Oggi* publicó que el emérito ya vivía con Corinna en Londres y que estaba esperando a firmar los papeles de divorcio con Sofía para anunciar públicamente el nombre de su nueva pareja. Calificó esa situación de «terremoto sentimental» en la corte española. Ese mismo mes, el diario *La Repubblica* también publicó que la abdicación de Juan Carlos había acelerado sus planes de divorcio. La prensa italiana siempre fue la más activa a la hora de apuntar a la pareja. En abril de 2012, por ejemplo, tras el «episodio» de Botsuana, el diario *La Stampa* publicó un contundente reportaje titulado «España tiene dos reinas», la oficial, Sofía, de setenta y tres años, casada desde 1962 con el rey Juan Carlos; y la oficiosa, la «provocadora y rubia

---

[6] Ana Romero, *Final de Partida: la crónica de los hechos que llevaron a la abdicación de Juan Carlos I*, Madrid, La Esfera de los Libros, 2015.

princesa Corinna». El rotativo llamó al monarca «tombeur de femmes», traducido literalmente, «seductor de mujeres».

Corinna asegura que el rey le volvió a pedir que se casara con él por tercera vez en mayo de 2014 y que, tras su abdicación en junio de ese año, el ya emérito empezó a viajar a la capital inglesa con «más frecuencia» y a decir «falsamente» a amigos y conocidos que ambos habían retomado su relación y «que pronto vivirían juntos en Londres». La intermediaria siempre ha mantenido que su relación sentimental acabó realmente en 2010. Corinna profundizará en esa versión tiempo después, en la demanda por acoso que interpondrá contra Juan Carlos I en un tribunal de la capital británica.

Lo cierto es que, en 2014, hace ya tiempo que el noviazgo ha terminado. Corinna ayuda al rey con la decoración del ático de Hyde Park porque, según su versión, se siente «intimidada». Creía que ayudándolo se «apaciguará y suavizará su comportamiento cada vez más hostil e inestable», explicará en su demanda. «A finales de agosto o principios de septiembre de 2014, la demandante dejó claro al demandado que ella no quería retomar una relación romántica o íntima con él. Fue educada a la par que firme. Al principio, la reacción del demandado fue de desesperación y confusión. Luego se sintió irritado e indignado cuando rechazó sus proposiciones», recoge la acción judicial.

Una vez formalizada la compra del ático, el emérito acude en noviembre de 2014 al Gran Premio de Abu Dabi. Es la última carrera del piloto asturiano Fernando Alonso con la escudería Ferrari, y Juan Carlos, relajado y sonriente, desvela ante las cámaras de Antena 3 la exclusiva deportiva que todo el mundo busca: Alonso ha fichado por otra escudería. «Me ha dicho que se va a McLaren. Está muy contento», desvela Juan Carlos I ante el micrófono del periodista Antonio Lobato.

La Fórmula 1 es espectáculo, y también negocio, así que Juan Carlos se reúne en el circuito de Abu Dabi con representantes del sultán Qaboos para discutir algunos flecos del acuerdo inmobiliario: aunque el regalo solo incluye la compra de la casa, Juan Carlos I exige a sus interlocutores que el sultán también se haga cargo del coste de las reformas y del recibo de la comunidad de propietarios del inmueble.

Antes de viajar a Abu Dabi, Juan Carlos ya había intentado que Corinna le abonara los gastos de comunidad. «El demandado [Juan Carlos I] afirmó que ella le debía dinero y que debía abonar un depósito de 20 000 libras por los gastos de comunidad que exigía el ático. Cuando la demandante [Corinna] dejó claro que no tenía intención de vivir con él ni pagar el depósito, el demandado le dijo que era una "inútil", que "tomaría medidas" y que "ya vería lo que iba a ocurrir"», refleja la demanda por acoso de Corinna.

El 25 de marzo de 2015 llega a oídos de Corinna que el monarca ha exigido al sultán que se haga cargo de nuevas partidas, y escribe preocupada un correo electrónico al abogado Dante Canonica (que en esos momentos trabaja simultáneamente para la empresaria y el emérito): «Si Omán deja de pagar las facturas (y se cansa como todo el mundo) esto se va a poner mal y no voy a asumir la culpa. He hecho todo lo posible para asegurar al amigo [Juan Carlos I] un agradable lugar para el futuro. Dañar a quienes más te ayudan no es realmente una estrategia inteligente».

Las reformas del ático de lujo finalizan en agosto de 2015, pero la vivienda nunca será habitada por el monarca. Juan Carlos I no se muda al número 5 de Princes Gate porque ya ha roto definitivamente con Corinna. El monarca le comunica al sultán Qaboos que ya no quiere la casa, sino los 62.7 millones de euros que Omán ha pagado por ella.

La nueva petición del emérito provoca un profundo malestar en la corte omaní. No solo por el desprecio que supone ese gesto, inaceptable para un mandatario de Oriente Medio, sino porque el sultán no se había planteado en ningún momento que Juan Carlos I se convirtiera en el propietario final del inmueble. El acuerdo era que pudiera disfrutarlo gratuitamente hasta su muerte y que, en ese momento, pasaría a ser utilizado por mandatarios de Omán. El enfado de Qaboos es mayúsculo.

A pesar de la afrenta, Qaboos accede de nuevo a sus deseos. Solo hay un problema técnico: el rey emérito necesita convertir la vivienda en dinero y que esos fondos se incorporen a su patrimonio sin levantar ninguna sospecha. La solución será una boda.

En diciembre de 2016, Juan Carlos I es invitado a un enlace especial. El empresario Mo el-Husseiny, de treinta y cinco años, contrae matrimonio en Madrid con la diseñadora inglesa Zoë Onions, de treinta y dos. El banquete se celebra en el Real Casino de Madrid, en la calle Alcalá. La novia contará semanas después en la edición de Arabia Saudí de la revista *Harper's Bazaar* que eligieron la capital de España porque tenían «amigos muy cercanos en Madrid». En una de las fotografías que acompañan el reportaje aparece la propia Onions mostrando orgullosa su anillo de boda con diamantes de dieciséis quilates. En otras dos imágenes aparece uno de esos «amigos cercanos en Madrid». Es el rey Juan Carlos I, que ocupa una silla en la mesa presidencial del banquete. Ningún medio español se hace eco de la presencia del monarca en ese enlace.

Juan Carlos I asiste a la boda porque el novio le ha pedido que sea su padrino de bodas. El monarca le hace a la pareja un regalo a la altura de ese honor: el ático de Princes Gate que le había comprado Omán dos años antes.

¿Quién es Mo el-Husseiny? De padre libanés y madre escocesa, fundó Ventura Capital, una compañía de inversión que ha movido más de 850 millones de dólares en empresas de ciberseguridad. Antes había sido director de Estrategia de Mubadala, el fondo soberano de Abu Dabi que en 2017 se fusionará con otro fondo de Abu Dabi, IPIC, máximo accionista de la petrolera Cepsa.

Además, Mo es miembro, junto al actor Leonardo Di-Caprio, del consejo asesor de la empresa Delos, una firma de «tecnología y bienes raíces del bienestar» que declara tener como objetivo «mejorar la salud y el bienestar en los espacios donde vivimos, trabajamos, dormimos y jugamos a través de estándares, programas y soluciones diseñadas para promover el bienestar, la resistencia al estrés, el rendimiento, el descanso y la alegría».

Una de las biografías[7] de Mo también señala que es asesor del Consejo de Finanzas de Bruselas, un equipo de parlamentarios de la UE subordinado a la Comisión de Asuntos Económicos y Monetarios, cuyo objetivo es integrar la política bancaria europea.

Pero Juan Carlos I no lo ha conocido en ninguna de esas facetas. Su verdadero amigo es el padre del novio, Ahmad el-Husseiny, uno de los traficantes de armas más importantes de Oriente Medio que trabajó durante años para introducir en la región al fabricante alemán ThyssenKrupp, entre otros

---

[7] Sitio web del Royal Albert Hall, sección «About us» <https://www.royalalberthall.com/about-the-hall/the-charity/about-the-charity/royal-albert-hall-trust/>.

gigantes del sector, y que fue investigado por el pago de sobornos.

La boda del hijo de su amigo traficante de armas es la pantalla perfecta para deshacerse de la casa del sultán Qaboos. Los Husseiny saben, además, realizar este tipo de operaciones opacas sin cometer errores. Las grabaciones de Corinna hechas por Villarejo señalan el camino: «Como lo del piso aquí en Londres que le regaló el emir de Omán (…) Lo ha vendido hace poco a otro árabe, un joven. Ha sido una venta *inside*» (secreta, en inglés). «El de Omán se lo ha vendido a los de Abu Dabi. El de Omán lo ha vendido por menos del precio de su compra. (…) Esta gente quería ayudarle… Yo le dije que la vivienda podía estar a nombre de un trust, ellos pagan los gastos y él podía usarla de por vida». El joven al que se refiere Corinna, «el árabe», es Mo el-Husseiny.

Una avalancha de pruebas confirma la veracidad de aquellas palabras de Corinna. Juan Carlos I convence a Qaboos para que transfiera el título de propiedad de la vivienda a Mo el-Husseiny coincidiendo con su boda en Madrid.

Mo se deshace de la casa poco después de que Juan Carlos I se la entregue como supuesto regalo de bodas, pero la venta no parece responder a ninguna lógica comercial. El comprador final de la vivienda es una misteriosa sociedad *offshore* de las Islas Vírgenes Británicas bautizada con el nombre K Legacy Ltd., que traducido al castellano significa «Legado de K», la inicial de «rey» en inglés (*king*). Sin embargo, 20 millones de euros desaparecen por el camino.

Omán había pagado por el apartamento 50 millones de libras, 62.7 millones de euros al cambio, impuestos aparte. Sin embargo, Mo el-Husseiny la venderá dos años después por solo 33 millones de libras (42.7 millones de euros), es decir,

20 millones menos en un contexto de alza continuada de los precios inmobiliarios de Londres.

El paradero de esos 20 millones de euros de diferencia no está claro. No hay rastro de ese dinero en Lucum ni en Zagatka, las dos fundaciones instrumentales relacionadas con el monarca, pero esa operación y la boda se producen justo antes del viaje de Juan Carlos I a Irlanda para pasar unos días con su amigo Allen Sanginés-Krause, cuando el emérito le confía al banquero la gestión financiera de los 20 millones de euros que no sabe dónde invertir. Todo indica que el dinero del piso de Omán es el que se acabará esfumando en 2018 por supuestas malas decisiones del inversor mexicano.

El emérito se quedará sin ático y sin dinero.

4.
LAS ESCAPADAS A BARCELONA

Las cafeterías de los hospitales no son acogedoras, pero la de la Clínica Planas es confortable y silenciosa. Sus tonos claros, suelos de piedra relucientes y un enorme ventanal por el que entra la luz del sol parecen invitar a la reflexión. Desde dentro se ve a los pájaros buscando comida en el césped del jardín que hay en la explanada de acceso a las instalaciones.

Lo único que rompe la monotonía del bar es una pantalla en la pared del fondo, que emite imágenes en bucle de jóvenes de unos veinticinco o treinta años que parecen salidas de una revista de moda. Cuentan que quieren someterse a una operación de aumento de pecho. Primero se las ve entrando en una consulta de la clínica y saludando a un doctor. Después, ya sentadas, observan diferentes tipos de prótesis. Las cogen, las estrujan como si fueran globos de agua y las ponen en las palmas de sus manos para ponderar su peso. En una secuencia posterior, las chicas aparecen ya recostadas en una cama tras haberse sometido a la intervención. Explican que están encantadas con el resultado y que todo ha sido mucho menos doloroso de lo que esperaban.

En la Clínica Planas llevan haciendo ese tipo de operaciones y otras de cirugía estética y reparadora desde 1971. El centro ocupa una manzana entera de la parte más alta de Barcelona, entre mansiones del elitista barrio de Sarrià. Hasta ese punto de la ciudad acude en peregrinación la alta burguesía catalana para practicarse una rinoplastia, un tratamiento contra las varices, retocarse los glúteos o quitarse la papada. El catálogo de servicios es amplio, pero sería una más de las muchas clínicas de este tipo que hay por toda España si no fuera porque Juan Carlos I fue durante décadas uno de sus mejores pacientes.

La Zarzuela nunca revelaba los verdaderos motivos de los ingresos del rey en la Clínica Planas. En octubre de 2003, por ejemplo, Palacio aseguró que había acudido para efectuarse un simple chequeo preventivo tras cumplir sesenta y cinco años. En 2010, tras ser intervenido en el Hospital Clínic de la Ciudad Condal para extirparle un nódulo benigno en el pulmón, el monarca visitó el centro para —según la versión oficial— completar su recuperación. Y en 2011, después de una operación en la rodilla, la Casa del Rey anunció que el monarca había visitado el centro para iniciar su rehabilitación.

La realidad era que el rey acudía hasta dos veces al mes a la Clínica Planas para someterse a operaciones de cirugía estética. Desde la eliminación de manchas en la piel a inyecciones de bótox y ácido hialurónico, pasando por liftings y drenajes linfáticos mediante presoterapia. Para este último tratamiento, le ponían una especie de pantalones hinchables que le llegaban por encima de la cintura y que se llenaban y vaciaban de aire repetidamente con el objetivo de estimular su sistema circulatorio y favorecer la eliminación de los líquidos, grasas y toxinas que ocasionan la celulitis, las varices y los edemas.

Juan Carlos I también salía de la clínica con recomendaciones nutricionales. Los expertos del centro le diseñaban dietas ricas en aminoácidos, minerales y suplementos alimenticios y se realizaba chequeos periódicos para comprobar el efecto que esas nuevas comidas habían tenido en su organismo. El rey no se sometía a grandes cambios físicos, sino a pequeñas

variaciones que resultaban casi indetectables en sus apariciones públicas, pero que eran suficientes para mejorar su aspecto sin dar una imagen frívola ni abrir peligrosos debates sobre
el origen de los fondos con los que pagaba esas intervenciones
en un centro tan exclusivo.

Sus visitas a la Clínica Planas se intensificaron con el cambio de siglo. Acudía con tanta frecuencia que terminó convirtiendo a uno de los especialistas del centro, el doctor Manuel Sánchez, responsable del Departamento de Nutrición
y Antiaging, en su médico personal. En 2017, dejó el centro
médico y montó su propia clínica, DeSánchez, pero siguió
siendo el médico de confianza del rey. El monarca está tan
ligado a Sánchez que este ha viajado varias veces a Abu Dabi
para seguir monitorizando su salud durante su estancia en el
emirato.

Las visitas a la Clínica Planas se convirtieron en una de las
mejores excusas del monarca para desplazarse a Barcelona,
pero tenía otras. Al rey emérito le encantaba escaparse a la
Ciudad Condal en cuanto se lo permitía la agenda. Enfrente
del centro hospitalario, en el número 11 de la calle de Elisen-
da de Pinós, la infanta Cristina e Iñaki Urdangarin se com-
praron en 2005 una casa que convirtieron en su residencia
familiar. El monarca los visitaba con frecuencia y se quedaba
a dormir allí, pero ya viajaba con asiduidad a Barcelona antes
de que su hija pensara siquiera en casarse.

«Cuando el rey viajaba a Barcelona era como si se perdiera
su rastro —cuenta una persona próxima a Juan Carlos I que
pide permanecer en el anonimato—. Para él era como cruzar
al lado oscuro. Se escapaba para disfrutar de tres o cuatro días
de diversión sin que nadie lo controlara. En Barcelona tenía
círculos de amigos completamente distintos a los de Madrid.
Salía con ellos, cenaban, hablaban de negocios, navegaban

por el Mediterráneo, acudían a fiestas organizadas solo para él, le presentaban a mujeres de la alta burguesía catalana… Después regresaba a la capital como si no hubiera ocurrido nada. Sentía que en Barcelona podía hacer lo que quisiera sin que nadie le descubriera, y eso le encantaba».

Así fue durante décadas. La persona sobre la que pivotaban las estancias del rey en la Ciudad Condal era el empresario Josep Cusí Ferret (Barcelona, 1934), al que considera casi un hermano. En torno a Cusí se desplegaban todos los contactos del monarca en Cataluña.

Cusí procedía de una familia adinerada venida a menos. Su abuelo paterno hizo fortuna a finales del XIX explotando minas en Asturias. Solo una pequeña parte de su patrimonio llegó a sus descendientes. Sin embargo, transmitió a su nieto Josep unos conocimientos que le servirían de pasaporte para el futuro. En una entrevista concedida a *La Vanguardia* en 2011[1], Cusí contó que su abuelo era un gran cazador y le introdujo en el mundo del tiro. Al principio cazaba perdices, pero pronto se convirtió en un campeón de tiro al plato. En los años cincuenta ganó sus primeros torneos locales y pasó a competir en certámenes de élite. Descubrió que tenía un don para la disciplina. Logró el título de maestro tirador en Italia, Alemania y Francia, y se llevó los campeonatos nacional y europeo por equipos. Destacó tanto que se convirtió en el representante de España en la disciplina de tiro al plato en los Juegos Olímpicos de México de 1968. En aquella edición, el equipo nacional no obtuvo ninguna medalla. Se tuvo que conformar con tres diplomas y uno de ellos fue logrado precisamente por Cusí.

---

[1] Màrius Carol, «Josep Cusí: "A bordo, el Rey es uno más"», *La Vanguardia* (edición web), 22 de julio de 2011.

Para entonces, ya era un deportista famoso en España. Tanto que, a principios de los sesenta, Franco le pidió que se convirtiera en su instructor personal de tiro. A partir de ese momento, Cusí acompañó al dictador en todas las monterías en las que este participó hasta su muerte.

Fue en esas largas jornadas de campo y montaña donde el barcelonés entró en contacto con el entonces príncipe Juan Carlos. Entre ambos surgió una amistad que se intensificó cuando Cusí decidió dar el salto a la vela y coincidió con el todavía aspirante al trono durante los entrenamientos para los Juegos Olímpicos de Múnich 1972. Ambos formaron parte de la tripulación española que compitió en la clase Dragon Open. Juan Carlos y Cusí terminaron en un discreto decimo-quinto puesto, pero regresaron a España convertidos casi en hermanos.

En los años setenta se produjo un boom de la vela. Juan Carlos fue clave en el despegue de la moda de la navegación. Siempre había sentido una inclinación hacia el mar que don Juan de Borbón se encargó de cultivar y fomentar. Pero al príncipe no le gustaba darse un paseo por el litoral, sino la tensión y la velocidad de las regatas. Y, para competir, nece-sitaba barcos.

Tener un buen velero era otro signo de estatus para alguien que aspiraba a ser la máxima autoridad de España. Una de las regatas más importantes, que además inauguraba la tem-porada de vela, era la del conde de Godó, creada en 1973 por el entonces poseedor del título nobiliario, el empresario Carlos Godó, también un apasionado de la navegación. En la primera edición, Juan Carlos I y Cusí compitieron por se-parado, pero, en la segunda, decidieron navegar de nuevo juntos. El barco se llamó Bribón II, y Cusí se convirtió en algo más que un tripulante. El monarca lo nombró armador de esa nave y de todas las que vinieron luego. Durante la competición, Cusí izaba las velas y tensaba los cabos. El resto del año, se encargaba de mantener las embarcaciones y de construir otras nuevas cuando los diseños se quedaban desfasados.

Cusí no contaba con un patrimonio tan abultado como para asumir en solitario esos gastos. Apenas le quedaban activos de la herencia de su abuelo, pero, entre 1973 y 2015, se aseguró de que el rey emérito tuviera en el Real Club Náutico de Barcelona hasta quince barcos de competición lo suficientemente buenos como para optar a victorias y campeonatos. Todos fueron bautizados con el mismo nombre de Bribón. Solo el último barco de Juan Carlos I, el Bribón XVII, botado en el Real Club Náutico de Sanxenxo en 2017, tuvo un armador distinto. El encargado de financiarlo fue el multimillonario venezolano, también próximo al rey, José Álvarez Stelling, un controvertido banquero que, contra todo pronóstico, logró que el Gobierno de Felipe González le adjudicara en 1987 las Bodegas Williams & Humbert del grupo Rumasa tras la intervención del *holding* de los Ruiz-Mateos. Posteriormente fue investigado por el saqueo del Banco de Venezuela y el Banco Consolidado, también de su país.

El precio de cada uno de los Bribón que Cusí ponía en el mar rondaba el millón de euros. A esa cifra había que sumar los gastos de desplazamiento y manutención de las tripulaciones, sus salarios y los costes relacionados con la conservación del casco, el velamen y el resto del material de competición.

Juan Carlos I maniobró para que el antiguo instructor de tiro de Franco empezara a ganar dinero. En 1980, el barcelonés montó una pequeña fábrica de condensadores en Granollers que vendió catorce años más tarde a unos inversores extranjeros. En 1990 se hizo con el control de Industrias Mediterráneas de la Piel SA (Imepiel), un gigante del calzado de la Vall d'Uixó que había sido adquirido por el Estado en 1978, cuando estaba al borde de la quiebra, para evitar que echara el cierre y miles de trabajadores se quedaran en la calle.

El Estado asumió pérdidas multimillonarias hasta que el Ejecutivo de Felipe González metió a Imepiel en el paquete de compañías públicas que debían ser privatizadas. Cusí logró quedarse con la empresa cuando ya había sido saneada. En esos mismos años, su nombre también empezó a aparecer en suculentas recalificaciones y promociones urbanísticas.

Asimismo, el monarca medió para que el armador del Bribón recibiera fondos adicionales de las principales corporaciones de España. La Caixa se convirtió en uno de los patrocinadores destacados de las embarcaciones del monarca. El banco siempre había ocupado un lugar prominente en el *establishment* de Cataluña, pero en los primeros años de la democracia estaba inmerso en un proceso de expansión que necesariamente pasaba por conseguir relevancia y capacidad de influencia en la capital del país. Patrocinar el barco del rey de España era una forma sencilla y rápida de lograrlo.

El interés de La Caixa por esponsorizar el Bribón se multiplicó cuando, a finales de los ochenta, estalló el escándalo de las primas únicas, unas supuestas pólizas ofrecidas por la entidad que permitían guardar dinero en sus cuentas sin pagar ningún tipo de retención ni declarar la propia existencia de los fondos a Hacienda. Oficialmente eran simples seguros, pero en la práctica operaban como depósitos opacos. La Caixa llegó a captar con ese sistema 400 000 clientes que aportaron activos a su balance por valor de un billón de pesetas de la época (5500 millones de euros).

Hacienda abrió una investigación contra La Caixa tras detectar que el fraude fiscal podía superar los 30 000 millones de pesetas anuales (180 millones de euros) y que la ocultación de capitales estaba impidiendo el cobro de otros 300 000 millones de pesetas (1800 millones). Las primas únicas llegaron a la Audiencia Nacional, que abrió diligencias penales. El escándalo amenazaba con truncar la estrategia de La Caixa para implantarse en Madrid. Pero Juan Carlos I se encargó de engrasar las relaciones del patrocinador de referencia de sus barcos con los diferentes Gobiernos de Felipe González para que las pesquisas no truncaran el ascenso de la entidad en Madrid ni se saldaran con penas de cárcel. Tras años de investigación, el caso de las primas únicas se cerró con el pago de una simple sanción a la Agencia Tributaria que no ocupó grandes titulares en prensa.

Además del dinero de La Caixa, Cusí siempre contó con el respaldo económico de otras empresas nacionales, como Telefónica, para sufragar los gastos del Bribón. En 1988, el amigo del monarca profesionalizó su papel de armador creando una sociedad para canalizar las operaciones relacionadas con la compra y mantenimiento de las embarcaciones. Bautizó la mercantil con el nombre de Navilot y, al principio, colocó como administradores a dos abogados de su confianza. Cusí no apareció como responsable de la empresa hasta 2002. Solo durante ese ejercicio, Navilot facturó 1.8 millones de euros.

Los diferentes barcos de la saga Bribón tenían su base en el Real Club Náutico de Barcelona y ese era otro motivo para que el rey se escapara a la Ciudad Condal con más frecuencia de la que trascendía a la opinión pública. «En general, en Barcelona se le trataba como si fuera uno más» —cuenta otra persona que se movía en sus mismos círculos de la capital catalana—. «Barcelona nunca ha sido una ciudad muy monárquica, pero tampoco se le molestaba. Era fácil encontrártelo comiendo o cenando en una mesa discreta al final de un buen restaurante, pero nadie iba a decirle nada ni le pedían una foto. Juan Carlos I se sentía en Barcelona como si fuera alguien anónimo. Y eso ocurría especialmente en el Real Club Náutico, que era casi como su casa. Era muy habitual verlo desayunando en sus instalaciones los fines de semana».

En el Real Club Náutico trabó amistad con otro gran desconocido de la opinión pública española, pieza clave en su conexión con Cataluña. Se trata del industrial Pere Mir, fallecido en 2017 a los noventa y ocho años de edad. En 1978, la revista *Fomento de la Producción* del Ministerio de Hacienda lo incluyó en su clasificación de los 2500 españoles más ricos situándolo en el puesto 84 con un patrimonio de 1410 millones de pesetas de la época (84.7 millones de euros).

Mir, doctor en Química por la Universidad Politécnica de Barcelona, hizo fortuna con el registro de una veintena de patentes, aunque una de ellas le resultó especialmente rentable: el hallazgo de un rompedor método que abarataba los costes para extraer formol de la madera. Creó un *holding* llamado Cellex que se erigió en una de las empresas químicas más importantes de España. En 2006, vendió la principal empresa de su grupo, Derivados Forestales, dedicada a la producción de sustancias químicas, a su competidora Ercros. El precio nunca trascendió pero, en ese momento, Derivados Forestales tenía más de 400 empleados, cuatro plantas productoras y una facturación anual de 200 millones de euros.

Mir también acumuló activos en otros sectores, pero siempre ocupó una posición discreta en las fotografías de grupo de la burguesía catalana. Incluso en sus últimos años de vida, cuando empezó a dedicar una parte considerable de su riqueza a financiar proyectos de investigación en Cataluña a través de la Fundación Cellex, siguió en un anodino segundo plano. Entre 2004 y 2010 donó fondos a la ciencia por importe de 62 millones de euros. Solo salió brevemente de su anonimato en 2013, cuando el entonces alcalde de Barcelona, Xavier Trias, le concedió la Medalla de Oro al Mérito Científico en un acto al que también asistió Artur Mas.

A Juan Carlos I siempre le gustó la discreción de Mir. Era casi una exigencia del monarca en cualquier relación que mantenía fuera de los focos, pero lo que más compartía con el industrial era la pasión por el mar. En 1980, Mir encargó al astillero holandés Cammenga un yate de 31.6 metros de eslora de estilo clásico, casco de acero y superestructura de aluminio que fue botado finalmente diez años más tarde con la denominación de Danae.

En sus dos cubiertas había un enorme dormitorio principal con sala de estar auxiliar, un camarote vip y otras dos habitaciones dobles. El salón, chapado en madera de roble, superaba los veinticinco metros cuadrados y podía ampliarse con una cubierta exterior de popa con capacidad para transportar hasta dos lanchas.

Al igual que el Bribón, el Danae siempre estuvo atracado en el Real Club Náutico de Barcelona. Juan Carlos I solía utilizar la habitación principal del yate para alojarse durante sus escapadas de fin de semana a la Ciudad Condal. El acceso a las instalaciones del Club estaba restringido y llegar hasta la escalerilla del barco de Mir era prácticamente imposible. Allí nadie molestaba al monarca. Desde el Danae y acompañado de Cusí, Mir y algún otro representante de la clase alta catalana —como el conde de Godó y el empresario y político Enrique Lacalle, actual presidente del Salón del Automóvil de la Ciudad Condal, y Joaquín Folch-Rusiñol Corachán, propietario y presidente de Pinturas Titanlux hasta 2023—el grupo de amigos se movía a otros lugares, salía a navegar o se quedaba en el pantalán degustando una buena cena o un vino tinto, la bebida preferida del rey emérito.

El Danae estaba tan alejado de los curiosos que acabó convirtiéndose en el lugar preferido por Juan Carlos I para mantener relaciones con otras mujeres cuando estaba en Barcelona. Aquellos secretos quedaban en el círculo de amigos y reforzaban el vínculo que los unía. Era el tipo de confidencias que forjan lealtades, y ninguno quería alejarse del monarca.

La relación del rey emérito con el armador del Bribón fue más fructífera en el campo de los negocios. El diario británico *The Telegraph* destapó que Navilot, la empresa que usaba Cusí para canalizar los patrocinios que recibía el Bribón, pagó más de la mitad del viaje de luna de miel de Felipe VI y Letizia por las islas Fiji, Camboya, Samoa, México y California[2]. Navilot aportó 269 000 dólares (230 000 euros al cambio actual) de los 467 000 (399 000) que costó en total la escapada de los actuales reyes de España. Supuestamente, el pago fue en concepto de regalo de bodas, pero Navilot registró ese mismo ejercicio pérdidas de 322 000 euros, más de lo que entregó a los nuevos monarcas por su enlace[3]. No parece que su situación financiera fuera la mejor para efectuar un regalo de ese calibre.

La investigación del fiscal suizo Yves Bertossa en torno a la fortuna oculta de Juan Carlos I reveló que Cusí desempeñaba, en realidad, un rol más destacado en la trama financiera del exjefe del Estado. El monarca escondió durante años en

[2] James Badcock, «Revealed: The King of Spain's half-a-million-dollar secret honeymoon paid for by disgraced father», *The Telegraph*, 20 de junio de 2020.
[3] Alejandro Mata, «El extraño regalo a Felipe VI: la empresa que le dio 240.000€ en 2004 perdió 322.000», *El Confidencial*, 23 de junio de 2020.

bancos extranjeros millones de euros procedentes de comisiones ilegales y regalos de empresarios y otros mandatarios. El problema era que esos fondos técnicamente no existían y estaban en cuentas fuera de España. La forma más sencilla de disfrutarlos sin que saltaran las alarmas era meterlos en el circuito legal en pequeñas cantidades. Siempre en efectivo, para que las transacciones no dejaran rastro. En ocasiones, sus gestores suizos viajaban directamente a Madrid con maletines llenos de billetes para entregárselos en el Palacio de la Zarzuela.

En otras ocasiones, el dinero que el rey tenía escondido en Suiza era transferido a cuentas opacas de Andorra y allí era retirado en ventanilla para introducirlo por carretera en España. La entrega del efectivo se producía finalmente en Barcelona. La alta burguesía de la ciudad usó ese método durante décadas para ocultar su patrimonio. Las entidades del principado llegaron a tener sucursales en la Ciudad Condal dedicadas casi exclusivamente a gestionar los depósitos irregulares de sus clientes catalanes.

Los investigadores suizos y los encargados de las diferentes diligencias que abrió la Fiscalía del Tribunal Supremo de España en torno a la caja B de Juan Carlos I están convencidos de que Cusí era su ventanilla andorrana en Barcelona. Más allá del mar, de los amigos, de la tranquilidad de su relativo «anonimato», las recurrentes visitas a Cataluña también tenían que ver con la insaciable necesidad de dinero en efectivo del antiguo jefe del Estado.

Una de las operaciones descubiertas por la Fiscalía helvética, que ha permitido reconstruir el papel de Cusí en el entramado financiero de Juan Carlos I, es una transferencia de 150 000 euros efectuada el 19 de mayo de 2008 desde la Fundación Zagatka —la entidad administrada por Álvaro de Orleans, primo de Juan Carlos I y otro de sus supuestos testaferros— a una misteriosa sociedad panameña llamada Stream SA. En el registro mercantil de Panamá constan como únicos administradores de Stream SA los nombres de casi una decena de fiduciarios profesionales del bufete local que se encargó de montar la empresa, Alemán, Cordero, Galindo & Lee, especializado en la creación de redes *offshore*.

La identidad del verdadero beneficiario de Stream SA permaneció oculta durante diecisiete años. *El Confidencial* reveló en junio de 2021 que el verdadero propietario de la sociedad panameña era Cusí[4] y que este usaba esa pantalla para camuflar su vinculación con una cuenta en el banco andorrano Andbank, la número AD79 0001 0000 4029 2980 0100[5], que presuntamente formaba parte de la estructura empleada por Juan Carlos I para repatriar el dinero de las comisiones y donaciones ilegales que guardaba en Suiza. Los 150 000 euros transferidos por Zagatka fueron presuntamente una de esas entregas.

El depósito descubierto en Andbank tuvo entre 2004 y 2008 saldos medios cercanos a los 7 millones de euros, aunque en ese periodo alcanzó picos de 10 millones. En los siguientes años, sus activos empezaron a descender hasta que, en 2016, la cuenta dejó de operar y Alemán, Cordero, Galindo & Lee inició los trámites para disolver Stream SA.

Curiosamente, la desactivación de la sociedad coincidió con la entrada en vigor del Estándar Común de Comunicación (CRS, por sus siglas en inglés), un acuerdo internacional impulsado por la OCDE y suscrito por Andorra, por el que

---

[4] José María Olmo, «La cuenta de Andorra vinculada a Juan Carlos I llegó a esconder 10 millones de euros», *El Confidencial*, 16 de junio de 2021.
[5] José María Olmo, «AD79 0001 0000 4029 2980 0100: Suiza halla una cuenta vinculada a Juan Carlos I en Andorra», *El Confidencial*, 15 de junio de 2021.

las autoridades del principado se comprometieron a compartir con terceros países como España información bancaria de todos los clientes foráneos que tuvieran productos activos en su territorio.

El intercambio de información solo afectaba a los clientes que siguieran operando en el diminuto país a partir del 1 de enero de 2017, por lo que miles de no andorranos optaron por cerrar sus cuentas antes de esa fecha para evitar que sus datos financieros acabaran en la mesa de algún inspector tributario de sus respectivos Estados.

El dinero relacionado con el rey se esfumó de Andorra antes de que el acuerdo internacional tuviera ese efecto. Juan Carlos I quedó a salvo, igual que había ocurrido decenas de veces en el pasado. Lo que no sabía era que, en solo unos meses, se publicarían las grabaciones de Villarejo a Corinna y, en esa ocasión, sería distinto.

5.
EL AMIGO NARCO

Josep Cusí siguió haciendo de enlace entre Juan Carlos I y las grandes fortunas de Cataluña durante los primeros años del siglo XXI. El monarca utilizaba a algunos de esos industriales para mantener engrasadas sus relaciones con la cúspide del poder económico catalán. Otros empresarios eran simplemente su visado para desconectar durante unos días de la aburrida rutina de la corte.

A esa segunda categoría pertenecía José Mestre Fernández, antiguo zar de la terminal de contenedores del puerto de Barcelona y uno de los amigos menos conocidos de Juan Carlos I.

Mestre vivía en una mansión en el número 6 de la calle de Espasa, a solo 400 metros de la Clínica Planas y casi a la espalda de la vivienda de la infanta Cristina e Iñaki Urdangarin, en pleno barrio de Pedralbes. La residencia del empresario portuario se convirtió en el inmueble más caro de Barcelona cuando salió a la venta en 2014. Marcó un récord de 30 millones de euros.

Tenía una superficie construida de 1714 metros cuadrados y una parcela de 2519. El primer ladrillo de la finca fue colocado en 1938, en plena guerra civil, con un notable influjo modernista. En el exterior había una piscina que ocupaba otros sesenta metros cuadrados y estaba rodeada por camas balinesas y unos frondosos jardines que aislaban la vivienda de una calle ya de por sí tranquila.

El interior era aún más apabullante. De las paredes de su salón colgaban cuatro cuadros de Picasso, seis de Miró, un Tàpies y un Nonell. El inmenso garaje estaba ocupado por un Porsche Cayenne, un Mercedes todoterreno, un Mercedes SLR con motor McLaren, un Range Rover, cuatro Smart y un Rolls-Royce[1]. Mestre era propietario de una de las mejores colecciones de estilográficas del mundo. Y si subía al torreón de su casa, podía ver el puerto. En sus pantalanes estaban atracados Corsario y Cosaco, dos yates casi idénticos de veinticinco metros de eslora con los que navegaba en verano hasta Menorca.

Mestre era extremadamente rico, pero prefería que nadie lo supiera. Aunque se codeaba con la élite de Barcelona, apenas existen imágenes de él en actos públicos. Nunca buscó reconocimiento social. Se encontraba más cómodo en las bambalinas del poder, al que llegó tras un largo ascenso que arrancó en los estratos más bajos de la ciudad.

Su padre, Juan Mestre, creció en el barrio marginal de Can Tunis, situado entre Montjuic y el mar, junto a la desembocadura del río Llobregat, demolido por completo en el plan de renovación de la ciudad para los Juegos Olímpicos de 1992. A los ocho años, Juan Mestre se ganaba la vida transportando alfalfa en carro desde la zona baja de la ciudad hasta las casas nobles de la parte alta. Luego pasó a regentar una cafetería en las inmediaciones del puerto. Allí entró en contacto con los trabajadores que se dedicaban al traslado de mercancías. Tiempo después pidió un crédito para comprarse un camión Ford y dio el salto al sector del transporte.

---

[1] Óscar López Fonseca, «José Mestre, el 'narco' que tenía cuatro Picassos», *Público*, 20 de agosto de 2010.

El camión inicial se convirtió en una enorme flota de vehículos y la cartera de servicios de Mestre se amplió a los trámites aduaneros y a la gestión de la carga y descarga de contenedores. La compañía de Juan Mestre subió como un cohete. En los setenta, se asoció con la compañía estatal soviética Morflot para crear la empresa consignataria Intramar, que se adjudicó todos los fletes de la antigua URSS, y creó otra mercantil llamada Sammer, que se especializó en la estiba de productos metalúrgicos[2].

Su trayectoria ascendente terminó de consolidarse en 1991 con la constitución de Tercat (Terminal Catalunya), que llegó a canalizar la mitad de todas las mercancías que entraban y salían por el puerto de Barcelona. En 2010, su zona de operaciones en los muelles de la Ciudad Condal llegó a ocupar treinta y cinco hectáreas. Nada amenazaba su imperio.

José era el segundo de los seis hijos del fundador del Grupo Mestre y creció en paralelo al apogeo del imperio familiar. En los noventa se hizo con las riendas de la compañía. Sabía moverse en el complicado mundo portuario y también aprendió pronto a manejarse con los políticos que conceden y quitan licencias para seguir operando o ampliar el negocio.

En junio de 2006, Mestre demostró su habilidad en los despachos de los gestores públicos. La Autoridad Portuaria de Barcelona, controlada entonces por el Ejecutivo autonómico de Pasqual Maragall y el Gobierno de José Luis Rodríguez Zapatero, le concedió la gestión de la terminal de contenedores del nuevo muelle de El Prat. La adjudicación disparó el

---

[2] Gonzalo Baratech, «Mestre, ascensió i caiguda d'un magnat», *El Punt Avui* (edición web), 4 de julio de 2010.

valor de Tercat y permitió a José Mestre cerrar una operación multimillonaria ese mismo año con la venta del 70 % de su *holding* al operador logístico chino Hutchison Port Holdings por 160 millones de euros.

La jugada se produjo a la vez que otro movimiento de Mestre en el sector inmobiliario. El 27 de junio de 2006 se constituyó la compañía promotora Promocions Portic Anoia SL. Mestre fue elegido consejero de esa mercantil tras aportar dinero equivalente al 23 % de las participaciones.

Aparentemente, era una más de las miles de empresas del sector del ladrillo que se crearon ese año para subirse al boom inmobiliario que recorría España de punta a punta. La particularidad de Promocions Portic Anoia SL radicaba en que uno de los asientos de su consejo de administración estaba ocupado por el hombre de Juan Carlos I en Barcelona, Josep Cusí. No consta que el armador del Bribón desembolsara ninguna cantidad en la sociedad. La promotora llegó a controlar activos por valor de 2 millones de euros.

Esa conexión empresarial fue el resultado de un largo cortejo de Mestre a Juan Carlos iniciado años antes y que alcanzó su cénit en 2006, durante la gala en Barcelona de los Premios Laureus, presidida por el entonces jefe del Estado. Corinna Larsen fue la encargada de negociar con las autoridades locales y los dueños del evento para que la gala tuviera lugar en España.

Mestre estuvo entre los escasos asistentes que pudieron codearse con deportistas como Roger Federer, Rafa Nadal y Valentino Rossi. El evento, retransmitido por televisión en más de 190 países, contó con la presencia de la infanta Cristina e Iñaki Urdangarin. También acudió la propia Corinna.

Una de las imágenes más icónicas del rey con su entonces amante se produjo precisamente en el momento de la

recepción de los invitados a la gala. La empresaria llevaba un vestido de tirantes color rosa que llegaba hasta el suelo y un pequeño bolso en su mano izquierda. Juan Carlos I
vestía un traje oscuro, pajarita del mismo color y camisa azul
clara. Los fotógrafos los captaron dándose un beso con un
aire de complicidad que iba más allá de la mera cortesía.
Habría que esperar seis años para poner más atención en
sus miradas y entender el verdadero significado de aquella
instantánea.

Mestre presenció el beso en directo, igual que al año siguiente, cuando los Premios Laureus volvieron a entregarse
en Barcelona y el industrial consiguió otra vez un hueco en
la lista de invitados. Juan Carlos I volvió a acudir a la cita organizada por Corinna. La pareja estuvo acompañada por los
entonces príncipes de Asturias, Felipe y Letizia. El propietario
de la terminal de contenedores pasó esa noche con los principales inquilinos de la Zarzuela. Mestre seguía sin ser famoso,
pero su nombre era cada vez más conocido en los círculos
de poder del país.

Aquellas galas eran una demostración de estatus, pero el
patrón del puerto no las necesitaba para poder codearse con
Juan Carlos I. En sus largos fines de semana en Barcelona,
el monarca llenaba su tiempo visitando a amigos y Mestre
se convirtió en uno de ellos. El rey pasó varias veces por la
mansión del empresario en Pedralbes. Mestre le organizaba
fiestas privadas a las que también asistían Cusí, el conde de
Godó y otras personalidades de la ciudad. La cena y la conversación se prolongaban hasta tarde. El protocolo se diluía
y aparecía el Juan Carlos I más cercano y divertido. Entre
los Miró y los Picasso, el monarca se relajaba y compartía
confidencias. Algunas eran simples anécdotas. Otras podían
tener categoría de secreto de Estado, y ser el anfitrión de esos

encuentros provocaba en Mestre la convicción de que nada malo podía ocurrirle.

Sus negocios eran una máquina de ingresar dinero, tanto que no tardó en suscitar el interés de la clase política. El 25 de mayo de 2010, cuando Mestre tenía cincuenta y tres años, el entonces presidente de la Generalitat, José Montilla, le concedió el Premio al Mejor Empresario Nacional Logístico durante el Salón del sector en Barcelona. A la gala también asistió el presidente de Asturias, Vicente Álvarez Areces, que recogió otro premio en representación del Principado. «Tercat se ha posicionado como una de las compañías impulsoras de la competitividad y optimización de sistemas portuarios en el Mediterráneo y a nivel mundial», proclamaron los organizadores de los premios para glosar a Mestre.

Sin embargo, la suerte del amigo menos conocido de Juan Carlos I cambió solo cuatro semanas después. El 22 de junio de 2010, Mestre fue detenido por la Policía Nacional en las oficinas de Tercat[3]. La Unidad de Droga y Crimen Organizado (Udyco) había recibido una información de la agencia antiestupefacientes británica SOCA que lo implicaba en una red internacional de tráfico de cocaína. Según los datos proporcionados por un colaborador policial, Mestre había puesto Tercat al servicio de los narcotraficantes para introducir por su terminal de contenedores grandes cargamentos de droga.

Aquel 22 de junio, los investigadores descubrieron a Mestre siguiendo en directo la recepción de uno de esos envíos de cocaína desde las propias oficinas de Tercat en el puerto de Barcelona. En la terminal, con el empresario presente, la policía comprobó que un buque de bandera panameña

---

[3] Antonio Baquero, «El fiscal pide 13 años al empresario del puerto barcelonés José Mestre», *El Periódico* (edición web), 9 de octubre de 2013.

llamado MSC Corinna, casualidades del destino, acababa de descargar en sus instalaciones un contenedor de mercancías, el número MSCU8598739, que escondía 186 kilos de cocaína en su interior.

Oficialmente, el contenedor solo transportaba chatarra, pero la policía lo subió a un camión y lo inclinó para esparcir su carga en el suelo. Al principio solo salieron toneladas y toneladas de hierros y otros metales, pero, cuando ya parecía que no quedaba nada dentro, cayeron diez grandes mochilas de deporte de color negro. Los policías habían encontrado lo que estaban buscando. En las bolsas hallaron 202 tabletas de droga. Los análisis de laboratorio revelaron que se trataba de cocaína con una pureza del 63.8 %, muy superior al 10 % habitual de la que se vende en la calle. La sustancia habría reportado unos beneficios aproximados de 14 millones de euros.

El anfitrión de Juan Carlos I jugó un papel fundamental para que el cargamento llegara desde Colombia hasta España. Un colombiano nacionalizado mexicano, Héctor Murillo, alias el Juli, lideró la operación. Para camuflar la recepción del contenedor, el grupo contaba con una pata española liderada por otro narco, Higinio Alonso, alias el Viejo, de setenta años, que usó una empresa, Chatarras Cano SL, como importadora de la carga. El semanario mexicano *Proceso* publicó en mayo de 2011 que esos individuos estaban vinculados al peligroso cartel de Sinaloa.

La instrucción demostró que el dueño de Tercat era imprescindible para que el contenedor llegara a Europa. En las conversaciones intervenidas al grupo, se descubrió que sus miembros se referían a Mestre con el nombre en clave de Don. Antes del cargamento incautado, la organización había enviado otros contenedores vacíos para comprobar si el sistema funcionaba. También se averiguó que, el 25 de mayo, el mismo día que Montilla entregó al industrial el Premio al Mejor Empresario del Año ante decenas de autoridades, Mestre se reunió dos veces en el Hotel NH Constanza de Barcelona con Murillo para pactar los detalles del traslado de la cocaína. La primera reunión tuvo lugar por la mañana, sobre las 12:30, y la otra, por la tarde, a las 18:25.

El mismo día de su detención, una comisión judicial se desplazó a la calle Espasa para registrar la mansión del empresario. Los agentes inventariaron los coches de lujo; los cuadros de Picasso, Miró, Tàpies y Nonell; una bodega con doce jamones 5J y decenas de vinos exclusivos; y 38 244 euros, 1900 libras esterlinas y 750 francos suizos guardados en una caja fuerte para hacer frente a pagos diarios.

Después de meses de seguimientos y escuchas, los investigadores ya sabían que el detenido era uno de los hombres más ricos de Cataluña. Lo que no esperaban encontrarse en el registro de su mansión de Pedralbes era una ingente cantidad de fotografías del narcotraficante posando amigablemente con Juan Carlos I. Los dos aparecían en escenas distendidas y era obvio que algunas de las imágenes se habían tomado dentro de aquellas paredes. Aquello provocó un terremoto en el caso y se adoptaron medidas para evitar que trascendieran esas imágenes y cualquier otro detalle sobre la conexión del narco con la Zarzuela, explican numerosas fuentes que participaron en el operativo y en la investigación judicial posterior.

Los problemas del amigo del rey con los tribunales se complicaron todavía más en 2012. El juez Joaquín Aguirre, titular del Juzgado de Instrucción número 1 de Barcelona, llevaba en ese momento varios años investigando la operación Macedonia, una complejísima trama de narcotráfico en la que aparecieron supuestamente involucrados policías municipales de la ciudad, mossos d'esquadra, policías nacionales y guardias civiles. Cada fuerza policial hizo tantos informes y contrainformes para defenderse de las acusaciones del resto de cuerpos y culpar a su vez a los otros, que el caso llegó a un punto en el que era imposible diferenciar qué agentes decían la verdad y quiénes mentían para protegerse.

Pese a la complejidad del procedimiento, del caso Macedonia emergieron algunas certezas. Las pesquisas giraban en torno a un empresario que se movía como pez en el agua por el inframundo de la provincia de Barcelona, Manuel Gutiérrez Carbajo. Los investigadores descubrieron que este individuo tenía una estrecha relación personal con Mestre. Gutiérrez Carbajo no era tan poderoso como el empresario del puerto, pero se había hecho un nombre en los bajos fondos de Barcelona gracias a sus contactos con las fuerzas y cuerpos de seguridad del Estado. En el lado más oscuro de la ciudad, todo el mundo estaba al tanto de que Gutiérrez Carbajo era confidente de Mossos, Policía Nacional y Guardia Civil. Esa triple conexión, lejos de convertirlo en un chivato, le sirvió para abrirse paso entre la competencia y extender sus redes por el área metropolitana. De algún modo, las operaciones de Gutiérrez Carbajo contaban con la garantía de que nadie iba a impedirlas. Sus rivales no tenían tanta suerte.

La placentera trayectoria de Gutiérrez Carbajo cambió cuando el juez Aguirre lo acusó de comprar joyas y relojes a funcionarios de las Fuerzas de Seguridad para que miraran hacia otro lado.

Las diligencias llevaron al juez hasta la conocida joyería Rabat, una de las más célebres de la ciudad, con sede en el lujoso paseo de Gracia. Aguirre ordenó registrarla en febrero de 2012 y se incautó de abundante documentación. Las conclusiones de esa diligencia quedaron condensadas en un informe policial antes de que finalizara ese año. Tras analizar los archivos internos de Rabat, los agentes averiguaron que Gutiérrez Carbajo había comprado decenas de joyas en Rabat para algunos responsables de las fuerzas de seguridad. Asimismo, casi una decena de policías había acudido de forma recurrente al establecimiento para adquirir objetos de lujo que eran incompatibles con sus sueldos públicos.

La base de datos de Rabat también reveló que Gutiérrez Carbajo no era el único individuo bajo el radar que había estado comprando joyas y relojes compulsivamente en el establecimiento. El nombre de José Mestre estaba por todas partes. Su número de cliente era el 54758, aunque a veces también pagaba a través de sus empresas, Tercat y Grupo Mestre, y otras lo hacía a través de familiares. En los listados afloraron facturas de su padre Juan Mestre Monforte, sus hermanos Juan Mestre Fernández y María Mestre Fernández y sus hijos y sobrinos Cristina Mestre, Kati Mestre, Rogelio Mestre, Verónica Mestre, Maura Mestre, Alicia Mestre, Víctor Mestre y José Mestre Jr., según el acta judicial de registro de la joyería.

Mestre llevaba años adquiriendo relojes, pendientes, anillos y móviles de lujo con un ritmo frenético. Entre 2004 y 2009, se llevó un reloj Vacheron Constantin de oro rosa de 12 100 euros; un Rolex Daytona de oro amarillo de 13 700 euros; un Cartier Pasha Chronograph de 12 200 euros; un reloj Jacob & Co. con brillantes de 8785 euros; dos teléfonos móviles de la exclusiva marca Vertu, ya desaparecida, de 3450 euros cada uno; una sortija religiosa de 2250 euros; un collar de brillantes de 1700 euros; una alianza con diamantes de 2400; un reloj Gerald Genta de 30 000 euros; otro reloj

Richard Mille de oro rosa de 29 000 euros; una pluma Skeleton de 14 250 euros; otra de oro de 17 005 y unos gemelos con forma de pistolas valorados en 3150 euros, entre otros productos.

Mestre y Gutiérrez Carbajo no solo eran clientes de la misma joyería. También compartían otros intereses. Los investigadores descubrieron que se pusieron de acuerdo para ayudar a Rabat. El establecimiento estaba a punto de perder la licencia de distribuidor oficial del prestigioso fabricante suizo de relojes Audemars Piguet, una marca que sigue elaborando sus productos de forma casi artesanal en el idílico valle de Joux y que tiene en su catálogo modelos que superan los 600 000 euros. La noticia podía provocar un efecto dominó en otros proveedores que pusiera en riesgo la viabilidad de Rabat en pleno proceso de expansión.

Según la información que llegó a los encargados del procedimiento, Mestre y Gutiérrez Carbajo idearon un plan para salvar a su principal proveedor de piedras preciosas y otras alhajas. El dueño de Tercat organizó un encuentro entre Juan Carlos I y los propietarios de Rabat para demostrarle a los directivos de Audemars Piguet que la joyería era una de las favoritas del monarca. Mestre pactó presuntamente con el entonces jefe del Estado que los dueños de Rabat le entregarían precisamente un reloj Audemars Piguet como muestra de agradecimiento. El regalo sería abonado por Gutiérrez Carbajo.

Los investigadores del caso Macedonia averiguaron que, efectivamente, se produjo la reunión de Rabat con el rey, explican fuentes directas de las pesquisas. Los propios joyeros movieron la noticia en publicaciones del sector. Además, la policía halló en los registros de Rabat documentos que indicaban que Gutiérrez Carbajo había adquirido un reloj

Audemars Piguet en fechas próximas al encuentro con el rey. La joyería logró conservar el título de distribuidor autorizado del fabricante suizo. No lo perdió hasta 2020, por una reestructuración de los canales de venta de la marca.

Juan Carlos I seguía gozando de la protección absoluta del Estado. Los movimientos de dinero en torno a Rabat y la reunión con el rey acabaron quedándose fuera de las diligencias del caso Macedonia por una extraña falta de avances. Fuentes de Interior señalan que la aparición del rey emérito llegó hasta el propio Jorge Fernández Díaz, máximo responsable del ministerio en esa época, y que este se movilizó para tratar de desactivar esa parte de la causa.

Al haber policías presuntamente implicados, Interior optó por dejar esa pieza separada del procedimiento en manos de la Unidad de Asuntos Internos de la Policía Nacional, que en ese momento dirigía el comisario Marcelino Martín-Blas, principal enlace con el CNI y uno de los hombres de confianza de la estructura policial que colgaba de Fernández Díaz. Los documentos recogían una avalancha de indicios de criminalidad, pero el grupo de Martín-Blas se limitó a comprobar la autenticidad de las facturas y no llegó a ninguna conclusión relevante.

Había otra poderosa razón para que la parte del caso Macedonia que afectaba a la joyería Rabat cayera en el olvido. El propio Juan Carlos I figuraba en los documentos de este establecimiento como el cliente número 75195.

Según las bases de datos de la joyería, el rey compró el 4 de febrero de 2008 un teléfono móvil de la marca Vertu modelo Ascent, uno de los más avanzados en ese momento del catálogo del fabricante británico. Su pantalla era de cristal de zafiro; sus teclas, de acero inoxidable, y tenía 4 GB de memoria. Supuestamente pagó 3800 euros por el móvil, pero los agentes encargados del caso siempre sospecharon que el teléfono fue realmente costeado por Gutiérrez Carbajo, que trasladó a su entorno que tenía el mismo móvil que el rey y con el número de serie contiguo. Varios de los productos que, según los archivos de Rabat, habían sido comprados por Mestre, también habrían acabado en manos de su amigo Juan Carlos I.

La relación del industrial con el monarca se enfrió tras la operación policial de 2010, pero, incluso después, Mestre recibió un trato especial. La Audiencia Nacional le condenó en 2014 a doce años de cárcel y una multa de 14.6 millones de euros por participar en el desembarco de la cocaína del MSC Corinna. La sentencia consideró probado que formaba parte de una organización criminal con ramificaciones en Latinoamérica y que facilitó la entrada de un contenedor con 186 kilos de estupefaciente de alta pureza. El Tribunal Supremo ratificó la condena, pero la rebajó a nueve años de prisión.

Mestre ingresó en la prisión de Brians el 27 de diciembre de 2014 para cumplir los ocho años que le quedaban de cárcel, tras haber pasado uno en prisión preventiva después de su arresto. Sin embargo, a los once meses de ingresar en una celda, logró que el Departamento de Justicia de la Generalitat de Catalunya le aplicara el artículo 100.2 del Reglamento Penitenciario, que permite a los reclusos salir de prisión durante el día para ir a trabajar, a pesar de que los condenados por pertenencia a organización criminal como Mestre no pueden disfrutar de este beneficio hasta alcanzar la mitad de la pena. Cualquier otro preso condenado por los mismos delitos que el dueño de Tercat no habría tenido acceso a permisos hasta 2018 y solo habrían tenido un carácter puntual. La libertad condicional no habría sido posible hasta 2023.

Por su parte, Gutiérrez Carbajo fue finalmente absuelto de las acusaciones de narcotráfico por la Audiencia Provincial de Barcelona en septiembre de 2022. Solo fue condenado en una pieza separada del caso Macedonia por tenencia ilícita de armas, ya que en el registro de su casa se encontraron armas y munición, además de 49 000 euros y gran cantidad de joyas y relojes de alta gama.

Una tercera investigación judicial más reciente arroja nuevas incertidumbres sobre el alcance de la relación entre Mestre y Juan Carlos I. En paralelo a las indagaciones sobre la fortuna oculta del rey emérito en el extranjero, el Juzgado Central de Instrucción número 5 de la Audiencia Nacional está rastreando posibles delitos de blanqueo de capitales y fraude fiscal de decenas de clientes españoles del banco HSBC de Ginebra, tras la filtración masiva de datos del antiguo empleado de la entidad Hervé Falciani. La macrorrevelación condujo a la justicia española hasta un prestigioso gestor de carteras privadas, Alejandro Pérez Calzada, propietario del despacho Venture Finanzas y marido de la exdirectora de la Oficina Nacional de Investigación del Fraude (ONIF) de la Agencia Tributaria, Margarita García-Valdecasas. Pérez Calzada recurría a HSBC y a otros bancos internacionales para ofrecer servicios *offshore* a grandes fortunas patrias.

En el caso, bautizado como red Charisma, ha aflorado el nombre de Mestre. El zar del puerto de Barcelona contrató los servicios de Pérez Calzada para mover a través de una cuenta en Andorra de Andbank, el mismo banco que usaba Josep Cusí, el armador del Bribón, ingentes cantidades de fondos opacos.

El grueso de los movimientos de Mestre a través de esa red se produjo entre 2006 y 2009, justo durante los años en los que fue más intensa su relación con Juan Carlos I. Según el sumario del caso Charisma, al menos 180.5 millones de euros[4] circularon por las cuentas en Andbank del empresario caído en desgracia.

[4] Antonio Fernández, «El "virrey del puerto" de Barcelona movió 180 millones en negro en cuentas opacas», *El Confidencial*, 10 de diciembre de 2020.

6.
EL PRIMO ÁLVARO

Febrero de 2008. Convento de los Capuchinos, una ermita de 370 años de historia construida por los marineros de Sanlúcar de Barrameda, en Cádiz. Juan Carlos I viste traje gris oscuro, camisa blanca y corbata de color lila, y sonríe ante la pila bautismal mientras su primo Álvaro Jaime de Orleans-Borbón y Parodi-Delfino y su segunda esposa, Antonella Rendina, bautizan a su hija Eulalia. El monarca ha acudido solo, sin la reina Sofía. Antonella, veintidós años más joven que Álvaro y procedente de una acaudalada familia del sur de Italia con canteras de mármol, ha insistido en que el rey esté presente en la ceremonia y sea el padrino de la niña.

Juan Carlos I y Álvaro habían mantenido hasta entonces una relación intermitente y discreta. De hecho, en las grandes biografías que se han escrito sobre el rey, la figura de Álvaro de Orleans tiene una presencia testimonial o contundentemente nula. Pero en 2008 han intensificado los contactos y han iniciado una nueva etapa guiada por la complicidad y los intereses cruzados.

Un año antes, Álvaro había rehecho su vida sentimental y se había casado en segundas nupcias con Antonella. El rey sueña con seguir los pasos de su primo y afianzar oficialmente su relación con Corinna Larsen, que en 2008 está muy consolidada. Llega incluso a sopesar el divorcio de la reina Sofía. «Se había involucrado en una pasión muy fuerte, que se había salido de lo normal», reconocería años después el propio Álvaro de Orleans en el reportaje sonoro *XRey*.

Juan Carlos I y su primo no solo se convierten en confidentes emocionales coincidiendo con el bautizo de Eulalia. Ese mismo año, Álvaro empieza a pagar al entonces rey de España vuelos privados por medio mundo a través de la Fundación Zagatka. «Es muy fácil de explicar —señaló Álvaro en una entrevista que concedió a *El País*[1] en 2020—. Un día me llama el rey, que conoce mi relación con el mundo de la aviación, y me pregunta si puedo encontrarle una compañía privada para un vuelo. Llamé a mi asistente en Mónaco y se pusieron de acuerdo para encontrar una. Pagué yo... Distancia real... Y me olvidé del tema. Luego hubo un segundo vuelo y un tercero, un cuarto... Al final hubo muchos vuelos». Según Álvaro, no hubo ninguna mala intención en esos pagos. Juan Carlos I quería volar al margen de los desplazamientos oficiales cubiertos por el Grupo 45 del Ejército del Aire y él simplemente le ayudó a pagar esos aviones, contó.

El rey es un hombre de mar; Álvaro, en cambio, siempre sintió una inclinación por los cielos. Comenzó a surcar el aire en 1970, cuando tenía veintitrés años. Había heredado la afición de su padre y de su abuelo, ambos pilotos. Álvaro fue presidente del Real Aero Club de España entre 1988 y 1992, es Compañero de Honor de la Federación Aeronáutica Internacional (organismo que concede una beca con su nombre), tiene varios premios en competiciones de vuelo y organizó expediciones aéreas pioneras al Himalaya y a la cordillera del Atlas, en Marruecos. También es propietario de una pequeña

---

[1] José María Irujo, «"Pagué muchos vuelos privados del Rey emérito, pero no soy su testaferro"», *El País* (edición web), 2 de marzo de 2020.

flota de aviones planeadores con los que practica su gran especialidad, el vuelo a vela, un deporte en el que los pilotos tienen que mantenerse en el aire aprovechando la aerodinámica del planeador y las corrientes de aire, sin la asistencia de ningún tipo de motor. «Es volar como un pájaro, con la diferencia de que él es un profesional», relató Álvaro en una entrevista que concedió en medio de uno de los muchos campeonatos de España en los que ha participado.

Juan Carlos I también quería volar, pero no en pequeños y estrechos planeadores, sino en jets privados con sillones de piel y servicio de catering, y utilizó a su familiar para conseguirlo. La Fiscalía suiza descubrió que Zagatka pagó más de 8 millones de euros en vuelos privados del rey entre 2008 y 2018.

En la entrevista concedida a *El País*, Álvaro de Orleans dijo que creó la Fundación Zagatka «para responder a un mandato» de su padre. «Me pidió que estuviera disponible para echar una mano a las familias reales cuando lo necesitaran. Lo hizo mi abuelo, lo hizo mi padre y quise hacerlo yo». Lo curioso es que el padre de Álvaro falleció en 1997 y Zagatka no se creó hasta seis años después.

La fundación comenzó con un saldo de 9235 euros. Diez años después, tenía más de 14 millones de euros en activos, aunque nunca tuvo página web ni su existencia era pública, y el movimiento de sus cuentas revela que la única monarquía europea que se benefició realmente de sus fondos fue la que encabezaba su primo Juan Carlos I. Ni siquiera puede considerarse que fuera realmente una fundación, aunque esta palabra figurara en su denominación para generar esa apariencia. Zagatka tenía la misma estructura que cualquier otra sociedad instrumental.

¿Quién es realmente Álvaro de Orleans, tipo educado y cordial, delgado y de cierta estatura, en el enrevesado árbol genealógico de los Borbones? La Real Academia de la Historia describe con todo lujo de detalles los orígenes de la ilustre familia Orleans-Borbón, una de las ramas de las monarquías europeas surgida en 1846 de la unión de los tronos francés y español.

El abuelo de Álvaro, por ejemplo, Alfonso María de Orleans y Borbón[2], fue infante de España. Pionero en la aviación militar española y coronel en el ejército de Franco durante la guerra civil, es tío abuelo de Juan Carlos I. De hecho, Alfonso María fue testigo de la boda del emérito y doña Sofía, y padrino de la primera hija de ambos, la infanta Elena. Varias biografías lo califican como «maestro de pilotos». Voló hasta meses antes de su muerte en 1975, a la edad de ochenta y nueve años.

«Recuerdo perfectamente cuando yo era joven y los 7 de septiembre, festividad de la Virgen de la Regla, el infante bajaba en su avión raseando sobre la iglesia de los franciscanos en el municipio de Chipiona para tirar flores a la Virgen. No se me olvidará nunca. Era todo un espectáculo», explica un político ya retirado que ocupó durante muchos años cargos públicos en el Ayuntamiento vecino de Sanlúcar de Barrameda (70 000 habitantes), donde se asentó la familia Orleans a mediados del siglo XIX. Vivían en un palacio neomudéjar al que la familia llamaba «el Botánico de las mil especies» y que hoy acoge la sede del Ayuntamiento.

El padre de Álvaro, como el abuelo, también combatió en la guerra civil como piloto del bando nacional. Era primo

<hr>

[2] Cecilio Yusta Viñas, «Alfonso de Orleans y Borbón», página web de la Real Academia de la Historia.

del rey Pablo de Grecia, padre a su vez de la reina Sofía. La madre de Álvaro es Carla Parodi Delfino, descendiente de una adinerada familia italiana. Álvaro de Orleans perdió a su progenitor en agosto de 1997. Fue enterrado en Sanlúcar, justo en el mismo convento de los Capuchinos donde Álvaro bautizaría a su hija Eulalia once años después, y el sepelio fue presidido por sus sobrinos terceros, los reyes Juan Carlos y Sofía, acompañados del entonces príncipe de Asturias. Al funeral también acudió Manuel Prado de Colón y Carvajal, el hombre que mecía los negocios del rey, un papel similar al que Álvaro de Orleans desempeñó luego.

Aunque Álvaro de Orleans es ingeniero electrónico de formación, siempre ejerció de hombre de negocios. Los más jugosos los hizo en Cádiz, gracias a la herencia de su familia y a sus contactos reales. Fue uno de los impulsores del complejo residencial Costa Ballena, situado entre las localidades de Rota y Chipiona. Una gran operación urbanística que se fraguó en 1985, cuando la Dirección General de Turismo de la Junta de Andalucía quiso convertir una zona donde solo se cultivaban remolacha, trigo y girasol, y que entre los lugareños se conocía como el «cortijo de la ballena», en un nuevo Puerto Banús.

En aquellos años, la Junta buscaba una localización en la costa que le sirviera para poner en marcha lo que se bautizó como «laboratorio turístico». Estaban empezando a sentarse los pilares de lo que sería el boom inmobiliario, y la administración que lideraba en ese momento el socialista José Rodríguez de la Borbolla quería fomentar el crecimiento económico de algunas áreas deprimidas aunando el boyante despegue del ladrillo con el auge del turismo de playa.

La Junta seleccionó tres posibles ubicaciones para crear un macrorresort. Se eligieron zonas de costa en Cádiz, Huelva y Almería. «Lo que se buscaba eran unos terrenos con pocos propietarios para que los acuerdos fueran más factibles y rápidos. Y en Costa Ballena, más del 90% del suelo estaba en manos de un solo dueño, la familia Orleans-Borbón», explica uno de los cargos públicos que participó en este desarrollo, ya jubilado.

Solo en Rota, Álvaro de Orleans tenía 2.9 millones de metros cuadrados, en su mayoría, tierras llenas de cultivos y dunas. En esa época, Rota era la playa de la gente de Sanlúcar. No hubo sorpresas. La Junta se decantó por ese tramo del litoral del Estrecho para implementar el primer laboratorio turístico de Andalucía. Pesó la facilidad para desarrollar los terrenos y, según varias fuentes consultadas, las buenas relaciones del pariente del rey con el presidente de la Junta, Rodríguez de la Borbolla, cuyo bisabuelo había sido ministro de Alfonso XIII, abuelo de Juan Carlos I.

Los pocos propietarios de los terrenos, entre ellos los Orleans, se constituyeron en Junta de Compensación y firmaron un convenio con EPSA, la empresa pública de suelo del Gobierno andaluz, para gestionar la urbanización y el planeamiento urbanístico del nuevo complejo. El desarrollo fue aprobado finalmente en mayo de 1990, un mes antes de que Manuel Chaves sustituyera a Rodríguez de la Borbolla como presidente de la Junta. El alcalde de Rota en aquellos años, y otro de los grandes impulsores del proyecto, era Felipe Benítez Ruiz-Mateos, primo del famoso y polémico empresario José María Ruiz-Mateos, fundador de Rumasa.

«Cuando empezaron las obras recuerdo que en los primeros años llegó a haber setenta y dos grúas funcionando al mismo tiempo construyendo en las parcelas. Y más del 90% del suelo era de Álvaro de Orleans. Se hizo millonario con este proyecto. Multimillonario, mejor dicho», asegura un miembro del Ayuntamiento de Rota que en esos momentos tuvo que aprobar obras y dar licencias.

El suelo salía a subasta y luego promotores privados realizaban las obras. Solo en 1998, salieron a la venta treinta y seis parcelas que se vendieron por 6911 millones de pesetas (hoy 41.5 millones de euros). Casi todas eran de los Orleans. Un año después, en 1999, Francisco Vallejo, el consejero de Obras Públicas de la Junta, defendió en el Parlamento andaluz que Costa Ballena era «el proyecto urbanístico más importante» que se había hecho nunca en España, capaz de generar 8000 empleos.

¿Cuánto ganó Álvaro de Orleans con este proyecto? Es imposible saberlo. En enero de 1995, Juan Carlos I inauguró en Madrid la XV edición de la Feria de Turismo Fitur, mientras su primo Álvaro se paseaba por el mismo recinto vendiendo su proyecto. En total, Costa Ballena consiguió comercializar 97 parcelas. Una de las primeras promociones que se levantó se llamó Playa del Infante en honor al abuelo de Álvaro, con 327 viviendas que salieron a la venta por entre 150 000 y 230 000 euros. Las principales avenidas se bautizaron con los nombres de Juan Carlos I y la reina Sofía. La familia Orleans también consiguió en los acuerdos con la Junta llevarse la gestión de uno de los campos de golf del complejo, de veintisiete hoyos.

Con Costa Ballena, la familia Orleans engordó su fortuna. Desde su creación, se han levantado unas 5200 viviendas; cuatro hoteles, uno de ellos con un parque acuático; tres centros comerciales; zonas verdes con lagos y una iglesia. «Es verdad que iba a ser una especie de nuevo Puerto Banús y se ha quedado en una gran extensión de urbanizaciones que solo tienen alta ocupación unas pocas semanas al año —explica una periodista del municipio—. Más del 80 % de las viviendas son segundas residencias para gente de Bilbao, Madrid, Córdoba, Sevilla y Jerez. No hay más de 600 personas censadas todo el año, aunque en verano la población puede subir hasta los 25 000 habitantes. La vida se la da el campo de golf, que tiene muchos clientes suecos. No me preguntes el motivo», sentencia la periodista.

Los Orleans estuvieron a punto de repetir el pelotazo en 2003, el mismo año en el que Álvaro de Orleans constituyó en Liechtenstein la Fundación Zagatka. El Ayuntamiento de Rota aprobó un acuerdo de intenciones[3] con el familiar de Juan Carlos I para desarrollar otro complejo turístico que se iba a llamar Las Lomas del Infante. El objetivo era que 144 hectáreas que una empresa del aristócrata tenía en Rota, destinadas inicialmente a levantar un parque industrial, se transformaran en «uso turístico residencial y de servicios» gracias a una modificación parcial del plan urbanístico. Pero los trámites administrativos para poner en marcha el proyecto tardaron más de lo previsto y acabó estallando la crisis económica de 2008. Las cuentas no salían y el proyecto se anuló.

Antes de hacer fortuna con sus operaciones inmobiliarias en Cádiz, el rey ya había echado una mano a su primo Álvaro colocándolo como patrono en Cotec, una organización privada sin ánimo de lucro cuya misión es promover la innovación como motor de desarrollo económico y social, y que hoy cuenta con hasta noventa grandes compañías e instituciones que ejercen como «miembros protectores»[4].

Hasta 2018, el aristócrata formó parte del Consejo de Cotec desempeñando también el papel de presidente del Comité

---

[3] «Sesión Ordinaria celebrada por el Ilustrísimo Ayuntamiento Pleno de Rota, en primera convocatoria el día nueve de enero del año dos mil tres, página web del Ayuntamiento de Rota.
[4] Página web de Cotec, sección «Miembros», <https://cotec.es/miembros>.

de Relaciones Internacionales. Cuenta el periodista José Antonio Zarzalejos en su libro *Felipe VI, un rey en la adversidad* que «muchas personalidades de las finanzas y la empresa lo recuerdan [a Álvaro] hace veinte años asistiendo a las reuniones de esta organización, sin que se supiera en calidad de qué concurría». Como anécdota, el propio Álvaro cuenta que su interés por las nuevas tecnologías y la innovación hizo que fuera él quien le enseñara al rey lo que era un correo electrónico, quien le abriera su primera cuenta y quien recibiera el primer mail enviado por el monarca. «Es el primer mail que yo conozco que un rey haya enviado», señaló orgulloso en *XRey*.

En la actualidad, Álvaro de Orleans y su familia administran varias empresas en Costa Ballena. Allí se les conoce como el «clan de Jerez». El aristócrata está vinculado a sociedades tan dispares como la inmobiliaria Iniciativas Turísticas Costa Noroeste; la bodega Los Infantes de Orleans, fundada en 1948 y que produce manzanilla y brandi; y, sobre todo, la sociedad Torremesa, especializada en uva de mesa y que también explota el cultivo de boniatos, remolacha, calabazas, zanahorias y la aceituna tipo arbequín, muy cotizada en la elaboración de aceite de oliva virgen. Álvaro de Orleans ha conseguido que su uva se venda en las fruterías de Mercadona bajo el nombre comercial de Candy Snap. Hasta junio de 2019, también fue presidente de la agencia turística Viajes Sherry Ocio, hoy dirigida por su hermana.

Su faceta menos conocida permaneció oculta hasta 2018, cuando comenzó la investigación de la Fiscalía suiza sobre la fortuna de Juan Carlos I. Hasta ese momento, nada hacía sospechar que la relación entre ambos iba más allá del mero vínculo familiar: Álvaro llevaba años pagando de manera secreta vuelos privados y otros caprichos del monarca sin que esas entregas de dinero fueran declaradas a la Agencia Tributaria española. «En efecto, el anterior rey de España estaba muy unido a su primo, quien le habría obsequiado con numerosas dádivas», señaló el fiscal helvético Yves Bertossa en una comisión rogatoria que mandó a España en agosto de 2019 pidiendo asistencia judicial.

En ese mismo procedimiento, Corinna acusó a Álvaro de ser testaferro del rey y hay numerosas razones que apuntalan esa sospecha. La ingeniería jurídica y fiscal de la Fundación Zagatka fue obra de un despacho de abogados especializado en la creación de estructuras opacas con sede en Vaduz, capital de Liechtenstein, un rico y minúsculo principado centroeuropeo de apenas 40 000 habitantes que está considerado uno de los mejores refugios para la evasión fiscal.

Las fundaciones ocupan un lugar destacado en el catálogo de estructuras pantalla de Liechtenstein. Por un lado, garantizan la opacidad de los propietarios de la sociedad. Ninguna autoridad tiene acceso a sus nombres. Además, las fundaciones son jurídicamente independientes de sus titulares. Si estos tienen algún problema con la justicia de sus respectivos países o alguna deuda con terceros, el patrimonio que tengan alojado en las fundaciones queda completamente a salvo. También son idóneas para articular herencias. Las condiciones del traspaso de los activos quedan fijadas en los estatutos internos de la fundación, que tampoco son públicos. La transmisión se produce de una forma discreta y sin tener que abonar ningún tipo de tributo. Los no residentes en Liechtenstein ni siquiera tienen que pagar por las aportaciones que reciben sus fundaciones desde el extranjero, aunque las transferencias hayan sido realizadas por otras personas.

Álvaro quería, en realidad, que la fundación se llamara Zagadka, que significa «enigma» o «misterio» en ruso, pero un error en la transcripción del nombre provocó que fuera inscrita con su denominación actual. La elección parece demasiado rimbombante para lo que el aristócrata definió como un fondo para ayudar a las monarquías europeas y, después, como un simple «fondo familiar» para ayudar a su abultada descendencia. «De mi primer matrimonio [con una sobrina de la reina Paola de Bélgica] yo tengo tres hijos y doce nietos. Me gusta ayudarlos puntualmente», señaló ante la Fiscalía suiza. Pero la realidad es que Juan Carlos I figuraba como tercer beneficiario en los estatutos de Zagatka. En mayo de 2006, modificó el reglamento de la entidad para poner también como cuarto beneficiario al entonces príncipe de Asturias, el rey Felipe VI.

La sede fiscal de Zagatka estaba en Liechtenstein, pero el dinero descansaba en Suiza. Entre 2003 y 2015, la fundación tuvo sus cuentas en el banco Credit Suisse de Ginebra. La Fiscalía descubrió un documento que hizo saltar todas las alarmas. Se trataba de la declaración obligatoria sobre «el origen de los valores patrimoniales depositados en el banco» (EAM, en inglés) que deben cumplimentar todos los clientes cuando abren una cuenta. En el apartado «Especifique cómo se adquirieron los activos», es decir, la procedencia de los fondos, el documento aseguraba: «Comisión recibida en relación con la venta del Banco Zaragozano a Barclays Bank en Londres».

La explicación llegó diecisiete años después. El diario británico *The Telegraph* publicó en febrero de 2020 que Álvaro se embolsó millones de libras por hacer de intermediario en la venta del banco español al gigante británico[5]. El artículo

---

[5] James Badcock, «Former king of Spain faces questions over cousin's Barclays bank deal», *The Telegraph*, 15 de febrero de 2020.

explicaba que el primo del emérito había cobrado una «comisión por representar a los accionistas para la venta del Zaragozano», pacto que no se mencionaba en la web de vigilancia de la Comisión Nacional del Mercado de Valores (CNMV), a pesar de que el Banco Zaragozano era una empresa que cotizaba en bolsa en el momento de ser absorbida por Barclays. Con el dinero de esa intermediación se nutrió supuestamente por primera vez la Fundación Zagatka.

Tras la noticia de *The Telegraph*, Álvaro negó que hubiera tenido algún tipo de participación en la venta del Zaragozano a Barclays y aseguró que no entendía por qué el empleado de Credit Suisse anotó esa información en la ficha de apertura de la cuenta de Zagatka. Según el familiar de Juan Carlos I, el trabajador del banco cometió un error. Pero esa explicación no aclara cómo pudieron llegar unos datos tan concretos sobre una operación financiera real a la mesa de un empleado del Credit Suisse de Ginebra y cómo saltaron desde ahí a su ficha en la entidad.

Se da la circunstancia de que los grandes beneficiados por aquella adquisición bancaria fueron dos íntimos amigos de Juan Carlos I, los primos Alberto Alcocer y Alberto Cortina, conocidos como los «Albertos». El más cercano al monarca es Alcocer, compañero de cacerías y fiestas, y según varios testimonios publicados en varias biografías del rey emérito, «el que más le hacía reír», aunque los tres han compartido mesa y montería en infinidad de ocasiones.

Cortina, por ejemplo, es un experto en la caza al pichón y cuenta que enseñó al monarca algunos trucos para disparar con tino a estas aves. Ambos se casaron con las hermanas Koplowitz, también empresarias y marquesas (Alcocer con Esther y Cortina con Alicia), y protagonizaron dos de los divorcios más mediáticos de finales de los ochenta, principios de los noventa. El periodista José García Abad los señala en su libro *La soledad del rey*[6] como los miembros más insignes «de la corte de los negocios de Juan Carlos I», además de ser empresarios que también buscaban «beneficiarse del prestigio social de cazar, esquiar, navegar o divertirse con el monarca».

Juan Carlos I ha disfrutado de grandes monterías en las fincas de los Albertos. Alcocer tiene tres: El Avellanar, en Ciudad Real; El Corzo, en Cádiz, y Villamuelas, en Toledo. La primera de ellas es la más importante. Suma 4929 hectáreas y se ubica limítrofe con el parque nacional de Cabañeros. También cerca de este parque se encuentra Las Cuevas, una finca de Cortina de otras 6335 hectáreas cinegéticas.

Los Albertos son emprendedores de éxito. Comparten una empresa que posee el 5 % de ACS (la principal constructora española) y otro 5 % de Ence (papelera líder europea en la fabricación de celulosa de eucalipto), aunque a finales de los años ochenta protagonizaron uno de los mayores escándalos de corrupción de la democracia, el caso Urbanor, la empresa que construyó las emblemáticas torres KIO en plaza de Castilla.

Los Albertos eran socios minoritarios, pero ganaron más dinero que los mayoritarios (socios de Kuwait) y estos les denunciaron por estafa. En 2000 fueron absueltos por la Audiencia Provincial de Madrid, pero en 2003 el Tribunal Supremo les condenó a tres años y cuatro meses de prisión y a pagar una multa de 50 millones de euros. Sin embargo, lograron que el Tribunal Constitucional volviera a absolverlos en 2008, con el derecho a recuperar los 50 millones de euros que habían pagado a sus exsocios.

---

[6] José García Abad, *La soledad del Rey: un análisis de la monarquía*, Madrid, La Esfera de los Libros, 2003.

¿Cómo lo celebraron? Cogieron su helicóptero, un aparato negro con líneas doradas y un pequeño logotipo en el que se cruzaban dos A mayúsculas, para presentarse en la Zarzuela y celebrarlo con Juan Carlos I. Varios libros y artículos de prensa aseguran que Juan Carlos I presionó al Constitucional para ayudar a sus amigos, que le prestaban en numerosas ocasiones ese helicóptero tuneado para ir a cazar y asistir a premios de Fórmula 1.

Lo que los Albertos[7] no hicieron, ya con Juan Carlos I «exiliado» en Abu Dabi y caído en desgracia, fue prestarle dinero para pagar las dos regularizaciones fiscales que tuvo que abonar el monarca para evitar una condena y un hipotético paso por la cárcel. Sí lo hizo Alicia Koplowitz, ex de Cortina, que sigue siendo una de las personas más cercanas al emérito.

Como escribió Nacho Cardero, director de *El Confidencial*, «los empresarios que todavía se postran de hinojos ante don Juan Carlos pueden contarse con los dedos de la mano. La mayoría le ha dado la espalda no solo porque desconociera la turbia trazabilidad de su patrimonio o cuestionase su conducta moral sino porque, básicamente, ya no le era útil para el "business". La mejor muestra de ello es la negativa de nombres tales como los Albertos, Juan Abelló, Borja Prado, Rafael del Pino o José Manuel Entrecanales, entre otros, a participar en la colecta para pagar los 4.4 millones de su regularización fiscal»[8].

Cuando el Supremo les condenó en 2003 por la estafa de las torres KIO, Alcocer controlaba el 19.8% de las acciones del Zaragozano, y Cortina, el 20.16%. Fue entonces cuando

---

[7] Agustín Marco, «Los empresarios que pagaron los 4,4 millones de regularización fiscal de don Juan Carlos», *El Confidencial*, 6 de abril de 2021.
[8] Nacho Cardero, «De El Assir a Garamendi: los (pocos) amigos que le quedan a don Juan Carlos», *El Confidencial*, 3 de marzo de 2022.

decidieron deshacerse de su parte del undécimo banco de España (con una cuota de mercado de apenas el 1 %). La venta a Barclays se produjo el 11 de junio de 2003, el mismo año en el que la Fundación Zagatka abrió su cuenta en Credit Suisse. Alcocer y Cortina se llevaron 457 millones de euros por la venta de sus participaciones. El montante total de la operación ascendió a 1140 millones de euros, una cifra astronómica para una entidad financiera en horas bajas.

«Lo que me dijeron los abogados de Álvaro de Orleans es que no se acordaban de esa transferencia. No lo negaron. No que todo fuera falso, como veo que luego dijeron a la prensa suiza», asegura James Badcock, el periodista británico que publicó la exclusiva sobre el origen de los primeros fondos de Zagatka. El reportero cree que el primo de Juan Carlos I pudo embolsarse «hasta 39 millones de libras [44.5 millones de euros] por esta operación». «Si es un error de transcripción del banco, ¿cómo llegó el banco a ese error? ¿Quizás porque el banco estaba hablando de otra cuenta distinta vinculada a Orleans?», se pregunta Badcock.

Los documentos de apertura de la cuenta de Zagatka en Credit Suisse reflejan otras irregularidades. La fundación contaba con el rey de España entre sus beneficiarios y el titular del depósito era uno de sus familiares más cercanos, pero esa información fue omitida por el banco, que evitó clasificar al titular de la entidad como cliente «políticamente expuesto» o PEP (por sus siglas en inglés).

El PEP es una clasificación que hacen los bancos a personas con una relevante función pública (presidentes, alcaldes, ministros, consejeros…) y sus familiares para prevenir la corrupción y el blanqueo de capitales. Se supone que las entidades financieras realizan un mayor control de los movimientos bancarios de estas personas más relevantes, incluso durante un tiempo después de dejar de ser cargos públicos. En esa época, Credit Suisse había nombrado al entonces yerno del rey, Jaime de Marichalar, directivo destacado de la entidad.

Años después, en 2015, Álvaro se vio obligado a traspasar el dinero de Zagatka desde Credit Suisse a otra entidad de Ginebra, Lombard Odier. Ese año entró en vigor, a rebufo del escándalo de HSBC y la lista Falciani, una normativa de Estados Unidos contra la evasión fiscal (FATCA o Foreign Account Tax Compliance Act), que en la práctica afectó a cualquier entidad financiera que operara con dólares o tuviera algún tipo de interés en territorio estadounidense. En concreto, el reglamento exigió a los bancos que aclararan si tenían clientes con pasaporte de Estados Unidos operando bajo la pantalla de testaferros o empresas instrumentales. La medida supuso, en la práctica, que todas las entidades que aspiraran a seguir operando en el sistema financiero mundial tuvieran que notificar quiénes eran los beneficiarios de Zagatka.

Credit Suisse envió una comunicación a Álvaro en julio de 2015 para advertirle de la entrada en vigor de la norma de Estados Unidos. El primo de Juan Carlos I no respondió a la notificación, así que en septiembre Credit Suisse le remitió una nueva carta de aviso en la que le recordaba la obligación de revelar la identidad de los beneficiarios de la fundación de los depósitos.

Ante ese escenario, Álvaro decidió llevarse los fondos a Lombard Odier, una entidad más pequeña que no puso tantos reparos para seguir albergando los fondos que disfrutaba Juan Carlos I. Solo había pasado un año desde la abdicación. Los españoles ni siquiera sospechaban la existencia de algo parecido a Zagatka.

El entorno de Orleans sostiene que el cambio de banco no tuvo que ver con las notificaciones por la entrada de vigor de FATCA, sino con la decisión de Credit Suisse de dejar de trabajar con Dante Canonica, el abogado que ejercía como gestor de la fundación, ante las numerosas informaciones que ya entonces lo implicaban en estructuras de blanqueo de capitales. Pero ese argumento ratificaría igualmente que el traslado a Lombard Odier se debió únicamente a la mayor laxitud que ofrecía este banco.

En el momento del trasvase, Zagatka tenía en sus cuentas 13.7 millones de euros. Los documentos de la apertura de la cuenta en Lombard Odier ya no reflejaron que el origen de los fondos era la comisión por la venta de Banco Zaragozano a Barclays Bank. En su lugar, Álvaro manifestó que procedían de la herencia por la muerte de su padre, Álvaro de Orleans y Sajonia, aunque este había fallecido en realidad dieciocho años antes. Según el primo del rey emérito, su fortuna personal ascendía en esos momentos a unos 200 millones de euros. Lombard Odier no pidió más aclaraciones.

La pista de la comisión por la venta del Zaragozano desapareció con el cambio de entidad, al igual que otras muchas operaciones sospechosas. Entre marzo y diciembre de 2008, Zagatka recibió 6.5 millones de euros en cinco transferencias distintas «sin que el origen pudiera ser identificado». En su primera declaración judicial en octubre de 2018 ante el fiscal Yves Bertossa, Álvaro no fue capaz de aclarar la procedencia de esos fondos. «No lo recuerdo y necesitaré consultar mis documentos», afirmó, pese al volumen de las transacciones. Casi tres años después, en marzo de 2021, el primo Álvaro recuperó la memoria y declaró en España, ante la Fiscalía del Tribunal Supremo, que gran parte de ese dinero, 5.5 millones, procedía de otro vehículo financiero heredado de su padre.

Zagatka recibió el 25 de mayo de 2009 otra transferencia por valor de 4 689 930 dólares (unos 3.3 millones de euros al cambio de la época). En este caso el primo Álvaro sí reconoció que se trataba de una comisión por trabajar de asesor en una importante operación inmobiliaria en México, en Playa del Carmen, un exótico destino turístico de la Riviera Maya con arenas finas, palmeras y arrecifes de coral.

Ante el fiscal Bertossa, el primo Álvaro explicó de esta manera su participación en el negocio: «A mediados de los años noventa me enteré de la existencia de terrenos destinados a la venta en México. El terreno pertenecía a una empresa caribeña, principalmente mexicana, cuyo nombre ya no recuerdo. Esta empresa quería vender los terrenos cuando yo pensaba que era más interesante urbanizarlos. El gerente de la empresa estaba interesado en mi visión del proyecto. Entonces hicimos un acuerdo informal. Este acuerdo fue sobre la visión diferente que aporté al proyecto y el hecho de que se me pagaría parte de las ganancias del desarrollo del terreno». Es decir, que su labor consistió supuestamente en un simple asesoramiento.

Los terrenos de México en los que en teoría intervino Álvaro se convirtieron en un resort de lujo del Grupo OHL llamado Ciudad Mayakoba, con una especie de hospital incluido. No está claro qué labor hizo exactamente el primo de Juan Carlos I para cobrar la comisión de 4.6 millones de dólares. Las 400 hectáreas en la que se levantó el resort pertenecían a una filial de OHL, Huaribe, mucho antes de que la compañía de Juan Miguel Villar Mir, otro empresario íntimo del rey emérito, comenzara el proceso de urbanización en 2005. En ningún momento se produjo un cambio de dueños. Tampoco hay ninguna noticia que evidencie que OHL llegó a plantearse en algún momento deshacerse de ese suelo. Su propósito siempre fue convertir los terrenos en un complejo turístico.

A pesar de ello, en mayo de 2009, Álvaro de Orleans-Borbón recibió el dinero de OHL en la cuenta de Zagatka.

Las respuestas de Álvaro de Orleans ante el interrogatorio que le hizo el fiscal Bertossa no tienen desperdicio.

—Bertosa (B): ¿Cómo se llamaba el director de la empresa caribeña mencionada anteriormente?

—Álvaro de Orleans (AO): No lo recuerdo.

—B: ¿Quién firmó el talón a favor de usted?

—AO: Lo desconozco. El cheque llegó en mi ausencia. Me enteré más tarde.

—B: ¿Cuántas horas estima que dedicó a su actividad en este proyecto inmobiliario en México?

—AO: No lo sé, pero me gustaría señalar que se trata más de la calidad de los consejos que de la cantidad de trabajo.

—B: ¿Sabe quién pagó su indemnización?

—AO: La empresa caribeña que asesoré.

—B: ¿Quién es el dueño de este negocio?

—AO: No lo sé. Por otro lado, me parece que la empresa caribeña estaba vinculada originalmente a una empresa española llamada Huarte, empresa que originalmente compró el terreno en cuestión.

Tras la publicación de estas investigaciones, el grupo controlado por Juan Miguel Villar Mir desmintió en un comunicado cualquier relación con Álvaro de Orleans. «OHL jamás ha abonado a Álvaro de Orleans ninguna cantidad en concepto de intermediación en la compra de unos terrenos para un proyecto inmobiliario en Playa del Carmen, en México». ¿Quién miente entonces? ¿OHL diciendo que nunca pagó una comisión? ¿O Álvaro de Orleans asegurando que la recibió?

Villar Mir se empezó a deshacer de este gran complejo turístico en 2017. La operación se cerró en 139 millones de euros. Casualmente, el comprador de Mayakoba fue RLH Properties, el *holding* gestionado por Allen Sanginés-Krause, el empresario mexicano que en esas fechas ejercía de financiero de Juan Carlos I. Dos de los amigos más cercanos al emérito, Villar Mir y Sanginés-Krause, y el primo que gestionaba la fundación del monarca, acabaron haciendo negocios juntos. Mayakoba tiene dieciséis kilómetros de calles y senderos. La Fiscalía suiza siempre sospechó que todos esos caminos conducían a una comisión desorbitante para Juan Carlos I.

La hoja de servicios de Álvaro es interminable. El 21 de abril de 2016, España se asomaba a la parálisis política. Cuatro meses después de las elecciones generales de diciembre de 2015, Rajoy seguía sin conseguir formar gobierno. Ese día, el líder de Ciudadanos, Albert Rivera, pidió al PP y al PSOE que acabaran con sus vetos cruzados y formaran un Ejecutivo de coalición. En la Audiencia Provincial de Baleares continuaba celebrándose el juicio del caso Nóos contra Iñaki Urdangarin con la presencia en la sala de la infanta Cristina. Le tocó declarar al exasesor jurídico de la Casa Real, el conde de Fontao. Y también en esa fecha, Carles Puigdemont, que acababa de tomar las riendas de la Generalitat, criticó públicamente que Rajoy no dejara ninguna puerta abierta, en la reunión que ambos habían mantenido el día anterior, a la celebración de un referéndum independentista. La política nacional comenzaba a asomarse al abismo del 1-O.

Mientras tanto, el monarca estaba volcado en su plácido retiro. Aquel 21 de abril de 2016, su primo organizó una enorme fiesta en su honor en el Hotel París de Mónaco como broche a sus casi cuarenta años de reinado. Lo acompañaron más de 160 invitados, entre ellos, representantes de casi todas las casas reales europeas: Alberto de Mónaco y la princesa

Carolina; los reyes Simeón y Margarita de Bulgaria; el príncipe Jean de Francia y su esposa, Philomena; los duques de Braganza; el príncipe Hans Adam de Liechtenstein; los príncipes Guillermo y Sibilla de Luxemburgo; y el príncipe Miguel de Grecia y su mujer, Marina Karella, entre otros.

Las informaciones sobre la velada revelaron que Juan Carlos I estuvo «guasón» y que en la cena se sirvió una «royale» de espárragos, risotto de camarones, ternera con corazones de alcachofas y una fritura de legumbres, todo ello regado con vinos italianos y vinos andaluces de las bodegas de Álvaro. Un mago entretuvo a los comensales, que también pudieron disfrutar de música en vivo. La fiesta siguió al día siguiente en el Yacht Club de Mónaco. Álvaro y Juan Carlos I estaban más unidos que nunca y aquella celebración sirvió para estrechar aún más sus lazos.

El aristócrata llevaba ya años financiando los vuelos privados y secretos de «su mejor primo». También había invitado a Felipe VI y a la reina Letizia a Villa Parodi Delfino, un gran pabellón de caza reconvertido en casa de veraneo con catorce habitaciones en los alrededores de Roma, herencia de su abuelo materno, un importante senador italiano que hizo fortuna en la construcción, la banca y la industria química. La vida parecía sonreír al clan, con la única excepción de la infanta Cristina e Iñaki Urdangarin.

Álvaro sufrió un susto a finales de 2015, cuando su nombre apareció en la investigación periodística internacional Offshore Leaks[9], que puso al descubierto el entramado financiero de sociedades en el extranjero que él y su familia estaban utilizando para realizar operaciones inmobiliarias en la costa

---

[9] Daniele Grasso, «Los Orleans-Borbón, una saga real con tentáculos en paraísos fiscales», *El Confidencial*, 18 de noviembre de 2015.

gaditana. Pero aquel contratiempo no puso en peligro ese imperio ni tampoco sus relaciones financieras con Juan Carlos I, que permanecieron ocultas. Aquella filtración solo destapó la punta de un gigantesco iceberg patrimonial.

La Fiscalía suiza no descubriría hasta 2018 que Álvaro controlaba hasta veintiuna sociedades *offshore* que le permitían ocultar su vinculación con activos por valor de 84 millones de euros repartidos por todo el mundo, entre ellos, viviendas, apartamentos, negocios, inversiones en bolsa y dinero en efectivo. Con dos de esos entramados mercantiles, Tower y Castle, radicados en Panamá, escondía inmuebles precisamente en Costa Ballena. Para dificultar todavía más la detección de esas viviendas, las dos sociedades panameñas dependían a su vez de una tercera compañía constituida en Liechtenstein, Deparbo Foundation.

El mecanismo de doble pantalla se repetía con Aviante, otra sociedad panameña con la que el primo del monarca gestionaba 700 000 euros en efectivo, y con otras dos mercantiles del mismo país centroamericano, Costa Esmeralda y La Belle, de las que dependían varios apartamentos en su lugar de residencia, Mónaco, valorados en 11 millones de euros, así como diferentes casas en Madrid con una tasación conjunta de 3 millones de euros.

Fuentes del entorno de Álvaro aseguran que este creó las compañías opacas para gestionar su patrimonio personal cuando se mudó a Mónaco en los setenta. Huyó de Italia, su país natal, «debido a las amenazas con las que grupos terroristas como Brigadas Rojas asediaban a miembros de su familia o amigos cercanos, entre los cuales llegó a haber víctimas mortales». «La residencia y gestión de su patrimonio persiguió desde entonces asegurar la máxima discreción y privacidad para él y su familia», sostienen estas personas próximas al primo de Juan Carlos I.

Pero su faceta de hombre de negocios era ampliamente conocida en Italia, igual que su condición de príncipe y miembro destacado de la nobleza del país. No parece que la creación de una red societaria fuera muy útil para esquivar la atención de las Brigadas Rojas.

La coartada también tiene un agujero temporal. El grupo terrorista se disolvió en 1988. Álvaro siguió utilizando estructuras mercantiles *offshore* al menos durante treinta años más. El familiar del rey empleó incluso ese método de ocultación hasta para gestionar una planta de producción de áridos en la localidad venezolana de Charallave. El 85 % de las acciones de la fábrica estaba en manos de otra mercantil *offshore* de la isla caribeña de Barbados.

¿Cómo pudo Álvaro de Orleans, especialista en hacer piruetas en el aire, tejer un entramado tan sofisticado de empresas en el extranjero? ¿Cómo logró crear una fundación que ayudó económicamente durante años a su monárquico primo sin que saltara ninguna alarma? Hay dos personas claves en esta historia. Se llaman Dante y Arturo. Juan Carlos I y Álvaro no solo compartían negocios y fiestas. También tenían los mismos cerebros financieros.

7.
LA TRADICIÓN SUIZA

Ginebra, centro mundial de las finanzas, capital de la industria relojera más exclusiva, paraíso del secreto bancario y de la permisividad fiscal. Un oasis para las grandes fortunas. Con la mayor tasa de millonarios por kilómetro cuadrado del mundo. La ciudad, situada a orillas del lago Lemán, concentra historia, cultura, calidad de vida y, sobre todo, lujo. Como señaló el escritor argentino Jorge Luis Borges, de todas las patrias íntimas que conoció a lo largo de su vida, Ginebra era el mejor lugar para vivir.

En una de las arterias principales de la urbe suiza, el bulevar Georges-Favon (en homenaje a un expresidente del país), Arturo Gianfranco Fasana camina pausado hacia sus oficinas, situadas junto al puente de hormigón, de difícil pronunciación, Coulouvrenière, que permite cruzar el río Ródano. De mirada penetrante, pelo cano y ojos azules, Fasana es un tipo sereno, uno de los brókeres más prestigiosos del país.

Justo en la acera de enfrente, Fasana ve paseando a Dante Jacques Canonica, un abogado muy conocido en la ciudad, también con el pelo encanecido, que ha hecho fortuna llevando casos de dimensión internacional. Fueron amigos en una época no tan lejana, pero ahora Fasana prefiere no saludarlo. Su relación se rompió por un «olvido» de 3.5 millones de euros.

Canonica y Fasana son los hilos que entretejen la red de paraísos fiscales, cuentas opacas y sociedades *offshore* que urdió

Juan Carlos I para mantener su inmensa fortuna lejos de la vista de los españoles. También recurrió a sus servicios su primo Álvaro de Orleans.

En el mundo de Canonica, la discreción es una virtud imprescindible. Su biografía ni siquiera aparece en la web de su propio bufete, Canonica Valticos de Preux & Associés. Su vida dio un vuelco cuando, entre mediados de 2018 y finales de 2021, estuvo imputado por la justicia suiza en la investigación sobre los fondos de Juan Carlos I.

«No se conocen muchos detalles sobre su vida privada. Es una persona muy reservada», señala Sylvain Besson, periodista suizo que destapó que el rey emérito ocultaba 100 millones de dólares en Suiza. Irónicamente, algunos de los abogados que trabajan en su despacho (entre ellos dos de sus hijos) no dudan en poner en sus perfiles laborales que están especializados en «delitos de cuello blanco» y no es ninguna mentira.

La investigación periodística de los Paradise Papers reveló que Canonica ya se dedicaba a la intermediación financiera en 1997, cuando se convirtió en el administrador de los fondos de Camilla Crociani, princesa de Borbón-Dos Sicilias, esposa de Carlos de Borbón y Chevron-Villette, otro familiar de Juan Carlos I que pertenece a la rama italiana de los Borbones, heredera del trono de España si se diera la trágica circunstancia de que toda la familia de Felipe VI falleciera súbitamente[1]. La princesa fichó a Canonica para que le gestionara su fondo familiar.

---

[1] Daniele Grasso, «El rastro "offshore" de Canonica, abogado de confianza del Rey emérito… y de los Albertos», *El Confidencial*, 14 de julio 2018.

Canonica, siempre muy bien relacionado, también trabajó para el millonario egipcio Mohamed al-Fayed, dueño de los grandes almacenes Harrods. Después de treinta y cinco años como residente en el Reino Unido, al-Fayed, siguiendo los consejos de Canonica, se convirtió en residente monegasco para pagar menos tributos.

No fue una sorpresa que su nombre también saliera en los papeles de Panamá[2], que revelaron que Canonica era un experto en diseñar estructuras opacas. Algunos medios suizos lo calificaron de «oveja negra» del gremio de la abogacía. Su hermano, François Canonica, presidente por entonces del Colegio de Abogados de Suiza, llegó a insinuar incluso, tras las publicaciones en prensa, que tomaría medidas disciplinarias si tenía conocimiento de que algún colegiado había cometido acciones ilegales, en alusión a su hermano. Pero no hubo ninguna sanción. «No pretendo lanzar una cruzada dentro de la profesión. Los abogados de negocios que practican la optimización fiscal han actuado según una tradición suiza», matizaría después François Canonica.

Si algo quedó precisamente claro con los papeles de Panamá es que esa «tradición suiza» gozaba de buena salud. El despacho de Canonica apareció en los archivos internos del bufete Mossack Fonseca como el intermediario responsable de la creación de doce sociedades *offshore* en Islas Vírgenes Británicas y otras cinco en Bahamas para clientes de todo el mundo. Uno de ellos era Frantz Merceron, exministro de Economía, Finanzas e Industria de la República de Haití, conocido como uno de los «barones de la dictadura» del Gobierno de Jean-Claude Duvalier que durante quince años (1971-1986) sumió a Haití en el terror. Duvalier y su

[2] ICIJ, Offshore Leaks Database, <https://offshoreleaks.icij.org/nodes/11012230>.

camarilla escondieron en Suiza dinero público durante este tiempo y Canonica les ayudó a guardarlo.

«En la abogacía suiza ha habido mucho cinismo durante muchos años», señala un letrado helvético que pide permanecer en el anonimato. La Federación Suiza de Abogados, que agrupa actualmente a unos 11 000 profesionales del derecho, creó en el año 2000 una especie de organismo de autorregulación para que sus asociados cumplan con la ley en todo lo relativo al fraude fiscal y blanqueo de capitales. «Pero no nos engañemos —reitera este abogado—, algunos letrados suizos, ciertos especialistas, viven de su habilidad precisamente para que grandes y medianas fortunas de otros países elijan Suiza para que su dinero esté aquí de la manera más discreta».

Sobre el papel, todas las actuaciones de los abogados suizos están sujetas a la supervisión de la FINMA, la autoridad federal que regula el mercado financiero del país. Pero tuvo que ser un desconocido ingeniero informático del banco HSBC en Ginebra, Hervé Falciani, el que desvelara millones de operaciones que habían pasado bajo el radar de todos los organismos helvéticos de prevención de la corrupción y el blanqueo de capitales.

Falciani salto a la fama cuando huyó de Suiza en 2008 con una lista de más de 100 000 presuntos evasores fiscales con cuenta en su antiguo banco. La fuga de información convirtió a Falciani en el enemigo número 1 de la confederación. Sin embargo, desembocó una década después en el fin del secreto bancario en Suiza. Desde entonces, las entidades financieras helvéticas trasladan anualmente a los países miembros de la OCDE y la UE los datos bancarios de los clientes extranjeros.

En 2018, la Asociación Suiza de Banqueros (ASB) confirmó lo que ya se intuía: que el país lideraba la gestión mundial de fortunas privadas procedentes de ciudadanos extranjeros, con un 25 % de la cuota de negocio del planeta. En total, los 266 bancos suizos administraban en ese momento 6.1 billones de euros.

En la práctica, esos cambios no fueron tan profundos. Suiza sigue viviendo de su secreto bancario, que fue aprobado en 1934 y convirtió al país en una de las economías más poderosas del mundo. La banca ha arrastrado a otros sectores. Tres de las diez empresas más valiosas de Europa tienen sus cuarteles generales en la confederación: Roche, Nestlé y Novartis. Un *holding* paga un impuesto de sociedades del 14 % mientras que la media europea es del 25 %. La industria química, la farmacéutica, la fabricación de instrumentos musicales, el sector de la relojería y las joyas, las inmobiliarias y el turismo son también motores importantes.

Para casi cualquier trámite, las compañías extranjeras necesitan contratar los servicios de abogados locales. Es una de las profesiones con mayor demanda. El salario medio de un letrado que trabaje en un bufete es de 188 000 dólares al año. Solo los médicos y los dentistas tienen nóminas más altas en Suiza. Los dueños de los despachos ganan millones de euros.

La prueba de que el secreto bancario continúa funcionando la ofreció en 2022 la investigación periodística Suisse Secrets, centrada en la segunda entidad más grande de Suiza, Credit Suisse. La filtración afectó a más de 18 000 depósitos pertenecientes a 30 000 titulares y en las que había más de 100 000 millones de dólares. Entre los clientes había políticos y funcionarios corruptos, delincuentes y violadores de los derechos humanos. Más de una década después del caso Falciani, apenas había cambiado nada. Ni siquiera había tenido efectos la multa de 2600 millones de dólares que Estados Unidos impuso al propio Credit Suisse en 2014 por participar en «una conspiración para ayudar a los evasores fiscales de Estados

Unidos». Nadie fue a la cárcel y ninguna entidad perdió su licencia bancaria.

Daniel Ordás, abogado de padres españoles que lleva muchos años ejerciendo en Basilea en el bufete Advokatur Trias y autor de un libro sobre propuestas para la modernización del sistema político español, rompe una lanza por sus compañeros suizos y desmitifica la imagen que se tiene de ellos fuera. «Es cierto que los abogados suizos tienen buenas remuneraciones y Suiza lamentablemente es noticia muchas veces por temas de secreto bancario y evasión fiscal, pero el 90% de los letrados de aquí trabaja en pequeños y medianos bufetes que llevan otros temas de diversa índole, un 9% está empleado en las grandes compañías asentadas en nuestros cantones, y solo un 1% selecto, que hace un trabajo muy discreto, se dedica a estos temas oscuros y delicados». «En mi bufete, por ejemplo —explica Ordás—, llevamos temas de divorcios, conflictos inmobiliarios, algo de penal y cobro de deudas. Nada de este mediático mundo de las altas finanzas extranjeras y cuentas secretas en paraísos fiscales».

En ese exclusivo 1% está Canonica, especializado en derecho mercantil y societario, así como en fundaciones y fideicomisos. A veces, recurre a testaferros profesionales para que administren las sociedades que él mismo crea y de ese modo permanezcan ocultos sus beneficiarios reales. En otras ocasiones, cuando se trata de clientes vip, el propio Canonica ejerce de cabeza visible en sus compañías instrumentales. Esto último hizo en 2011 cuando Alicia Koplowitz, exmujer de Alberto Cortina, negociaba la compra del Hotel Maricel en Calviá (Baleares), uno de los más prestigiosos de las islas. Las acciones del establecimiento las adquirió una sociedad llamada Toralipo SL. Su administrador único era Dante Canonica. El abogado, como publicó la revista *Interviú*, aseguraba atender los intereses de un empresario árabe, pero el registro mercantil destapó que detrás de la compra había dos firmas: una sociedad suiza creada por el despacho de Canonica y otra gestionada por un familiar de Koplowitz.

En las distancias cortas, Arturo Gianfranco Fasana es un personaje educado, de trato exquisito. «Cortés, pero reservado, muy profesional, el estereotipo de banquero suizo», asegura una persona de su entorno. Técnicamente no es un banquero, aunque se mueve por las entidades financieras como pez en el agua. «Más bien es un arquitecto financiero, un ingeniero», señala la misma fuente. Es lo que en Suiza llaman «un gestor externo», un asesor de grandes fortunas, que ofrece total disponibilidad, discreción, experiencia para negociar con los bancos helvéticos y un seguimiento personalizado de la cartera de cada cliente. En Suiza hay 2300 gestores de este tipo, aunque Fasana pertenece a una selecta élite.

Fasana es hijo de italianos emigrados al país helvético. Nació en Sagno, cantón de Ticino, en la frontera con el país transalpino. Cursó un bachillerato comercial y trabajó como empleado de banca en Suiza, Reino Unido y Argentina antes de fundar en 1984, con veintinueve años, Rhône Gestion junto a su socio Marcel Hagger, ya fallecido. Habla cinco idiomas, entre ellos el español, y le encanta el fútbol. Llegó a ser presidente de un equipo suizo. Reside en una mansión en una de las zonas más lujosas de Ginebra, junto al puerto privado de Chantier de Corsier, a orillas del lago Lemán. También posee un chalé en la ciudad alpina de Verbier, coches de lujo y caballos de competición. Una de sus yeguas, Castlefield Eclipse, participó en los Juegos Olímpicos de Londres 2012 y Río de Janeiro 2016.

A Fasana le pagan bien por sus servicios. Así lo reconoció el propio bróker al fiscal Bertossa. Afirmó que tiene unos ahorros de 22 millones de francos suizos (unos 20 millones de euros) y que Rhône Gestion llegó a tener 400 clientes, «reclutados por el boca a boca», «con unos activos gestionados que llegaron a rondar los 2000 millones de francos».

Su soltura con el español hizo que el «boca a boca» funcionara especialmente bien entre las grandes fortunas españolas, que a finales de los ochenta comenzaron a pasarse el nombre de Fasana como quien recomienda un taller mecánico o un peluquero de confianza. Rhône Gestion afirma en su página web que la clave de su éxito es «el establecimiento de unas relaciones fuertes y estables con una clientela en busca de valores humanos y profesionales de excepción». Pero lo que realmente buscaban sus clientes era opacidad y una revalorización exponencial de sus activos. Los papeles de Panamá desvelaron que Fasana había constituido 108 sociedades en territorio panameño, de las que un alto porcentaje estaban vinculadas a clientes españoles.

Tipo serio y frío, ni se inmutó cuando la Policía Nacional lo arrestó en Madrid el 20 de mayo de 2009 tras bajarse de un avión con 2290 francos suizos en la cartera. Fasana sabía lo que tenía que hacer. Colaboró con la policía y, dos días después, compareció tranquilo ante Antonio Pedreira, el entonces juez del caso Gürtel, como si fuera un simple perito judicial explicando al magistrado y a la Fiscalía cómo funcionaban las empresas que creó para el jefe de la trama del PP, Francisco Correa.

Acusado entonces de los delitos de blanqueo de capitales, fraude fiscal, cohecho, asociación ilícita, falsedad documental y tráfico de influencias, Fasana declaró que aceptó gestionar el dinero de Correa y de su mano derecha, Pablo Crespo, porque se los presentó un buen cliente, el empresario Ramón Blanco Balín, amigo de José María Aznar por aquellos años. Fasana no supo decir que no, según manifestó. Por esa labor cobró una comisión del 0.4 %. Correa y Crespo llegaron a tener 18.3 millones de euros bajo el control del bróker suizo.

La detención de Fasana debió preocupar a Juan Carlos I. Esa misma semana, el monarca tenía previsto reunirse con el gestor. Los investigadores de la Gürtel habían encontrado el nombre de Fasana en un archivo informático intervenido en una caja de seguridad vinculada a la trama. El archivo se llamaba FAFA.RAN. Aunque las detenciones del caso Gürtel se habían producido en febrero de 2009 y Fasana reconoció ante el juez que se había enterado del arresto de Correa al ver «la tele española», en mayo de 2009 decidió volar a Madrid para ver a otros clientes.

Con Fasana dentro de la Gürtel nació el mito de la cuenta 0251-776929-62-008, más conocida por su sobrenombre, cuenta «Soleado», abierta en febrero de 1995 en la entidad Credit Suisse y que Fasana había bautizado así en honor a sus evasores hispanos. Soleado no era una cuenta al uso, era un depósito ómnibus o buzón que se dividía a su vez en otras cuentas en dólares, euros, francos suizos, libras, marcos y hasta coronas danesas. El dinero estaba en Soleado de forma transitoria, a la espera de un destino definitivo. Por ese instrumento pasaba todo el dinero de los clientes españoles de Fasana que entraba o salía del circuito bancario suizo. Solo Fasana sabía a quién correspondía cada movimiento realizado por los clientes españoles.

¿Estaba Juan Carlos I dentro de Soleado? La justicia suiza no permitió averiguarlo porque limitó las averiguaciones de la policía española en su territorio a los delitos relacionados con Gürtel. La justicia española tampoco presionó. Las únicas identidades de Soleado que trascendieron fueron las de los implicados en la red de corrupción del PP.

Cuando Manuel Morocho, el inspector jefe de la Unidad de Delincuencia Económica y Fiscal (UDEF) que lideró la investigación de Gürtel, se presentó una tarde de finales de mayo de 2009 al frente de una comisión judicial española en el despacho de Fasana en Ginebra, en la quinta planta de un lujoso edificio del Boulevard Georges-Favon, se encontró una estancia repleta de carpetas confidenciales. El inspector Morocho solo tenía autorización para ver los documentos de los implicados en Gürtel, no los del resto de clientes españoles. Durante el registro se topó con una lista en la que había treinta nombres y veinte empresas nacionales, pero no pudo llevarse una copia. Uno de esos clientes acudió en 2011 al diario *El País* para hablar con el director del periódico: admitió que era cliente de Fasana y contó que Juan Carlos I también usaba los servicios de la misma oficina, pero no aportó pruebas.

Cuando se produjo el registro del despacho de Fasana, aún quedaban diez años para que la opinión pública española descubriera que el rey era efectivamente cliente de Rhône Gestion. «Cuando Fasana venía a Madrid, le cedía mi coche y mi conductor. Y luego mi chófer me contaba qué lugares visitaba y a qué clientes», llegó a explicar Francisco Correa en una de sus confesiones. El chófer de Correa cogía a Fasana en el mismo aeropuerto de Barajas y lo llevaba directamente al Palacio de la Zarzuela.

La detención de Fasana en mayo de 2009 no duró mucho. Tras declarar en la Audiencia Nacional, el juez Pedreira acordó su libertad sin medidas cautelares y el bróker regresó inmediatamente a Suiza. El Tribunal Superior de Justicia de Madrid envió una nota de prensa en la que aseguraba que el gestor había «colaborado estrechamente con la investigación de los hechos». Fafa, como le apodaban los capos de la Gürtel, recuperó su vida de lujo y secretos financieros, pese a su evidente implicación en el lavado de los fondos sustraídos por los líderes de la trama.

¿Cómo llegaron Canonica y Fasana a trabajar para Juan Carlos I? Según el diario suizo *Tribune de Genève*, fue uno de los Albertos quien puso en contacto a Juan Carlos I con Fasana para que este lo ayudara a abrir estructuras financieras opacas al fisco español. En realidad, Canonica y Fasana ya llevaban años trabajando para el primo del rey, Álvaro de Orleans.

Canonica declaró ante las autoridades judiciales helvéticas en agosto y octubre de 2018. Manifestó que su primer encuentro con Juan Carlos I se produjo a finales de 2007 o principios de 2008. «Conocí a Juan Carlos I en Madrid con Arturo Fasana en el Palacio de la Zarzuela. Nos explicó que su amigo, el antiguo rey de Arabia Saudita [Abdalá Bin Abdulaziz al-Saúd, fallecido en 2015] quería hacerle una importante donación. Le pregunté cuánto dinero. Me respondió que no lo sabía».

El monarca preguntó, según Canonica, «si existía la posibilidad de crear una estructura para recibir esta donación». «Le respondí que era importante que supiéramos la cantidad y que también era importante crear una estructura totalmente transparente, es decir, que Juan Carlos I apareciera como beneficiario efectivo». Según Canonica, estaba «fuera de discusión» montar una estructura «opaca».

La Fiscalía suiza nunca se creyó esa explicación de Canonica, entre otras cosas, porque la especialidad de este abogado era precisamente crear redes *offshore* y esa era la principal razón de su amistad con Fasana. «Le indiqué que, si los fondos eran depositados en un banco de Ginebra, habría todo un trabajo de *due diligence* [auditoría legal sobre el dinero] que hacer. Arturo Fasana planteó las mismas exigencias que yo», continuó Canonica.

A este le bastó la palabra de Juan Carlos I, según declaró. «Nos repitió varias veces que solo era una donación del rey saudí. Juan Carlos I nos dio entonces las coordenadas del embajador de Arabia Saudí en Washington [Adel al-Jubeir]. Nos dijo que podíamos contactarlo para saber el monto de la donación —añadió Canonica—. Le explicamos que no íbamos a abrir una cuenta bancaria hasta que recibiéramos la confirmación del embajador».

Fasana se trasladó a EE. UU. para reunirse con al-Jubeir en la propia sede de la legación saudí. «Confirmó que era de hecho un regalo que ascendería a varias decenas de millones. Habló de una horquilla de entre 20 y 100 millones». Fasana y Canonica crearon entonces la Fundación Lucum en Panamá, un país considerado en ese momento por España un paraíso fiscal. Fasana ocuparía el puesto de presidente de la fundación, y Canonica, el de secretario. Constituyeron la sociedad el 31 de julio de 2008 en la Notaría Novena del Circuito de Panamá con un capital inicial de 10 000 dólares. La dirección de Lucum quedó fijada desde el primer momento en las oficinas de un despacho panameño que estaba especializado en el diseño de entramados fiscales, Aba Legal Bureau.

Canonica y Fasana aprovecharon sus «excelentes contactos» con el banco Mirabaud para abrir el 6 de agosto de ese año la cuenta 505523 a nombre de Lucum. Mirabaud actuaba como banco custodio y los fondos eran administrados por Rhône Gestion, la empresa de Fasana. Solo los seis socios propietarios de Mirabaud sabían quién era el verdadero titular de la cuenta. Los documentos relativos al monarca se guardaron en una caja fuerte a la que solo podía acceder ese reducido grupo de accionistas. Ni rastro de la transparencia de la que habló Canonica ante el fiscal Bertossa.

Finalmente, dos días después, el 8 de agosto, el mismo día que comenzaron los Juegos Olímpicos de Pekín, llegó a Mirabaud la transferencia saudí de 100 millones de dólares, 64.8 millones de euros al cambio de esa época. Fasana y Canonica se habían reunido días antes con el embajador al Jubeir en una terminal privada de aviones para darle en persona el número de la cuenta de Juan Carlos I.

El abogado llegó a elaborar en agosto de 2008 una nota interna sobre cómo se gestó la creación de la Fundación Lucum, dejando entrever que fue uno de los Albertos quien les puso en contacto con el rey emérito. «El propietario beneficiario [Juan Carlos I] ha sido presentado a la firma Étude Canonica por un industrial español que ya es cliente de Rhône Gestion SA [la empresa de Fasana]. Él [Juan Carlos I] nos ha indicado que el rey de Arabia Saudí desea hacerle una donación de 100 millones de dólares sin ninguna contrapartida», dejó por escrito Canonica. La contabilidad que llevaba la Fundación Lucum revela que la orden de transferencia de la donación partió del ministro de Finanzas de Arabia Saudí. Por esa primera operación, Canonica y Fasana se embolsaron una comisión de 10 000 francos suizos cada uno.

Un año después, en octubre de 2009, Fasana y Canonica dejaron anotada una segunda visita al Palacio de la Zarzuela. Era domingo y los dos intermediarios suizos viajaron para encontrarse con el rey de España. Juan Carlos I pidió a Fasana que transfiriera 324 000 euros a Corinna para pagar el apartamento de lujo que la entonces amante del monarca había adquirido en Villars-sur-Ollon, en los Alpes suizos, y en el que ambos pasaban largos fines de semana.

La vivienda había sido adquirida por Corinna y su madre el 18 de febrero de 2009, el día en que su hijo pequeño, Alexander, cumplió siete años. Corinna pagó la planta de arriba, y su progenitora, la de abajo, porque la legislación suiza limita el número de metros que un ciudadano extranjero puede adquirir en territorio helvético.

Fasana ejecutó una primera transferencia de Lucum a Corinna de 1 242 956 euros el 18 de mayo, dos días antes de que la Policía Nacional lo arrestara en Barajas. Para hacer llegar el dinero a la pareja del rey, Canonica había creado previamente una sociedad pantalla, Calden Overseas. El dinero viajó primero de Lucum a Calden y luego fue transferido desde esa segunda mercantil al patrimonio de Corinna.

«Nos hemos reunido en casa [la Zarzuela] del propietario beneficiario y hemos cenado con él. Le he presentado los extractos de la cuenta de la fundación [Lucum] hasta el 13 de octubre de 2009», reflejó Canonica en una nota interna. En solo un año, Fasana logró que la cuenta de Lucum aumentara su saldo inicial de 64.8 millones de euros iniciales hasta 70 213 000, una plusvalía del 8.3 %. En los siguientes ejercicios, lograría rentabilidades similares.

En abril de 2010, once meses después de que Fasana fuera interceptado en Madrid por la Policía Nacional y con la investigación de Gürtel en plena ebullición, Juan Carlos I se presentó en Ginebra y comió con el bróker. Al monarca no solo le daba igual que sus gurús financieros hubieran sido descubiertos por su conexión con Correa y Crespo, sino que se presentó en Suiza con una maleta con 1.9 millones de dólares en billetes regalados por el rey de Baréin. Juan Carlos I necesitaba que su asesor suizo ingresara los fondos en la cuenta de Lucum en Mirabaud. Fafa contó el episodio en su declaración judicial ante el fiscal Bertossa en octubre de 2018. Probablemente, porque sabía que, si no colaboraba con la justicia, Suiza podía quitarle la licencia para operar en el país y su negocio se hundiría para siempre.

«Juan Carlos I es una persona apreciada en los países del Golfo. Vino a mi casa de Ginebra. Quería almorzar conmigo. Me dijo que había recibido 1.9 millones del rey de Baréin, que le había ofrecido este dinero. Escribí un informe de visitas [trámite para justificar la aportación de un cliente] y pregunté al banco si podía entregar el dinero. Me dijeron que sí», explicó Fasana en su declaración judicial. Los fondos fueron ingresados el 7 de abril de 2010 en la cuenta de Lucum.

Juan Carlos I seguía distraído con su dinero, ajeno a la indignación contra la clase dirigente que estaba a punto de explotar en España en forma de movimiento 15M. Ese mismo 7 de abril se hicieron públicos los primeros 50 000 folios del sumario del caso Gürtel, que describían una época de excesos, comisiones y desmanes a la sombra del PP de Aznar. El expresidente balear Jaume Matas también pagó aquella mañana 3 millones de euros de fianza para evitar la cárcel por el caso Palma Arena. Pero el monarca movía maletines con billetes como si se sintiera indestructible. Cuesta entender que el entonces jefe del Estado continuara confiando su dinero opaco a Fasana y Canonica después de que el nombre de ambos hubiera aparecido en informes de la Audiencia Nacional.

El fiscal Bertossa preguntó a Fasana si no le extrañó que Juan Carlos I, en un momento en el que su pueblo padecía los embates de la recesión, se aprovechara del dinero suizo. «En lo que a mí respecta, estaba haciendo mi trabajo como administrador de activos y me aseguré de que mis clientes quedaran satisfechos. Desde un punto de vista ético, puedo tener una opinión personal, pero ante mis clientes debo adoptar una postura puramente profesional», respondió el gestor.

Solo unos días antes de que Fasana ingresara esos 1.9 millones de dólares en Suiza, el rey había estado en Baréin con la excusa de asistir al primer gran premio de la temporada de Fórmula 1, que se disputó el 14 de marzo de 2010. El rey volvió a España con el dinero y luego viajó a Suiza para entregárselo a Fasana. ¿Por qué recibió 1.9 millones Juan Carlos I del rey de Baréin, un diminuto país del tamaño de Menorca?

Como la mayoría de sus vecinos, Baréin es una dictadura. Una minoría suní controla a sus 1.2 millones de habitantes, de mayoría chií, mediante un régimen tiránico que viola sistemáticamente los derechos humanos y que intenta lavar su imagen mediante un sistema de relaciones públicas centradas en el deporte, igual que Arabia Saudí, Qatar y Emiratos Árabes.

El caso más obvio es el de la Fórmula 1, pero Baréin también ha patrocinado un equipo ciclista, el Bahrain Victorious, y ha contado hasta con un equipo de triatlón en el que militó el español Javier Gómez Noya. En 2020 entró en el fútbol comprando el 20 % del Paris FC, de la segunda división francesa, y la mayoría del Córdoba Club de Fútbol.

Aunque funciona como una colonia de Arabia Saudí, la aspiración de Baréin es lograr con dinero y regalos que mandatarios occidentales se conviertan en lobistas del reino. Su rey, Hamad Bin Isa al-Khalifa, de setenta y un años y cuatro esposas, valoraba tanto los servicios de Juan Carlos I que en septiembre de 2019 se desplazó a Madrid para interesarse por la salud del emérito después de que este fuera intervenido por decimoséptima vez, en esa ocasión, del corazón.

Tras el regalo de Baréin, las exportaciones de armas españolas a este país del Golfo se multiplicaron. En 2011, por ejemplo, España le vendió armas por valor de 6.3 millones de euros. En 2012, esta cantidad aumentó a 21.1 millones, a pesar de que, en ese momento, el país estaba reprimiendo violentamente las protestas pacíficas a favor de la democracia tras la Primavera Árabe. En 2014, las exportaciones de armas a Baréin alcanzaron los 40 millones.

Juan Carlos I forjó una relación con Fasana más estrecha que con algunos presidentes del Gobierno. Visitó varias veces la residencia personal del bróker y su esposa, Jocelyne. Fasana guardaba en su casa una foto del monarca. La *Tribune de Genève*[3] contó que el rey emérito compartió con su administrador algunos secretos de Estado, como la liberación en 2011 de los rehenes suizos secuestrados en Libia, una operación en la que participó España. «Sí, Juan Carlos intervino para ayudarnos en el caso de los rehenes en Libia», confirmó a ese mismo diario la expresidenta de la Confederación Helvética Micheline Calmy-Rey.

La detención de Fasana en 2009 no tuvo ningún efecto. Menos aún después de que, en marzo de 2020, con las diligencias de la Fiscalía suiza sobre la fortuna de Juan Carlos I ya en marcha, la Audiencia Nacional española acordara dejar al bróker fuera del caso Gürtel. El juez José de la Mata propuso juzgar a veintiuna personas en la pieza separada sobre el lavado de fondos de la red de Correa y archivó la causa contra otras veintiocho, entre ellas Fasana. El magistrado aseguró que no había quedado acreditado que el bróker conociera el origen ilícito del dinero de Correa y Crespo, ni que los activos fueran ocultados a la Agencia Tributaria.

---

[3] Sylvain Besson y Caroline Zumbach, «Le banquier romand qui protégeait les secrets de Juan Carlos», *Tribune de Genève* (edición web), 20 de diciembre de 2020.

Hay una anécdota posterior que ilustra la relación de Fasana con el dinero. Una vez archivados sus problemas judiciales, dirigió un escrito a la Audiencia Nacional para solicitar la devolución de la cuantía que la policía española le intervino cuando lo detuvo en Madrid en mayo de 2009. Casi doce años después, el bróker reclamó los 2290 francos suizos que llevaba encima en el momento del arresto y que, desde entonces, estaban en la cuenta de depósitos del Tribunal Superior de Justicia de Madrid. Los abogados de Fasana aseguraron que ese dinero sería donado, una vez recuperado, a una institución religiosa de caridad de Madrid. Se entiende que sus colegas de Ginebra decidieran ponerle el apodo de «Teflón», un material extremadamente resistente, por su tenacidad y constancia.

Canonica, que cumplió en 2022 sesenta y nueve años, pasó por un bache por culpa de los papeles de Panamá y las investigaciones sobre el dinero de Juan Carlos I. Manifestó al fiscal Bertossa que seguía en el negocio *offshore* porque «una tragedia familiar» trastocó sus planes de irse a vivir al extranjero para disfrutar, probablemente, de los 3.5 millones de euros que el rey emérito le entregó en 2021 cuando se vio obligado a disolver repentinamente Lucum. El abogado ingresó ese dinero en un banco de Bahamas.

Los lazos entre Canonica y Fasana se quebraron precisamente por esos 3.5 millones de euros. Fasana no se enteró de ese pago hasta 2018, cuando comenzó la investigación contra ambos. Casualmente, Canonica había olvidado comentárselo. Ni Fasana ni Canonica han querido hacer declaraciones para este libro.

Más allá del daño reputacional y la pérdida de la amistad, la investigación del fiscal Bertossa tampoco tuvo consecuencias para Fasana y Canonica. El procedimiento se cerró en diciembre de 2021 con una simple multa para el banco Mirabaud. Por contra, la causa de Ginebra tuvo efectos devastadores para una persona que, paradójicamente, nunca llegó a figurar como imputado: Juan Carlos I. Quién iba a decirle que el país del secreto bancario terminaría sacando a la luz todos sus misterios. Y todo por culpa de unas grabaciones realizadas por un policía español que estaba a punto de jubilarse y llevaba años fuera del sistema.

8.
CORINNA SABÍA TODO

«Han puesto algunas cosas a nombre de su primo…, que es Álvaro de Orleans Borbón, que también vive en Mónaco. Entonces, las cuentas de banco en Suiza las han puesto a su nombre. Es el que paga todo, los vuelos hasta Los Ángeles. Todos esos vuelos privados salen de Torrejón, para no… controlar, de la zona militar. Pero son, es una compañía inglesa, Air Partner, y salen con los aviones alquilados de ellos. Y Álvaro está callado. Entonces ahora están tratando de que yo pase estas cosas a Álvaro a través de Dante [Canonica]. Vamos, eso es… Pero están haciéndome la guerra porque yo no quiero cometer un delito».

Estas palabras de Corinna Larsen, grabadas por el comisario José Manuel Villarejo en junio de 2015, fueron el detonante del hundimiento de Juan Carlos I. En ese momento, Corinna no sabía que aquella conversación acabaría viendo la luz. Eso no habría ocurrido —además de no ser por el gatillo fácil de Villarejo con la grabadora— si el Centro Nacional de Inteligencia (CNI) no hubiera incurrido en una esperpéntica concatenación de errores de cálculo. La caída del rey es el resultado de una gran chapuza.

El Español y *Okdiario* publicaron ese extracto de las grabaciones de Villarejo a Corinna el 11 de julio de 2018 y, en los días siguientes, desvelaron nuevos pasajes de esa charla y de una segunda con los mismos protagonistas que tuvo lugar en octubre de 2016.

Es difícil imaginarse a Corinna —una refinada aristócrata que cuida su imagen, habla cinco idiomas, estuvo casada con un príncipe alemán, hacía intermediaciones empresariales con mandatarios de Rusia y Oriente Medio y fue pareja de Juan Carlos— compartiendo sus confidencias con alguien como José Manuel Villarejo, un agente encubierto que en 2015 estaba a punto de jubilarse, caminaba encorvado por una mala operación de espalda, hablaba todo el tiempo con la jerga de los pequeños delincuentes, hizo carrera en la policía sin perder el contacto con los estratos más sórdidos de la sociedad y sellaba negocios a altas horas de la noche con una copa en la mano.

Aunque parezca imposible, hay un motivo para esa conexión y hay que remontarse al accidente de Botsuana en abril de 2012 para entenderla.

Una nebulosa se mantiene en torno a ese episodio, pese a las consecuencias que tuvo en la historia reciente de España. Los testimonios más fiables relatan que Juan Carlos I, Corinna, su hijo Alexander, los escoltas del rey y los organizadores del safari estaban alojados en varias cabañas de un lujoso *lodge* del delta del Okavango. El monarca dormía solo en una tienda y Corinna y su hijo, Alexander, en otra cercana. El personal de seguridad y los guías se encontraban en las inmediaciones.

En mitad de la madrugada del 12 al 13 de abril, probablemente cuando intentaba ir al baño, el entonces jefe del Estado se tropezó y cayó al suelo rompiéndose la cadera. Sus asistentes acudieron rápido a socorrerlo y le ayudaron a acostarse de nuevo. Al principio, el dolor no parecía grave, el normal en cualquier persona de su edad que hubiera sufrido un impacto contra el suelo. Pero, cuando amaneció, el rey no podía moverse de la cama y las molestias empezaron a ser insoportables. Era necesario sacarlo de allí cuanto antes.

Una aeronave privada aterrizó horas después, durante la tarde del 13 de abril, en el aeropuerto militar de Torrejón de Ardoz. A bordo iban Juan Carlos I, Corinna y Alexander. El CNI y especialmente su entonces director, Félix Sanz Roldán, tomaron el control de la crisis para tratar de minimizar el escándalo. Poco después de aterrizar en Madrid, Corinna y su hijo fueron invitados a salir rápidamente de España para intentar que no trascendiera su presencia en el viaje.

Para entonces, Sanz Roldán y buena parte de la Casa del Rey ya llevaban años advirtiendo a Juan Carlos I de que había llevado demasiado lejos su relación con Corinna, aunque el monarca siempre fue dueño de su destino y solo confiaba en su olfato. Muchos de sus colegas también le previnieron. «He visto al rey enamorado de muchas mujeres, pero nunca había estado con ninguna como estaba con Corinna», cuenta uno de sus amigos íntimos, solo unos años más joven que el monarca. «Estaba lo que vulgarmente se dice encoñado. Estaba obsesionado con ella como no lo había estado nunca. Perdió completamente la cabeza», remarca este amigo.

El plan inicial era mantener el accidente en secreto, pero la primera exploración médica efectuada en Madrid ya reveló que las lesiones eran graves y que el rey tendría que pasar por el quirófano. La recuperación requeriría el uso de muletas y se prolongaría semanas. Su agenda oficial tendría que ser suspendida. Era imposible que la sociedad española no se enterara de lo que había pasado. El 14 de abril por la mañana, la Casa Real emitió un breve comunicado. Estaba redactado con un lenguaje frío y enrevesado para que resultara intrascendente, pero solo sirvió para generar más preguntas.

«Su majestad el rey ha sido intervenido quirúrgicamente de la cadera esta madrugada, en el Hospital USP San José (Madrid) por el Dr. Ángel Villamor. Don Juan Carlos había sufrido una fractura en tres fragmentos de la cadera derecha, asociada a artrosis de dicha articulación. Se ha realizado una reconstrucción de los fragmentos de la fractura femoral, colocándose en el mismo acto quirúrgico una prótesis de cadera. Su majestad el rey ingresó anoche en el citado hospital a su regreso de un viaje privado a Botsuana, donde se dañó la cadera en una caída accidental. En las próximas horas, se hará público un parte médico más detallado», informó la Zarzuela.

La nota oficial no hablaba del safari ni de los acompañantes de Juan Carlos I en ese «viaje privado a Botsuana», cuya existencia no había trascendido hasta ese momento. Pero en las siguientes horas comenzó a circular por los medios de comunicación una imagen del jefe del Estado junto a un cazador profesional y un elefante abatido. Aunque la imagen había sido tomada en 2006, sirvió para insinuar las verdaderas razones del desplazamiento y la Casa Real nunca telefoneó a ningún periódico para desmentirlo.

La fotografía aceleró el terremoto y la aparición del monarca días después ante las cámaras de televisión para pedir perdón con el histórico «Lo siento mucho. Me he equivocado. No volverá a ocurrir», que no sirvió para mitigarlo. En uno de los peores momentos de la crisis económica, con la tasa de desempleo marcando ese abril de 2012 un 24.2%; una reforma laboral recién aprobada que permitía a los empresarios modificar unilateralmente condiciones sustantivas de los contratos de trabajo; las cajas de ahorro de todo el país al borde de la quiebra y casos de corrupción como Gürtel, el caso de los ERE en Andalucía y el caso Nóos que salpicaba a la Zarzuela, el jefe del Estado se había ido a Botsuana para hacer un safari de lujo con su antigua novia y matar elefantes. Juan Carlos I había puesto en riesgo la estabilidad de la institución. Incluso para los monárquicos, había cruzado una línea roja. Su escudo protector, esa aureola mágica que le había acompañado desde la transición, comenzó a evanescerse.

Sanz Roldán aprovechó el episodio para forzar la ruptura definitiva de la relación del monarca con Corinna. Hasta ese momento, la aristócrata había sido una extensión de la figura de Juan Carlos I. Se la respetaba dentro y fuera de palacio como si fuera el propio rey, pero, después del accidente, fue señalada como el mayor cáncer del sistema, un elemento tóxico al que nadie debía acercarse. Ninguna autoridad acudió a despedirla a Torrejón cuando ella y su hijo salieron de España sin billete de vuelta.

El fin de la relación ya no tenía marcha atrás y Corinna comprobó pronto que el proceso no sería sencillo. El enfado que sintió inicialmente por su repentina expulsión de España como si fuera una ladrona pillada in fraganti se transformó en las siguientes semanas en una mezcla de intranquilidad y miedo. Juan Carlos I había compartido con ella información sobre la familia real, documentación sobre la fortuna que escondía en el extranjero y confidencias sobre la élite política y económica. Le había facilitado hasta informes clasificados del CNI sobre el auge del populismo en Venezuela y Bolivia y también sobre las vinculaciones del Gobierno de Vladimir Putin con la mafia rusa.

Algunas cosas ni siquiera las había conocido por boca del rey. Las había visto con sus propios ojos. Las bolsas con billetes en efectivo circulando por el palacio para pagar gastos superficiales y regalos de toda la familia real. A Javier Monzón, el todopoderoso presidente de Indra durante veintidós años (1993-2015), entregando pósits a Juan Carlos I para pedirle gestiones concretas con sus homólogos de Oriente Medio a cambio de seguir disfrutando de los aviones corporativos de la compañía de material de defensa participada por el Estado y otros beneficios; y a Alberto Ruiz-Gallardón, ministro de Justicia entre diciembre de 2011 y septiembre de 2014, reuniéndose confidencialmente con el rey en la Zarzuela para tratar de trazar una estrategia que dejara a la infanta Cristina fuera del caso Nóos.

Los servicios de inteligencia empezaron a seguir los pasos de Corinna y tomaron medidas para neutralizarla. La propia empresaria relataría años después, el 15 de enero de 2021 —en un juicio contra Villarejo por una querella de Sanz Roldán por injurias y denuncia falsa y del que el policía salió absuelto— cómo fueron los días siguientes al episodio de Botsuana. El 22 de abril de 2012, cuando apenas había transcurrido una semana del accidente, Corinna recibió en su móvil un mensaje de texto de un número no identificado que le comunicó que sus «amigos de Madrid» habían contratado una empresa de seguridad para protegerla.

La industrial no entendió el mensaje y llamó al monarca para preguntarle qué estaba ocurriendo. Según Corinna, Juan Carlos I no fue demasiado claro, pero le dijo que Sanz Roldán había contratado a una empresa de seguridad de Mónaco para poner en marcha una operación que supuestamente tenía como objetivo evitar que la acosaran *paparazzi* después de que, con el accidente de Botsuana, su nombre saltara definitivamente a la prensa y su relación con Juan Carlos I diera la vuelta al mundo. «Yo no di mi consentimiento a aquella operación. No veía razón para ello. Además, yo me iba al día siguiente de Mónaco», contó Corinna en el juicio de Madrid.

La operación de la empresa de seguridad contratada por el CNI duró más de una semana y no tenía como propósito evitar que se le acercaran periodistas. Los empleados de la compañía Algiz Security registraron las oficinas de Corinna y de su casa de Mónaco para llevarse todos los documentos, archivos y fotografías que pudieran resultar comprometedores para Juan Carlos I. «Fue una ocupación ilegal que se prolongó durante abril y mayo de 2012 y eso me aterrorizó», relató Corinna en la vista contra Villarejo.

En la demanda por acoso que presentó la intermediaria contra Juan Carlos I en el Tribunal Superior de Justicia del Reino Unido en diciembre de 2020, ofreció más detalles de lo que presuntamente ocurrió esos días en Mónaco. «Documentos comerciales y personales pertenecientes a la demandante [Corinna] habían sido examinados y/o copiados y algunos eliminados durante la operación, sin su consentimiento (…) Los verdaderos objetivos del demandado eran: encontrar y eliminar cualquier documento que estuviera en posesión de ella y que estuviera relacionado con los negocios y tratos financieros de él; verificar toda la información que hubiera acerca de la demandante y que pudiera utilizarse para presionarla a acceder a sus deseos; impedir que ella proporcionara ninguna información relativa a nada que pudiera incriminarle; e instalar dispositivos de vigilancia».

Aquellos empleados de Algiz subcontratados por el CNI se llevaron de la residencia y las oficinas de Corinna hasta veinticuatro cajas llenas de documentos que nunca han visto la luz. Según la empresaria, en esas fechas una persona contactó con ella por correo y por teléfono usando el alias Paul Bon, la identidad que había usado en el pasado Sanz Roldán para comunicarse con ella. En el correo se aseguraba que toda la operación de Mónaco había sido ordenada directamente por Juan Carlos I.

El responsable de los servicios de inteligencia tuvo una implicación más evidente en otros episodios. En los primeros días de mayo de ese año, tras la operación de limpieza de Mónaco, el rey avisó a su examante de que Sanz Roldán iba camino de Londres para reunirse con ella en The Connaught, un hotel de cinco estrellas situado en el exclusivo barrio de Mayfair.

«Yo no tenía mucho que decir sobre este tema. No tenía opción a negarme a esta reunión», relató Corinna en el juicio contra Villarejo en plaza de Castilla. La empresaria apenas tenía ya en su poder documentos de carácter sensible, pero el entonces responsable de los servicios de inteligencia quería reunirse con ella para asegurarse de que guardaría un escrupuloso silencio sobre cualquier asunto que pudiera afectar a la Zarzuela.

No hay ningún momento clave de esa etapa de la vida de Juan Carlos I en el que no interviniera Sanz Roldán y, probablemente, es imposible entender la debacle del monarca sin tener en cuenta la participación del general en los acontecimientos.

Sanz Roldán nació en Uclés, Cuenca, en 1945, e ingresó joven en el Ejército de Tierra para hacer carrera en el Mando de Artillería. A medida que fue ascendiendo, empezó a pasar más tiempo en los despachos en los que se toman las grandes decisiones estratégicas sobre las Fuerzas Armadas que en los teatros de operaciones.

En 1998, durante la primera legislatura de José María Aznar, Sanz Roldán se convirtió en general de Brigada y fue elegido para ocupar el cargo de subdirector general de Planes y Relaciones Internacionales en la Dirección General de Política de Defensa del ministerio que encabezaba Eduardo Serra. Tres años después, en 2001, se convirtió en general de

División, aunque siguió ejerciendo de subdirector general de Planes.

Sus últimos ascensos fueron meteóricos y estuvieron acompañados de un golpe de suerte. En mayo de 2004, dos meses después de que José Luis Rodríguez Zapatero derrotara a Mariano Rajoy en las generales de ese año, Sanz Roldán fue nombrado teniente general del Ejército de Tierra. El nuevo Gobierno del PSOE, con José Bono en Defensa, decidió renovar la cúpula militar heredada del PP que se había visto envuelta en el caso del Yak-42, y buscó un nuevo jefe del Estado Mayor de la Defensa (JEMAD). Desde 1990 existía una tradición no escrita que estipulaba que el cargo era ocupado de forma rotatoria por un miembro de cada ejército. El último JEMAD nombrado por el PP pertenecía a la Armada y era el turno del Ejército de Tierra. Solo un mes después de ascender a teniente general, Sanz Roldán fue elegido por Bono para asumir esa responsabilidad.

El aterrizaje no fue sencillo. Además de tener que gestionar el giro en política exterior que supuso la retirada de las tropas españolas de Irak tras la llegada de Zapatero a la Moncloa, durante su mandato se aprobaron la ley de la Defensa Nacional, la ley de Tropa y Marinería y la ley de la Carrera Militar.

Tras la segunda victoria de Zapatero en las generales de 2008, Sanz Roldán se mantuvo como JEMAD y, al cumplir los cuatro años en el cargo, en lugar de pasar a la reserva como suele ser habitual, el presidente socialista lo nombró alto representante en materia de Defensa para la presidencia española de turno de la Unión Europea. El general se había ganado la confianza de la Moncloa gracias a su relación con Bono, castellanomanchego como él.

En las academias militares no enseñan relaciones públicas, pero el teniente general demostró una habilidad especial para esa faceta. Se le daba bien ganarse la simpatía de sus superiores y adivinar quiénes estaban destinados a ascender y quiénes iban a quedarse por el camino. Siempre estuvo en el bando correcto en el momento apropiado. Incluso tras la llegada de Bono a la presidencia del Congreso en abril de 2008, Sanz Roldán siguió siendo uno de los más estrechos colaboradores del dirigente socialista. Durante un tiempo fue habitual verlo en la Cámara Baja entrando o saliendo de reunirse con Bono.

Sanz Roldán también supo aprovechar su etapa como JEMAD para acercarse a la primera autoridad del Estado. Su cargo implicaba asistir a multitud de actos protocolarios de las Fuerzas Armadas en los que coincidía con Juan Carlos I, capitán general de los tres Ejércitos. Por esa dimensión militar de la Corona, Sanz Roldán despachaba periódicamente con el monarca y lo acompañaba en las citas de carácter castrense.

En la Zarzuela, donde las prioridades de la Corona siempre se confundieron con las inquietudes personales de Juan Carlos I, las conversaciones de trabajo dieron paso a charlas más distendidas sobre los asuntos privados que verdaderamente atormentaban al rey. En esos años de relación con Corinna y cuentas opacas en Suiza, a Juan Carlos I le habría ayudado que alguien de su entorno lo hubiera cogido de la chaqueta y lo hubiera zarandeado con fuerza mientras le preguntaba a gritos si estaba loco. Pero su círculo de confianza estaba poblado únicamente por aduladores y sumisos.

Sanz Roldán encontró un hueco en ese ecosistema nocivo. El militar se convirtió en el principal ayudante y confesor del jefe del Estado y, también, en el fontanero que podía solventar sus problemas. De hecho, acabó convenciendo al rey de que era la persona idónea para hacerse cargo de la dirección del Centro Nacional de Inteligencia (CNI), una posición desde la que defendería mucho mejor sus intereses.

En realidad, la potestad de nombrar al director del CNI correspondía en exclusiva al Gobierno, pero, al igual que había hecho en 1981 con el teniente general Emilio Alonso Manglano, a Juan Carlos I no le costó demasiado persuadir a Zapatero para que colocara a Sanz Roldán en esa atalaya.

Para el teniente general, era el colofón a cuarenta y siete años de dedicación al Estado. Ya no abandonaría el puesto hasta diez años después, tras convivir con tres ejecutivos distintos de dos partidos diferentes, un caso sin precedentes en el CNI. Ni siquiera cuando Mariano Rajoy ganó las elecciones de 2011 con mayoría absoluta se puso en duda su continuidad al frente de la Casa. Juan Carlos I se aseguró de que Sanz Roldán siguiera dirigiendo los servicios de inteligencia y el propio militar supo cambiar de bando con la efusividad de un converso.

El teniente general pasó de rendir pleitesía a Bono a obedecer fielmente los deseos de sus nuevos jefes del Partido Popular, en especial, a su responsable directa, la entonces vicepresidenta, Soraya Sáenz de Santamaría, aunque también buscó la simpatía del primer ministro del Interior de los gobiernos de Rajoy, Jorge Fernández Díaz.

Hay un episodio que se repitió con frecuencia en aquella nueva etapa. Sanz Roldán sabía que Fernández Díaz era un católico fervoroso que acudía con frecuencia a la iglesia. Cada vez que el director del CNI trasladaba al responsable de la cartera de Interior alguna propuesta, dejaba caer que la idea se le había ocurrido mientras estaba en misa, buscando una suerte de complicidad religiosa.

Sanz Roldán repetía a menudo en voz alta que, a pesar de que a él lo había colocado Zapatero al frente del CNI, había votado toda su vida al PP. Pero lo que mejor sabía hacer era usar la información de inteligencia para ganarse a sus superiores, sobre todo a Soraya Sáenz de Santamaría, que siempre tuvo como objetivo relevar a Rajoy en la presidencia del Gobierno.

Cuando el monarca se rompió la cadera en Botsuana en abril de 2012, el PP apenas llevaba cuatro meses en la Moncloa. La mayoría de los miembros del nuevo Gobierno ni siquiera sabía quién era Corinna. El teniente general fue quien asumió el mando de aquel incidente y de todo lo que vino después. «Ahora mismo el Estado soy yo», llegó a decir.

El encuentro de Sanz Roldán con Corinna se produjo finalmente la mañana del 5 de mayo de 2012. La cita tuvo lugar en The Connaught, como habían previsto. El máximo responsable de los servicios de inteligencia recomendó a la antigua amante del monarca que no se convirtiera en un dolor de cabeza para los intereses nacionales y le pidió que le entregara cualquier prueba o documento relacionado con Juan Carlos I que siguiera en su poder.

Corinna contó su versión de lo que pasó en el hotel de Londres en su comparecencia del juicio contra Villarejo de plaza de Castilla. «Sanz Roldán me dio instrucciones y algunas recomendaciones que yo tenía que seguir. Me dijo que si no las seguía, no iba a poder garantizar mi seguridad física y la de mis hijos —declaró la empresaria—. El general dijo que hasta que no le diera los documentos, no estaría segura».

Corinna interpretó esas frases como una amenaza. Sanz Roldán fue preguntado por estas acusaciones en el juicio, pero rechazó pronunciarse sobre esos hechos alegando que no estaba autorizado para facilitar ese tipo de información. Reconoció la reunión en el hotel de Londres, pero se limitó a declarar que nunca había «amenazado a una mujer y a un niño», en referencia a Alexander.

El entonces jefe de los servicios de inteligencia también evitó declarar sobre otras situaciones de acoso y vigilancia que, según Corinna, habrían continuado durante los años posteriores al accidente en África. Por ejemplo, esta aseguró que semanas después del incidente en el safari encontró en su apartamento de la estación suiza de Villars-sur-Ollon un libro sobre la muerte de Lady Di. La obra se titulaba *La princesa Diana: La prueba oculta. Cómo el MI6 y la CIA estuvieron involucrados en la muerte de Diana.* «A primera hora de la mañana siguiente recibí una llamada desde un número secreto que decía que había muchos túneles entre Niza y Mónaco. Esto manifiesta la situación en la que me encontraba, en continuas amenazas y peligros», contó la empresaria en el juicio.

En la demanda que presentó contra Juan Carlos I en Londres, Corinna describe otros presuntos ataques. Según su relato, alguien hizo un agujero perfecto, sin dejar ni una sola impureza, en el cristal de la ventana de su dormitorio de su residencia de campo de Chyknell Hall, un palacete en medio de una finca de ochenta y una hectáreas de terreno ubicadas en Shropshire, junto a la ciudad inglesa de Birmingham. La empresaria está convencida de que ese orificio solo pudo ser ocasionado por una bala.

Otro día, alguien disparó dos veces a la cámara de vigilancia de la puerta principal de la misma finca. Corinna también mantiene que colocaron un dispositivo de rastreo en su coche, que intentaron captar como confidente a su asistenta personal y que sufrió ataques difamatorios en un grupo de WhatsApp del que formaban parte sus hijos Nastassia, nacida en 1993 durante su primer matrimonio con Philip Adkins, y Alexander, fruto de su segundo enlace con Casimir zu Sayn-Wittgenstein.

Los otros dos miembros de ese grupo familiar de WhatsApp eran el primer marido de Corinna, Philip Adkins, y

Juan Carlos I. Ambos establecieron una extraña pero intensa amistad durante los años que duró la relación del monarca con Corinna, y el vínculo prosiguió después de la separación. Lo mismo se iban juntos de viaje a Los Ángeles para pasar las Navidades, como hicieron en el año 2015, que acudían en pareja a una corrida de toros en Las Ventas. El chat de WhatsApp fue bautizado como The Pride (que en inglés, además de «orgullo» significa «manada de leones», el animal heráldico en el escudo familiar de los Sayn-Wittgenstein) y, según la empresaria, el rey y el primer marido de Corinna lo usaron recurrentemente para tratar de poner a Nastassia y Alexander en contra de ella.

La presunta difamación no se quedó solo dentro de un reducido grupo de WhatsApp. Según Corinna, Juan Carlos se había reunido con amigos y conocidos de ella para contarles que su examante le había robado. Entre las personas con las que se citó el monarca se encontraban los hermanos Fanjul, propietarios de una de las mayores fortunas de República Dominicana; el industrial de origen egipcio Mohamed «Mo» el-Husseiny, bien conectado con Abu Dabi e implicado en la venta del ático regalado por Omán al rey emérito, y el rey Salmán de Arabia Saudí y el príncipe heredero de este país, Mohammad Bin Salmán. Juan Carlos I llegó a viajar incluso a una pequeña población de Austria, en 2015, para ver a la madre del segundo marido de Corinna, Manni zu Sayn-Wittgenstein, y contarle que la industrial se había quedado con 65 millones de euros.

Esos fondos son precisamente la piedra angular del conflicto que surgió entre ambos y que tuvo consecuencias fatales para el rey emérito. El accidente de Botsuana desató un seísmo en la sociedad española, pero también provocó la histeria en el banco Mirabaud de Ginebra, donde el monarca tenía escondidos desde 2008 los 100 millones de dólares

(65 millones de euros al cambio) que le había regalado el rey Abdalá de Arabia Saudí por motivos que aún se desconocen.

La caída en el safari dio la vuelta al mundo y convirtió el posible daño reputacional por la aparición del dinero oculto de Juan Carlos I en un escándalo de dimensiones planetarias. Mirabaud pidió al rey que trasladara inmediatamente a otra entidad financiera los 65 millones de euros que controlaba a través de la fundación panameña Lucum. El propio presidente del banco, Yves Mirabaud, lo reconoció ante Yves Bertossa, el fiscal del cantón de Ginebra que empezó a rastrear en septiembre de 2018 la fortuna opaca del monarca en territorio suizo. «El banco Mirabaud había aumentado su presencia en España. En esa época, las actuaciones del rey de España comenzaron a ser portada de numerosos periódicos. Me refiero, en concreto, a un viaje a África para, según la prensa, cazar elefantes. También consideramos que ya no era oportuno conservar esta cuenta», declaró el directivo.

La decisión de Mirabaud fue un contratiempo para Juan Carlos I. En 2012, la justicia estadounidense estaba investigando al banco HSBC por lavado de capitales de los principales carteles mexicanos. La entidad fue finalmente condenada a finales de ese ejercicio a pagar una sanción histórica de 1920 millones de dólares. Dos años antes, los bancos suizos se habían visto obligados a reforzar sus controles contra el blanqueo de dinero por presiones también de Washington, que les acusaba de colaborar con la evasión de impuestos de ciudadanos estadounidenses. Cuando Mirabaud invitó a Juan Carlos I a marcharse, Suiza quería dar la impresión de que estaba dejando de ser un oasis para los defraudadores y corruptos de todo el planeta.

Casi sin tiempo para colocar el dinero de Mirabaud en otro sitio, Juan Carlos I optó por pedirle a Corinna que custodiara el saldo que quedaba en la cuenta en el verano de 2012, en torno a 65 millones de euros. La entrega de los fondos se efectuó mediante una donación. La empresaria exigió que la transferencia quedara perfectamente documentada para que nadie pudiera acusarla de blanqueo de capitales.

Ya no estaban juntos, pero el monarca accedió a las exigencias de su antigua amante con la esperanza de que los 65 millones de euros resucitaran la complicidad entre ellos y generaran quizá un nuevo vínculo. Sería un paréntesis hasta que otro banco o una nueva estructura *offshore* pudiera guardar los fondos de forma definitiva y sin riesgo de ser descubiertos.

La prueba de que la donación fue concebida por el rey como una solución temporal llegó en 2014, cuando empezó a echar de menos ese dinero. Al abdicar, pasó a compartir con su hijo Felipe VI la estructura y los recursos del Estado que hasta ese momento había disfrutado en exclusiva, desde los aviones oficiales del Ejército del Aire a los vehículos del Parque Móvil, pasando por el personal de seguridad de la Zarzuela. Tenía más tiempo libre que nunca, pero no podía disfrutarlo como había previsto porque su capacidad económica estaba muy por debajo de sus expectativas.

Al principio, Juan Carlos I comenzó a enviar algunas de sus facturas a Corinna para que esta las sufragara con dinero de la donación. La empresaria accedió en un primer momento por pura cortesía, pero se negó en rotundo cuando el monarca empezó a darle órdenes y reclamarle pagos como si estuviera obligada a hacerlos. Esa mecánica de reintegro de los 65 millones encajaba milimétricamente en el tipo penal de lavado de capitales, justo lo que Corinna había querido evitar con la firma de un acta voluntaria de entrega de los fondos.

Juan Carlos I no estaba acostumbrado a escuchar un «no». El 16 de septiembre de ese año, el emérito se reunió en

Londres con uno de sus testaferros de cabecera, el abogado Dante Canonica, para comunicarle que había decidido revertir la donación. El letrado, experto en creación de fortunas privadas y redes opacas, reaccionó extrañado. Respondió que no era posible cumplir su deseo porque la entrega de los fondos era legalmente irrevocable. La única posibilidad que existía era que Corinna decidiera voluntariamente devolvérselos.

El exjefe del Estado tampoco asimiló bien las palabras de Canonica, pero aquella misma tarde se encontró con Corinna en la capital británica para plantearle la única salida que le había dado su abogado. El encuentro se produjo nuevamente en The Connaught, en un reservado del restaurante The Sommelier's Table, situado en el sótano del hotel. El rey exigió a su antigua pareja que le devolviera de forma inmediata el dinero que le había donado dos años antes. Le dio indicaciones para que transfiriera de forma urgente los 65 millones de euros a una estructura opaca.

Corinna aceptó devolverle el dinero, pero puso dos condiciones. Según la intermediaria, estaba dispuesta a mandarle de vuelta esa fortuna siempre que, en primer lugar, los fondos quedaran depositados en una cuenta bancaria española abierta a nombre de Juan Carlos y, en segundo lugar, que el depósito fuera notificado a la Agencia Tributaria.

El emérito no aceptó esos requisitos. Habría sido un suicidio. Los 65 millones de euros todavía no existían para la ciudadanía española. A partir de esa cita, el exjefe del Estado comenzó a enviar mensajes a su antigua amante en los que le advertía de que las consecuencias para ella «no serían buenas» si se oponía a la devolución del dinero en las condiciones que él había fijado. Las supuestas vigilancias del CNI también se intensificaron.

Juan Carlos I y Sanz Roldán confiaban en que esa ofensiva doblegara a Corinna y esta accediera a sus pretensiones, pero generaron el efecto contrario. Fue uno de los primeros errores de apreciación del general.

En los primeros meses de 2015, la empresaria pensó que esa situación era insostenible y que el paso del tiempo no serviría para reducir el hostigamiento al que se estaba viendo sometida. Decidió contarle lo que le estaba pasando a su amiga Vanessa von Zitzewitz, alemana como ella, fotógrafa artística de profesión y esposa de Juan Villalonga, expresidente de Telefónica con contactos de primer nivel en España.

Corinna se reunió con Villalonga y le relató todo lo que había ocurrido desde el accidente de Botsuana: su expulsión de España, el registro en su casa de Mónaco, el libro de Lady Di en Villars-sur-Ollon, la reunión con Sanz Roldán en The Connaught, las acusaciones que Juan Carlos I había estado esparciendo entre sus conocidos…

A Villalonga le pareció que aquella cascada de episodios describía un escenario irreconducible. A su juicio, la situación había llegado demasiado lejos como para que el exmonarca y su entorno estuvieran dispuestos a negociar, a esas alturas, una solución amistosa. El expresidente de Telefónica planteó otra opción a Corinna. Quizá lo mejor no era firmar la paz con la Zarzuela y el CNI, sino contar lo que había pasado al mayor enemigo que tenía Sanz Roldán en esos momentos: el comisario José Manuel Villarejo.

Villalonga había conocido a Villarejo a través de otro hombre de negocios, Adrián de la Joya, un discreto intermediario próximo al Partido Popular que estuvo casado con Cristina Fernández-Longoria, cuñada del hispano-libanés Abdul

Rahman el-Assir, traficante de armas y una de las personas más cercanas a Juan Carlos I, sobre todo, en la época más reciente. La ristra de nombres parece inacabable, pero es que las élites son muy promiscuas.

De la Joya manejaba una de las mejores agendas de España, con contactos incluso en las altas esferas de Washington. En pleno mandato de Donald Trump, por ejemplo, De la Joya tuvo hilo directo con Paul Manafort, un abogado y consultor que participó en la campaña electoral del presidente republicano. Gracias a esa red, amasó una fortuna actuando como enlace en todo tipo de operaciones: la compraventa de minerales pesados como el manganeso, inversiones en el sector tecnológico y el mercado financiero y consultoría de negocios.

De la Joya prefería que su nombre no apareciera en los medios, pero le encantaba hacer ostentación de su riqueza. Conducía los mejores deportivos, se vestía en las sastrerías más exclusivas y era un asiduo de los restaurantes más caros. En 2007, tras divorciarse, decidió fijar su residencia en Suiza por motivos fiscales, pero seguía volando a Madrid con asiduidad y siempre sacaba un rato para reunirse con el comisario Villarejo.

Los dos se habían conocido en los noventa y forjaron una alianza beneficiosa para ambos. El policía se había acercado a De la Joya para tratar de conseguir informaciones de primera mano sobre las multinacionales, los bancos y las grandes operaciones empresariales y financieras que sacudían cada poco a España. Desde la óptica de Villarejo, De la Joya representaba su puerta de acceso a un mundo vedado tradicionalmente para los funcionarios de la policía, pero que interesaba profundamente a la clase política y constituía una fuente inagotable de inteligencia.

De la Joya también tenía motivos para llevarse bien con Villarejo. El agente encubierto tenía una facilidad innata para convertirse en imprescindible para cualquier ministro del Interior y disponía de contactos en todos los puestos clave de la Policía Nacional. Era prácticamente imposible que se moviera un papel en las Fuerzas de Seguridad del Estado sin que nadie le avisara, y eso incluía las investigaciones por casos de corrupción, lavado de dinero y fraude fiscal.

Los contactos de Villarejo también abarcaban otras esferas, como agencias de inteligencia extranjeras, jueces y fiscales de la Audiencia Nacional y los responsables de los controles de las entradas y salidas por el aeropuerto de Barajas. El comisario había colaborado con traficantes de armas como Monzer al-Kassar, que fue durante años uno de sus confidentes, y sus tentáculos llegaban a la mayoría de las empresas del IBEX 35. Si alguien tenía un problema con la policía o la justicia, no había nadie mejor colocado en España para desvelar el contenido de una investigación en marcha o tratar de limitar sus daños. Y Villarejo siempre estaba dispuesto a ayudar a cualquiera que pagara su tarifa. A veces, su precio era dinero. Otras, más información.

De la Joya constató que, además de protegerle, Villarejo podía hacerle ganar una fortuna. El industrial sabía que casi todos los ricos tienen un lado oculto que les impide dormir a pierna suelta y que muchos están dispuestos a pagar lo que sea necesario para que el motivo de desasosiego desaparezca de sus cabezas.

A estos empresarios atribulados, De la Joya les hablaba de Villarejo, les explicaba lo que hacía y dejaba que sus interlocutores esbozaran una mueca de alivio. Al policía le servía para acceder a nuevos clientes y recabar información de ámbitos que no controlaba. De la Joya se llevaba un porcentaje de lo que facturaba el comisario y, de paso, se apuntaba un favor ante gente poderosa.

Villarejo, en realidad, nunca solucionaba nada, aunque ni Villalonga ni Corinna sabían eso cuando contactaron con él en 2015 para contarle el conflicto que tenía la empresaria con Juan Carlos I y el director del CNI. El comisario tenía una habilidad prodigiosa para detectar las debilidades de sus clientes y presentarse como si fuera el héroe que había puesto fin a la crisis de los misiles cubanos. Si sus clientes no tenían ninguna flaqueza, simplemente se las inventaba.

Uno de los casos que mejor define la forma en la que operaban el comisario, De la Joya y otros pícaros de su entorno es la historia del naviero Ángel Pérez-Maura, sobrino-nieto del ya fallecido expresidente del Banco Santander Emilio Botín y presidente de la compañía consignataria Pérez y Cía SL, con una fortuna personal aproximada de 350 millones de euros.

Como le ocurre a muchos otros en la cúspide del éxito, a Ángel Pérez-Maura comenzaron a visitarle en 2015 algunos temores. Tres años antes había conseguido que su empresa se llevara una concesión del Gobierno de Guatemala para construir y gestionar durante los siguientes veinticinco años el puerto de Quetzal, una nueva macroterminal de contenedores situada en la costa del Pacífico. El proyectó multiplicó el valor de Pérez y Cía SL.

Sin embargo, a finales de 2015, la Fiscalía guatemalteca lanzó una operación contra la corrupción en el país tras recibir informaciones de que Pérez y Cía SL había pagado 30 millones de dólares en sobornos al expresidente del Gobierno Otto Pérez Molina (2012-2015) y a la exvicepresidenta Roxana Baldetti (2012-2015) para asegurarse la victoria en el concurso de la macroterminal.

La policía de Guatemala detuvo al delegado de la naviera española en su territorio, Juan José Suárez Meseguer, y comenzó una investigación judicial que amenazaba con dejar en el aire la participación de la compañía en el proyecto. El caso provocó un agujero añadido a Pérez-Maura, que acababa de traspasar un porcentaje de Pérez y Cía SL al gigante danés del transporte marítimo Maersk por 900 millones de euros: las indagaciones de Guatemala podían poner en riesgo la venta.

De la Joya, que conocía al naviero desde hacía tiempo, le recomendó que contratara los servicios de Villarejo. El empresario estaba tan desesperado que accedió a reunirse con el policía. Villarejo sabía lo que Pérez-Maura quería escuchar. Le aseguró que tenía contactos con influencia en la justicia de Guatemala y que no le resultaría difícil desactivar el procedimiento que tanto le inquietaba. El policía puso sobre la mesa los nombres de Baltasar Garzón; la entonces fiscal general del Estado, Dolores Delgado, y a supuestos enlaces policiales de su confianza en Estados Unidos y Centroamérica.

Sin embargo, lo que de verdad convenció a Pérez-Maura de que necesitaba urgentemente algo más que la ayuda de sus abogados fue una amenaza en la que ni siquiera había reparado hasta ese momento. Villarejo logró hacerle creer que, si no reaccionaba pronto, podía ser extraditado a Guatemala para ser juzgado y condenado por el pago de los sobornos. De pronto, Pérez-Maura se imaginó dentro de una cárcel guatemalteca para cumplir una condena de varias décadas. Aquello lo sumió en el pánico.

Villarejo lo engañó, igual que había hecho decenas de veces en el pasado con otros políticos y empresarios. Era imposible que la justicia española aceptara la extradición de

Pérez-Maura. La orden de detención emitida por la justicia guatemalteca nunca habría prosperado —de hecho, nunca lo hizo— porque España no entrega a sus nacionales a terceros países, salvo en contadas excepciones entre las que no encajaba la investigación en torno a la macroterminal de Quetzal. En el peor de los escenarios posibles para Pérez-Maura, podía ser juzgado en territorio nacional por los presuntos delitos que se le atribuían en Centroamérica y se arriesgaba a un hipotético ingreso en prisión en un centro penitenciario español.

Pero Villarejo logró generar dudas suficientes en Pérez-Maura como para que este obviara las recomendaciones de sus abogados de toda la vida, y aceptara pagarle hasta 10 millones de euros por supuestas gestiones secretas para evitar su extradición y neutralizar el conjunto del caso. Según el relato fantasioso del comisario, parte del dinero iba a ser utilizado para que Garzón se implicara en la desactivación del procedimiento y para efectuar pagos a autoridades judiciales guatemaltecas.

Villarejo llegó a cobrar 7 millones de euros de los 10 acordados con el naviero. La detención del comisario en noviembre de 2017 cortó los pagos. Pero, pese a la cifra ya abonada, lo único que obtuvo Pérez-Maura a cambio fueron varios informes de riesgo realizados desde Madrid por los trabajadores de la agencia de detectives de Villarejo y que solo servían para aparentar que realmente estaba haciendo algo. La mayoría de los datos que figuraban en esos documentos salían de fuentes abiertas o, directamente, de buscadores como Google. Villarejo jamás hizo un avance en el procedimiento de Guatemala. Lo único que logró evitar fue una extradición que no habría podido producirse nunca.

El agente actuó del mismo modo con el BBVA durante catorce años. El banco lo contrató para frenar el asalto del constructor Luis del Rivero a su consejo de administración; abrir una causa judicial contra Luis Pineda (Ausbanc), que se había convertido en el enemigo número uno del presidente de la entidad, Francisco González, y tratar de salvar el pelotazo urbanístico de la Operación Chamartín, entre otros servicios. En esa década y media de relación, el BBVA llegó a efectuar cincuenta y dos pagos a Villarejo por un importe total de 10.3 millones de euros. Pero la labor del policía también tuvo efectos intrascendentes.

El comisario acreditaba sus supuestas gestiones para el BBVA entregando a los directivos del banco transcripciones de conversaciones telefónicas que, en realidad, eran completamente inventadas. También se atribuyó el mérito de operaciones policiales. Villarejo contó al banco que había movido sus hilos en la policía para poner en marcha una investigación de la UDEF contra Ausbanc, pero, en realidad, lo único que hizo fue presentar una denuncia anónima contra Pineda utilizando información a la que habría podido acceder cualquier ciudadano.

Una anécdota explica a la perfección quién era Villarejo. En julio de 2016, el entonces director de seguridad del BBVA, Julio Corrochano, pidió al policía que averiguara si era seguro navegar por el litoral de Bodrum, Turquía, uno de los destinos turísticos más exclusivos del Mediterráneo oriental. Acababa de producirse el golpe de Estado fallido contra Tayyip Erdogan y Corrochano quería saber si había vuelto el orden a esa zona del país. Su jefe, Francisco González, tenía previsto hacer un crucero por esas aguas en una goleta de treinta y siete metros de eslora, pero antes de subirse a la embarcación quería estar seguro de que ni él ni sus acompañantes corrían ningún peligro.

Corrochano pidió a Villarejo que averiguara cuanto antes cómo estaban las cosas en Bodrum. El comisario le respondió que no se preocupara. Dijo que tenía agentes de inteligencia sobre el terreno y que solo necesitaría unas horas para recoger sus impresiones. Era otra de sus mentiras. Por supuesto, no conocía a nadie en Turquía. Se limitó a llamar a la Embajada de España en Ankara haciéndose pasar por un simple turista y preguntó si era seguro navegar por la zona de Bodrum. La delegación diplomática le explicó que no había razones para preocuparse y le aconsejaron mantener sus planes. El policía cogió esa información y se inventó un supuesto informe de inteligencia en el que aseguraba que sus agentes sobre el terreno le habían comunicado que Francisco González podía navegar por la región con absoluta tranquilidad. El policía incluyó el coste de ese trabajo en los 60 500 euros mensuales que cobró durante años del BBVA por entregarle informes similares.

Villarejo hizo trabajos parecidos para Iberdrola, Repsol, CaixaBank, Planeta, Mutua Madrileña y la constructora San José, entre otras grandes corporaciones, que le generaron enormes beneficios. Pero, más allá del dinero, esas relaciones le servían para acceder a información reservada con la que, a su vez, lograba nuevos contratos. Aunque descubrieran que sus resultados eran nulos, los directivos del IBEX 35 preferían tener al policía en nómina antes que enfadarlo y sufrir sus posibles represalias. Además, Villarejo tenía hilo directo con la clase política. El Gobierno y los partidos de la oposición querían tener información en tiempo real de lo que ocurría en las plantas nobles de las grandes compañías españolas y Villarejo se la proporcionaba a cuentagotas para generar una relación de dependencia.

El policía que Villalonga recomendó a Corinna para hacer frente al acoso de la Zarzuela y el CNI estaba más cerca de ser un simple estafador que una amenaza para el Estado, pero puede que, precisamente por ese motivo, los servicios de inteligencia infravaloraran, en un nuevo error de cálculo, el peligro que iba a suponer esa alianza para Juan Carlos I.

El 16 de febrero de 2015, Villarejo ascendió a otra dimensión. De la Joya le contó que la antigua amante de Juan Carlos I quería verlo urgentemente en Londres porque estaba teniendo problemas con el rey emérito y Sanz Roldán. El policía anotó en su agenda ese día: «Corinna quiere contratarnos a través de Villalonga. Le están amenazando y enviaron email. Dice que como hable se jode el CNI». La mujer que había estado saliendo con el antiguo jefe del Estado tenía información que afectaba al director de la Casa, su mayor adversario en esa época. Y, por lo que debió anticiparle De la Joya, el asunto era importante.

En aquel momento, la empresaria no buscaba vengarse ni poner patas arriba la monarquía, pero quería que alguien que conociera bien los resortes abisales del Estado le aclarara si, en la fase a la que había llegado su conflicto con Juan Carlos I, corría peligro su vida y la de su familia. Villalonga pensó que la empresaria solo podía confiar en alguien que no tuviera relación con Juan Carlos I ni con los servicios de inteligencia, y que tampoco les tuviera miedo. No se le ocurrió nadie mejor que Villarejo para ese encargo.

En las semanas siguientes al anuncio de De la Joya, el policía hizo nuevas anotaciones en su agenda que confirman que ya solo pensaba en la reunión con Corinna.

La cita se produjo finalmente en junio de 2015 en Londres, en la propia vivienda de la intermediaria. El policía acudió a la reunión con una grabadora escondida en su chaqueta. Había hecho lo mismo con centenares de empresarios y políticos a lo largo de su vida. Tras reunirse con ellos, volvía a su oficina, sacaba el audio del dispositivo y lo archivaba cuidadosamente, anotando la fecha y las personas que habían quedado retratadas. Así lo hizo durante años, con la meticulosidad de un coleccionista de sellos y la frialdad de un psicópata. Siempre pensó que, en algún momento, esos audios serían un salvavidas o el pasaporte para otro negocio. Corinna podía terminar siendo ambas cosas.

Villalonga estuvo presente en esa primera cita. El encuentro estaba diseñado como una simple toma de contacto, pero Corinna aprovechó para confesarle a Villarejo que sospechaba que el CNI había intentado convertir en confidente a una asistenta de nacionalidad española que trabajaba con ella desde hacía años. El comisario aseguró a la examante del rey que haría gestiones para tratar de averiguar si esa empleada estaba proporcionando información a Sanz Roldán.

La aristócrata también relató al comisario todo lo que le había pasado por su negativa a devolver los 65 millones de euros y aseguró que tenía miedo de ser asesinada por orden del monarca.

Para poner en contexto al comisario, Corinna expuso algunas de las informaciones sobre Juan Carlos I que había conocido durante sus años de noviazgo. Contó que el rey tenía cuentas opacas en Suiza y que había cobrado una comisión de 100 millones de dólares por convencer al rey Abdulá de Arabia Saudí para que adjudicara a un consorcio de constructoras españolas el proyecto de construcción del AVE a La Meca en 2011 por un importe de 6736 millones de euros. También describió el papel de testaferro que supuestamente desempeñaba Álvaro de Orleans en la galaxia financiera del monarca.

Corinna le dijo a Villarejo que el exmonarca estaba intentando que entregara los 65 millones de euros a su primo y que se negaba a hacerlo por miedo a ser acusada de blanqueo de capitales. «Yo en este momento estoy entre la espada y la pared y en un sitio muy duro. Hay otras cosas que yo no he querido y me las han puesto. No porque me quiera mucho, sino porque soy residente en Mónaco y entonces no tengo el problema de declarar el patrimonio. Están estudiando mucho todas las cosas. Como sabe soy muy de "compliance". En los países anglosajones tenemos otra idea del "compliance", de transparencia y todas esas cosas», planteó Corinna.

Villarejo apenas la interrumpió, probablemente, porque estaba ensimismado con lo que estaba escuchando. Cada frase de Corinna sonaba en sus oídos como una bomba. Las pocas veces que habló fue justo para transmitir calma y sensación de control. No quería que su interlocutora pensara que aquellas revelaciones le venían grandes o que estaba sincerándose más de la cuenta, aunque era la información más delicada que jamás había tenido en sus manos.

«¿Adónde quieren llegar?», preguntó el comisario en un momento de la conversación para que Corinna siguiera hablando. «¿Adónde quieren llegar? Las pruebas de quiénes han hecho estas estructuras las tengo. Y este abogado [Dante Canonica] es el director de la sociedad», aseguró la antigua pareja de Juan Carlos I. Villalonga ya conocía esos detalles, pero no pudo evitar subrayar la importancia de lo que estaba ocurriendo entre aquellas cuatro paredes. «Si tú quieres, te llevas la monarquía por delante. Te la llevas por delante», le dijo a Corinna. «Sí —respondió ella—, pero yo no quiero hacer daño. Esa no es mi intención».

Lo que quería Corinna era que Juan Carlos I y el CNI dejaran de acosarla y que Villarejo la ayudara a encontrar una salida. Corinna le relató al comisario, como ejemplo, el encuentro que había tenido con Sanz Roldán en The Connaught y las amenazas que, a su juicio, le había trasladado el teniente general. «Pero ¿cómo se le ocurre al jefe del CNI venir en persona a amenazarte?», preguntó el policía para tratar de reafirmar el relato de su interlocutora. «Sí, me ha amenazado la vida y la de mis hijos», explicó ella. «Eso no se puede permitir. Un Troll miserable», replicó el comisario, utilizando el alias con el que se refería al director de los servicios de inteligencia. La empresaria recordó, no obstante, que Sanz Roldán se había desplazado a Londres por orden del exmonarca, que «lo sabía antes»: «Lo mandan. Ha sido él [Juan Carlos I] el motor».

Villarejo le trasladó a Corinna un mensaje de calma y complicidad para que tuviera claro que había recurrido a la persona indicada. «El CNI no puede actuar criminalmente. No son policía judicial en España. Ellos necesitan que la policía y la Guardia Civil hagan este trabajo. Por lo tanto, ahí voy a estar yo. Si me dejan, porque has visto que mi campaña también era… Estoy defendiéndome razonablemente bien, como habrás visto», afirmó Villarejo.

El comisario regresó a Madrid con la grabación.

El CNI no tardó en descubrir que se había producido la reunión entre Villarejo y Corinna en Londres y que Juan Villalonga y Adrián de la Joya habían ejercido de intermediarios.

En los meses siguientes, el comisario mantuvo el hilo con la expareja del rey con el objetivo de obtener aún más información. Para entonces, Villarejo ya era un quebradero de cabeza para el Estado, pero siempre se había tolerado su existencia para evitar un escándalo que con total seguridad generaría centenares de titulares. En la Casa sabían que llevaba décadas efectuando operaciones irregulares para grandes compañías del IBEX 35, que se había involucrado en investigaciones sensibles para el Estado, como la Operación Cataluña para implicar en casos de corrupción a los líderes del independentismo catalán, y que estaba amasando una fortuna gracias a un tupido entramado empresarial con ramificaciones en el extranjero. Pero el CNI lo trataba como el hermano díscolo con el que es mejor llevarse bien.

Todo cambió con la llegada de Sanz Roldán a la dirección de los servicios de inteligencia. El teniente general vio desde el principio a Villarejo como una amenaza para la seguridad y empezó a tomarse su eliminación como un asunto personal cuando el policía acusó al CNI de quedarse con parte del dinero de los fondos reservados que se usaron para pagar el rescate del pesquero Alakrana, secuestrado en 2009 por piratas en aguas de Somalia. En 2014, volvió a afirmar que la Casa se había llevado tres millones de euros destinados a los grupos rebeldes que habían retenido en Siria a los periodistas Ricardo García Vilanova y Javier Espinosa.

El CNI mandó en 2012 una primera advertencia a Villarejo. Los servicios de inteligencia, en colaboración con la Fiscalía Anticorrupción y la Unidad de Asuntos Internos de la Policía Nacional que dirigía el comisario Marcelino Martín-Blas, uno de los grandes enemigos de Villarejo, implicaron a los hijos de este en el caso Emperador, un procedimiento contra la mafia china que lideraba Gao Ping.

Dos años más tarde, en diciembre de 2014, Martín-Blas entregó al juez que investigaba al pequeño Nicolás un informe con imágenes de las cámaras de seguridad del parque de Vallehermoso de Madrid en las que supuestamente se veía a Villarejo reuniéndose con el propio Nicolás[1]. La persona que

---

[1] José María Olmo y Ana I. Gracia, «Asuntos Internos controló las reuniones de Nicolás con reporteros y un supuesto policía», *El Confidencial*, 29 de enero de 2015.

Martín-Blas y su segundo en Asuntos Internos, Rubén Eladio Martínez, próximo también al CNI, identificaron como Villarejo era en realidad un anciano que había ido al parque de Vallehermoso a pasear a su perro, pero el informe sirvió para implicar al comisario en ese otro procedimiento.

La manipulación fue descubierta días después por el diario *El Mundo*[2]. Los servicios de inteligencia y Asuntos Internos no encajaron bien ese ridículo y comenzaron a poner también en su punto de mira a los periodistas que desafiaban la versión oficial y/o tenían a Villarejo como fuente. No solo había que acabar con el policía, sino también con todos aquellos periodistas que, llegado el momento, pudieran publicar informaciones contrarias a los intereses del sistema, como el verdadero patrimonio de Juan Carlos I y los esfuerzos del CNI para protegerlo.

Villarejo estaba dispuesto a difundir los datos que había reunido en tres décadas de operaciones encubiertas y sabía perfectamente cómo hacerlo. Su nombre ya había aparecido en los años noventa en torno al escándalo de las escuchas ilegales del CESID a empresarios, políticos y al propio rey Juan Carlos. Tenía una fructífera relación con los medios de comunicación que se remontaba muchos años atrás.

Ante esa amenaza, la Casa y sus terminales pusieron en marcha en 2015 un plan para imputar o desprestigiar a cualquier periodista que hubiera tenido algún trato con Villarejo. El redactor que contactara con el comisario para contrastar una noticia o ampliar una información sería considerado automáticamente una extensión de su organización criminal.

---

[2] Esteban Urreiztieta, «La Policía confundió al comisario Villarejo con un jubilado de 81 años», *El Mundo*, 5 de febrero de 2015.

En febrero de 2015, tras la publicación del falso informe del parque de Vallehermoso, el entonces director adjunto operativo (DAO) de la Policía Nacional, número dos del cuerpo, Eugenio Pino, decidió cesar a Martín-Blas y a Villarejo de sus respectivos puestos para cortar de raíz la creciente disputa entre ambos. Sin embargo, el responsable de la cartera del Interior, Jorge Fernández Díaz, dio la orden de salvar al agente encubierto.

Fernández Díaz sabía que Villarejo había desempeñado un papel destacado en las operaciones contra la trama corrupta del clan Pujol y el independentismo, y que también había participado en la llamada operación Kitchen, un dispositivo policial que dos años antes había estado vigilando de manera irregular los movimientos del extesorero del PP Luis Bárcenas para averiguar si guardaba documentación incriminatoria del Gobierno de Rajoy.

Aquella decisión de mantener a Villarejo en la DAO tendría consecuencias fatales para el propio ministro y el resto de sus colaboradores. A partir de ese día, se crearon dos bandos antagónicos que marcarían la actualidad informativa nacional durante los años siguientes. En ese campo de batalla también se libró la guerra por la sucesión de Mariano Rajoy. Por un lado, se formó un grupo constituido por Soraya Sáenz de Santamaría, Sanz Roldán y Asuntos Internos y, en frente, quedaron María Dolores de Cospedal, Fernández Díaz, parte de su cúpula policial y el propio Villarejo.

Las tensiones experimentaron un salto cualitativo cuando los servicios de inteligencia descubrieron que el comisario no solo se había reunido con Corinna, sino que también había grabado el encuentro. Tenía audios de la empresaria que implicaban a Juan Carlos I en operaciones de corrupción capaces de poner patas arriba España en un momento que ya era especialmente convulso por el desapego de los ciudadanos hacia los partidos y la clase política.

A partir de la cita en Londres, Villarejo y cualquier persona de su entorno que pudiera haber accedido a las cintas de Corinna se convirtieron en enemigos del Estado. El clima se volvió realmente tenso. Sanz Roldán se enteró de que Villarejo tenía buena relación con Mauricio Casals, presidente del diario *La Razón*, adjunto a la presidencia de Atresmedia y hombre fuerte de Planeta. El teniente general se acercó un día a Francisco Marhuenda, director de *La Razón*, y le dijo que su jefe, que acababa de pasar un cáncer, debía tener cuidado. «Después de un cáncer es muy fácil sufrir un ictus. No le conviene la vida que lleva últimamente», afirmó el director del CNI. Marhuenda corrió a contárselo a Casals y este lo trasladó a su vez a Soraya Sáenz de Santamaría. Casals exigió que aquella amenaza de muerte no quedara impune, pero la vicepresidenta del Gobierno no hizo nada para rebajar el conflicto.

El primer gran episodio del nuevo clima bélico tuvo lugar el 14 de junio de 2016. Aquella mañana, agentes de Asuntos Internos, en estrecha coordinación con el CNI, acudieron de incógnito a la casa de Villarejo en Boadilla del Monte con una orden para detenerlo[3].

Asuntos Internos lo acusaba de haber maniobrado para ocultar la verdadera propiedad de una finca, La Alamedilla, que había aparecido en el curso de la investigación sobre el pequeño Nicolás. Martín-Blas consiguió que el juez que llevaba el caso diera luz verde a la detención de su enemigo, aunque el verdadero objetivo no era tanto arrestarlo, como

---

[3] Andros Lozano y Brais Cedeira, «Así abortó la Fiscalía en 2016 la detención de Villarejo: 500 días más conspirando con Corinna», *El Español*, 4 de octubre de 2020.

registrar todas sus propiedades para tratar de arrebatarle las grabaciones que había hecho a Corinna.

La operación fue abortada en el último momento. El juez del pequeño Nicolás cambió de opinión tras conocer que la Fiscalía se oponía a la detención y los registros por considerar que esas medidas estaban completamente injustificadas. Oficialmente, Villarejo solo estaba acusado de haber intervenido en la ocultación de un activo inmobiliario. No había ninguna base para montar una operación de ese calibre contra el policía.

En junio de 2016, casi coincidiendo con la detención frustrada del agente encubierto, Asuntos Internos entregó al juez del caso Nicolás otro informe en el que solicitó la imputación de una decena de periodistas de medios como *El Mundo*, *El Español*, *Okdiario* e *Infolibre*, así como de la productora de televisión Mandarina, por haber participado presuntamente en la difusión de un audio de una reunión de Martín-Blas y agentes del CNI en la que se hablaba abiertamente de manipular pruebas del caso. Asuntos Internos solicitó que los periodistas fueran imputados por revelación de secretos, encubrimiento y otros delitos contra la Administración[4].

La unidad policial de Martín-Blas había estado espiando durante meses las llamadas y el posicionamiento del teléfono de esos periodistas y de muchos otros para tratar de averiguar si Villarejo y el ministro del Interior, Fernández Díaz, habían participado de algún modo en la grabación de esa conversación con el CNI. Asuntos Internos no encontró ningún indicio relevante, pero esas indagaciones le permitieron recabar datos sobre las fuentes de más de una decena de reporteros

---

[4] Patricia López, «La comisión judicial del caso pequeño Nicolás pide la imputación de la cúpula policial», *Público*, 14 de junio de 2016.

y volvió a enviar el mensaje de que era preferible no tener ningún tipo de relación periodística con el comisario, por muy profesional y pulcro que fuera ese contacto.

Además de imputar a los periodistas, Martín-Blas y su equipo pidieron al juez que les permitieran registrar las viviendas de varios de ellos, clonar sus teléfonos y acceder a sus correos electrónicos y ordenadores. Al magistrado, que había pasado por la jurisdicción militar, le pareció una medida aceptable. Pero el fiscal del caso, Alfonso San Román, de la Fiscalía Provincial de Madrid, se opuso nuevamente a esa batería de peticiones porque conculcaban el derecho a la información y excedían con holgura la gravedad de los hechos que se estaban dirimiendo.

Villarejo tardó unos meses en averiguar que había estado a punto de ser detenido el 14 de junio de 2016. Poco después, el 7 de octubre de ese año, viajó a Londres para reunirse otra vez con Corinna. Para entonces, el CNI ya lo vigilaba las veinticuatro horas del día, dentro y fuera de España.

En esa segunda cita, que el comisario también grabó, la empresaria desveló más datos sobre la fortuna personal de Juan Carlos I y remarcó su temor a que Sanz Roldán hubiera logrado captar a su asistenta. La empresaria aseguró que, cada vez que el rey emérito viajaba a Oriente Medio, volvía con «tres, cuatro, cinco millones», y que tenía «una máquina para contar dinero» en el Palacio de la Zarzuela. También dijo que el monarca pagaba todo con billetes «a su hijo, a sus hijas, a su mujer». «El dinero es para él como una adicción», contó la industrial a Villarejo. «Cuando cuenta dinero se pone como un niño».

Con ese segundo encuentro en Londres, el desafío entró en una fase de no retorno. Corinna ya era un problema cuando salía con Juan Carlos I por la mera posibilidad de que estuviera al servicio de alguna potencia extranjera o por su capacidad para desestabilizar el sistema. Pero el monarca no permitió que se cuestionaran sus deseos y los servicios de inteligencia se limitaron a controlar el riesgo, como ha reconocido públicamente el director del CNI entre 2004 y 2009, Alberto Saiz, que tuvo que lidiar con el noviazgo.

Lo que ni su sucesor Sanz Roldán ni el propio Palacio de la Zarzuela iban a aceptar es que, una vez terminada la relación, Corinna pusiera en riesgo la seguridad del Estado y la reputación de la monarquía revelando información crítica a un individuo que había demostrado estar completamente fuera de control.

Asuntos Internos y la Casa habían agotado todas las vías posibles para desactivar a Villarejo en la causa del pequeño Nicolás, así que, a comienzos de 2017, optaron por otra estrategia. Abrirían unas diligencias de investigación distintas y centradas exclusivamente en el comisario que les servirían para enviarlo a la cárcel y arrebatarle su peligrosa colección de audios, incluidas las cintas de Corinna. El movimiento sería liderado por la Fiscalía Anticorrupción, con quien el CNI mantenía una intensa y fructífera relación, pero también formarían parte otros aliados inesperados.

En esa época, Podemos estaba librando una ofensiva contra el Ministerio del Interior por las investigaciones sin tutela judicial sobre sus finanzas y llevaba tiempo acusando al Ejecutivo de Rajoy de usar las cloacas del Estado para tratar de liquidar a un rival político. La entrada del partido de Pablo Iglesias en el frente anti-Villarejo permitiría al CNI abarcar casi la totalidad del espectro ideológico y usar el potente altavoz de la formación populista.

Aunque suene imposible, Casa Real, CNI, Fiscalía y Podemos acabaron formando, por distintos intereses, una alianza anti-Villarejo que arrastró la simpatía de decenas de medios de comunicación y empezó a ganar por goleada a los partidarios del comisario o a quienes, simplemente, se movían en una zona de grises, más pendientes de los datos que de la propaganda.

Para iniciar la investigación penal contra el comisario que permitiera destruir las cintas de Corinna y mantener oculto el dinero de Juan Carlos I hacía falta encontrar un denunciante. El elegido para desempeñar esa función fue David R. Vidal, un desconocido hasta 2017, pero con un intenso pasado en el Centro Nacional de Inteligencia.

Vidal había estado en nómina de la Casa hasta 2013, como él mismo ha reconocido siempre. Se encargaba de obtener información relacionada con el tráfico de personas y el terrorismo islamista. Supuestamente, tras abandonar el centro, se convirtió en detective privado y fundó su propia compañía, Globalchase Inc.

En 2017, Vidal envió por Seur una carta a la Fiscalía Anticorrupción bajo el pseudónimo de Asunción Mba en la que denunciaba los negocios de Villarejo con dirigentes de Guinea Ecuatorial, las sociedades instrumentales que presuntamente usó el policía en Panamá para encubrir el cobro de 5 millones de euros por servicios para un hijo de Teodoro Obiang y sus relaciones con otro comisario, Carlos Salamanca, responsable en esa época de la seguridad del aeropuerto de Barajas y que, según la denuncia, actuaba como su socio y conducía un Porsche que no estaba a su nombre.

¿De dónde sacó esos datos David R. Vidal? Tras el estallido de la operación contra Villarejo en noviembre de 2017, bautizada con el nombre de Tándem (por el binomio Villarejo-Salamanca), Vidal no pudo evitar atribuirse el mérito del caso y concedió varias entrevistas para reivindicar su protagonismo.

La Vanguardia[5] lo entrevistó en el verano de 2018 y le preguntó por su relación con el CNI. ¿Estuvieron los servicios de inteligencia detrás de su denuncia? «No, el CNI no estaba detrás, pero si estuviera tampoco lo diría», respondió. Su supuesta única motivación, dijo en 2017 en una entrevista previa concedida a *El Mundo*, había sido «meter a los corruptos en la cárcel»[6].

La denuncia de Vidal recayó en un primer momento en la Guardia Civil, pero, tras el verano de 2017, la Fiscalía Anticorrupción se la arrebató al Instituto Armado y decidió entregársela a Asuntos Internos, la unidad de las fuerzas de seguridad del Estado más afín al CNI y más enemistada con Villarejo.

El 3 de noviembre de ese año, a primera hora de la mañana, cayó finalmente el comisario. Decenas de agentes lo detuvieron en su casa de Boadilla. También fueron arrestados su mujer, su hijo mayor y el comisario Salamanca, y registraron sus inmuebles y oficinas para incautarse de todo tipo de pruebas y bienes. Los policías se llevaron decenas de ordenadores, memorias portátiles y otros soportes informáticos. En ellos acabarían localizando los miles de audios que Villarejo grabó durante décadas, también los de Corinna.

El instructor del caso Tándem, Diego de Egea, titular del Juzgado Central número 6 de la Audiencia Nacional, envió a Villarejo y Salamanca a prisión provisional acusados de los delitos de blanqueo de capitales, cohecho y pertenencia a organización criminal. Con el comisario en la cárcel y los audios en poder del CNI, el riesgo de que se difundieran las conversaciones con la examante de Juan Carlos I

---

[5] Carlota Guindal, «El hombre que destapó a Villarejo: "Lo más pragmático es enterrar la causa por el bien común"», *La Vanguardia*, 3 de agosto de 2018.
[6] Ana María Ortiz, «El espía que "cazó" al comisario Villarejo», *El Mundo*, 12 de noviembre de 2017.

parecía neutralizado. A Corinna también le llegó un potente mensaje: la persona que supuestamente iba a rescatarla de los tentáculos del Estado había terminado entre rejas a las primeras de cambio. El verdadero objetivo de Tándem se había conseguido. Las diligencias judiciales se centrarían en sus trabajos irregulares para el hijo de Obiang y algunas pequeñas empresas y despachos de abogados, lo mínimo imprescindible para garantizar que Villarejo pasara una larga temporada en prisión.

Podemos se personó en el procedimiento como acusación popular para respaldar las pesquisas de la Fiscalía Anticorrupción contra las llamadas cloacas del Estado. Aunque la desactivación de Villarejo ya estaba encarrilada, los representantes del ministerio público maniobraron para diluir aún más la sombra del CNI y las auténticas razones que habían provocado su arresto y el registro de sus viviendas y oficinas.

El 27 de julio de 2018, los dos fiscales anticorrupción encargados en ese momento del caso, Ignacio Stampa y Miguel Serrano, mantuvieron un encuentro confidencial con los representantes de Podemos para compartir información y coordinar sus estrategias. Al término de la reunión, uno de los abogados de Podemos, Alejandro Gámez, contó a sus compañeros del equipo jurídico del partido en un chat privado de Telegram que los fiscales le habían confesado esa mañana que habían «depurado la presunta nulidad [del caso Tándem] por el origen del CNI». Del mensaje, inédito hasta ahora, se desprende claramente que los representantes del ministerio público temían que todo el procedimiento se viniera abajo si trascendía que el caso había comenzado con un montaje de los servicios de inteligencia.

El abogado de Podemos también explicó a sus colegas cómo habían «depurado» los fiscales esa posible nulidad de toda la causa. «Ha sido mediante la confesión directa del Pagafantas de que fue él quien dio voluntariamente la documentación y no a través de un robo del CNI», escribió Gámez. Los fiscales le habían confesado supuestamente a los abogados de Podemos que la información aportada por David R. Vidal sobre Villarejo había sido sustraída, en realidad, por la Casa.

El Pagafantas del que hablaban los abogados de Podemos existe. Se llama Francisco Menéndez Rubio y es un empresario que en 2017 era el representante en España de la petrolera nacional de Guinea Ecuatorial, Gepetrol. Él se encargó presuntamente de lograr que Villarejo y Salamanca colaran de forma irregular por el aeropuerto de Barajas a dirigentes guineanos y de pagar al comisario 1.9 millones de euros para que investigara a Gabriel Obiang, uno de los hijos de Teodoro Obiang mejor colocados para sucederlo en el cargo.

El 21 de septiembre de 2017, seis semanas antes de la detención de Villarejo, Menéndez declaró en secreto ante Stampa y Serrano y se ofreció a colaborar a cambio de que no se le abriera una investigación por fraude fiscal por esos pagos al policía, como reveló *El Independiente*[7]. También admitió que había proporcionado a David R. Vidal una pequeña parte de la información que utilizó este para presentar la denuncia en nombre de Asunción Mba, pero dijo que no sabía que los documentos serían enviados a Anticorrupción. Según Menéndez, el único motivo por el que proporcionó datos a Vidal fue que este le contó su buena relación con el CNI y le prometió ayuda para solventar los problemas que tenía en ese momento con Hacienda.

Pagafantas Menéndez se convirtió involuntariamente en uno de los principales colaboradores de la Fiscalía Anticorrupción

---

[7] Carmen Lucas-Torres, «El hombre que cazó a Villarejo declaró que lo pactó con el CNI», *El Independiente*, 23 de noviembre de 2020.

en su cruzada contra Villarejo. Asumió la denuncia como propia y evitó que Vidal fuera citado como testigo, pese a haber reconocido el envío de la carta que puso realmente en marcha la investigación penal.

En junio de 2021, el ministerio público recompensó a Menéndez solicitando solo seis meses de cárcel para él por los delitos de cohecho y cooperación en el delito contra los derechos de los ciudadanos extranjeros. «La denuncia, los documentos aportados y los datos facilitados por el acusado Francisco Menéndez Rubio a la Administración de Justicia en el curso del procedimiento han contribuido de forma extraordinariamente eficaz a la averiguación de los hechos objeto de investigación», aseguró la Fiscalía en su escrito de acusación correspondiente a la pieza separada del caso Tándem sobre los pagos de Guinea Ecuatorial.

En la primavera de 2018, el plan del CNI para proteger el patrimonio no declarado de Juan Carlos I y sus negocios irregulares avanzaba según lo previsto. Villarejo tardaría años en salir de prisión y se había quedado sin aliados y sin recursos. La investigación de la Fiscalía y el Juzgado Central de Instrucción número 6 también había permitido poner el foco en las pocas personas que habían seguido formando parte de su núcleo de confianza y había bloqueado sus cuentas bancarias, embargado sus bienes e intervenido sus negocios. Villarejo tenía en frente un variopinto ejército de enemigos. Y su arma más poderosa, los audios que había grabado a Corinna y a decenas de políticos y empresarios, estaban ahora en poder de la Casa.

El pulso a la Corona parecía haber terminado. Sin embargo, el plan trazado por Sanz Roldán voló en pedazos el 11 de julio de 2018. *El Español* y *Okdiario* publicaron ese día la primera entrega de las grabaciones de Villarejo a Corinna, y en las siguientes jornadas difundieron nuevos pasajes. El contenido de los audios fue replicado por medios de comunicación de todo el mundo y provocó un terremoto que cambió para siempre el modo en el que los españoles veían a Juan Carlos I. El velo de impunidad que lo había protegido durante cuatro décadas se esfumó en menos de una semana.

Era evidente que Sanz Roldán y su equipo habían subestimado a Corinna y Villarejo. Ni la empresaria era como el resto de las amantes que había tenido el rey en el pasado y que habían aceptado guardar silencio, ni el comisario se comportaba como suelen hacerlo quienes alcanzan la cima del éxito y temen despeñarse.

La presión del CNI sobre Corinna la empujó a buscar ayuda y contactar con Villarejo. Y la detención de este, su entrada en la cárcel y la incautación de todos sus activos lo convirtieron en un paria del sistema sin nada que perder. No fueron los movimientos más lúcidos para proteger a Juan Carlos I. Sanz Roldán ni siquiera fue capaz de detectar la existencia de otra copia de los audios de Corinna. El caso Tándem fue diseñado para impedir que se conocieran las grabaciones, pero provocó justamente lo contrario. Fue una cascada de consecuencias indeseadas. Dinamitó la popularidad del rey, generó graves problemas de reputación a las compañías españolas que habían contratado a Villarejo y lanzó a la fama al comisario.

La Fiscalía se apresuró a denunciar que la filtración de las cintas era una maniobra desesperada de Villarejo para tratar de conseguir su libertad, pero no había ningún mensaje capaz de tapar la gravedad de los hechos denunciados por la expareja de Juan Carlos I, empezando por la propia confirmación de su noviazgo con el monarca, que también había sido ocultada a los ciudadanos.

Las afirmaciones de Corinna sobre el presunto papel de testaferro de Álvaro de Orleans, la supuesta comisión de 100 millones de dólares por el contrato del AVE a La Meca, los vuelos privados del rey emérito por todo el mundo con dinero de origen opaco, la teórica existencia de una máquina para contar dinero en la Zarzuela y, en general, el afloramiento de una doble vida del jefe del Estado que no guardaba ningún parecido con lo que la Casa del Rey había trasladado a los españoles desde la transición, desató una conmoción colectiva, también entre los partidarios del rey.

El propio papel del CNI quedó en entredicho. Hasta la aparición de esos datos, no era difícil para la Casa convencer a la opinión pública de que su cometido consistía en proteger a la monarquía, como institución del Estado, de cualquier tipo de amenaza o elemento descontrolado. Pero después de los audios quedó claro que, en realidad, las maniobras que Sanz Roldán había estado realizando en la sombra desde que llegó al cargo únicamente tenían por objetivo silenciar que Juan Carlos I atesoraba decenas de millones de euros de origen dudoso en cuentas de Suiza y que su matrimonio con la reina Sofía era una farsa desde hacía cuatro décadas.

Las revelaciones de los audios de Corinna fueron tan escandalosas que Sanz Roldán tuvo que comparecer en la Comisión de Secretos Oficiales del Congreso para explicar confidencialmente a un reducido grupo de diputados que, a su juicio, la información desvelada por la empresaria era falsa. Cuestionó incluso que la voz que se escuchaba en los audios fuera realmente la de Corinna.

El instructor del caso Tándem, el juez Diego de Egea, se vio obligado a abrir una pieza separada centrada exclusivamente en las grabaciones. Las operaciones económicas que relataba la antigua pareja del rey emérito eran mucho más graves que los indicios con los que se habían abierto el resto de las piezas de Tándem.

Sin embargo, en un caso sin precedentes en la Audiencia Nacional, la Fiscalía Anticorrupción consideró que los indicios de delito que se desprendían de los audios eran «extraordinariamente débiles» y que los hechos no eran «susceptibles de investigación en sede penal», por lo que solicitó el archivo de la pieza apenas unos días después de que empezaran las diligencias. El juez accedió a la petición de la Fiscalía Anticorrupción y, el 7 de septiembre de 2018, menos de dos meses después de que se publicaran los audios, se decretó el sobreseimiento provisional de la pieza separada sobre el rey emérito. Pese a su ideario republicano y su personación en la causa como acusación popular, Podemos no recurrió el archivo en apelación.

La Zarzuela y el CNI consiguieron corregir el error sobre la marcha y volvieron a meter los audios en un cajón. Nadie iba a olvidar las palabras de Corinna, pero la justicia española no investigaría a Juan Carlos I. Al menos, no en ese momento.

Lo que Sanz Roldán no pudo prever es que se abriera otro frente a 1200 kilómetros de distancia. El eco de los audios llegó al fiscal del cantón de Ginebra Yves Bertossa. Lo que habían sido indicios «extraordinariamente débiles» para la Fiscalía Anticorrupción de España fueron interpretados por Bertossa como pruebas contundentes de un presunto delito de blanqueo de capitales procedentes de la corrupción que se habría producido en territorio helvético.

Bertossa abrió unas diligencias sobre las grabaciones de Corinna en agosto de 2018 y, apenas dos meses después, ya tenía sobre la mesa de su despacho todos los movimientos bancarios de las dos principales fundaciones instrumentales que había usado Juan Carlos I para gestionar su fortuna, Lucum y Zagatka. El país del secreto bancario certificó paradójicamente el ocaso del rey emérito revelando operaciones que habían permanecido ocultas en su territorio. Las diligencias abrieron una línea de investigación que sería imparable y que, años después, obligaría a la Fiscalía española a abrir sus propias diligencias. Ninguno de esos casos acabó teniendo consecuencias penales para el monarca, pero laminaron la imagen de Juan Carlos I y expusieron sus lagunas morales hasta el punto de obligarle a abandonar España para refugiarse en Abu Dabi.

9.
LOS AMIGOS DEL GOLFO

Joe Biden voló a Arabia Saudí en julio de 2022 para pedirle a los dirigentes de este país que produjeran más petróleo. Las sanciones impuestas a Rusia por la invasión de Ucrania habían secado los mercados de energía y una espiral inflacionista amenazaba con tumbar a los principales gobiernos del mundo. En 2019 Biden había llamado «paria» al príncipe heredero saudí, Mohamed Bin Salmán, por su implicación en el asesinato y descuartizamiento del periodista Jamal Khashoggi, colaborador de *The Washington Post*. Pero, tres años después, los planes bélicos de Moscú y los problemas de los conductores estadounidenses para llenar sus depósitos llevaron a Biden a olvidar aquellas palabras y a estrechar amigablemente la mano de Bin Salmán. En ese mismo mes, el presidente de Francia, Emmanuel Macron, recibió en el Elíseo a Mohamed Bin Zayed al-Nahyan, máximo dirigente de Emiratos Árabes, otra de las dictaduras más temibles del planeta, para sellar igualmente la compra de gas y crudo en plena carrera contra el fantasma del desabastecimiento. Bin Salmán también acudió a París semanas después con el mismo propósito.

Juan Carlos I estuvo cuatro décadas sorteando las mismas contradicciones morales para realizar gestiones idénticas en el golfo Pérsico, y lo hizo con mayor éxito que estos líderes mundiales. Fue un idilio progresivo que situó esa región del planeta en uno de los ejes fundamentales de la política exterior española y generó la impresión de que entre Madrid y las tiranías árabes existía un vínculo ancestral de intereses compartidos que por fin se traducía en una renovada y fructífera relación de intercambios comerciales beneficiosos para ambas partes.

Antes del hallazgo de reservas de petróleo (en 1931 en Baréin; 1938 en Arabia Saudí) y del inicio de la exportación masiva de barriles a Occidente en los años sesenta, Arabia Saudí, Abu Dabi, Baréin, Qatar, Omán y el resto de los Estados de la zona se sostenían sobre economías frágiles basadas en la pesca, la cría de camellos y una agricultura de subsistencia. Muchos de sus habitantes eran nómadas, vivían en la extrema pobreza y se encontraban bajo el control del Reino Unido. Los jeques, sultanes y califas lidiaban con continuos golpes de Estado y luchas entre familias y facciones. La entrada de divisas del petróleo permitió a los gobernantes reforzar su poder y construir una estructura institucional sólida (y autoritaria).

El desierto pasó a convertirse en un área de interés para las grandes potencias, que necesitaban combustible barato para sostener el crecimiento de sus economías. Las capitales de la península arábiga son actualmente un océano de torres de acero y ventanales de cristal y se encuentran entre los destinos preferidos por el turismo de lujo, pero, en realidad, el primer rascacielos de la región no se levantó hasta 1979. Fue el World Trade Center de Dubái. Apenas tenía 149 metros de altura, menos que las Cuatro Torres de Madrid (224-249 metros) y solo ligeramente superior a las torres KIO. Pero significó el símbolo de un cambio que a finales de siglo alcanzó una velocidad escalofriante. En 1999, el World Trade Center fue superado por el hotel de lujo Burj Al Arab, de 321 metros, que a su vez fue superado un año después por el Emirates Tower One, de 355 metros. En 2008, el título de edificio más alto de Oriente Medio pasó a manos del Almas Tower por apenas cinco metros de diferencia. Solo unos meses después, la torre Burj Khalifa batió todos los récords: con 828 metros y 163 plantas, se convirtió en la edificación más alta construida nunca por el hombre.

Juan Carlos I llegó al trono cuando sus homólogos del golfo Pérsico empezaban a ocupar posiciones relevantes en el tablero de la política internacional. La España de los años setenta también necesitaba petróleo para mitigar su dependencia energética, especialmente en las crisis de suministro de 1973 y 1979. «La transición y el Gobierno de Adolfo Suárez estuvieron condicionados por las dificultades económicas de desempleo, inflación, déficit público y desaceleración en el crecimiento del PIB», explican los investigadores Paloma González del Miño y David Hernández Martínez[1].

El rey se aproximó a Oriente Medio para sellar acuerdos que proporcionaran crudo a la economía española, pero también vio en la región una oportunidad para reorientar la política exterior del franquismo hacia un enfoque más abierto y diverso. Después de cuatro décadas de aislamiento, España podía esculpir una voz propia ejerciendo de puente entre Occidente y las pujantes petromonarquías, gracias a su tradicional simpatía hacia la causa palestina y el conjunto del mundo árabe. Esa aproximación le permitiría a su vez revalorizar su peso en Europa y Estados Unidos.

El rey ejerció de punta de lanza de esa estrategia. Se convirtió en una especie de relaciones públicas o lobista de

---

[1] Paloma González del Miño y David Hernández Martínez, «Las relaciones de España con las monarquías árabes del golfo Pérsico: los gobiernos de Adolfo Suárez y Felipe González», *Pasado y Memoria. Revista de Historia Contemporánea* (23), pp. 333-361, (2021).

referencia de las dictaduras de Oriente Medio en el primer mundo. Los petromonarcas nadaban en la materia prima más demandada, pero conservaban el estigma de comerciantes de ganado y sus estándares sociales y religiosos los situaban en los márgenes de la nobleza europea. Juan Carlos I podía lograr que fueran vistos como iguales y que sus regímenes tiránicos fueran homologados como potencias verdaderamente modernas o, al menos, como sistemas exóticos con una interpretación particular de los derechos humanos. A cambio, esas naciones apoyaron la consolidación de la nueva democracia española con contratos de venta de petróleo e inversiones multimillonarias en territorio nacional.

La primera visita oficial de Juan Carlos I a Arabia Saudí se produjo en octubre de 1977. El monarca se reunió con el rey Jálid, que también llevaba dos años en el cargo, y en los meses posteriores se desplazó varias veces a la zona para mantener encuentros similares con los mandatarios de Kuwait, Baréin, Irak, Qatar y Emiratos Árabes. A su vez, los líderes de estos países efectuaron varias visitas a España.

Los profesores González del Miño y Hernández Martínez subrayan que Juan Carlos logró generar un vínculo con las casas reales del golfo Pérsico apelando a la afinidad personal. Es un lugar común, pero, frente a la frialdad de la diplomacia clásica, el rey acuñó un modo distendido y calmado de relacionarse con sus colegas, que con el tiempo se convertiría en una de las principales señas de su reinado. Sabía gestionar el ritmo de las reuniones con la precisión de un metrónomo. Entre las palabras sobre geoestrategia y asuntos de Estado, colaba consejos, cuestiones de la esfera íntima y comentarios banales sobre el último modelo de un fabricante de coches.

Juan Carlos I hablaba perfectamente inglés y francés. Además, a diferencia de otros líderes mundiales, compartía estatus con sus interlocutores. Aunque no disfrutaba del poder sin límites de los petromonarcas, era la máxima autoridad política y militar de España. Su posición no estaba sujeta a ciclos electorales ni dependía de ninguna limitación de mandatos, como los presidentes de Estados Unidos, por ejemplo. El rey podía convertirse en un aliado leal sin fecha de salida, alguien que descolgaría el teléfono de la Zarzuela durante décadas y no requeriría de continuas introducciones o resúmenes para ponerse al día de los asuntos de la región. Los jeques del golfo Pérsico vieron pronto en Juan Carlos I a alguien que les respetaba y con el que era fácil trabajar e incluso divertirse.

Desde el punto de vista de las relaciones internacionales, el rey era el director de márketing perfecto. En junio de 1976, menos de un año después de la muerte de Franco, Juan Carlos I y Sofía fueron recibidos en Estados Unidos como estrellas. La prensa local aseguró que eran la «esperanza» de España. Acudieron a la Casa Blanca invitados por el presidente Gerald Ford, y el rey pronunció luego un discurso en el Congreso que fue aclamado por representantes y senadores, reunidos en sesión conjunta para escucharle. En aquella intervención, habló por primera vez de «democracia». En el tercer día de la visita, se celebró una cena de gala en su honor en el Hotel Waldorf Astoria de Nueva York, a la que asistieron 1800 invitados. No había ninguna duda de que Juan Carlos I contaba con el respaldo de Estados Unidos para situar a España en la vanguardia en Occidente, y eso era exactamente lo que también buscaban los jeques del golfo Pérsico.

La operación era redonda para España y las naciones de la península arábiga, pero Juan Carlos I también esperaba obtener algún beneficio económico por su papel de intermediario. La economía nacional recibiría crudo e inyecciones de capital, los autócratas de Oriente Medio lavarían su imagen y conseguirían acceso a la élite de la burguesía mundial y el monarca recibiría dinero, cantidades ingentes de dinero, para costear el lujo y los caprichos que no podía financiar con la asignación de los Presupuestos Generales del Estado.

Los jeques siempre fueron conscientes de la existencia de esa cláusula secreta en cualquier acuerdo de colaboración bilateral con España. Y todas las pistas indican que los sucesivos gobiernos de UCD, PSOE y PP también lo sabían, pero miraban para otro lado. Como señalan González del Miño y Hernández Martínez, «no se cuestionó el desempeño diplomático del monarca mientras sirviera para facilitar la presencia de empresas españolas en el golfo Pérsico y asegurara cauces de diálogo político directos entre las jefaturas» de los diferentes Estados.

Una anécdota ilustra cómo empezó a llegar el dinero del golfo Pérsico al bolsillo de Juan Carlos I. En mayo de 1979, el economista e ingeniero de minas Roberto Centeno fue nombrado consejero delegado de Campsa, la compañía de petróleos participada mayoritariamente por el Ministerio de Hacienda y el Banco de España. Lo primero que se encontró Centeno al llegar a su oficina fue un grave problema de abastecimiento de petróleo por la crisis de Irán. El directivo se desplazó a Kuwait y cerró un acuerdo para la compra de millones de barriles. Sin embargo, según contó el propio Centeno en varias entrevistas concedidas en 2014, a su vuelta a España se encontró con una bronca de su jefe, el entonces ministro de Hacienda, Paco Fernández Ordóñez.

Centeno lo contó así en una de esas conversaciones, con Radio 3W: «Cuando yo vuelvo de Kuwait después de haber conseguido un cargamento de dos barcos de 100 000 toneladas de petróleo, me encuentro con seis o siete llamadas de Paco Fernández Ordóñez para que fuera a verle inmediatamente.

Voy a verle pensando: "Paco me va a subir en hombros, me va a dar un bonus este año que me va a hacer salir de pobre, etc.". Cuando llego al despacho de Paco Fernández Ordóñez me lo encuentro que estaba sin chaqueta, con tirantes, detrás de una mesa muy grande, porque él era más bien pequeño, y nada más entrar y mientras esperaba que me diera unos abrazos, besos y felicitaciones tremendas, porque la situación era muy crítica, se levanta de la mesa, se tira con las dos manos de los pocos cabellos que tenía y me dice: "¡Pero, Roberto! ¿¡Qué has hecho!?"».

El directivo aseguró que se quedó helado. «Me dijo: "¡Me has buscado la ruina!". Le respondí: "¿Pero cómo que te he buscado la ruina? ¿No me habíais dicho que tenía que resolver el problema de los suministros del país, como es mi obligación?". Me dijo: "¿¡Pero cómo se te ocurre ir a Kuwait!?". Le respondí: "Paco, tengo que ir a los sitios donde se puede encontrar petróleo, ¿a dónde quieres que vaya? ¿A pedírselo al ayatolá Jomeini?". Y me respondió: "Es que ha estado Prado y Colón de Carvajal ¡y me ha montado un pollo!"».
Centeno no sabía en ese momento que Manuel Prado y Colón de Carvajal era la mano derecha del rey Juan Carlos y uno de sus principales testaferros, pero lo descubrió aquel día y la mayoría de grandes empresarios de aquella España del pelotazo tampoco tardaría demasiado en averiguarlo.

Según Centeno, se defendió asegurando que había ido a Kuwait porque tenía un mandato del Consejo de Ministros para encontrar petróleo de forma urgente. Pero el ministro de Hacienda le pidió que se olvidara de Oriente Medio. «Mira tú, Paco, ¿qué me estás contando? ¿Dónde coño voy a encontrar petróleo si no es en los Emiratos y en Arabia Saudí? Como no se lo pida al ayatolá, que además no me lo va a dar, ¡pues ya me contarás!». «Pues olvídate», le respondió supuestamente Paco Fernández Ordóñez. Centeno le contó la escena a Fernando Abril Martorell, vicepresidente segundo del Gobierno, pero este solo se rio.

«No es que esto me lo hayan contado. Me pasó a mí como responsable máximo de los suministros de petróleo de España», explicó el exdirectivo de Campsa años después. «Pues el tal Manuel Prado y Colón de Carvajal consiguió, a través del rey, traer una serie de suministros de Arabia Saudita y de los Emiratos con unas comisiones del copón con ruedas. Porque yo tenía que pagar eso. No directamente yo, sino con el dinero de los españoles. Porque, naturalmente, eso iba después al precio de la gasolina».

Es difícil calcular cuánto pudo obtener Juan Carlos I por esa vía, pero hay otras operaciones mejor documentadas. El monarca supo congeniar con los tres últimos hermanos que han llevado las riendas de Arabia Saudí y a los que se conoce como los «Tres Magníficos»: Fahd (monarca entre 1982 y 2005), Abdalá (reinó entre 2005 y 2015) y Salmán, el actual rey.

La periodista Rebeca Quintáns explica en el libro *Juan Carlos I: La biografía sin silencios* (Akal) que el emérito mantuvo una relación especialmente estrecha con Fahd, antes incluso de que este ascendiera al trono. «A él le debía multitud de favores contantes y sonantes, como los 100 millones de dólares [unos 7500 millones de pesetas de la época] que le prestó durante la transición y que el Borbón nunca entendió que tenía que devolver, o el regalo de su segundo yate Fortuna» en el año 1979, fabricado en EE. UU. y con todos los adelantos técnicos del momento.

El periodista José García Abad publicó más detalles de esos primeros 100 millones saudíes en su ensayo *La soledad del rey* (La Esfera de los Libros). «Al parecer, el rey Fahd, sensible a los problemas económicos de don Juan Carlos, le confió en los años ochenta 100 millones de dólares para que los invirtiera prudentemente y los devolviera a los diez años sin intereses. Con solo poner esa cantidad en un banco a plazo fijo habría obtenido una buena fortuna. Sin embargo, el dinero fue confiado a Manuel Prado de Colón y Carvajal, que es todo menos prudente, y lo invirtió, al parecer, en el azaroso mercado de futuros, con resultados catastróficos, de forma que cuando se cumplieron los diez años acordados no había dinero, o al menos no el suficiente, para devolver. El caso es que había llegado el fatídico momento de la amortización del crédito y el rey Fahd había enviado a un primo a cobrarlo. El pánico cundió, porque no se disponía de la cantidad exigida o se confiaba en no tener que devolverla. El rey entra en ebullición: ¡que viene el cobrador del frac con chilaba! Y envía a Manolo Prado a que reciba con toda pompa al correo real (…) Cuando Prado pudo encontrar al príncipe saudita, se postró rodilla en tierra, como su antecesor Cristóbal Colón ante el trono de los Reyes Católicos, y llorando le imploró el perdón para él y para la real deuda. Después, el propio rey telefoneó a su homólogo árabe, quien, con sublime generosidad oriental, no perdonó la deuda, pero concedió un plazo adicional de cinco años», escribió con cierta comicidad el periodista.

El diario *ABC* aportó nuevos detalles sobre ese préstamo en octubre de 2021, cuando publicó el archivo personal de Emilio Alonso Manglano, director de los servicios secretos españoles entre 1981 y 1995. Manglano apuntó en su agenda el 30 de mayo de 1989 que el monarca le había confesado que la Casa de Saúd le había concedido un primer donativo de 36 millones de dólares a fondo perdido, y luego un préstamo de 50 millones de dólares que se amplió en 30 más a interés cero, es decir, 80 millones. Con ese dinero, según le contó Juan Carlos I al jefe de los espías, se había financiado «da transición» y, de paso, había generado unos rendimientos de 18 millones de dólares que engrosaron su patrimonio personal[2].

La relación de Juan Carlos I con Riad continuó creciendo con el paso de los años. A finales de los setenta, el aún príncipe Fahd convirtió Marbella en su ciudad de vacaciones. Construyó un palacio inspirado en la Casa Blanca que bautizó con el nombre de Mar-Mar. En el interior del recinto levantó una enorme mezquita privada y costeó otros dos templos islámicos en la propia Marbella y la vecina Fuengirola. Para sus vacaciones en la Costa del Sol movilizaba a un séquito de 3000 personas que gastaban unos 6 millones de euros al día. El palacio fue modernizado entre 2001 y 2002 con un desembolso cercano a los 110 millones de euros. El rey Juan Carlos I acudía en verano a visitarlo y se preocupaba de que no tuviera ningún problema ni le faltara de nada. Un helicóptero lo trasladaba desde la Zarzuela o Marivent hasta el interior del recinto del rey Fahd y allí pasaba días enteros sin que trascendiera el contenido de esos encuentros. En ocasiones, ni siquiera trascendieron las visitas.

Juan Carlos I siguió favoreciendo los objetivos de Arabia Saudí en 1992, cuando el rey Fahd invirtió 2000 millones de pesetas (12 millones de euros) en levantar una enorme mezquita en Madrid. El rey de España se implicó personalmente en el proyecto para asegurarse de que se cumplían los deseos de su colega saudí. Se seleccionaron unos terrenos próximos a la M-30. Miles de conductores contemplarían su alminar de mármol blanco cada día. Tendría más de 12 000 metros

---

[2] Javier Chicote, «Juan Carlos I: "El rey saudí me dio 36 millones de dólares para la Transición"», *ABC*, 6 de octubre de 2021.

cuadrados distribuidos en seis plantas. El propio Juan Carlos I y el entonces príncipe Salmán presidieron los actos de inauguración. Es una de las mezquitas más grandes de Europa y depende directamente de Riad, que usa el templo como altavoz del wahabismo, una interpretación radical del Corán que se caracteriza por la aplicación rigorista de la fe islámica. Ni el monarca ni el Gobierno de Felipe González vieron inconvenientes en la apertura de un centro de estas características en la capital de España.

Los lazos de amistad entre Juan Carlos I y la Casa de Saúd se consolidaron con el cambio de siglo. El monarca viajó en abril de 2006 a Riad acompañado de su ya novia Corinna Larsen en calidad de consejera estratégica de los empresarios españoles que también se desplazaron con el rey. Completaron la expedición los entonces ministros de Industria, José Montilla, y el de Asuntos Exteriores, Miguel Ángel Moratinos. El propósito de la visita era introducir a las empresas españolas en un mercado que pretendía dar un salto en infraestructuras, equipamientos y servicios. Juan Carlos I y el rey Abdalá suscribieron un primer acuerdo[3] «para la promoción y protección recíproca de inversiones» con el objetivo de estimular «las iniciativas en el sector privado». En una de sus intervenciones, Juan Carlos I subrayó la «voluntad» de España de cooperar con un país «tan dinámico y pujante».

Fue el primer hito de una sucesión de acontecimientos que no cobraron sentido hasta años después. Para transformar en algo tangible el primer acuerdo de cooperación firmado en la visita de 2006, el rey emérito promovió la creación de un fondo hispano-saudí de infraestructuras y energía con la

---

[3] «Acuerdo entre el Reino de España y el Reino de Arabia Saudí para la promoción y protección recíproca de inversiones, hecho en Riad el 9 de abril de 2006», BOE núm. 287, 28 de noviembre de 2016.

intención de captar compañías españolas interesadas en participar en un ambicioso plan de obras públicas financiado por Arabia Saudí. El fondo fue constituido oficialmente en abril de 2007 en la isla de Guernsey, un paraíso fiscal. Casualmente, el despacho de abogados que montó la estructura societaria en la isla del canal de la Mancha contrató los servicios de Corinna para dirigir el proyecto.

El fondo, sujeto a la sharía o ley islámica, vetaba la participación de empresas de los sectores del alcohol, el tabaco, los metales preciosos y el juego. Una veintena de compañías españolas entraron finalmente en el consorcio, entre ellas, Sacyr, OHL, ACS, Acciona, Isolux, Técnicas Reunidas, Iberdrola, Endesa y Mutua Madrileña. Entre todas aportaron unos 16 millones de euros para costear, supuestamente, su puesta en marcha. Aspiraban a movilizar inversiones por valor de 1000 millones de dólares.

No había duda de que Juan Carlos I estaba cumpliendo con creces la misión diplomática que le habían encomendado los diferentes gobiernos de España y las grandes compañías del IBEX, y estaba contribuyendo con la misma eficacia al lavado de cara de la dictadura saudí en un momento especialmente comprometido para sus intereses.

Tras los atentados del 11S, la opinión pública de Estados Unidos y el resto de las potencias occidentales comenzaron a hacerse preguntas sobre el origen de Al Qaeda y las inquietantes conexiones de Osama Bin Laden con la familia Saúd. Los vínculos no eran únicamente genéticos y económicos. La corriente del islam patrocinada por la casa real saudí podía considerarse la antesala ideológica del yihadismo moderno.

En la práctica, el modo de vivir de un yihadista no es tan diferente del que impone el Estado saudí a sus habitantes. En 2022, ochenta y un presos fueron asesinados en una aplicación colectiva de la pena de muerte. Algunos de ellos habían sido declarados culpables de «desestabilizar el tejido social y la cohesión nacional» y de «promover y participar en sentadas y protestas». La lapidación o la amputación siguen siendo castigos habituales en el país. La policía puede interrogar con descargas eléctricas, los partidos políticos y los sindicatos están prohibidos y las mujeres no pueden divorciarse. La homosexualidad es un crimen castigado igualmente con la muerte. La única diferencia esencial entre un wahabí y un terrorista de Al Qaeda es que el segundo defiende explícitamente la utilización de la violencia en territorios no musulmanes para imponer el Corán.

El fondo hispano-saudí fue presentado en junio de 2007 en el Palacio de El Pardo por Juan Carlos I y el rey Abdalá. Era la primera visita oficial a España de un mandatario saudí desde 1980. El desplazamiento provocó las críticas de las organizaciones defensoras de los derechos humanos, y también de voces autorizadas del mundo de la seguridad que recordaron las conexiones de Riad con el islamismo radical. Apenas hacía tres años que una célula islamista había acabado con la vida de 193 personas en la capital de España, en el segundo atentado más letal de la historia de Europa.

La imagen de la casa real saudí no pasaba por su mejor momento, pero la labor de Juan Carlos I consistía precisamente en mejorarla. El rey Abdalá fue recibido con honores. El Ayuntamiento de la capital le entregó las llaves de la ciudad, cenó con José Luis Rodríguez Zapatero en el Palacio de la Moncloa y, lo más importante, recibió el collar de la insigne Orden del Toisón de Oro, el reconocimiento de mayor prestigio internacional y más alto valor que el rey de España puede conceder a título personal. La Zarzuela evitó difundir imágenes del acto. De hecho, no se conoce ninguna. El comunicado oficial se limitó a destacar las buenas relaciones entre ambos países y subrayar que Arabia Saudí era uno de los sistemas más estables de Oriente Medio.

Pese al interés de Riad, el fondo hispano-saudí terminó siendo un fracaso y los 16 millones aportados por las compañías españolas se evaporaron en supuestos gastos de gestión. Los empresarios nunca reclamaron el dinero. Prefirieron mirar para otro lado porque les prometieron que los contratos con Arabia Saudí acabarían llegando por otras vías.

En efecto, los intercambios comerciales se dispararon a partir de esas fechas. En 2008, las exportaciones españolas a Arabia Saudí sumaban 970 millones. En 2016, crecieron hasta los 2364 millones y cerraron 2021 en 1907 millones, a pesar de las dificultades por la pandemia de coronavirus[4]. Arabia Saudí se convirtió en el mayor comprador de todo Oriente Medio de material de defensa producido en territorio nacional, con una factura de 3792 millones entre 2008 y 2021, incluidas cinco corbetas de guerra construidas por la empresa Navantia. De hecho, en septiembre de 2017, España y Arabia Saudí firmaron otro acuerdo «sobre protección mutua de información clasificada en el ámbito de la defensa» que propició el incremento de la venta de armamento al régimen saudí: 35.4 millones en 2019; 48.3 millones en 2020 y 109.1 millones en 2021. En dirección contraria, España consolidó su dependencia energética de Arabia adquiriendo entre agosto de 2008 y diciembre de 2021 un total de 87 172 000 toneladas de petróleo. Uno de cada diez litros de carburante consumidos por España tiene su origen en los dominios de la casa Saúd.

---

[4] Datos de la página web del Ministerio de Industria - Red de oficinas económicas y comerciales de España en el exterior - Arabia Saudita: <https://www.icex.es/es/quienes-somos/donde-estamos/red-exterior-de-comercio/SA/informe-economico-guia-pais>.

Tras entregar el Toisón de Oro al rey Abdalá en 2007, Juan Carlos I decidió conceder en junio de 2008 al entonces responsable de Defensa, Sultán Bin Abdulaziz al-Saúd (fallecido en 2011), la Gran Cruz de la Orden de Carlos III[5], que reconoce a las personalidades que hayan destacado en su apoyo a España y especialmente a la Corona.

El gran hito en esa labor de lavado de imagen tuvo lugar en julio de 2008. Entre los días 16 y 18 de julio[6] Madrid acogió una Conferencia Mundial para el Diálogo Interreligioso, un foro auspiciado por Arabia Saudí, en el que participaron cardenales católicos, obispos evangélicos, patriarcas de las iglesias ortodoxas, rabinos judíos, lamas budistas y dirigentes de las distintas ramas del islam. El objetivo del congreso era generar un clima de confianza y entendimiento mutuos que espantara el miedo provocado hacia el islam por el terrorismo de Al Qaeda en las naciones del primer mundo. Parecía bastante lógico que, si la casa real saudí quería ser aceptada en los salones alfombrados de la élite occidental, primero debía convencer a sus miembros de que no pretendía liquidarlos.

En la práctica, la conferencia no dejaba de ser un acto supremo de hipocresía porque, por su propia naturaleza, el wahabismo no acepta el diálogo interreligioso. Cualquier objeto o símbolo que no pertenezca al islam, como una biblia, un crucifijo o un rosario, está prohibido en Arabia Saudí. No se permite la celebración de oficios religiosos ajenos al islam suní (la comunidad musulmana chií está sometida

---

[5] «Real Decreto 966/2008, de 6 de junio, por el que se concede la Gran Cruz de la Real y Distinguida Orden Española de Carlos III a Su Alteza Real el Príncipe Sultán Bin Abdulaziz Al-Saúd, de Arabia Saudí», BOE núm. 138, 7 de junio de 2008.

[6] «Inauguración de la "Conferencia Mundial para el Diálogo", bajo los auspicios del Custodio de las Dos Sagradas Mezquitas, Su Majestad Abdullah Bin Abdulaziz Al-Saúd, Rey de Arabia Saudí, organizada por la Liga Mundial Musulmana», sitio web de la Casa Real.

a políticas discriminatorias y sus celebraciones, prohibidas). Todos los ciudadanos del país son considerados oficialmente musulmanes, aunque en la intimidad profesen otro credo. Y la conversión de un musulmán a otra religión se considera apostasía y puede ser castigada con la pena capital. No es que sea imposible levantar en Riad una iglesia del tamaño de la mezquita de la M-30. Es que la policía saudí hace cada cierto tiempo redadas de ciudadanos sospechosos de practicar el cristianismo dentro de sus fronteras.

Ninguno de esos detalles impidió que Arabia Saudí montara la conferencia en Madrid con la colaboración imprescindible de Juan Carlos I y otros altos dirigentes que acudieron a la llamada de los petrodólares, como el ex primer ministro británico Tony Blair. El encuentro se tuvo que montar deprisa y corriendo. El monarca saudí «envió a su majestad el rey Juan Carlos, con tan solo dos semanas de antelación, un mensaje urgente para que organizase en 2008 una conferencia internacional en Madrid de diálogo interreligioso», escribió años después Miguel Ángel Moratinos, ministro de Asuntos Exteriores en esos momentos y presente en la sesión inaugural del foro. El rey Abdalá también pretendía que la cita restara protagonismo a Turquía, que un año antes había patrocinado junto con el Gobierno de José Luis Rodríguez Zapatero el nacimiento de la Alianza de Civilizaciones.

Los reyes de España ofrecieron a toda la delegación saudí una cena de gala en el Palacio Real de Madrid. Allí acudieron también el presidente Zapatero y el entonces presidente del Congreso, José Bono, que años después contó en su libro *Se levanta la sesión: ¿Quién manda de verdad?* (Planeta) una anécdota de esa cena. «Me dicen que se han utilizado catorce camiones de mudanza con los muebles y enseres que ha traído este personaje desde Arabia Saudí para llevarlos hasta el Palacio de El Pardo, donde pernoctará tres noches. ¡Tres aviones jumbo llenos para tres noches! Se lo digo a Zapatero antes de la cena y me comenta: "Si los españoles supieran que aceptamos estas condiciones del viaje, nos correrían a gorrazos"».

Bono describió la escena con detalle. «Zapatero cena junto a un saudí, el príncipe Comisiones, al que, según el rey Juan Carlos, llaman así porque las cobra por casi todo. El presidente le escucha con atención, que presumo meramente protocolaria, y nuestro rey me lo hace notar: "Zapatero parece estar atento a lo que le dice el príncipe Comisiones, pero yo juraría que no le está haciendo ni puñetero caso. ¿Qué te apuestas?"».

Aquel verano fue especialmente propicio para la relación bilateral con Arabia Saudí. El 1 de agosto, apenas dos semanas después de la Conferencia para el Diálogo, el BOE publicó un nuevo Acuerdo General de Cooperación entre el Reino de España y el Reino de Arabia Saudí con el objetivo de «fortalecer la relación existente» entre ambos países, además de proponer intercambios en los campos de «la economía, el comercio, las inversiones, la industria, la ciencia y la tecnología, la educación, la cultura, la información, el turismo, la juventud, el deporte, las infraestructuras, el medio ambiente, el agua y la electricidad».

A los siete días de que el BOE publicara ese acuerdo y con la Conferencia Interreligiosa aún reciente, el Ministerio de Finanzas de Arabia Saudí realizó una transferencia de 100 millones de dólares a una sociedad mercantil panameña llamada Fundación Lucum que estaba administrada por testaferros y que había sido creada semanas antes por un despacho de abogados de Suiza. El dinero saudí acabó en una cuenta del banco Mirabaud de Ginebra. Tras la cuenta se ocultaba Juan Carlos I, pero la opinión pública española no lo supo hasta una década más tarde.

Juan Carlos siguió trabajando al servicio de la Casa de Saúd. En fechas cercanas al pago de los 100 millones de dólares, un nieto del rey Fahd fue acusado de violación por una joven modelo de veinte años en Ibiza. La víctima identificó al príncipe como su agresor. Lo acusó de narcotizarla y abusar de ella en un yate. El juez que llevó el caso argumentó que el barco, al ser propiedad de la familia saudí, podía estar afectado por el Convenio de Viena de 1961 que establece «inmunidad penal para los agentes diplomáticos». El caso se acabó archivando cuatro años después para satisfacción de los saudíes y alivio de Juan Carlos I que, según publicó el diario *El País*, llegó a enviar una carta al príncipe saudí para mostrarle «su alegría y felicitación» por la decisión judicial.

No ha habido altibajos en esa relación. El periodista Ignacio Cembrero contó[7] que Mohamed Bin Salmán, actual príncipe heredero saudí, confesó en una conversación informal durante una visita a España en abril de 2018, en el Palacio de El Pardo, que solo un ciudadano no saudí poseía el número de su padre, el rey Salmán. Se trata de Juan Carlos I. Como gesto de deferencia y aunque Mohamed no es jefe de Estado, Felipe VI invitó al hijo del rey saudí a hospedarse en el Palacio de El Pardo mientras que su séquito, de unas 700 personas, llenó un lujoso hotel de la capital.

A finales de ese mismo año, en pleno escándalo por la investigación suiza sobre su patrimonio oculto, el monarca hizo un último servicio a la monarquía saudí. Juan Carlos I se desplazó a Abu Dabi para asistir al Gran Premio de Fórmula 1 de este emirato. Allí, en una sala vip del circuito, saludó efusivamente a Bin Salmán. La fotografía del saludo fue distribuida

[7] Ignacio Cembrero, «Juan Carlos I y sus "hermanos" árabes: carácter parecido y una generosidad lucrativa», *El Confidencial*, 3 de agosto de 2020.

inmediatamente por Riad. Solo un mes antes, el periodista y disidente saudí Jamal Khashoggi había sido asfixiado y descuartizado en el consulado de Arabia Saudí en Estambul (Turquía). La CIA señaló directamente a Bin Salmán como autor intelectual del asesinato. Decenas de líderes mundiales cancelaron su asistencia a un foro económico patrocinado por Riad, el considerado «Davos del desierto». El heredero saudí se convirtió en un apestado para la opinión pública internacional. Pero Juan Carlos I corrió a rehabilitarlo en el Gran Premio de Fórmula 1. Fue el primer mandatario que aceptó estrechar su mano ante una cámara, rompiendo de ese modo un tabú que de otra forma podría haber durado años.

Otros países de la región hicieron suculentas donaciones a Juan Carlos I. En 1991 el jefe de gabinete del sah de Persia publicó en un libro de memorias la carta que el monarca español envió a su «hermano» (así lo llamó) para pedirle 10 millones de dólares. Ocurrió en junio de 1977. El rey de España suplicó ayuda para hacer frente al PSOE, un partido «marxista» que amenazaba a la Corona en los albores de su reinado. El sah accedió conmovido, pero le recomendó que fuera algo más discreto. Obviamente, el PSOE no amenazaba a la Corona, pero Juan Carlos I se inventó ese peligro para engatusar al sah de Persia.

Si la cercanía del monarca a Estados Unidos le abrió las puertas de Arabia Saudí, su amistad con los reyes de este país fue su pasaporte para captar la atención del resto de países de Oriente Medio. Ninguna capital hace sombra a Riad en la región. Cualquier jeque, sultán o califa que aspirara a ser respetado en el Golfo y ganar visibilidad en Occidente comprendió que debía agasajar al valido en la sombra de la casa real saudí.

Esa otra maraña de relaciones permitió a Juan Carlos I, además de afianzar la posición de España en la región, recibir infinitos regalos en especie. Apenas una ínfima parte acabó incorporándose al patrimonio del Estado y, casi siempre, por razones ajenas a su voluntad. Según cuenta también Bono en su libro *Se levanta la sesión* (Planeta), el monarca cedió a Patrimonio Nacional la finca de La Mareta (Canarias), que el rey de Jordania le había regalado en 1989, para evitar pagar los impuestos correspondientes y asumir los gastos de mantenimiento.

El Mundo publicó[8] en 2013 que el antiguo emir de Qatar, Hamad Bin Khalifa al-Thani, regaló a Juan Carlos I un exclusivo rifle de la marca Westley Richards, dedicado en letras de oro, y valorado en 150 000 euros. El emir y el rey habían trabado amistad en 2003, cuando el entonces jefe del Estado español visitó por primera vez Qatar. Gracias a la labor de intermediación del monarca en los años siguientes, compañías del IBEX obtuvieron jugosos contratos en este pequeño emirato con importantes reservas de petróleo y gas natural. Una de las grandes favorecidas fue la constructora OHL, propiedad de Juan Miguel Villar Mir, íntimo amigo de Juan Carlos I.

La lista de obsequios que el rey emérito recibió desde el golfo Pérsico es interminable. El jeque Mohammed Bin Rashid, gobernante del Emirato de Dubái, le regaló en 2011 dos Ferraris FF, uno blanco y otro negro. Uno era para Juan Carlos I y, el otro, para el todavía príncipe Felipe. Los vehículos estaban valorados en más de 300 000 euros cada uno y habrían pasado a engrosar el ya de por sí abultado parque móvil secreto de la Zarzuela si no llega a trascender la existencia de

---

[8] Antonio Montero, «Así es el pabellón de caza del Rey que costó 3,4 millones de euros», *El Mundo* (edición web), 22 de diciembre de 2013.

los automóviles. Con España inmersa en una profunda crisis económica, los asesores de la Casa Real convencieron al monarca de que debía desprenderse de ellos y fueron sacados a subasta por Patrimonio Nacional.

Los regalos eran el método habitual de agradecer las discretas gestiones de Juan Carlos I para favorecer los intereses de esos países. Pero también hubo pagos en efectivo. Además de los 100 millones de dólares que le transfirió Arabia Saudí en 2008, el rey de Baréin, Hamad Bin Isa al-Khalifa, le entregó en 2010 un maletín con 1.9 millones de dólares. Así lo reconoció el gestor suizo del monarca, Arturo Fasana, en su declaración ante el fiscal Yves Bertossa. Fasana se encargó de contar los billetes e ingresarlos en un banco. Las cuentas de otra presunta sociedad instrumental del rey en territorio helvético, la Fundación Zagatka, también estaban repletas de aportaciones en efectivo de origen desconocido.

Hay otras presuntas transferencias con origen en los países del Golfo cuyo destino se desconoce. Nunca han sido investigadas por Suiza o España, ni fueron publicadas en ningún sitio. El 28 de enero de 2011, Fasana cenó con Juan Carlos I en la vivienda de lujo que se había comprado junto a Corinna en la idílica localidad de los Alpes suizos Villars-Sur-Ollon. Fasana informó al banco Mirabaud que, durante el desarrollo de ese encuentro, su cliente le avisó de que en los siguientes meses esperaba recibir otros 7 u 8 millones de dólares de un país de Oriente Medio. Los jeques siempre cumplían su palabra, pero, extrañamente, el dinero nunca entró en la cuenta de la Fundación Lucum. Pudo quedar alojado en una estructura societaria no descubierta. Esos 7 u 8 millones de dólares nunca han sido localizados.

Juan Carlos I entendía que esos pagos eran una remuneración justa por los servicios que había realizado durante décadas para mejorar la reputación de las naciones del golfo Pérsico y, probablemente, si en algún momento trató esta cuestión con otros miembros de las casas reales europeas, estos le habrían dado la razón. El príncipe Carlos, heredero al trono del Reino Unido, recibió en 2013 una donación para obras benéficas de 1.2 millones de libras esterlinas (1.3 millones de euros al cambio de la época) del *holding* empresarial de la familia Bin Laden.

Las compañías españolas también contribuyeron de diferentes modos a ampliar el patrimonio secreto del monarca. «Oriente Medio es una zona especialmente compleja. Hay que tener en cuenta, por ejemplo, que la familia Saúd está compuesta por unos 7000 miembros, de los que unos 200 ostentan casi todo el poder y riqueza de Arabia Saudí. Solo aprenderse sus nombres, conocer las relaciones entre ellos y saber cómo moverse en ese mercado ya requiere un esfuerzo titánico. Pero podías pedirle ayuda al rey y no solo ahorrarte ese trabajo. Es que a partir de ese momento se abrían de par en par las puertas de ese país. Y eso, para cualquier empresa española, era un empujón definitivo. Era casi la garantía de un negocio o de un contrato», cuenta un directivo de una constructora del IBEX que acompañó al rey en varias visitas a la zona y que pide permanecer en el anonimato.

«Al final, en Estados absolutos como Arabia Saudí, contar con la aprobación del rey Salmán significa contar con el respaldo de toda la estructura institucional del país. Allí todo gira en torno a la voluntad del líder supremo. No existen los concursos de obra pública, por ejemplo. Ni siquiera existe un derecho contencioso como lo entendemos en Europa. Sin Juan Carlos I, la introducción de las empresas españolas en la región habría sido imposible. Siempre había gigantes franceses y estadounidenses optando a los mismos contratos, pero Juan Carlos I era algo así como una llave maestra que te permitía llegar al despacho en el que se tomaban realmente las decisiones», añade este directivo.

El rey también maniobró para introducir en la zona a su propia familia. Su sobrino Bruno Gómez-Acebo le envió una carta privada[9] en 2010 para pedirle ayuda con un fondo que había creado un año antes con el nombre de Gala Fund Management y que tenía como objetivo ejecutar infraestructuras en Emiratos Árabes.

En realidad, el vehículo era una burda copia del fondo hispano-saudí que había promovido el monarca en 2007, aunque poniendo el foco en otra porción de tierra de la península arábiga. El hijo de la infanta Pilar pretendía atraer activos por valor de entre 550 y 1150 millones de euros para financiar grandes obras. La sociedad prometió un retorno anual de hasta el 15 % que saldría de «entre doce y dieciocho inversiones», según el dosier oficial de Gala Fund Management. A cambio, Gómez-Acebo y sus socios se llevarían unos honorarios del 1.75 % sobre los «compromisos acumulados».

El problema era que, para que el mecanismo generara beneficios, las grandes compañías españolas tenían que confiar en el fondo y el Gobierno de Emiratos tenía que concederle contratos, y Bruno Gómez-Acebo no tenía contactos de nivel en ninguno de los dos sitios. El hijo de la infanta Pilar pidió a su tío que le echara una mano en los dos extremos de la cadena. «Querido tío, me alegra mucho verte en forma después del susto, ahora toca cuidarse y tomárselo con calma», comenzaba la misiva. Solo hacía unas semanas que el monarca se había operado en Barcelona de un nódulo en un pulmón que al final resultó ser benigno.

---

[9] José María Olmo, «Juan Carlos I ayudó a su sobrino a lanzar un fondo de 550M en Emiratos: "Querido tío…"», *El Confidencial*, 4 de enero de 2021.

Tras la introducción, Gómez-Acebo agradeció al monarca que previamente ya se hubiera «mostrado receptivo» a ayudarle en ese proyecto y pasó a detallarle sus planes. «Desde hace un año y medio trabajo en un fondo de inversión que se llama Gala Fund Management (…) La idea inicial de Gala era crear un fondo para aglutinar inversión de la zona del Golfo en España». Sin embargo, el objetivo inicial del fondo había cambiado tras contactar con la embajadora de los Emiratos Árabes en Madrid. «Me propuso crear una plataforma para animar a las grandes empresas de infraestructuras de España a participar en el proyecto de país que tienen ahí (…) Le propuse a la señora embajadora crear un vehículo común para todas estas compañías, para que se sintieran más arropadas, y le pareció buena idea», explicó Gómez-Acebo.

Su vínculo familiar con el rey de España le había granjeado la ayuda de la embajada de Emiratos en Madrid. El hijo de la infanta Pilar no ocultó en la misiva que había aprovechado su parentesco para hablar con un ministro emiratí de sus planes. «No solo me mandó recuerdos y sinceros abrazos para ti, sino que me dijo que el proyecto le encantaba y que tenía que haber ido a hablar con él desde el principio. Se ha comprometido personalmente a impulsarlo desde su lado». Gómez-Acebo insinuó al monarca que sería bueno para sus intereses que él mismo o el entonces príncipe de Asturias realizaran una visita oficial a Emiratos, con la excusa que fuera. «Creemos que el papel de España está muy por debajo de nuestras capacidades, históricas y económicas, y desde la visita de Felipe en enero pasado, no paran de preguntarme cuándo va a volver, él, o incluso tú. Porque me consta el fuerte cariño que tienen a nuestro país, y a la familia real, y creo que vuestros últimos viajes por la zona han dejado un poso que no debemos dejar enfriar». «Llegados a este punto y para estos proyectos, tu ayuda nos vendría fenomenal, ya que las cosas en esta parte del mundo funcionan así», concluyó la carta.

Efectivamente, esa «parte del mundo funciona así». El monarca levantó el teléfono para que las empresas españolas apostaran por el proyecto de su sobrino e hizo otras gestiones para que este llegara a los jeques que tomaban las decisiones. No consta que Juan Carlos I percibiera alguna contraprestación de su familiar por esa labor de intermediación, pero a lo largo de sus cuarenta años de reinado ingresó numerosas cantidades en efectivo y recibió regalos de empresas españolas que lo habían usado para ampliar mercados o conseguir adjudicaciones públicas de países extranjeros.

Para los empresarios solo implicaba desprenderse de un pequeño porcentaje de sus ganancias. Y, para el monarca, al igual que con las donaciones de Oriente Medio, era una compensación justa por una labor diplomática y comercial que, a su juicio, excedía el mandato que había recibido del pueblo español en 1978 y que, al mismo tiempo, le permitía completar la exigua asignación presupuestaria que, en su opinión, recibía anualmente el Palacio de la Zarzuela. La ausencia del más mínimo remordimiento acabó desdibujando todo límite moral. Corinna contó a Villarejo que el rey llegó a un punto en el que no distinguía «lo legal de lo ilegal».

El periodista José García Abad cuenta que hubo un momento en el que tanto el Gobierno de Zapatero como el de Rajoy intentaron regular la alta cantidad de dádivas que recibía el monarca. Al menos las oficiales. «¿Qué queréis?, está uno aquí pringando todo el día y encima me pedís que rechace estos detalles», llegó a responder el monarca a un ministro socialista que se atrevió a cuestionar su conducta. No entró en vigor ninguna norma de ese tipo hasta después de su abdicación.

10.
EL TREN DE LOS PEREGRINOS

Juan Carlos I viajó en mayo de 2014 a Arabia Saudí para despedirse de Oriente Medio como rey todavía en activo. Casi tres años antes, en octubre de 2011, la monarquía *hermana* había concedido a un consorcio español el mayor contrato en el extranjero adjudicado a empresas nacionales: el AVE que uniría las ciudades santas de La Meca y Medina, bautizado como «el tren de los peregrinos».

El rey no pudo visitar las obras porque el calor era asfixiante. Las autoridades saudíes habían aceptado que los trabajos del faraónico proyecto se detuvieran cada vez que el termómetro superase los 47 °C. No consideraban que la salud de los obreros estuviera en peligro por debajo de esa temperatura. El monarca se tuvo que conformar con una presentación en Power-Point y una maqueta, y aprovechó para mandar un mensaje de tranquilidad a los anfitriones ante el retraso que acumulaban las obras. Los ingenieros no habían previsto que las dunas del desierto invadirían continuamente el trazado.

Fue el último favor que hizo Juan Carlos I a las empresas españolas antes de abdicar en junio de ese año. Arabia Saudí amenazaba con sancionar al consorcio español si los plazos no se cumplían. Así que el rey, el gran «conseguidor de acuerdos», como lo definió por entonces el diario estadounidense *The New York Times*, se montó en un avión para tratar de aplacar la ira de Riad.

El propio rey había tenido un papel determinante en la consecución de ese contrato. La compañía pública saudí de ferrocarriles anunció la elección de la propuesta española en octubre de 2011 por un precio de 6736 millones de euros y, tres meses después, se formalizó el encargo. «El rey no firma contratos, pero crea clima», afirmó el entonces jefe de la Casa del Rey, Rafael Spottorno, durante ese viaje oficial.

Ese «clima» previo a la adjudicación del AVE a La Meca ya se había convertido en un culebrón antes de la adjudicación, pero las primeras pistas del escándalo no saltaron hasta que las obras ya estaban en marcha. La primera sospecha llegó en febrero de 2015 cuando la revista *Interviú* publicó un reportaje titulado «Corinna se fue con 30 millones», sobre el supuesto papel que había jugado la empresaria para que el consorcio español se adjudicara el megacontrato. «Ella estuvo en la delegación como consultora, pero principalmente por el aval del rey», señaló entonces la revista citando fuentes anónimas que habían participado en las negociaciones.

Interviú no sabía en ese momento que las comisiones pagadas por las empresas españolas superaban con creces los 30 millones y que, en realidad, Corinna había tenido un papel secundario en la operación.

Los audios grabados por Villarejo precipitaron la filtración de nuevos detalles sobre los pagos opacos que rodearon al proyecto. En las cintas, Corinna aseguraba que las compañías nacionales habían pagado 100 millones de dólares a una lobista iraní llamada Shahpari Azam Zanganeh para asegurarse una interlocución directa con las autoridades de Arabia Saudí, y que Juan Carlos I se había quedado luego con un porcentaje de esos fondos.

Shahpari Azam Zanganeh saltó a la fama cuando en 1991 se convirtió en la tercera esposa de Adnan Khashoggi, el famoso traficante de armas amigo personal de Juan Carlos I que veraneó durante décadas en Marbella. Con el enlace, Zanganeh entró de lleno en el mundo del lujo y las revistas del corazón. Su marido tenía veinte mansiones repartidas por medio planeta y un yate de ochenta y seis metros de eslora, el Nabila, que fue durante mucho tiempo el más grande del mundo.

Zanganeh había nacido en Irán en mayo de 1964 en el seno de una familia de clase alta. Su madre era una famosa cantante de ópera llamada Pari Zanganeh que se quedó ciega tras un accidente. Zanganeh se exilió con su padre tras la revolución de Jomeini. Cursó estudios universitarios en Economía en Estados Unidos y realizó prácticas en la casa de subastas Christie's y en una empresa suiza de artículos de lujo. De melena oscura, enormes ojos, y mucho más alta que su marido, su físico y belleza destacaron pronto en los círculos de la jet set europea.

Cuando empezó a trascender el interés de Arabia Saudí en construir el AVE a La Meca, Juan Carlos I se movió para colocar a Zanganeh de enlace entre las empresas españolas y las autoridades de Riad. El monarca tenía hilo directo con la casa real saudí, pero necesitaba que alguien de su círculo supervisara la preparación de la oferta y que, tras la adjudicación, se encargara también del día a día del proyecto.

En una carta dirigida el 13 de marzo de 2006 al príncipe Bin Abdulaziz, entonces ministro de Defensa, el monarca presentó a Zanganeh como su «persona de confianza»[1]. Un

---

[1] Rafael Méndez, Beatriz Parera y José María Olmo, «Juan Carlos I avaló ante Riad a la lobista del AVE como su "persona de confianza"», *El Confidencial*, 9 de junio de 2020.

mes después, entre el 8 y el 10 de abril, Juan Carlos I realizó una visita oficial a Arabia Saudí, acompañado de Corinna, Zanganeh y varias empresas españolas. Dos de ellas, Indra y OHL, formaron años después parte del consorcio vencedor de la adjudicación.

Corinna se quejó a Villarejo de que la prensa española la hubiera implicado a ella en el contrato del AVE a La Meca. «Decían que era yo, pero yo nunca tuve nada que ver con el tren», afirmó la expareja del rey. Según Corinna, fue Juan Miguel Villar Mir, presidente de OHL y amigo íntimo de Juan Carlos I, quien se encargó de introducir a Zanganeh en el consorcio. «Yo tengo copias del contrato de Zanganeh con OHL. Es ella la que ha cobrado (…) OHL ha obligado a todas las sociedades españolas [del consorcio] a pagarle. Y después, el rey me ha escrito por email que Villar Mir ha ido a su oficina para decirle: "Oye, voy a ver si Zanganeh te paga una mitad de su comisión"».

Corinna sostiene que aconsejó al monarca que rechazara esa comisión, pero que el rey no siguió sus recomendaciones: «El rey dice: "¿Y qué hay de mi comisión? Yo hice posible el tren, yo hablé con mi amigo [en referencia al rey de Arabia Saudí]. Yo soy el que hizo que el acuerdo funcionara". Y Villar Mir responde: "Déjame hablar con Zanganeh"». El comisario preguntó entonces a Corinna si el rey había cobrado finalmente su parte de los supuestos 100 millones de comisión. La examante del monarca no pudo ofrecer una respuesta clara: pensaba que Zanganeh había entregado una parte del dinero a Villar Mir y este, a su vez, había transferido los fondos al rey, pero no tenía ninguna prueba para demostrarlo.

Juan Carlos I premió en 2011 a Villar Mir con un marquesado. «La destacada y dilatada trayectoria de don Juan Miguel Villar Mir, al servicio de España y de la Corona, merece ser reconocida de manera especial, por lo que, queriendo demostrarle mi real aprecio vengo en otorgarle el título de marqués de Villar Mir, para sí y sus sucesores, de acuerdo con la legislación nobiliaria española», dictaminó el jefe del Estado en una orden publicada por el BOE[2].

No era la primera vez que el rey se acordaba del constructor. OHL fue una de las empresas más beneficiadas por las intermediaciones de Juan Carlos I en el golfo Pérsico. Su grupo se adjudicó en 2008 la ejecución del Hospital de Sidra, en Doha (Qatar), un proyecto que ascendió a 1759 millones de euros. En 2011, OHL logró otro contrato para construir un viaducto en Kuwait por importe de 645.5 millones de euros. Y en 2014, la compañía recibió un encargo para modernizar dos plantas de hidrocarburos en el sultanato de Omán.

Es imposible desligar la fortuna de Villar Mir de las relaciones que cultivó con el poder. OHL aparece en todos los grandes casos de corrupción que asolaron a España en la segunda década del siglo, como Lezo, Púnica, Gürtel y Ciudad de la Justicia. Según la pieza del caso Gürtel centrada en la financiación ilegal del PP, OHL fue la empresa que más contratos públicos recibió en España entre 2002 y 2009. Un total de 619 por un valor conjunto de 7758 millones de euros.

Villar Mir es amigo de Juan Carlos I desde que este era príncipe de Asturias. Se conocieron gracias a la intermediación de Emilio Botín-Sanz de Sautuola y López, el gran banquero que consolidó y expandió el Santander. Y sus lazos crecieron en torno a la afición común por la navegación, el dinero y el poder. El constructor fue alto cargo en los Gobiernos de Franco y aceptó ser ministro de Hacienda del Ejecutivo de Carlos Arias

---

[2] «Real Decreto 137/2011, de 3 de febrero, por el que se concede el título de Marqués de Villar Mir a don Juan Miguel Villar Mir», BOE núm. 30, 4 de febrero de 2011.

Navarro. Llegó a ser vicepresidente tercero de ese Gobierno (diciembre de 1975-julio de 1976). Según publica la periodista Eva Belmonte en su libro *Españopoly*, Villar Mir se considera a sí mismo «artífice de la economía de mercado en España»[3]. También se ha declarado siempre autor del actual sistema tributario.

La materialización de su imperio es su residencia familiar, una enorme parcela en la exclusiva urbanización de Puerta de Hierro de Madrid con un campo de golf en el jardín y una piscina privada estrecha y delgada para hacer largos. Además de la mansión del magnate, también se levantan en el mismo recinto las viviendas de sus dos hijos, Juan y Silvia Villar Mir de Fuentes. El marido de esta última, Javier López Madrid, aseguró los vínculos del clan con la Casa Real. Es amigo de Felipe VI desde la infancia, aunque la relación entre ambos se torció cuando López Madrid se incorporó a OHL y comenzó a verse envuelto en casos de corrupción.

Villar Mir comenzó a trabajar con Zanganeh a comienzos de siglo y esta se incorporó de la mano de OHL al consorcio del AVE a La Meca en 2008, cuando las empresas españolas aún estaban preparando su oferta. Las compañías nacionales de capital privado se comprometieron en 2011 a pagarle 95.7 millones de euros —66.6 millones en euros y el resto en moneda saudí— para que ejerciera de *project developer*, intermediara con las autoridades locales y colaborara en la búsqueda de proveedores. Las compañías públicas del proyecto (ADIF, Renfe e Ineco) tenían vetado firmar un acuerdo de esas características, aunque fuentes del sector siempre han sostenido que abonaron a las empresas privadas la parte que les correspondía con facturas supuestamente relacionadas con la ejecución de la obra.

[3] Eva Belmonte, *Españopoly*, Barcelona, Ariel, 2015.

Según narró Corinna ante Villarejo, el rey se habría llevado la mitad de esos 95.7 millones de euros, unos 48 millones de euros. La publicación de los audios de la empresaria en julio de 2018 provocó que la Fiscalía Anticorrupción española abriera una investigación para rastrear el supuesto pago de esas comisiones millonarias. Zanganeh fue llamada a declarar por el ministerio público, pero manifestó que su labor había sido completamente legal, que prestaba el mismo servicio a multinacionales de otros países y que podía demostrar que gran parte de los fondos que había recibido del consorcio habían ido destinados a pagar a proveedores que habían colaborado con ella en el proyecto.

La consultora mantuvo que todas sus facturas estaban «respaldadas por servicios reales y efectivos prestados al consorcio» del AVE. «Como he demostrado ante la Fiscalía española [declaró en julio de 2019], asistí a varias empresas españolas en la conformación de un consorcio y en la preparación de las ofertas de precalificación y de licitación (…) Es falso e incorrecto que mi papel en este proyecto se limitara a obtener el contrato del consorcio español o que el único propósito de mi intervención fuera servir de enlace con las autoridades saudíes», afirmó en un comunicado.

La exmujer de Khashoggi no solo defendió la legalidad de sus servicios, sino que presentó un arbitraje en la Corte Internacional de París contra las empresas del consorcio español del AVE para reclamar los importes que las empresas españolas dejaron de pagarle cuando saltó el escándalo. Zanganeh expuso que solo había cobrado 34.8 millones de euros y 46.17 millones de reales saudíes (10.9 millones de euros al cambio actual) de los 95.7 millones de euros pactados. Finalmente la Corte Internacional de París falló en diciembre de 2022 que los miembros privados del consorcio tenían que abonar a la lobista iraní otros 30 millones de euros pendientes.

La investigación de la Fiscalía Anticorrupción entró en vía muerta antes de que se conociera esa resolución. La justicia de Arabia Saudí nunca colabora con autoridades extranjeras. Que además lo hiciera para avanzar en un caso que podía afectar a su propia casa real era impensable. Y sin la ayuda de Riad era imposible averiguar si los abonos a Zanganeh correspondieron a servicios reales. Era necesario comprobar el destino de sus pagos y analizar quiénes habían sido sus proveedores. Pese a la contundencia de las palabras de Corinna y las pruebas de que el consorcio español había contratado efectivamente a una «persona de confianza» de Juan Carlos, la Fiscalía Anticorrupción acabó archivando sus diligencias en mayo de 2022.

Las pesquisas sirvieron al menos para aflorar otra comisión millonaria que nunca había trascendido y sobre la que también se cierne una sombra de sospecha. Solo un año antes de que Riad licitara el AVE, el consorcio español abonó 120 millones de dólares[4] a un hermanastro de los tres últimos reyes saudíes, el príncipe Abdelaziz Bin Mishal, investigado en el pasado en el Reino Unido por su implicación en un caso de corrupción y el presunto lavado de fondos del grupo terrorista Hezbolá.

Supuestamente, Mishal, fallecido en 2017, habría recibido esos 120 millones de dólares por realizar servicios de consultoría relacionados con el proyecto. Pero su contratación carecía de la más mínima lógica desde un punto de vista jurídico. Por un lado, Mishal participó en el acto solemne de la adjudicación del contrato del AVE en representación de las autoridades de Arabia Saudí, por lo que tomó parte en la

[4] Rafael Méndez, José María Olmo y Beatriz Parera, «El consorcio del AVE pactó un pago de 120M a un príncipe saudí un año antes del concurso», *El Confidencial*, 9 de junio de 2020.

elección de la oferta ganadora. Y por otro lado, Mishal era en esa época el máximo propietario de uno de los mayores *holdings* del país, el grupo Al-Shoula, que estaba representado en el propio consorcio español en calidad de socio local. Es decir, que las constructoras españolas transfirieron 120 millones de dólares a uno de los jueces de la licitación que al mismo tiempo resultó adjudicatario del proyecto y compartía trabajos con los pagadores.

La difusión de las cintas de Corinna tuvo peores consecuencias para Juan Carlos I en Suiza. Al llegar a sus oídos, el fiscal Bertossa decidió abrir diligencias para comprobar si las supuestas comisiones del AVE a La Meca habían terminado en bancos suizos con la colaboración de gestores y abogados del país, como aseguraba en los audios la examante del monarca. Sus pesquisas afloraron rápidamente la transferencia de los 100 millones de dólares que el Ministerio de Finanzas saudí había hecho al rey emérito en agosto de 2008 y también sacaron a la luz el resto de las estructuras societarias y operaciones financieras de la Zarzuela en suelo helvético. Ahí empezó la debacle de Juan Carlos I.

En un principio, el fiscal Bertossa enfocó el caso como si los 100 millones de dólares fueran efectivamente una comisión derivada de la adjudicación del AVE. En teoría, Riad había premiado con esa cantidad al monarca por abaratar la oferta del consorcio español y reducir el coste para las arcas saudíes. De hecho, la propuesta de las constructoras nacionales se situó un 30 % por debajo de las previsiones. Los franceses se acabaron retirando porque no fueron capaces de llegar a esa cifra.

El pago de la comisión ilegal implicaba que el banco suizo Mirabaud, Corinna y los gestores del rey, Dante Canonica y Arturo Fasana, habían colaborado en un supuesto delito de blanqueo de capitales por ocultar los fondos. Bertossa imputó a todos ellos y les tomó declaración. Pero, después de tres años de diligencias sin grandes avances, el fiscal decidió cambiar de enfoque.

Parecía difícil que la comisión hubiera sido abonada por Arabia Saudí, adjudicador de la obra. El manual de la corrupción indica que es el empresario interesado en el contrato el que paga al licitador, no al revés. Las fechas tampoco encajaban. Cuando los 100 millones de dólares llegaron a la cuenta de la Fundación Lucum en el banco Mirabaud en agosto de 2008, el concurso del AVE ni siquiera había comenzado. No se resolvió hasta octubre de 2011, más de tres años después. Nadie paga un cohecho con tanta antelación.

La tesis que cobró más sentido fue que la transferencia no estaba relacionada con el AVE, sino con la labor de lobby que Juan Carlos I había hecho durante décadas para lavar la imagen del régimen saudí. Bertossa se preguntó entonces si el mero hecho de que el rey de Arabia Saudí donara dinero a un jefe de Estado extranjero encajaba en el delito suizo de «gestión desleal de los intereses públicos».

Para ello, Bertossa necesitaba que los hechos también fueran sancionables en territorio saudí. El fiscal del cantón de Ginebra preguntó al Instituto Suizo de Derecho Comparado, un organismo autónomo al que acuden jueces y fiscales para conocer el marco legal en el que se mueven los delitos transnacionales, y a tres expertos en la sharía o ley islámica, si consideraban que el rey Abdalá podía haber infringido algún código en su país por esa entrega secreta de 100 millones de dólares a Juan Carlos I.

Las respuestas llevaron a Bertossa a un callejón sin salida. «Hay que considerar que Arabia Saudí no dispone actualmente de Código penal. Su derecho penal se compone de diferentes textos adoptados por las autoridades estatales que tratan sobre asuntos particulares e infracciones específicas y sobre el derecho musulmán clásico, que es básicamente un derecho doctrinal no codificado sin alusiones precisas», advirtió el Instituto de Derecho Comparado. «El Reino de Arabia Saudí es un Estado árabe islámico que disfruta de total soberanía. Su religión es el islam. Su Constitución es el Libro de Dios y su ley la del profeta», concluyó el organismo[5]. La malversación de caudales públicos puede castigarse en ese país con hasta diez años de cárcel, pero el rey del país es completamente inviolable.

Bertossa aún tenía una última bala. Podría haber enviado una comisión rogatoria a Arabia Saudí para preguntar directamente a sus autoridades por los 100 millones de dólares y tratar de recabar nuevas pruebas, pero probablemente esas gestiones no habrían tenido ningún resultado y el dinero de Riad alojado en los bancos suizos ejercía una presión añadida que podía volverse insoportable. Bloomberg publicó que, en 2019, inversores de Oriente Medio tenían depósitos en las entidades financieras de Suiza por valor de 464 000 millones de dólares. Una comisión rogatoria hostil amenazaba con provocar el traslado de esos fondos a otro destino. Bertossa archivó finalmente su investigación sobre la fortuna del rey en diciembre de 2021. La ley islámica salvó a Juan Carlos I.

[5] José María Olmo y Beatriz Parera, «La "sharia" desactivó la investigación sobre las cuentas de Juan Carlos I en Suiza», *El Confidencial*, 15 de diciembre de 2021.

11.
UN CAJERO EN EL RÓDANO

En el verano de 2018, gran parte de Europa sufre una ola de calor inusual. En Suiza, helicópteros del Ejército transportan a contrarreloj, en grandes contenedores, miles de litros de agua para dar de beber a la importante cabaña bovina que pasta en los Alpes. Mientras las vacas helvéticas se mueren de sed, un discreto equipo de la Fiscalía de Ginebra dirigido por Yves Bertossa irrumpe una tórrida mañana de principios de agosto, sin llamar la atención, en la sede de la empresa Rhône Gestion, situada en un céntrico edificio de cinco plantas, pintado de amarillo y gris, junto al río Ródano.

Es una de las oficinas que más secretos custodia en una ciudad repleta de cajas fuertes y reservados. Uno de los socios de Rhône Gestion, Arturo Fasana, lleva años moviendo y gestionando centenares de millones de euros de grandes fortunas. El registro de la Fiscalía se produce sin sobresaltos y con la colaboración de la secretaria de Fasana, acostumbrada a que su jefe tenga visitas inesperadas del ministerio público, aunque aquella acabará teniendo más consecuencias que ninguna otra efectuada antes.

Casualmente, la sede de Rhône Gestion se encuentra a apenas 700 metros de la residencia en la que vivían en esa época la infanta Cristina e Iñaki Urdangarin, que se habían mudado a Suiza para huir de la presión mediática del caso Nóos. En las últimas plantas de las oficinas de Fasana, totalmente acristaladas para que los empleados disfruten de una vista privilegiada de Ginebra, Bertossa encuentra lo que busca: los documentos de la Fundación Lucum, la sociedad panameña creada el 31 de julio de 2008 por el abogado Dante Canonica y el propio Fasana.

Los dos decidieron ponerle a la fundación el nombre de un caramelo típico turco, una metáfora precisa del papel que iba a cumplir la sociedad. Bertossa descubre que el primer beneficiario de Lucum es Juan Carlos I, y el segundo, su hijo Felipe VI. Si se produce la muerte de ambos, les sucederá al frente de la sociedad la infanta Leonor. La compañía no tiene ningún tipo de actividad económica o comercial. No hay empleados ni oficinas. Solo sirve para controlar discretamente una cuenta en Mirabaud, un banco especializado en la gestión de grandes patrimonios que en España solo acepta clientes con al menos un millón de euros.

El primer movimiento de la cuenta de Lucum deja atónitos a los investigadores. El 8 de agosto de 2008, solo unos días después de que el monarca quedara segundo a bordo del Bribón en la Copa del Rey de Vela, el depósito de Lucum en Mirabaud había recibido una transferencia de 100 millones de dólares (al cambio de entonces 65 millones de euros) del Ministerio de Finanzas de Arabia Saudí con el concepto «importe enviado por el rey Abdalá de Arabia Saudí como regalo según la tradición saudí de cara a otras monarquías».

Tras el registro del despacho de Fasana, el fiscal Bertossa se presenta en los de Canonica y Mirabaud, cuyas oficinas centrales en Ginebra se encuentran a solo 450 metros de las de Rhône Gestion. El representante del ministerio público no halla en la entidad financiera ningún documento que justifique el ingreso de los 65 millones de euros. Fasana explica que se trata de un regalo del rey de Arabia Saudí a Juan Carlos I y que no responde a contraprestación alguna. Pese a que el contratante de la cuenta de Mirabaud es Lucum Foundation, el espacio destinado a la identificación del verdadero titular despeja cualquier duda: «Borbón y Borbón, Juan Carlos. 05/01/1938. Espagne. Palacio de la Zarzuela-Madrid».

No hubo más comprobaciones por parte del banco antes de aceptar el dinero. La entidad decidió esconder los documentos sobre el rey de España en una caja fuerte. «La única razón por la cual se decidió mantener la confidencialidad de ese beneficiario [Juan Carlos I] era evitar una dispersión demasiado amplia entre los empleados con la intención de mantener la discreción», señalaría años después en la sede judicial Yves Mirabaud, presidente del banco, cuando el fiscal Bertossa le pregunte por qué han ocultado los documentos de Lucum. Solo seis de los miembros del Consejo de Asociados de Mirabaud sabían que el auténtico beneficiario de la cuenta 505523 era Juan Carlos I.

Bertossa no tarda en localizar a los seis directivos del banco cuando, en agosto de 2018 y tras oír las grabaciones del comisario Villarejo a Corinna Larsen, abre diligencias para rastrear la circulación del dinero del rey emérito por el sistema financiero de su país. «No recuerdo que hayamos pedido información a los asesores jurídicos para saber si su condición de rey en España le permitía recibir esos fondos», admiten los administradores de Mirabaud a las preguntas de Bertossa.

La investigación del fiscal del cantón de Ginebra acredita que el monarca hizo uso de esos fondos durante los siguientes cuatro años como si la Fundación Lucum fuera un cajero automático, una billetera oculta a la Agencia Tributaria española de la que extraía periódicamente miles y miles de euros que coexistían con el dinero que recibía regularmente de los Presupuestos Generales del Estado.

En esa época, el jefe del Estado tenía un salario anual superior a los 250 000 euros (la primera vez que se hizo público, en 2011, ingresó 292 752 euros) y disfrutaba en exclusiva de otras líneas de financiación que le permitían mantener sus palacios y residencias de verano, una flota oficial de vehículos, decenas de empleados de seguridad, cocina y limpieza que velaban por su protección y comodidad las veinticuatro horas del día y hasta un ala entera del Ejército del Aire preparada para llevarlo hasta donde pidiera. Todas sus necesidades y las de su familia directa estaban cubiertas, pero el clan siempre quiso más. Sin esa voracidad patológica jamás habría sido necesaria la Fundación Lucum ni se habría desencadenado el resto de boquetes morales que pueblan la biografía no autorizada de los inquilinos de la Zarzuela.

Solo dos meses después de que el dinero saudí entrara en Mirabaud, en octubre de 2008, el depósito registró una primera salida de 20 000 euros para abonar los honorarios profesionales de Canonica y Fasana. Después, el jefe del Estado empezó a retirar fondos en diferentes divisas. En ocasiones, usaba el dinero en España, pero, otras veces, lo llevaba consigo en viajes a Estados Unidos o lo gastaba dentro de las propias fronteras suizas.

El 12 de enero de 2009, recién cumplidos los setenta y un años, por ejemplo, sacó 207 000 euros para hacer frente a supuestos «gastos personales». Con esas palabras quedó anotado el reintegro. Días antes, en su tradicional discurso navideño, el rey había mencionado los efectos de la crisis económica que ya golpeaban con fuerza a la sociedad española. «Más allá de la frialdad de las cifras, me preocupan muy especialmente las numerosas personas que en nuestro país han perdido su empleo», pronunció Juan Carlos I, que aprovechó para pedir a las «fuerzas políticas, económicas y sociales» que actuaran «con realismo, rigor, ética y mucho esfuerzo, anteponiendo siempre el interés general sobre el particular».

El 11 de marzo de 2009, cuando España conmemoraba el quinto aniversario de los atentados del 11M, salieron de la cuenta de Lucum con el concepto de «entrega en España para gastos personales» otros 299 960 francos suizos (205 000 euros al cambio de la época). Dos semanas después, el 23 de marzo, fue anotada otra salida de 105 000 euros. En ese momento acababa de estallar en España el caso Gürtel y el apellido de Fasana apareció en los medios de comunicación nacionales por su conexión con Francisco Correa y Pablo Crespo, los cabecillas de la trama de corrupción del PP. Pero el rey siguió recurriendo a Fasana para introducir su dinero opaco en España.

El 17 de junio de ese mismo año, Juan Carlos I retiró de Lucum otros 209 000 euros, de nuevo, para «gastos personales». Aquel día, Zapatero señaló en el Congreso que «lo más duro de la crisis» ya había pasado. El dirigente socialista no podía estar más equivocado, pero la economía del monarca pasaba realmente por uno de sus mejores momentos.

El 13 de octubre de 2009 fue Canonica el que se desplazó a Madrid acompañado de una importante ejecutiva suiza de banca privada para cenar con Juan Carlos I en la Zarzuela. Ambos informaron al monarca de que, a pesar de las continuas salidas de fondos, el saldo de Lucum había crecido en solo un año hasta los 70.2 millones de euros, una plusvalía del 8 % obtenida gracias a inversiones y operaciones de divisas.

La mecánica de retirada de dinero se repitió en los años siguientes, como reveló *El Confidencial*, que publicó en exclusiva todas las entregas y salidas del depósito de Lucum. El 2 de febrero de 2010 se esfumaron de la cuenta 250 000 euros. Un documento demuestra que Juan Carlos I firmó al día siguiente un recibo para dejar constancia de la entrega de ese montante en billetes. El monarca desayunó aquella mañana con una noticia del diario británico *Financial Times*, que alertaba de que la crisis económica que se estaba gestando en España era un «drama potencialmente más grande» que el que ocurría en Grecia, con los niveles de deuda y déficit disparados.

Ese mismo mes, Juan Carlos I viajó con Corinna al refugio alpino de Villars-sur-Ollon y fueron fotografiados juntos. Las imágenes nunca vieron la luz porque fueron compradas por una revista amiga de la Casa del Rey, cuenta la periodista Ana Romero en su libro *Final de partida* (Esfera de los Libros).

Dos meses después, el 16 de abril de 2010, el monarca sacó de Mirabaud otros 250 000 euros. Una semana antes la cuenta había engordado con un ingreso de 1.9 millones de dólares (1.4 millones de euros) entregados a Juan Carlos I por el rey de Baréin en una maleta. El 14 de junio de ese mismo año se produjo otra retirada de 250 000 euros, nuevamente para afrontar gastos no especificados.

El destino último de todas esas retiradas es un misterio. Fasana y Canonica efectuaban desplazamientos exprés a Madrid en vuelos regulares para entregarle en mano los fondos. Durante años, los billetes estuvieron circulando por la ruta aérea Madrid-Ginebra sin ser descubiertos en los controles de Barajas. La ley de Prevención contra el Blanqueo de Capitales y Prevención del Terrorismo, aprobada en 2010, impide introducir en España más de 10 000 euros en efectivo sin una declaración previa. Tampoco se permite circular por territorio nacional con más de 100 000 euros. En ambos casos, el dinero tendría que haber sido retenido y habría comenzado una investigación para aclarar su procedencia. Pero, inexplicablemente, nunca saltó ninguna alarma.

El jefe del Estado recibía el grueso de los reintegros de Lucum en el mismo Palacio de la Zarzuela y luego los usaba para pagar hoteles, restaurantes, relojes, joyas, regalos y otros caprichos. Una parte de los fondos era entregada automáticamente a la reina Sofía y las infantas, que los desembolsaban en gastos similares. El movimiento en cash del dinero suizo dificultaba el posible rastreo de esas operaciones. Los fondos simplemente se esfumaban.

En octubre de 2010 prosiguieron las retiradas de dinero. El día 27 de ese mes, coincidiendo con un comunicado en el que la Hacienda española sacó pecho por haber recuperado 260 millones de euros procedentes de la regularización de las cuentas que 659 clientes españoles tenían ocultas en Suiza, Juan Carlos I retiró de su cuenta 200 000 euros y 67 000 dólares (47 000 euros al cambio).

La relación entre Juan Carlos I y Corinna estaba empezando a tambalearse, pero el 9 de noviembre de 2010 ambos volaron a Kuwait para ver al emir Sabah al-Ahmad al-Yaber al-Sabah, uno de los mejores amigos del rey en la región. La amistad entre ambos jefes de Estado era tan fuerte que ni siquiera el escándalo del caso KIO, en el que desaparecieron 375 millones de euros invertidos por Kuwait en España, mermó la relación. En 2014, la entonces ministra de Fomento del PP, Ana Pastor, afirmó que el rey había sido «clave para que las empresas españolas consiguieran contratos en Kuwait por 1200 millones de euros».

Una semana después de ese viaje a Kuwait en 2010, Corinna recibió 4.4 millones de euros procedentes del Gobierno kuwaití. El importe quedó ingresado en una de las cinco cuentas que la consultora tenía también en Mirabaud. Corinna declaró que el dinero correspondía a un pago por labores de asesoría «entre Kuwait y España». El fiscal Bertossa sospechó durante su investigación que se trataba de una comisión encubierta a Juan Carlos I, ya que nadie aportó el contrato que respaldaba esos servicios. Los fondos fueron utilizados por la aristócrata alemana para devolver en diciembre de 2010 los préstamos que había recibido del rey un año antes para la compra del apartamento de lujo en Villars-sur-Ollon.

Las salidas de efectivo de la cuenta de Lucum eran especialmente voluminosas en las semanas previas a la Navidad. Los reyes y sus hijos usaban el dinero opaco para comprar regalos y pagar viajes de Nochevieja. El 1 de diciembre de 2010, el jefe del Estado sacó del depósito 200 000 euros y, el 16 de diciembre, se esfumaron de la oficina de Mirabaud en Ginebra otros 388 000 francos suizos (303 000 euros al cambio), una de las cifras más altas en el historial de la cuenta.

Ese mismo día se discutía en Bruselas un posible rescate financiero a España. Aquel año, Juan Carlos I puso el foco en su discurso de Navidad otra vez en la crisis económica, que había recrudecido sus efectos en la sociedad. Las previsiones del presidente Zapatero habían naufragado. Su Gobierno congeló en mayo de ese año las pensiones, recortó el sueldo de los funcionarios y la tasa de paro superó el 20 %. «Llegamos al final de un año difícil y complejo marcado por una crisis económica, en España y en otros países, más larga e intensa de lo esperado», pronunció el rey aquella noche.

Solo en los doce meses anteriores, Juan Carlos I había retirado de su cuenta de Lucum 1.5 millones de euros de dinero negro, es decir, 125 000 euros mensuales en cash para gastos ajenos a sus responsabilidades como jefe del Estado. «Los grandes tiempos requieren grandes compromisos por parte de todos. (…) Necesitamos unidad, responsabilidad y solidaridad. Estos son los mejores aliados para vencer dificultades y alimentar nuestras esperanzas (…) No caben actitudes individuales ni colectivas de indiferencia o de egoísmo, que a la postre nos dañan a todos (…) Es preciso fomentar el ejercicio de grandes valores y virtudes como la voluntad de superación, el rigor, el sacrificio y la honradez. Valores y virtudes cuya ausencia no es ajena al origen de la crisis, y que son consustanciales a toda sociedad justa y equitativa», afirmó Juan Carlos I en el discurso de aquella Navidad.

En 2011 continuó saliendo dinero del cajero suizo de Lucum. El 26 de enero de 2011, 300 000 euros; el 25 de marzo de 2011, 150 000 euros, 50 000 dólares (35 400 euros) y 50 000 francos suizos (38 700 euros), y el 13 de mayo de 2011, de nuevo otros 250 000 euros. En esta última ocasión, un gestor de Mirabaud reflejó, en un documento interno del banco, que había recibido una llamada telefónica para advertirle de que ese día pasaría por su oficina una persona autorizada por el monarca para recoger el efectivo. «El montante retirado será utilizado para uso personal del beneficiario, según sus necesidades», anotó el banquero.

Los documentos no revelan quién efectuó esa retirada de fondos, pero la agenda oficial sitúa a Juan Carlos I en Suiza esos mismos días. El 12 y 13 de mayo de 2011 fue recibido por el Gobierno helvético, que quería agradecerle públicamente su intervención en la liberación de dos compatriotas en Libia. Después de que fuera recibido por un coro de niños en Berna y firmara el libro de visitas del Consejo Federal, el monarca se desplazó al Hotel Bellevue Palace de la ciudad de Berna, donde estaba alojado, y allí, en una suite, Fasana le entregó los billetes. Juan Carlos I regresó a España con ellos en una maleta.

El procedimiento para sacar efectivo siempre era el mismo. Rhône Gestion emitía una solicitud de reintegro a Mirabaud. Después, un empleado de Fasana recogía los fajos de dinero en el banco y se los entregaba a su jefe, que a su vez se encargaba de dárselos al rey de España.

El depósito 505523 de Mirabaud sufrió más salidas en julio y septiembre de 2011. En esas fechas, el rey aún estaba convaleciente de la operación de prótesis que le habían colocado los médicos en su rodilla derecha. Llaman la atención los movimientos del 22 de julio, cuando retiró tres partidas en distintas monedas: 100000 euros, 50000 dólares y 50000 francos suizos.

Hasta el año 2011, Canonica figuró como único responsable de la administración de la cuenta y de la propia Fundación Lucum. Sin embargo, el 10 de marzo de ese año, el abogado y su colega Fasana formalizaron un acta para dejar constancia de quiénes eran los verdaderos beneficiarios y establecer definitivamente el régimen interno de la mercantil. Los nuevos estatutos dejaban sin efecto «cualquier régimen anterior» y admitían que el auténtico titular de la fundación y, por tanto, de los 64.8 millones de euros ingresados en Ginebra por Arabia Saudí en 2008, era «S. M. Juan Carlos I, rey de España (Juan Carlos Alfonso Víctor María de Borbón y Borbón), nacido el 5 de enero de 1938 en Roma, Italia».

El documento, que fue desvelado por el diario británico *The Telegraph* en marzo de 2020, estipulaba que el monarca gozaba de plenos derechos para «disponer libremente, durante su vida, de los activos de la fundación sin limitación ninguna»[1]. Si Juan Carlos I fallecía, el dinero que quedara bajo el control de su estructura debía ser conservado «en favor y por

---

[1] James Badcock, «Spanish king named on offshore fund linked to €65m Saudi 'gift'», *The Telegraph*, 14 de marzo de 2020.

cuenta del segundo beneficiario». Este último era el entonces «S. A. R. el príncipe Felipe de Borbón y Grecia, príncipe de Asturias, nacido el 30 de enero de 1968 en Madrid». «Desde el fallecimiento del primer beneficiario, el segundo beneficiario tendrá el derecho de disponer de todos los activos de la fundación, sin limitación alguna», recogía el código interno.

No obstante, Felipe VI tenía que respetar algunas condiciones. El acuerdo recogía en su apartado b que debía cumplir con la voluntad de su padre, quien quería que los fondos que quedaran tras su muerte fueran usados para «garantizar el mantenimiento de todos los miembros de la familia real española, en particular, de S. M. la reina Sofía de España, de S. A. R. la infanta Elena de Borbón y Grecia, duquesa de Lugo, y de sus hijos nacidos o por nacer, de S. A. R. la infanta Cristina de Borbón y Grecia, duquesa de Palma de Mallorca, y de sus hijos nacidos o por nacer».

Según los estatutos, tras el fallecimiento de Juan Carlos I, Felipe VI quedaba obligado a «satisfacer [con los activos de Lucum] cualquier petición razonable que pueda ser formulada por los miembros de la familia real antes mencionados». El nivel de detalle del documento llegó al punto de especificar que, en el caso de que también falleciera Felipe VI, el «heredero/a del trono español» quedaba designado inmediatamente como «tercer beneficiario». En el momento en que se redactó el acta, ya habían nacido la princesa Leonor y la infanta Sofía.

El monarca participó en la confección de los estatutos. Su firma aparece en todas las páginas y se aseguró de que el texto incluyera una cláusula que evitara una posible guerra en la Zarzuela por el control del patrimonio de la fundación. Los estatutos precisaron que cualquier beneficiario que se opusiera al reglamento interno, reclamara más dinero del que le correspondía o intentara que otro beneficiario no recibiera su asignación, sería automáticamente expulsado de la sociedad y perdería la opción de disfrutar en el futuro de sus bienes.

En marzo de 2011, cuando fue elaborado el documento, la infanta Elena ya se había separado de Jaime de Marichalar. Su hermana Cristina e Iñaki Urdangarin, salpicados por el caso Nóos, aún no habían salido de la institución. Por su parte, Felipe ya se había casado con Letizia y habían tenido a sus dos hijas. El dinero de Arabia Saudí era presuntamente para todo el clan, pero la relación entre sus diferentes miembros llevaba años deteriorándose. Juan Carlos I quiso asegurarse de que nadie se saltara las normas cuando no estuviera para poner orden.

Puede decirse que aquellos estatutos eran una especie de testamento. Un año antes, el rey había tenido que pasar por el quirófano para que le extirparan un tumor en un pulmón. Aunque resultó ser benigno, se movilizó para que sus descendientes dispusieran de fondos para vivir sin las estrecheces que él había sufrido de niño.

Cuenta la periodista Ana Romero en su libro que esa intervención, en la que Corinna pasó el posoperatorio con el rey en una clínica de Barcelona, tuvo repercusiones importantes dentro de la familia real. La infanta Cristina, por ejemplo, inquieta por su mala relación con la futura reina Letizia, pidió directamente a su padre que aclarara y resolviera todo lo referido a su herencia. «Y, de reojo, miraban también con sospecha la existencia de esa pareja estable instalada con su hijo en el monte de El Pardo», cuenta Romero, en clara alusión a la llegada de Corinna y su hijo Alexander a La Angorrilla, el pabellón de caza del recinto del Palacio de la Zarzuela que el rey había convertido en la vivienda de su amante.

Según ha relatado la propia Corinna, el rey le confesó en 2011 que estaba pensando en ordenar su testamento y dejarle algo a ella y su hijo. «Pero estaba preocupado porque su familia cuestionaría cualquier cosa que me dejase en el testamento. Y comenzó a hacerme regalos: obras de arte, esculturas, joyas y una contribución financiera para mi apartamento en Londres», relató la empresaria años después.

No es de extrañar que el monarca dejara por escrito el régimen interno de Lucum. «Los beneficiarios solo serán propietarios de los activos que se les entreguen», establecieron los estatutos de la fundación. Hasta la entrega de la parte correspondiente a su legítimo beneficiario, los activos eran «parte integrante de la fundación». «No podrán ser ni cedidos ni hipotecados», y las reglas serían irrevocables «únicamente tras el fallecimiento del primer beneficiario». Hasta entonces, Juan Carlos I podía administrar Lucum discrecionalmente.

De hecho, así lo hizo. En noviembre de 2011, Canonica y Fasana enviaron sendas cartas a Mirabaud para comunicar que el «beneficiario» del depósito había decidido regalarle 2 millones de euros a una vieja amiga que supuestamente había fijado su residencia en Ginebra y que estaba pasando por un mal momento. Las misivas desvelaron que la destinataria de la donación era Marta Gayá, una empresaria mallorquina con la que el monarca había mantenido una relación sentimental intermitente desde los ochenta.

«Me he reunido en varias ocasiones con el beneficiario económico [Juan Carlos I] de la cuenta mencionada anteriormente, quien me ha expresado su preocupación por una amiga suya. Me cuenta que la conoce desde hace más de veinticinco años, y actualmente tiene su domicilio en Suiza. Esta misma persona tiene pocos recursos financieros y ya no tiene muchos ingresos dada su edad (sesenta y ocho años). Por lo tanto, [el beneficiario] desea garantizar un nivel de vida decente y así ayudarla económicamente», escribió Fasana al banco el 17 de noviembre de 2011 para justificar la operación. Gayá abrió su propia cuenta en Mirabaud para recibir los 2 millones de euros. Los billetes salieron de la cuenta del rey y entraron automáticamente en la de Gayá. Habría sido más sencillo realizar una transferencia, pero eso habría dejado rastro.

Un mes antes de esa operación, la encuesta del CIS había suspendido a la monarquía por primera vez desde que en 1994 empezara a preguntar a los españoles por su valoración de ciertas instituciones. Los españoles le pusieron una nota de 4.89 sobre 10. El año 2011 acabó con el caso Nóos salpicando de lleno a la infanta Cristina e Iñaki Urdangarin. Los titulares de prensa sobre esos dos miembros de la familia real se sucedían a diario. «Hacienda cifra en más de 16 millones los cobros de la trama Urdangarin», informó el diario *Público* el 5 de diciembre. El día 9, *El Mundo* reveló que «Urdangarin planeaba desviar 5 millones más a Belice». El día 12, la Casa del Rey no tuvo más remedio que anunciar que apartaba de las actividades oficiales al duque de Palma por su conducta «no ejemplar».

En su mensaje de Navidad de ese año, Juan Carlos subrayó que «la justicia es igual para todos y que las conductas censurables deben ser sancionadas», pero lo cierto es que, en ese momento, ya había retirado un total de 3.3 millones de euros de la cuenta de Mirabaud desde que la abrió en 2008, sin contar los dos millones que regaló a Gayá. «Junto a la crisis económica, me preocupa también enormemente la desconfianza que parece estar extendiéndose en algunos sectores de la opinión pública respecto a la credibilidad y prestigio de algunas de nuestras instituciones. Necesitamos rigor, seriedad y ejemplaridad en todos los sentidos. Todos, sobre todo las personas con responsabilidades públicas, tenemos el deber de observar un comportamiento adecuado, un comportamiento ejemplar», sostuvo Juan Carlos I frente a la atenta mirada de millones de españoles.

El año 2012 fue especialmente duro. Los ingresos medios por hogar bajaron por cuarto año consecutivo, la prima de riesgo marcó su récord negativo en verano y la morosidad alcanzó los niveles más altos desde que se empezara a contabilizar en 1962. En el plano político, el PP de Mariano Rajoy acababa de llegar al poder, pero se encontró una huelga de estudiantes y dos huelgas generales. En septiembre eclosionó el movimiento Rodea el Congreso. Miles de manifestantes de todas las orientaciones salieron a las calles de Madrid para protestar contra la clase dirigente por la situación económica y los casos de corrupción. La falta de respuesta a las reivindicaciones del 15M dio paso a una rabia incontenible contra todo el sistema.

Los malos presagios se ceñían especialmente sobre la Zarzuela, asediada por la evolución del caso Nóos. Pero Juan Carlos I siguió usando su cajero en Ginebra, incluso más de lo normal. Entre el 1 de enero y el 11 de junio de 2012 dispuso de un total de 4912870 euros, como desveló nuevamente *El Confidencial*[2]. El 16 de marzo de 2012, coincidiendo con un comunicado del Banco de España que alertó de que la deuda de las comunidades autónomas había alcanzado su máximo histórico, 140000 millones de euros, el monarca sacó 50000 francos suizos (41500 euros de aquella época). El reintegro fue firmado en la oficina directamente por el rey aprovechando una visita a Villars-sur-Ollon para pasar unos días con Corinna y su hijo.

---

[2] José María Olmo, «Juan Carlos I sacó 5 M de su cuenta antes de cerrarla y tras ganar una fortuna en bolsa», *El Confidencial*, 15 de julio de 2020 (actualizado el 19 de abril de 2021).

El periodista Raúl del Pozo contó un año después en un artículo titulado «La cumbre, un foso» que Juan Carlos I intentó en esas fechas casarse con Corinna. «Acabo de saber de muy buena fuente que a principios de 2012, en el comienzo de la legislatura, el rey planteó al presidente del Gobierno su intención de divorciarse», escribió el columnista en *El Mundo*.

El accidente de Botsuana el 14 abril de 2012 alteró los planes del rey. Mirabaud reconoció ante el fiscal del cantón de Ginebra Yves Bertossa que obligó al monarca español a cancelar la cuenta de Lucum tras el escándalo de la cacería. Al banco también le preocupó que, en enero de 2012, el diario italiano *La Stampa*[3] se hiciera eco de un libro de la periodista Pilar Eyre en el que esta afirmaba que Juan Carlos I había tenido supuestamente 1500 amantes. Así lo relató Yves Mirabaud, expresidente de la entidad financiera, en 2018, durante su comparecencia ante la Fiscalía:

—¿Participó usted en el cierre de la cuenta de la Fundación Lucum? —le preguntó Bertossa.

—En calidad de socio participé en las conversaciones que llevaron al cierre de la cuenta —respondió el directivo. El colegio de socios, en efecto, tomó la decisión de cerrar la cuenta, por los siguientes motivos. El banco Mirabaud había incrementado su presencia en España. En esa época, las actuaciones del rey de España empezaron a ser portada de numerosos periódicos. Hago referencia, en particular, a un viaje a África para, según la prensa, cazar elefantes. También consideramos que ya no era oportuno conservar esta cuenta. Informamos al señor Fasana y al señor Canonica. Tomaron nota. No fui yo

---

[3] Gian Antonio Orighi, «La solitudine di Sofia di Spagna. La biografia sulle 1500 amanti del re», *La Stampa* (edición web), 18 de enero de 2012.

quien transmitió esta decisión a los citados, fue el señor Boissier o Antonio Palma [directivos de la entidad].

El señor Palma, que ahora dirige un equipo de fútbol y una bodega en Baleares, no ha querido hacer declaraciones.

En septiembre de 2012, Juan Carlos I donó los 65 millones de euros que quedaban en Lucum a Corinna. El trámite administrativo para cerrar la fundación costó 795 francos suizos que fueron abonados con dinero de una segunda entidad, Zagatka. Supuestamente, esa otra estructura pertenecía a Álvaro de Orleans y no tenía ninguna vinculación con Lucum, pero sus administradores eran los mismos, Canonica y Fasana, y las entradas y salidas de Zagatka demuestran que el rey también la usó durante años para pagar vuelos, hoteles y todo tipo de caprichos.

Ese trámite para la disolución de Lucum es una de las escasas operaciones que permite vincular ambas fundaciones y desmonta la versión de Álvaro de Orleans ante el fiscal Bertossa. El primo del rey siempre manifestó que había dado dinero de Zagatka a Juan Carlos I porque desconocía que tuviera ingresos distintos a los asignados por el Gobierno español en los Presupuestos Generales del Estado. Pero, al menos desde 2012, sabía que el rey era el beneficiario de Lucum.

El semanario británico *The Economist* acababa de publicar una de las portadas más icónicas de la recesión que asolaba Europa, un toro sangriento repleto de banderillas y la palabra *Spain*. La S estaba desprendida, haciendo un juego de palabras. En inglés, *pain* significa «dolor». Los españoles sufrían, pero las cuentas de Juan Carlos I seguían gozando de buena salud y la Zarzuela continuaba haciendo gestos a la galería.

En julio de 2012, la Casa Real comunicó que el monarca y su hijo habían decidido bajarse el sueldo un 7 %, trasladando así el mensaje de que la familia real no era ajena a la grave situación de España. El recorte supuso para Juan Carlos I casi 21 000 euros anuales menos. La Zarzuela también se encargó de que medios tan relevantes como *El País* publicaran los supuestos desvelos del monarca por la recesión. «Hay noches que el paro juvenil me quita el sueño», tituló el diario del grupo Prisa tras una visita del rey a Barcelona para entregar becas de estudios de La Caixa, en marzo de 2012[4].

La verdad oculta era que el depósito de Lucum le había generado al rey rendimientos millonarios en los cuarenta y nueve meses en los que estuvo operativo con plusvalías anuales de hasta el 7.7 %. A pesar de las continuas retiradas de efectivo, el saldo medio de la cuenta nunca bajó de los 60 millones de euros. El 11 de junio de 2012, el depósito tenía 66 265 293 euros, de los que 10 602 991 estaban invertidos en acciones y fondos. Eran casi dos millones de euros más de los que inicialmente habían inaugurado el depósito. Fasana resultó ser un gran gestor, pero la caída en Botsuana impidió a Juan Carlos I gastarse esa fortuna.

[4] Mabel Galaz e Ivanna Vallespín, «El Rey: "Hay noches que el paro juvenil me quita el sueño"», *El País*, 14 de marzo de 2012.

12.
EL PASAJERO JOSÉ GARCÍA GÓMEZ

El 9 de abril de 2012, Lunes de Pascua, Froilán se dispara con una escopeta del calibre 36 en un pie. El sobrino de Felipe VI, de trece años, se encuentra en Garrejo de Garray, Soria, pasando unos días en la finca familiar de su padre, Jaime de Marichalar. Según la versión oficial, está realizando prácticas de tiro en el patio de la casa cuando acciona el gatillo por error. Rápidamente es llevado a un hospital cercano, aunque la familia decide trasladarle ese mismo día a la Clínica Quirón de Madrid para que sea intervenido de urgencia por médicos de su confianza. Los perdigones le entran por el dorso del pie derecho, a la altura del segundo metatarsiano, y le salen por la planta.

El suceso agranda la leyenda de problemático que acompaña a Froilán. La ley no permite usar armas a los menores de catorce años. Pero el incidente es sobre todo el preludio de la tormenta que acecha al Palacio de la Zarzuela. El martes 10 de abril, la reina Sofía acude al centro hospitalario para visitar a su nieto y, a la salida, hace unas breves declaraciones a los medios de comunicación. El rey Juan Carlos I no aparece por la Clínica Quirón. Los periodistas empiezan a preguntarse dónde está.

Nadie en la Zarzuela puede contestar a esa pregunta. El monarca se encuentra a 7500 kilómetros de distancia, en Botsuana, cazando elefantes con Corinna Larsen. Es un viaje secreto, fuera de la agenda oficial, en compañía de una amante desconocida aún para la opinión pública. El jefe del Estado ha realizado en el pasado decenas de escapadas idénticas con amigos, empresarios y otras compañeras sentimentales, y ninguna había trascendido. El safari en Botsuana ha sido diseñado con el mismo objetivo.

Juan Carlos I ha preparado el viaje durante meses. En abril de 2012, su noviazgo con Corinna ya ha terminado, pero el monarca confía en que la escapada sirva para reflotar la relación. Los acompaña el hijo de Corinna, Alexander, que celebrará su décimo cumpleaños en el delta del Okavango. Los tres disfrutarán de largas jornadas de caza, interminables conversaciones bajo la luna y rutas por uno de los paisajes más deslumbrantes de África. Podrán comportarse de nuevo como una familia, como cuando hacían barbacoas en la finca de La Angorrilla y planeaban un futuro común. El rey se convence de que, en ese entorno, será imposible que Corinna no quiera volver a su lado.

Se habían conocido en 2004 en otra cacería. Fue en la finca La Garganta, en Ciudad Real, el mayor coto de caza de España. Sus 13 124 hectáreas de extensión, repartidas en los términos municipales de Almodóvar del Campo y Brazatortas, son propiedad de Hugh Richard Louis Grosvenor, duque de Westminster, el aristócrata más rico de Inglaterra. Allí, en una montería organizada en un frío fin de semana de febrero de 2004, el rey Juan Carlos I, entonces de sesenta y seis años, vio por primera vez a Corinna zu Sayn-Wittgenstein, que en ese momento tenía treinta y nueve. Ella mantenía el apellido y el título de su segundo marido, el príncipe alemán Casimir zu Sayn-Wittgenstein, con el que estaba en trámites de divorcio, y trabajaba como gerente en Boss & Co Sporting Agency, una empresa de armas que organizaba cacerías de lujo como aquella.

El norte de Botsuana es el sitio perfecto para iniciar una segunda etapa. El río Okavango nace en las montañas de Angola, atraviesa unos extensos barrancos en Namibia y, tras recorrer 1600 kilómetros, desemboca en medio del desierto, anegando una inmensa llanura y creando un laberinto de canales, lagunas, islotes y bosques a los que miles de animales acuden a descansar y alimentarse. Aquí habita la única población de leones nadadores del mundo, acostumbrados a entrar en el agua para cazar, y más de 400 especies de aves, como el águila pescadora africana, el cálao de pico rojo y la grulla barbada. Los tswanas, la etnia local, se manejan con destreza por ese entorno como si fueran gondoleros de Venecia, a bordo de los *mokoros*, estrechas y humildes embarcaciones talladas en madera.

Aquel viaje no fue una escapada cualquiera. Comienza el sábado 7 de abril, cuando un avión privado de la compañía VistaJet con matrícula OE-LXR despega del aeropuerto de Torrejón de Ardoz a primera hora de la mañana. Se trata de una moderna aeronave de color plateado modelo Bombardier Global Express BD-700, con asientos de ejecutivo recubiertos de cuero y servicio de catering durante todo el vuelo. El avión hace escala en el aeropuerto privado de Farnborough, al suroeste de Londres, donde el OE-LXR recoge a Corinna, a su hijo Alexander y a un tercer acompañante, Philip Adkins, el primer marido de la intermediaria.

La presencia de este último en un viaje en el que el rey pretendía reencontrarse con su amante puede resultar extraña, pero hace años que Juan Carlos I y Adkins han trabado una amistad casi fraternal ajena a la empresaria y, para esas fechas, el exmarido de Corinna ya ha tenido otras relaciones.

Juan Carlos no viaja con ellos todavía. El domingo 8 de abril por la mañana tiene que acudir con su esposa la reina

Sofía, los príncipes de Asturias y la infanta Elena a la tradicional misa del Domingo de Resurrección en la catedral de Palma de Mallorca. Tras escuchar la homilía del obispo de Baleares y posar sonriente con su familia para los fotógrafos, el rey acude al aeropuerto y se une a la expedición, junto a su jefe personal de seguridad, Vicente García-Mochales, y otros cuatro agentes de seguridad del Estado.

El avión despega con diez pasajeros a bordo en dirección a Maun, una caótica localidad de unos 50 000 habitantes que ejerce de capital del delta del Okavango. La escena tiene aroma berlanguiano: un rey casado viajando con su examante con el objetivo de reconquistarla, y en el mismo avión, el primer marido de ella y el hijo que esta había tenido en un segundo matrimonio.

Corinna paga por adelantado los vuelos de ida y de vuelta (265 000 euros) a través de la compañía VistaJet. La transferencia se realiza desde una de sus cuentas en el HSBC de Mónaco tras pactar el itinerario y las fechas por correo electrónico con García-Mochales y Manuel Paredes, secretario personal del rey. Los gastos del safari y la estancia en Botsuana corren a cargo de otra tercera persona que se incorpora a la expedición ya en Maun. Se trata de Mohamed Eyad Kayali, un magnate hispanosirio casado con una española y que vivió durante décadas en una mansión en La Moraleja sin generar apenas noticias.

No es fácil pasar tantos años por debajo del radar de los medios y Kayali lo logró. Formaba parte del grupo de oscuros empresarios que durante décadas habían engrasado con discreción las relaciones comerciales entre España y Oriente Medio y habían obtenido ingresos millonarios por esa labor.

Su papel no consistía en poner en contacto a embajadores o a ministros de Asuntos Exteriores, sino en ejecutar las operaciones que habían pactado directamente la Zarzuela y las casas reales de la península arábiga y en explorar nuevas oportunidades de negocio. La mayoría de esos conseguidores eran de la quinta de Juan Carlos I y el rey Abdalá. El rey de España pasaba mucho tiempo con ellos. Disponían de todo un circuito de mercantiles *offshore* con los que manejaban cuentas en las principales plazas financieras. Conocían abogados y banqueros para ocultar fondos ilimitados. Podían mover 100 millones de dólares alrededor de la tierra en un minuto sin encender ninguna alarma. Algunos controlaban *de facto* países enteros.

En 2016, Kayali fue noticia en España cuando *El Confidencial* desveló, en el marco de la investigación de los papeles de Panamá, que el empresario gestionaba quince sociedades *offshore* en Panamá y en las Islas Vírgenes Británicas. Hasta entonces apenas había salido su apellido en prensa. El hispanosirio desempeñó un papel decisivo en la adjudicación del contrato del AVE a La Meca a un consorcio de empresas españolas en 2011 y, solo unos meses después de ese safari, medió para que España y Arabia Saudí firmaran acuerdos bilaterales multimillonarios.

Kayali murió en 2019 en Madrid a los ochenta y cuatro años. Otro ilustre miembro de esa camarilla fue el traficante de armas de origen turco y sirio Adnan Khashoggi, que en los ochenta y noventa fue considerado el hombre más rico del mundo y convirtió Marbella en su centro de operaciones. Falleció en 2017, a los ochenta y un años. La muerte paulatina de casi todos esos mediadores, incluido el propio rey Abdalá, en 2015, tiene mucho que ver con el desmoronamiento del rey Juan Carlos. Sin esa protección, el rey empezó a quedarse desnudo.

El único de ese círculo que aún vive es el también mercader de armas Abdul Rahman el-Assir, de setenta y dos años, que vivía en España, pero huyó a Emiratos Árabes en 2018, después de que la Audiencia Provincial de Madrid abriera juicio contra él por un presunto fraude a Hacienda de 14.7 millones de euros. La Fiscalía aún le reclama una multa de 73.9 millones de euros y ocho años de prisión, como contó *El País* en diciembre de 2012. En plena investigación judicial, cuando el-Assir aún vivía en España y aún no había trascendido la fortuna oculta de Juan Carlos I, ambos se veían y hablaban asiduamente, incluso a través del teléfono personal del monarca. Esa relación continuó durante el exilio del rey emérito en Abu Dabi.

El rey recurre a Kayali para costear los 50 000 euros que cuesta aquella semana en el delta del Okavango junto a su antigua amante. Juan Carlos I deja la estancia en Botsuana en manos de Johan Calitz Safaris, una compañía especializada en diseñar cacerías de lujo a medida para grandes fortunas de todo el planeta. Empleados de esta empresa reciben al monarca y a Corinna en Maun después de nueve horas de viaje. Desde ahí, la comitiva se dirige en dos helicópteros hasta los dominios de Johan Calitz en la región del Okavango, una enorme concesión del Gobierno local ubicada en la franja sur del parque nacional de Chobe, un paraíso para los cazadores de grandes mamíferos y reptiles. Una extensión de 10 968 kilómetros cuadrados repleta de elefantes, jirafas, leones, cebras, búfalos, babuinos, facóceros, antílopes, hipopótamos y cocodrilos.

Juan Carlos I, Corinna, Adkins, Alexander, Kayali y los miembros del equipo de seguridad del monarca se hospedan en Joverega Camp, un grupo de tiendas de campaña ubicado en medio de la nada, pero con las comodidades de un hotel de cinco estrellas. Las camas disponen de cabeceros y están decoradas con cojines de colores; hay mesillas de noche con lámparas y enchufes; el suelo de madera está recubierto con alfombras y las tiendas cuentan con baños y duchas de uso privado, con mullidas toallas y geles aromáticos. Junto a las tiendas de los huéspedes se disponen otras de mayores dimensiones que ejercen de cantina y lugar de encuentro.

Johan Calitz goza de fama por otras razones. Para un cazador extranjero, tramitar las licencias para abatir animales en el delta del Okavango sería un proceso interminable. La empresa de safari se encarga de esas gestiones y también presta asistencia integral a sus clientes durante toda la estancia. La compañía dispone de un equipo de rastreadores que facilita el seguimiento de las piezas. En un entorno como ese, es casi imposible no encontrarlas, pero los ojeadores aceleran su localización y evitan además que los turistas tengan que recorrer a pie largas distancias hasta dar con ellas. Ni Juan Carlos I ni Kayali están en condiciones físicas óptimas como para caminar varias horas por los terrenos pantanosos del delta bajo un sol de justicia.

La firma Johan Calitz ofrece, además, cazadores profesionales que garantizan la seguridad de los clientes. El mayor riesgo que corre un cazador de grandes mamíferos es no tumbar a los animales en el primer o segundo disparo y que estos tengan tiempo de defenderse atacando a los tiradores o embistiéndolos. El cazador de Johan Calitz se sitúa justo detrás del cliente. Si este falla, el tirador profesional abate la pieza.

El objetivo de Juan Carlos I es matar un elefante, el mamífero más grande y por el que más hay que pagar. Hay unos 135 000 en Botsuana, uno por cada diecisiete habitantes, y suponen uno de los mayores reclamos del país. El turismo es su segunda fuente de ingresos, después de los diamantes. Aunque parezca un contrasentido, el Gobierno local permite disparar de forma controlada a ejemplares ancianos para regular su población. Aunque prohibió su caza en 2014, volvió a autorizarla en 2019.

En abril de 2012 aún hay barra libre en el delta del Okavango. La temporada acaba de comenzar y hay ejemplares por todas partes. Juan Carlos I es el primero de la comitiva en liquidar un elefante. Kayali mata otro a continuación.

El grupo pasa el resto de los días recorriendo la zona y disfrutando de la fauna y el paisaje del entorno del campamento. El monarca y Corinna duermen en tiendas separadas, pero los días son largos y las cenas se prolongan hasta tarde. El silencio y las vistas animan a conversar.

Fuera de la cantina, hay hamacas para contemplar las estrellas y oír los sonidos de los animales vagando por la oscuridad de la noche. Alexander, que ha aprendido a disparar en Madrid en la galería de tiro del Grupo Cantoblanco, del empresario Arturo Fernández, está impresionado con la experiencia. No son una familia típica, pero los planes están saliendo como había previsto el monarca. El accidente de Froilán, el lunes 9 de abril, ha provocado rumores sobre el paradero de Juan Carlos I, pero el viernes 13 emprenderán el camino de vuelta a España y el sábado 14 podrá aparecer de nuevo en público para desactivar los rumores. En unos días, nadie recordará aquella semana de ausencia.

Todo se desmorona la última noche. La madrugada del 12 al 13 de abril, en torno a las cinco de la madrugada, el rey se levanta de la cama para ir al baño. Antes de llegar al aseo, se tropieza y cae al suelo. Su equipo de seguridad acude corriendo a socorrerlo. Tiene un fuerte dolor en la zona de la cadera y no puede levantarse, pero parece un dolor normal en una persona de setenta y cuatro años que acaba de impactar a plomo contra una superficie dura. Le ayudan a acostarse de nuevo con la esperanza de que el incidente quede en un susto.

Sin embargo, el dolor comienza a resultar insoportable. El pánico se apodera del jefe de seguridad y del resto de escoltas. Lo más probable es que se haya roto la cadera, pero también cabe la posibilidad de que haya sufrido algún tipo de lesión interna, como una hemorragia o un fallo en algún órgano vital, que ponga en riesgo su vida. El monarca puede morirse en una tienda de campaña en medio de África. El hospital más cercano está a miles de kilómetros de distancia.

Adkins tiene previsto abatir un elefante aquella mañana y Corinna quiere realizar algunas fotografías, pero el accidente obliga a cambiar los planes. Antes del amanecer, el jefe de Seguridad de Juan Carlos I, García-Mochales, contacta con la compañía de vuelos privados para solicitar que se adelante la hora de despegue prevista y que el avión se dirija directamente al aeropuerto de Torrejón de Ardoz.

La caída obligará a la Zarzuela a revelar dónde ha estado Juan Carlos I durante esa semana. Aquel episodio puede provocar una enorme indignación en la opinión pública en un momento de grave crisis económica, huelgas de los sindicatos y movilizaciones contra la clase dirigente. No es el mejor momento para que trascienda que la máxima autoridad del Estado se ha ido de safari. Si estalla una crisis, cualquier pregunta puede provocar un efecto cascada y abrir otros interrogantes sobre la identidad de las personas que le acompañan. Si la lista de pasajeros de Maun a Torrejón se filtra, España entera descubrirá de la peor manera posible que Juan Carlos y Sofía llevan cuatro décadas separados y que ha estado manteniendo una relación con Corinna.

El jefe de escoltas se mueve rápido. García-Mochales pide a VistaJet que elimine el nombre de Philip Adkins de la lista de pasajeros y lo sustituya por el del segundo marido de Corinna, Casimir zu Sayn-Wittgenstein. El hijo de ambos está en el safari. De ese modo, el viaje parecerá una escapada familiar.

La segunda petición de García-Mochales a Vistajet es más extraña. Solicita a la compañía chárter que borre el nombre de Juan Carlos I del pasaje. El rey volará con una identidad ficticia. Deciden sobre la marcha que entrará en España con el nombre de José García Gómez, como publicará *El Confidencial* el 3 de abril de 2022. Solo un dato conecta al rey emérito con ese pasajero: la fecha de nacimiento. Según la documentación oficial de vuelo, el enigmático José García Gómez del trayecto Maun-Torrejón de Ardoz ha nacido el 5 de enero de 1938, el mismo día que el rey de España. La utilización de una identidad falsa para volar y cruzar una frontera es delito, pero el Centro Nacional de Inteligencia (CNI) y la Zarzuela tienen otras preocupaciones ese día.

La premura obliga a VistaJet a enviar otra aeronave, un Bombardier matrícula OE-LGX. El grupo de turistas (sin Kayali, que se queda en Botsuana) aterriza en Torrejón a las 23 horas del viernes 13 de abril. Corinna pernocta con su hijo en el Hotel Villamagna de Madrid. Al día siguiente, ambos vuelan desde Torrejón a Ginebra. Ya de madrugada, el monarca ingresa en la clínica San José de Madrid para ser examinado e intervenido. Los doctores descubren que se ha roto la cadera en tres fragmentos.

En las primeras horas, la Zarzuela logra ocultar el accidente, pero el rey tiene que pasar por quirófano y necesitará meses para recuperar la movilidad. Concluyen que será imposible mantener el secreto tanto tiempo. La solución menos catastrófica es provocar una detonación controlada. La Casa del Rey decide filtrar a la agencia EFE detalles del lugar en el que se ha producido el accidente y de la intervención de urgencia en una clínica española.

Pocas horas después del teletipo de EFE, se difunde una fotografía del Juan Carlos I junto a un cazador profesional y un elefante abatido. La imagen, que ya forma parte de la historia de España, pertenece en realidad a otro safari en Botsuana que tuvo lugar en 2006 y fue pagado por Alberto Alcocer, uno de los empresarios con más influencia en la Zarzuela en esa época. Pero la fotografía da la vuelta al mundo y espolea el escándalo, que ya no dejará de crecer. Nadie sabe de dónde sale aquella foto, pero en el entorno de Juan Carlos I siempre han sospechado que la filtró otro miembro de la familia real para poner fin a los excesos del rey. El monarca había llegado demasiado lejos en su relación con Corinna, en sus amistades con empresarios de dudosa reputación y en la gestión de su fortuna suiza. La única forma de salvar la Corona es provocar cuanto antes su abdicación.

El 2 de abril, una semana antes del viaje al delta del Okavango, Juan Carlos I había mantenido su habitual despacho con el entonces presidente del Gobierno, Mariano Rajoy, y le había ocultado que pensaba irse a cazar elefantes con su examante.

El monarca entiende la gravedad de la situación y acepta hacer algo que nunca antes habría permitido. Su mensaje pactado tras la operación quirúrgica queda grabado en la retina de millones de telespectadores: «Lo siento mucho. Me he equivocado y no volverá a ocurrir», pronuncia ante los medios cuando recibe el alta de la clínica San José, el 18 de abril.

Ya da igual. La caída en África solo es el primer capítulo de un largo e interminable descenso que arrastrará por el suelo la imagen de la institución monárquica y la situará en una de sus peores encrucijadas en cuatro décadas de democracia.

José Antonio Zarzalejos, uno de los periodistas que mejor conoce las interioridades de la Casa Real, describe el 15 de abril de 2014 en *El Confidencial* la trascendencia de lo que estaba aconteciendo.

Según fuentes de toda solvencia, «don Juan Carlos se encuentra abrumado por los problemas familiares» en alusión, no solo a la delicada tesitura en la que le han dejado los duques de Palma, sino también por el público y notorio fracaso de su matrimonio con doña Sofía, de la que vive prácticamente separado. Su estrecha e íntima amistad con Corinna zu Sayn-Wittgenstein ha dejado de constituir un rumor para convertirse en una certeza, hasta el punto de que existe ya documentación acreditativa de que acompaña a don Juan Carlos en viajes al extranjero y asume funciones de representación oficiosas. El apartamiento de la infanta Cristina de los actos oficiales y protocolarios, y la ruptura del matrimonio de los reyes, ha convertido a la familia Borbón Grecia en «desestructurada y mal avenida, con frecuentes enfrentamientos más o menos explícitos», según fuentes de su entorno.

Años después, nuevas evidencias confirmarán que las disculpas de Juan Carlos I ante las cámaras no fueron sinceras. Ni el accidente ni la filtración de la foto de la cacería de 2006 provocarán un giro en su vida privada. Al contrario, el monarca se distanciará aún más de la realidad, sobreestimará el peso de su legado y terminara pisando el acelerador de su autodestrucción.

13.
UNA DONACIÓN POR AMOR

El fiscal Yves Bertossa tenía en su despacho un mapa del mundo para poder marcar todos los caminos que siguió el dinero de la Fundación Lucum cuando Mirabaud invitó a Juan Carlos I a abandonar la entidad.

Primero, el rey transfirió el dinero a Corinna en concepto de donación y la entrega quedó documentada con un contrato firmado por ambos el 5 de junio de 2012, menos de dos meses después del accidente en Botsuana. El dinero llegó a manos de Corinna unos días más tarde, el 12 y 21 de junio. En total, Juan Carlos I dejó en sus manos 52 749 390.84 euros, 3 778 983.89 francos suizos y 14 493 993.26 dólares.

El grueso de esos fondos viajó luego a la cuenta de una sociedad pantalla de Corinna llamada Solare Investors Corp., en una oficina del banco Gonet & Cie en Nassau, Bahamas, un paraíso fiscal en medio del Caribe. La aristócrata alemana residía en ese momento en Mónaco y podía abrir un depósito en cualquier lugar del planeta sin temor a una inspección tributaria.

Corinna declaró el 19 de diciembre de 2018 en la sede de la Fiscalía de Ginebra que el dinero que recibió del rey «fue una donación por gratitud, por amor, porque tenía esperanza de recuperarme, no para deshacerse del dinero», pero el fiscal Bertossa tardó cuatro años en aceptar esa versión. Sospechaba que el monarca había utilizado a Corinna como testaferro para sacar de circulación los 100 millones de dólares regalados por Arabia Saudí en 2008 y que el contrato de donación con su expareja tenía como único objetivo dar apariencia de legalidad a una relación que, en realidad, era meramente fiduciaria.

Desde la óptica de Bertossa, la entrega del dinero suponía un delito de blanqueo de capitales, agravado con un posible cohecho si se demostraba que Arabia Saudí le había entregado los 100 millones de dólares a cambio de algún tipo de gestión o favor.

El acta de donación que entregó el rey a Mirabaud subrayó que la transferencia de los fondos a Corinna tenía carácter «irrevocable», aunque muriera el donante o la beneficiaria. «Se trataba de un regalo», recalcó la aristócrata ante el fiscal. «Recibí una llamada telefónica de [Dante] Canonica informándome de que Juan Carlos I deseaba hacerme un regalo. No me habló por teléfono de una cantidad concreta. Me dijo que quería encontrarse conmigo. Fui a su despacho. Me explicó que el rey quería ofrecerme un regalo. Juan Carlos I quería asegurar un buen futuro a mis hijos y a mí —señaló Corinna—. Pienso que me ofreció ese dinero por gratitud y por amor (…) Pienso que hay una última razón: que tenía todavía la esperanza de poder recuperarme».

Hay razones para creer que el monarca tenía otros motivos en la cabeza cuando le transfirió el dinero de la Fundación Lucum. En 2011, solo un año antes de cerrar la cuenta de Mirabaud, Juan Carlos I modificó los estatutos de la sociedad para incluir como beneficiarios al príncipe Felipe, la infanta Leonor y cualquier otro futuro heredero del trono. Quería que Lucum se convirtiera en un fondo de supervivencia familiar que pasara de padres a hijos. También se aseguró de que el capital de Lucum llegara de forma equitativa al resto de los miembros de la familia real para evitar que se convirtiera en un motivo de disputa después de su muerte. Lo último que quería Juan Carlos I era desprenderse de los 65 millones de euros.

La caída en África no le hizo cambiar de opinión, pero le obligó a improvisar una salida: Corinna administraría los fondos que le había transferido el Ministerio de Finanzas de Arabia Saudí hasta que encontrara otro lugar en el que depositarlos. El rey ya había utilizado en el pasado a otras personas de su confianza como albaceas de su patrimonio privado. Su examante sería la última en incorporarse a esa lista.

Para Corinna, la donación solo tuvo una dimensión sentimental. «[Juan Carlos I] Era consciente de que había hecho mucho por él y que había estado muy presente cuando le anunciaron su enfermedad —manifestó ante el fiscal del cantón de Ginebra—. Pienso también que se sentía un poco culpable por lo que me había pasado en Mónaco», añadió, en referencia al registro de su vivienda en el Principado que ordenó el CNI unos días después del safari.

Canonica ratificó en 2018 la versión de Corinna aportando una carta firmada por el propio Juan Carlos de Borbón y Borbón que este había rubricado en Suiza el 12 de agosto de ese año. «Confirmo una vez más que la donación que hice en 2012 a la señora Corinna zu Sayn-Wittgenstein fue irrevocable. Desde la donación, Corinna zu Sayn-Wittgenstein nunca ha retenido en mi nombre los activos transferidos», señalaba el rey emérito en esa misiva para tratar de espantar la sombra del delito de blanqueo de capitales.

Con todo, la carta había sido elaborada después de que el fiscal Bertossa abriera una investigación sobre sus cuentas y encontrara en el registro del despacho de Canonica el expediente secreto de la Fundación Lucum.

Bertossa no creyó las explicaciones de Canonica y le preguntó directamente «cuál fue el principal motivo que llevó a Juan Carlos I a desheredar a su hijo por un importe de 60 millones de euros para regalárselos a una amiga». «En aquella época, acudí en varias ocasiones al palacio de Madrid para hablar con Juan Carlos I y saber qué deseaba hacer con el dinero depositado en Suiza —manifestó el abogado del monarca—. Quería desvincularse de ese dinero porque temía que se supiera. Finalmente decidió dárselo todo a Corinna zu Sayn-Wittgenstein. Quise asegurarme de que era una auténtica donación irrevocable, y no un traspaso a título fiduciario o una operación de depósito», contestó Canonica.

El puzle comenzó a tener más sentido en diciembre de 2020, cuando Corinna interpuso una demanda contra Juan Carlos I ante la justicia británica por supuesto acoso continuado. Según la lobista, agentes del CNI la habían estado siguiendo y hostigado por orden del monarca tras la donación de los 65 millones de euros en 2012. Juan Carlos I le habría exigido la devolución del dinero «o la puesta a su disposición» de los fondos. Ante su negativa a devolverlos, el emérito la difamó presuntamente contando a varias personas de su familia que ella le había «robado».

Corinna añade en su demanda que el 16 de septiembre de 2014 se reunió en uno de los restaurantes del Hotel The Connaught de Londres con Juan Carlos I y el abogado Dante Canonica, como contó *El Confidencial*[1]. La empresaria también relata ese episodio en su demanda por acoso. «El ya rey emérito repitió su exigencia de que el regalo de los 100 millones de dólares debía ser devuelto o puesto a su disposición para usarlo», asegura Corinna. Según ella, «Canonica le dijo [al rey] que era una donación irrevocable legalmente hablando

[1] José María Olmo, «Juan Carlos I exigió a Corinna en un hotel de Londres que le devolviera los 65 M de Arabia», *El Confidencial*, 10 de mayo de 2022.

y que esos fondos no podían ser utilizados para beneficio suyo». El monarca «se mostró extremadamente molesto con el consejo de Canonica. Y más tarde, ese mismo día me llamó y me dijo que las consecuencias no serían buenas si me negaba a hacer lo que él quería».

Los 65 millones de euros de Lucum no se quedaron en Bahamas. Tras recibir las transferencias procedentes del banco Mirabaud, Corinna trasladó 39 millones a una cuenta en el Fieldpoint Private Bank de Nueva York. «Este dinero sigue en la cuenta. De todas formas, transferí 11 o 12 millones de dólares (9.7 o 10.6 millones de euros al cambio) a otra cuenta en Inglaterra porque decidí hacer los trámites necesarios para convertirme en residente de ese país y para eso se necesita tener activos allí», contó Corinna al fiscal Bertossa. Al menos 6.7 millones de euros del importe trasladado al Reino Unido fueron empleados por la empresaria en 2015 para comprar una lujosa casa de campo[2]. La mansión figura a nombre de Jade Trust, una fundación panameña cuyo beneficiario es su hijo Alexander.

La propiedad se llama Chyknell Hall Estate y ocupa unas ochenta y una hectáreas de la localidad de Bridgnorth, en la campiña inglesa, cerca de Gales. Fue construida en 1814 y reformada en los años sesenta del siglo XX con la colaboración del diseñador de jardines Russell Page, que trabajó para personajes tan ilustres como los duques de Windsor, Leopoldo III de Bélgica y la familia March. Los jardines del majestuoso palacio Sa Torre Cega de la familia de banqueros en Cala Ratjada (Mallorca) llevan la firma de Page.

La finca adquirida por Corinna con parte de la donación de Juan Carlos I abarca, además de la mansión principal,

---

[2] Javier Sánchez, «Así es por dentro Chyknell Hall, el palacete de Corinna en Inglaterra que acogió un escándalo de adulterio en el siglo XIX», *Vanity Fair*, 24 de agosto de 2020.

otras cinco casitas de campo, establos, una piscina, varios estanques, una pista de tenis, campo de críquet, bodega, biblioteca, sala de billar y once habitaciones. En el momento de la compra, Chyknell Hall Estate también disponía de los permisos necesarios para poder levantar otras cuatro edificaciones.

Corinna confesó a Bertossa que fue Canonica quien le creó la estructura panameña para comprar la propiedad. «Adquirí esta mansión a través de un trust cuyo beneficiario era mi hijo. Recurrí a una estructura como esta porque creía que mi hijo, una vez que fuera mayor de edad, no tendría la madurez suficiente para administrar este bien», relató la empresaria.

El abogado suizo de Juan Carlos I también montó otras sociedades instrumentales para la aristócrata. Otra de esas mercantiles fue la también panameña Mountain Lion Inc., que le sirvió para controlar un terreno ubicado a las afueras de Marrakech valorado en 1.7 millones de euros y que, según ella, le regaló el rey de Marruecos, Mohamed VI. «Visité al rey de Marruecos para agradecerle su regalo», afirmó Corinna ante el representante del ministerio público de Ginebra.

Canonica se desplazó a Rabat en 2014 para cerrar los flecos de la operación. Los terrenos ocupaban 36 000 metros cuadrados a las afueras de Marrakech. Un año después, ante Villarejo, Corinna relató que Juan Carlos I la había utilizado como pantalla para camuflar ese solar. «Te levantas por la mañana y alguien te llama y te dice: "Tienes un terreno en Marrakech, dámelo". Entonces le explicas: "Oye, ¿por qué no me has consultado?"», contó Corinna a Villarejo. Según su versión, el monarca no le había pedido permiso para endosarle ese activo. «No pueden decir que el beneficiario es el otro [en referencia a Juan Carlos I]. Entonces, sin decírmelo, me lo ponen y después dicen: "Esta no quiere devolverle la cosa". Pero si lo hago, es *money laundering*. Es blanqueo», explicó la expareja del rey. «Qué quieres que haga con la propiedad. Hay camellos. No hay electricidad. Tienes que hacer una inversión. También de seguridad porque esos países son peligrosísimos».

Sin embargo, tres años después y con el riesgo de una posible condena por blanqueo de capitales, Corinna negó al fiscal Bertossa que el rey tuviera algo que ver con el terreno. «Este regalo se hizo a mi favor y no a favor de Juan Carlos I (…) [Mohamed VI] esperaba que yo construyera una casa en el terreno. Sabía que yo había estado viniendo a Marruecos durante más de veinte años. Decidió darme este terreno para que eventualmente invierta en Marruecos».

El representante del ministerio público también preguntó a Canonica por el solar de Marrakech, en especial, por un mail que le envió Corinna el 26 de noviembre de 2013: «Las instrucciones son aceptar el regalo de la tierra y luego esperar y ver qué hacer con ella o no… En cualquier caso, necesitamos preparar todos los documentos necesarios para poder incorporar el terreno a la compañía [Mountain Lion Inc.]», escribió la aristócrata germana en esa comunicación. Pero Canonica también rechazó que esas «instrucciones procedieran de Juan Carlos I». Dijo que, en todo caso, eran órdenes de «Corinna o del rey de Marruecos».

El fiscal tenía motivos para creer que, en realidad, Corinna había actuado como parapeto para ocultar la vinculación de Juan Carlos I con el regalo de Mohamed VI. En 2012, un año antes de la entrega de los terrenos, las relaciones entre España y Marruecos pasaban por uno de sus mejores momentos. En los meses estivales, Mohamed VI solía instalarse en sus palacios de Rincón y Alhucemas, a orillas del Mediterráneo, y navegaba por las aguas del Estrecho. Aquel verano de 2012, el rey alauita llamó a la Zarzuela para quejarse de que, durante sus paseos en barco, se había topado con numerosos narcovuelos que habían interferido en su descanso. Las organizaciones criminales del Campo de Gibraltar y la Costa del Sol habían intensificado en esa época el uso de avionetas y helicópteros para introducir en España grandes cargamentos de hachís, imitando el sistema empleado durante décadas por los carteles de Colombia para meter su mercancía en México y Estados Unidos. Las aeronaves aterrizaban en el norte de Marruecos y volvían a la península cargadas con grandes cargamentos de droga.

La queja de Mohamed VI surtió efecto. La Zarzuela trasladó el enfado al Gobierno de Mariano Rajoy y el Ministerio del Interior montó inmediatamente un dispositivo especial para combatir esa nueva modalidad de narcotráfico. El plan recibió el nombre de Operación Búho. Apenas tuvo trascendencia, pero el Ejecutivo dedicó enormes recursos humanos y materiales a terminar con esos vuelos.

El dispositivo fue un auténtico éxito para la lucha contra el narcotráfico y, también, para las relaciones bilaterales con Marruecos. Las aeronaves dejaron de molestar a Mohamed VI y este mostró su agradecimiento. El 15 de julio de 2013, Juan Carlos I viajó a Rabat en visita oficial de tres días. Fue recibido con honores de Estado y trato de familia por el propio Mohamed VI, su hijo Moulay Hassan y su hermano Moulay Rachid. Los tres acudieron a darle la bienvenida en la misma escalerilla del avión. Además, la cumbre se celebró en pleno ramadán, una circunstancia inédita hasta ese momento, y en la visita participaron cinco ministros del Gobierno de Rajoy y fueron invitados nueve exministros de Asuntos Exteriores.

El resultado fue tan satisfactorio que, el 30 de julio de 2013, dos semanas después del viaje oficial, Mohamed VI anunció el indulto de cuarenta y ocho presos españoles que cumplían condena en las cárceles de Marruecos. El rey Juan Carlos telefoneó a su homólogo para agradecerle «profundamente» el gesto, «muestra singular de amistad entre los dos pueblos», informó entonces la Casa Real.

El regalo del terreno de Marrakech se produjo ese año. En la causa que se instruyó en Suiza consta que el despacho de abogados panameño ABA Legal Bureau, uno de los preferidos por Juan Carlos I, creó la sociedad Mountain Lion Management Inc. el 26 de junio de 2013 para incorporar a su estructura el solar. Al frente de la mercantil solo figuraban empleados del bufete centroamericano, pero, al menos técnicamente, la propietaria en la sombra era Corinna.

«A lo mejor vale dos millones de euros. Pero la cuestión no es lo que vale el terreno, es que no se puede vender... ¿Y cómo vas a vender un terreno que no tiene nada? Es como si te dan un pedazo de desierto en Arabia Saudita. El regalo es envenenado. Te cuesta por seis... A mí no me sirve para nada. Es Dante Canonica, que trabaja con el primo [Álvaro de Orleans] quien me lo ha pedido», lamentó Corinna en la conversación que tuvo con Villarejo en 2015.

En realidad, la parcela regalada por Mohamed VI está ubicada en una zona privilegiada de la capital marroquí, entre el Palacio Real Jnane El Kébir, el espléndido Hotel Bahía Palace y la famosa plaza Jemaa el-Fna, una zona que se conoce como el «triángulo de oro». El suelo de Mountain Lion Management Inc. forma parte de un bello paraje natural conocido con el nombre de El Palmeral, un oasis de 1500 hectáreas con 100 000 palmeras, olivos y árboles frutales creado en el siglo XI, fuera de las murallas de la ciudad, a unos ocho kilómetros al norte. Muchas parcelas están sin desarrollar y se ha convertido en un polo de inversión inmobiliaria.

El fiscal Bertossa tenía otros dos puntos marcados en su mapamundi. Al menos 3.5 millones de Lucum salieron desde

Mirabaud rumbo al banco Pictet & Cie de Bahamas, pero no terminaron en una cuenta de Corinna, sino en un depósito de otra sociedad panameña llamada Dolphin cuyo titular era Canonica. Aquella transferencia se efectuó de espaldas al socio del abogado, el gestor Arturo Fasana, y provocó que ambos rompieran relaciones.

La otra chincheta se situaba en Kuwait, donde Corinna había recibido 5 millones de dólares (4.4 millones de euros) del emir Sabah al-Ahmad al-Yaber al-Sabah en diciembre de 2010, solo un mes después de que Juan Carlos I y la empresaria visitaran este emirato en viaje no oficial. Corinna sostuvo ante el fiscal Bertossa que ese dinero correspondía a una «remuneración» por sus gestiones en ese territorio a cambio de «poner en contacto a gente que quiere instalar sociedades en el Medio Oriente».

Haciendo balance, la Fiscalía helvética cifró en 82 millones de euros la cantidad de dinero que llegaron a compartir Juan Carlos I y su antigua pareja a través de cuentas y fundaciones, mucho más de lo que el monarca recibió de los Presupuestos Generales del Estado durante sus cuatro décadas de reinado. Corinna contó a Villarejo que el dinero se convirtió en la «peor adicción» del antiguo jefe del Estado. «Se muere por el dinero. Tiene más dinero del que puede gastar. Está obsesionado… con el oro, los diamantes y los relojes. Un día le dije en broma: "Tú eres un Ceaușescu" [el dictador rumano] y se enfadó mucho conmigo».

14.
ALEJANDRA, LA CUARTA HIJA

El mayor secreto que la familia real ha ocultado a la sociedad española es que, después de que nacieran la infanta Elena (1963), la infanta Cristina (1965) y el rey Felipe VI (1968), Juan Carlos I tuvo una cuarta hija, fruto de una relación extramatrimonial con una aristócrata ligeramente mayor que él. Esta cuarta heredera llegó al mundo a finales de los setenta, principios de los ochenta. Se llama Alejandra, está casada, tiene un hijo y nunca ha reclamado ningún tipo de derecho sucesorio. Creció ignorando quién era realmente su padre y, cuando por fin lo averiguó, optó por seguir actuando como si la noticia nunca hubiera llegado a sus oídos.

Los datos son suficientemente precisos como para entender el tamaño de esta brecha en la historia oficial de una institución esencialmente genética como la monarquía. Pero, al mismo tiempo, son lo suficientemente vagos como para proteger la identidad de la principal afectada, que prefiere permanecer en el anonimato.

Todos los inquilinos del Palacio de la Zarzuela conocen la existencia de Alejandra, aunque no siempre fue así. Cuando Felipe VI era joven, Juan Carlos I temía que conociera a su hermanastra y los dos se enamoraran sin saber que eran familia. Cuando Alejandra fue finalmente informada de que su padre era el rey de España, se produjo un discreto acercamiento. El entonces jefe del Estado intentó compensar la falta de reconocimiento oficial con afecto y otras muestras de generosidad, aunque nunca la trató como a sus otros tres hijos.

Con el paso de los años, la confidencia rebasó los muros del Palacio y empezó a ser compartida por el rey con su círculo de amistades. Contaba que era una buena chica, muy inteligente y preparada. Parecía orgulloso de ella, aunque tampoco daba muchos detalles.

En la cúspide del poder, Alejandra terminó convirtiéndose en un secreto a voces, pero las élites firmaron un pacto de silencio para continuar la ficción de que el matrimonio de Juan Carlos I y la reina Sofía, sobre el que pivotaba la democracia española, seguía siendo perfecto. La prioridad era la estabilidad institucional y que esta no se viniera abajo por una relación furtiva. Podría decirse que los únicos que no han sido nunca informados de que el jefe del Estado tuvo otra hija hace más de cuatro décadas son los españoles.

Solo eso ya era un motivo para contarlo, pero hay otros que también están relacionados con el imperio económico oculto de Juan Carlos I. Una vida B le exigía una caja B. Ayudar financieramente a una hija no reconocida implicaba disponer continuamente de fondos en efectivo que pudieran circular por España sin dejar rastro en apuntes contables. La detección de alguna de esas transferencias habría puesto al descubierto automáticamente su relación con Alejandra. Algo parecido ocurría con sus amantes secretas, a las que agasajaba con regalos y dinero en efectivo.

El rey nunca necesitó que nadie fomentara aún más su desmesurado interés por el dinero, pero halló en esos claroscuros familiares una razón para justificarlo. No solo aspiraba a dejar recursos económicos suficientes al rey Felipe y a las infantas para que pudieran disfrutar de una vida holgada, también necesitaba acumular patrimonio para esa cuarta hija y el resto de las personas que formaban parte del reverso de su biografía.

La existencia de Alejandra ha sido confirmada por tres personas. La primera es una examante del rey emérito a la que este confesó la paternidad de la joven. Posteriormente, esa expareja recibió la misma información de otras personas del entorno del monarca. El segundo es un empresario con el que Juan Carlos I comparte amistad desde hace seis décadas, que conoce la historia y que ha visto al rey y a Alejandra interactuando con la naturalidad con la que lo harían cualquier padre e hija. Y la tercera fuente es un antiguo novio de Alejandra a quien esta también reconoció su vínculo con la familia real.

Juan Carlos I y la madre de Alejandra se conocieron cuando ambos eran jóvenes. Compartían amigos y pasión por la caza. El rey había tenido otras amantes y tuvo muchas más después, pero su relación con la progenitora de su cuarta descendiente fue especialmente omitida.

La hija no reconocida de Juan Carlos I nació en una familia de aristócratas bien conectada con el poder y nunca sufrió estrecheces económicas. Al nacer Alejandra, su supuesto progenitor tenía más de setenta años. La prensa se hizo eco del acontecimiento, pero nadie expresó ninguna sospecha. Fue cumpliendo años con los privilegios propios de una familia de la nobleza. Aunque llegó a la adolescencia sin saber quién era su padre, siempre tuvo otro en casa.

En la España de los setenta, la madre de Alejandra destacó por su perfil liberal y progresista. Era habitual verla en actos promocionales y eventos de moda. Algunas fuentes aseguran que Juan Carlos I movió sus hilos para asegurarse de que a la madre de su cuarta hija no le faltara trabajo ni presencia en los medios. Salía con frecuencia en las revistas del corazón y tenía amistad con otras protagonistas habituales del mundo rosa. Incluso llegó a convertirse en la musa de un célebre diseñador de alta costura.

Alejandra siguió pronto los pasos de su madre y se dedicó también a la moda. Nunca ha hablado de su secreto. Probablemente, por una mezcla de miedo a las consecuencias que tendría esa revelación en su vida diaria y también, paradójicamente, de lealtad hacia la familia de la que no ha podido formar parte. Es alta, delgada y guapa. Ha prestado su imagen a numerosas marcas de ropa y joyas. También ha hecho incursiones en el mundo de la comunicación, quizá menos conocidas. Se declara apasionada de la música, la cultura y los viajes, y ha formado una familia.

Dar más detalles pondría en peligro su discreción. Quienes la han tratado creen que es una víctima colateral de las miserias de la Zarzuela. Por razones de Estado, se hizo mayor sin sentir el cariño de su verdadero padre. Pero esas razones de Estado ya no existen y la sociedad ha evolucionado, a veces, a fuerza de titulares. Algunas noticias ya han superado todo lo esperable. Los españoles se enteraron en 2012 de que Juan Carlos I había mantenido un largo noviazgo con Corinna Larsen y, en 2018, empezaron a descubrir que el monarca escondía millones de euros en Suiza. La monarquía ha sobrevivido a esos escándalos. El único gran misterio que quedaba por despejar era el de Alejandra. Era de justicia contarlo.

15.
UN EXILIO DE LUJO

La vista es relajante. Solo hay que bajar cuatro escalones no muy altos y atravesar varios metros de césped para llegar a una playa privada de aguas cristalinas desde la que se contempla un horizonte en calma y un cielo azul claro. La arena es tan blanca que el reflejo del sol se clava en los ojos como si fuera nieve, pero la confusión dura poco. La temperatura media en mayo es de 37.2 grados y en julio y agosto alcanza los 41. El resto del año es difícil que baje de los 20.

Ese es el lugar en el que Juan Carlos I apura los últimos años de su vida, un rincón en la idílica isla de Nurai en Abu Dabi, cuarenta y tres hectáreas de terreno —una tercera parte del parque del Retiro— construido en medio del mar en 2014. Recibió el premio al «Proyecto más lujoso del mundo» de la revista norteamericana *Newsweek*, y las agencias de viajes lo venden como las «Maldivas del Medio Oriente».

El clan al-Nahyan, que controla con mano firme Abu Dabi, cedió al monarca una mansión y paga todos sus gastos. El diccionario etimológico de referencia del castellano, el del catalán Joan Coromines, aclara que «emérito» procede de un verbo del latín que significa «ganarse el retiro, terminar el servicio». Y Juan Carlos I está convencido de que trabajó durante cuatro décadas para disfrutar de ese entorno sin tener que sufrir ningún tipo de remordimiento.

Es difícil no tenerlos en Abu Dabi, una de las siete excolonias británicas que se unieron en 1971 bajo el nombre Emiratos Árabes Unidos, liderados por el jeque Zayed Bin Sultán al-Nahyan, heredero de una de las familias reales más poderosas y ricas del mundo árabe. Los siete emiratos (Abu Dabi, Dubái, Sarja, Ras al-Jaima, Fuyaira, Umm al-Qawain y Ajmán) apenas suman 10 millones de habitantes, pero tienen la quinta reserva más grande de hidrocarburos del mundo, aunque se distribuyen de forma desigual. El 95 % de los yacimientos están en Abu Dabi y Dubái, que mandan sobre el resto. Y estos, a su vez, operan bajo la influencia de Arabia Saudí.

Abu Dabi domina la política y la seguridad nacional, mientras que Dubái se ha convertido en el pilar económico y financiero de la zona. El gran valedor del emérito es el general, piloto y paracaidista Mohammed Bin Zayed al-Nahyan (conocido internacionalmente como MBZ), hijo de Zayed (creador de los Emiratos) y presidente de Emiratos Árabes Unidos desde mayo de 2022, tras la muerte de su hermano Zayed Bin Sultán al-Nahyan. Felipe VI viajó a Abu Dabi para asistir al funeral, pero no se vio con su padre.

Juan Carlos I nunca tuvo una relación tan estrecha con los al-Nahyan como con la Casa de Saúd. Solo visitó Emiratos una vez antes de la muerte del primer gobernante del país. Fue en el año 1981 y aprovechó para concederle a su homólogo el collar de la Orden de Isabel la Católica. Su segunda visita oficial se produjo en mayo de 2008, ya con los hijos de Zayed en el poder y acompañado de un grupo de empresarios españoles. Un directivo que le acompañó en ese desplazamiento y que pide anonimato cuenta que el rey «quedó prendado, hipnotizado, del lujo y la ostentación que vio en ese viaje, del potencial económico que tenía Emiratos. De lo que ya habían construido y de los planes que tenían».

En aquella segunda visita, otorgó varias distinciones[1] a dirigentes de los Emiratos. La confederación había lanzado el proyecto de la isla de los Museos, un plan para abrir en la isla de Saadiyat de Abu Dabi sucursales de los principales museos del mundo con diseños de arquitectos emblemáticos. El Museo del Louvre de Abu Dabi, proyectado por Jean Nouvel; el Guggenheim de Abu Dabi, a cargo de Frank Gehry; el Centro de Artes Escénicas, de la arquitecta Zaha Hadid, y el Museo Nacional Zayed, diseñado por Norman Foster. La región nadaba en la abundancia del petróleo, pero sus gobernantes querían dotarse de infraestructuras culturales para adornar su riqueza con una pátina de historia y sofisticación. No tenían pasado, pero podían comprarlo.

El arte, la Fórmula 1 y el turismo se han convertido en los otros grandes vectores de propaganda. Emiratos es uno de los Estados árabes que, según Amnistía Internacional[2], persigue a los partidos políticos, realiza detenciones arbitrarias, tortura a reclusos, castiga la homosexualidad con altas penas de prisión y niega derechos básicos a las mujeres. Además, el príncipe emiratí lidera junto a Arabia Saudí, desde 2015, una campaña de bombardeos en Yemen que ha provocado uno de los mayores desastres humanitarios de los últimos años. La guerra, el hambre y las enfermedades han provocado 377 000 muertos, entre ellos, 259 000 niños menores de cinco años. La ofensiva también ha ocasionado más de 2.5 millones de desplazados internos.

En septiembre de 2021, el Parlamento Europeo votó una resolución contra Emiratos Árabes Unidos. «La persecución de los defensores de los derechos humanos, los periodistas, los

[1] <https://www.boe.es/boe/dias/2008/05/27/pdfs/A24763-24763.pdf>.
[2] <https://www.amnesty.org/en/countries/middle-east-and-north-africa/united-arab-emirates/report-united-arab-emirates/>.

abogados y los profesores que evocan cuestiones políticas y de derechos humanos en Emiratos es sistemática (…). Desde 2011, el Estado ha intensificado su represión de la libertad de asociación, de reunión y de expresión. Los defensores de los derechos humanos y sus familiares son objeto de desapariciones forzadas, detenciones arbitrarias prolongadas, tortura, acoso judicial y juicios injustos, prohibición de viajar, vigilancia física y digital y despido arbitrario del trabajo», concluyó la Eurocámara.

El emérito nunca se ha mezclado con esa realidad. Emiratos es un país confortable si tienes dinero y no haces preguntas, y nadie con dinero va a Emiratos para hacerlas. Sus rasgos totalitarios fueron precisamente los que llevaron al monarca a elegir ese destino para exiliarse. Nadie se atrevería a molestar a un huésped del jeque, ni siquiera los tribunales del país. La justicia de Emiratos emana de la misma casa real que corre con todos sus gastos.

En realidad, Juan Carlos I nunca había pensado en instalarse en Abu Dabi, pero los acontecimientos se precipitaron en 2020 cuando la Casa Real reconoció que el rey emérito había ocultado la existencia de la Fundación Lucum y los medios de comunicación comenzaron a revelar detalles sobre sus cuentas en Suiza. El Gobierno de Pedro Sánchez y la Casa Real pactaron la desaparición de Juan Carlos I de la vida pública para tratar de amortiguar los efectos del escándalo y evitar que la sombra de la sospecha contaminara también a su hijo Felipe VI. El antiguo jefe del Estado debía esfumarse, aparentar que nunca había existido.

La renuncia al trono fue la primera gran humillación para Juan Carlos I. Tener que marcharse de su país sin que ningún tribunal le hubiera condenado se convirtió en el ultraje definitivo. Más que ofendido, se sintió traicionado por el secretario general del PSOE y por su propio hijo. No podía dejar de pensar en que ninguno de los dos habría llegado a la cima del poder si no hubiera sido por su destreza para gestionar la liquidación del régimen franquista y encauzar las tensiones de los primeros años de la democracia, 23F incluido. ¿Así se lo pagaban, echándolo de España?

Juan Carlos I se iría, pero elegiría adónde. En un acto de rebeldía que constató su alejamiento casi enfermizo del sentir de la sociedad y la ausencia de toda contrición, Juan Carlos I se decantó por el peor lugar posible.

La lógica recomendaba dos opciones. La primera era una vía intermedia. Pasaba por encontrar cobijo en alguna finca rural de la España despoblada en la que, despojado de atención y comodidades, agotara los últimos años de su vida. Algo parecido a un destierro interior, alejado para siempre de la vida pública, pero sin el trance de tener que abandonar el país. Se manejaron varias fincas de caza en Extremadura o Castilla-La Mancha con un perímetro lo suficientemente extenso como para que los medios de comunicación nunca pudieran averiguar lo que hacía dentro.

La otra opción era un viaje de vuelta a Estoril, la ciudad en la que se crio y desde la que su padre Juan de Borbón supervisó su llegada al trono. Las connotaciones de Estoril habrían ayudado a interpretar su exilio como un acto de arrepentimiento. Juan Carlos I habría salido de España, pero con su nueva casa a solo seis horas de coche del Palacio de la Zarzuela, el gesto habría sido más emocional que efectivo. Desaparecería de la primera línea, pero seguiría lo suficientemente cerca de Madrid como para ponerse inmediatamente a disposición de la justicia española en el caso de que alguna investigación judicial lo reclamara y, si las causas se archivaban, su regreso sería igual de sencillo. Empresarios como los Brito e Cunha-Espirito Santo, con los que tenía amistad desde hacía décadas, habrían garantizado su bienestar. La autoridad de Felipe VI, su compromiso con la ejemplaridad, habría quedado reforzado.

Cualquier asesor habría recomendado alguna de esas dos alternativas, pero hacía tiempo que Juan Carlos I concedía un valor relativo a las consecuencias de sus actos. Sus planes pasaban por convertir la afrenta de su destierro en un retiro dorado. Quemar el último tramo de su existencia fundiéndose el crédito de cuarenta años de reinado, como un jubilado alemán que liquida su plan de pensiones y deja atrás a su familia para mudarse a una isla perdida del Mediterráneo.

Si en 2014 estuvo a punto de instalarse de forma voluntaria en un ático de lujo frente a Hyde Park pagado por Omán, en 2020 huyó directamente a un emirato de Oriente Medio. Desde las dunas y playas de Abu Dabi podría moverse a otras partes del mundo, y su amistad con el clan al-Nahyan relegaba la disponibilidad de efectivo a la última posición de su lista de problemas.

En Abu Dabi no solo estaría lejos de la justicia y de las informaciones sobre su fortuna, sino que también podría disfrutar de las comodidades y placeres que había perseguido toda su vida, como si la incautación de su dinero, la identificación de sus testaferros, la neutralización de sus empresas pantalla y las sanciones de la Agencia Tributaria no hubieran tenido ninguna consecuencia. Había más oropel y boato que en Zarzuela y el clima era perfecto para un octogenario, sin las mañanas ni las noches frías del invierno de Madrid que retorcían sus machacados huesos.

Juan Carlos I se reservó también el derecho a decidir cuándo conocerían los españoles su nuevo destino. El 3 de agosto de 2020 emitió un comunicado para anunciar su marcha, pero no dio detalles. «Hace un año te expresé mi voluntad y deseo de dejar de desarrollar actividades institucionales. Ahora, guiado por el convencimiento de prestar el mejor servicio a los españoles, a sus instituciones y a ti como rey, te comunico mi meditada decisión de trasladarme en estos momentos fuera de España», afirmó el monarca. Pasaron quince días hasta que la Casa Real confirmó que el antiguo jefe del Estado se había mudado a Abu Dabi.

Hay motivos para pensar que el rey emérito ya sabía en julio que debía irse de España. Pasó todo ese mes despidiéndose de sus amigos y familiares. Una de las personas con las que comió fue Arturo Fernández, empresario de la hostelería y exvicepresidente de la CEOE, íntimo amigo desde los años sesenta. El almuerzo tuvo lugar en el restaurante de Fernández en Cantoblanco, un club de tiro al norte de Madrid que el rey emérito, Felipe VI y las infantas han visitado decenas de veces. A la cita también acudieron Juan Rosell, presidente de la CEOE entre 2010 y 2018, y Enrique Cerezo, presidente del Atlético de Madrid y magnate de la industria cinematográfica. En el ambiente hubo una sensación de despedida.

El periodista José Antonio Zarzalejos relató en *El Confidencial*[3] las últimas horas de Juan Carlos I en España. El sábado 1 de agosto de 2020 telefoneó a su amigo Pedro Campos, presidente del Club Náutico de Sanxenxo, regatista y compañero de navegación del emérito, para avisarle de que estaría allí el día siguiente, día 2.

El monarca viajó desde Madrid esa misma jornada haciendo los 662 kilómetros que separan la Zarzuela de la residencia de Campos en Sanxenxo (Pontevedra) a bordo de un vehículo

---

[3] José Antonio Zarzalejos, «Crónica de una expatriación: película de Alfredo Landa, cena frugal y vuelo a Abu Dabi», *El Confidencial*, 1 de agosto de 2021.

4x4 de color verde, debidamente adaptado a sus limitaciones de movilidad y sin necesidad de repostar. La tarde noche del 2 de agosto la pasó con Campos y su mujer viendo una película de Alfredo Landa. Se acostó pronto y, al día siguiente, 3 de agosto, se dirigió al aeropuerto de Vigo para subirse al avión privado de la compañía TAG, matrícula 9H-VBG, que le llevó a 6000 kilómetros de distancia, en un vuelo sin escalas de seis horas de duración.

Al principio se alojó en el lujoso Hotel Emirates Palace, propiedad de la familia real del emirato, un resort de 395 habitaciones con 1.3 kilómetros de playa privada. El emérito ocupó hasta noviembre de 2020 una suite de 470 metros cuadrados que cuesta 11 000 euros la noche[4].

Después, se trasladó a uno de los once palacetes o «Estates Villas» de líneas rectas y diseño vanguardista de la isla vacacional de Nurai, que se ha convertido en su particular «show de Truman», una burbuja de lujo y despreocupación que además le resulta familiar. No es muy distinto del resort La Romana de sus amigos los hermanos Fanjul, en República Dominicana, en donde se ha hospedado tantas veces.

Cada una de esas once mansiones tiene una superficie media de 1700 metros cuadrados, más otros 4000 de jardín. Su alquiler ronda los 30 000 euros por noche, aunque solo algunas de ellas están disponibles. La mayoría tienen dueño o están a la venta por un precio próximo a los 13 millones de euros.

La primera vivienda en la que se alojó el emérito tenía dos plantas y estaba protegida del exterior con grandes marquesinas. Disponía de seis habitaciones y siete baños, un amplio patio, una playa privada, sauna, jacuzzi, sala de juegos, billar,

---

[4] Alejandro Entrambasaguas, «Ésta es la suite exacta de superlujo donde el Rey emérito se alojó durante 4 meses a 11.000 € la noche», *Okdiario*, 16 de febrero de 2021.

futbolín, cine, despacho, una sala médica y una piscina con temperatura regulable.

En la planta superior se situaban las habitaciones de servicio, formado por dos trabajadores filipinos y tres ayudantes de cámara o mayordomos pagados por Patrimonio Nacional que rotaban periódicamente. «Debido a su delicado estado de salud y avanzada edad, el rey emérito requiere del apoyo de este personal», respondió el Gobierno a una solicitud de información realizada a través del Portal de Transparencia sobre el gasto público que estaba suponiendo la estancia de Juan Carlos I en Abu Dabi y que fue publicada por *elDiario.es*[5].

El Estado también siguió asumiendo el coste de su protección. Su jefe de seguridad, el guardia civil Vicente García-Mochales, le acompaña desde el primer día. Lleva dos décadas junto a él y, ahora que el monarca tiene problemas para ponerse de pie y caminar, también hace labores propias de un cuidador. Juan Carlos I llegó a los entierros de Isabel II de Inglaterra, en septiembre de 2022, y Constantino de Grecia, en enero de 2023, del brazo de su jefe de escoltas.

El círculo de seguridad del monarca también está integrado por escoltas seleccionados y pagados por el Ministerio del Interior, así como por un equipo de agentes del CNI. Completan su dispositivo de protección efectivos del servicio de inteligencia de Abu Dabi, la policía nacional del país y la seguridad privada de la isla de Nurai.

Hasta el islote se han desplazado en multitud de ocasiones las infantas Elena y Cristina; los hijos de estas; el médico personal del rey, Manuel Sánchez Sánchez; algunos de sus amigos y el exdirector del CNI Félix Sanz Roldán, que solo

[5] Irene Castro, «Los asistentes de cámara del rey emérito en Abu Dabi costaron a Patrimonio Nacional 9600 euros en viajes el año pasado», *ElDiario.es*, 19 de marzo de 2021.

entre agosto de 2020 y septiembre de 2022 voló al emirato una veintena de veces, aunque en ese periodo ya trabajaba a tiempo completo para Iberdrola con un sueldo anual de 240 000 euros.

En la segunda semana de febrero de 2021, las infantas Elena y Cristina aprovecharon una de esas visitas a su padre para ponerse la vacuna contra el coronavirus, como publicó *El Confidencial* un mes después[6]. En ese momento, el antídoto solo se administraba en España a los usuarios de residencias, al personal sanitario de alto riesgo, a empleados de las fuerzas de seguridad del Estado y a mayores de ochenta años. Las hijas del rey emérito no reunían ninguno de esos requisitos, pero se saltaron la lista de espera aprovechando el particular reparto de las vacunas en el emirato.

En Abu Dabi, donde no hay sanidad pública, el acceso al medicamento estaba vinculado exclusivamente al nivel de renta. Cualquier persona podía conseguir una vacuna a cambio de una importante suma de dinero, incluso visitantes extranjeros. El antídoto provocó un peregrinaje de millonarios a Abu Dabi. El 14 de febrero de 2021, Elena y Cristina, que entonces tenían cincuenta y siete y cincuenta y cinco años, respectivamente, regresaron a Madrid con la protección contra el covid ya en su cuerpo. Menos del 2 % de la población española había recibido alguna de las dosis disponibles en ese momento. Sanz Roldán se vacunó incluso antes, aprovechando un desplazamiento a Abu Dabi con motivo del cumpleaños del rey, el 5 de enero.

El emérito también recibió una vacuna en esas fechas, pero no pudo evitar contagiarse en noviembre de 2021. Pasó la

[6] José María Olmo, «Las infantas Elena y Cristina se vacunaron en Emiratos aprovechando una visita a Juan Carlos I», *El Confidencial*, 2 de marzo de 2021.

enfermedad con síntomas leves. Con todo, su anfitrión, Mohamed Bin Zayed, le envió un helicóptero a la isla de Nurai y fue ingresado en un hospital privado por precaución, como publicó *El Mundo*.

Los helicópteros son habituales en el cielo de la isla. La única manera de entrar o salir es por aire o por mar. Los gestores del resort ofrecen un transporte en lancha rápida desde el centro de Abu Dabi que tarda unos diez minutos en recorrer el trayecto, pero la mayoría de los inquilinos de Zaya Nurai disponen de sus propias embarcaciones y aeronaves. Para acceder al recinto es necesario ser propietario de alguna de las mansiones, haber reservado un alojamiento o disponer de un pase diario para poder bañarse en el club de playa, comer en los restaurantes y disfrutar de sus spas. El acceso de una jornada cuesta 130 dólares por persona.

Los inquilinos de Nurai se mueven por la isla en buggy. No hay calles, sino estrechos caminos asfaltados similares a los de los campos de golf que discurren en medio de arbustos y palmeras distribuidas estratégicamente para mitigar la artificiosidad de las vistas. Al rey le gusta encargar comida a domicilio. Puede optar entre el restaurante de comida fusión Frangipani, el mexicano Dusk Lounge, la pizzería Hooked, la coctelería Smokin' Pineapple y el japonés Ginger Mermaid. No hay ningún restaurante de comida española, pero al menos puede beber Estrella Damm y los amigos que le visitan le llevan jamón, vino y otros manjares nacionales.

Los años han curvado su figura y camina con torpeza, como si fuera a desmoronarse en cualquier momento. A finales de 2022 se mudó a otra mansión de la misma isla de Nurai, pero con menos escalones. Usa con frecuencia la silla de ruedas, aunque prefiere que le vean apoyado en un bastón o en alguno de sus asistentes. Su aspecto también es más descuidado.

Viste a menudo polo de manga corta y pantalones informales, y se afeita ocasionalmente, con menos precisión que cuando tenía compromisos oficiales. No tiene afecciones reseñables y conserva un robusto vigor interno, suficiente al menos para seguir desafiando los deseos de su hijo Felipe VI, aunque las intervenciones y la edad han deprimido su contorno.

El periodista Carlos Herrera lo llamó en febrero de 2021 para preguntarle por su salud, después de que empezara a circular el rumor de que había sido ingresado de urgencia en un hospital de Abu Dabi por una afección de carácter grave. «Estoy como un oso», respondió el rey emérito a Herrera. Le contó que hacía dos horas de gimnasia diarias y aseguró que, desde que llegó a Abu Dabi, había perdido más de diez kilos haciendo deporte y cuidando su alimentación.

Visita con frecuencia la capital del emirato, siempre con la protección de sus escoltas y de personal de seguridad local. La comitiva se mueve en tierra firme en vehículos proporcionados por las autoridades de Abu Dabi, por lo general un enorme SUV de color blanco de la marca Cadillac.

Le gusta acudir al japonés 99 Sushi Bar, propiedad del grupo de restauración español Bambú, situado en los bajos del Hotel Four Seasons. También visita a menudo el restaurante Cipriani, en pleno circuito de Fórmula 1 y con una espectacular terraza con vistas al puerto deportivo de Yas Marina. Juan Carlos I asistió al Gran Premio de F1 de Abu Dabi en numerosas ocasiones antes de convertirse en vecino del circuito. Tras disfrutar de la carrera de 2011, volvió a España con dos Ferraris valorados en más de 300000 euros cada uno que le regaló el jeque y gobernante del Emirato de Dubái, Mohammed Bin Rashid.

En Cipriani celebró su ochenta y tres cumpleaños en enero de 2021, junto a sus hijas Elena y Cristina, Sanz Roldán y otros amigos. La última biografía autorizada sobre Juan

Carlos I, *Mi rey caído* (Debate, 2022), escrita por la periodista francesa Laurence Debray y publicada en marzo de 2022, contó que vive aislado físicamente, pero conectado con España con la «tecnología para burlar la nostalgia». La autora del libro mantuvo un encuentro con él en Abu Dabi y se lo encontró siguiendo con una tablet la misa que se celebra en el Palacio de la Zarzuela. Escribió que se acostaba pronto y se levantaba temprano, leía la prensa española, mantenía conversaciones «interminables» con sus abogados y «con los pocos amigos que le quedan» y echaba de menos la comida española, aunque un «cómplice le envía jamón serrano».

«Sigue teniendo las manos igual de finas, igual de cuidadas. Exhibe un aspecto sereno y un rostro sano, ligeramente bronceado. Lo único que me sorprende son sus ojos», describía Debray en su libro. «Antaño de un azul deslumbrante, ahora sus pupilas tienen un velo gris claro. El tiempo palidece los colores. Y el asomo de tristeza que antes se podía entrever es ahora flagrante. Por suerte, su risa de niño, franca, dulce, ilumina de tanto en tanto la estancia. Como para señalar que su fuerza vital sigue intacta a pesar de los reveses del destino (…) Vine aquí buscando luz y vitalidad. Viene a reencontrar mi figura referente. Me voy desorientada. Dejando atrás a un gran hombre mermado, abandonado a sus faltas y debilidades».

Si su marcha a Abu Dabi fue un pulso a Felipe VI, transcurrido el tiempo sintió la necesidad de reforzar su autoridad amenazando justo con lo contrario. El monarca nunca comprendió las razones de su destierro y se sintió reforzado para exigir una restitución de su estatus cuando, el 2 de marzo de 2022, la Fiscalía General del Estado anunció que archivaba las tres investigaciones sobre su patrimonio oculto que mantenía abiertas desde hacía casi dos años.

Días después de esa decisión, cuando ya se rumoreaba la llegada de Juan Carlos I a Sanxenxo en Semana Santa para participar en unas regatas, escribió a su hijo para anunciarle que pensaba viajar «con frecuencia a España» y dejó abierta la puerta de su traslado definitivo a territorio nacional, aunque para instalarse en residencias de «carácter privado», no en el Palacio de la Zarzuela. «Prefiero, en este momento, por razones que pertenecen a mi ámbito privado y que solo a mí me afectan, continuar residiendo de forma permanente y estable en Abu Dabi, donde he encontrado tranquilidad, especialmente para este periodo de mi vida», señaló el rey emérito en aquella carta.

El rey emérito no regresó finalmente a España aquella Semana Santa, pero dio otro golpe en la mesa. La princesa Leonor aprovechó esa semana de vacaciones escolares en su internado de Gales para participar en dos actos, tras una larga temporada de ausencia por sus obligaciones académicas. Visitó en Pozuelo de Alarcón (Madrid) un centro de refugiados de la guerra de Ucrania y asistió a una jornada sobre Juventud y Seguridad en un instituto de Leganés, al sur de la capital. La Zarzuela diseñó con sumo cuidado esas apariciones para impulsar la proyección pública de la princesa y demostrar que empezaba a tener su propia agenda.

A su abuelo se le ocurrió contraprogramarla. El Viernes Santo 15 de abril, un amigo de Juan Carlos I contactó con un responsable de la agencia de noticias Europa Press para comunicarle que el monarca tenía interés en que se difundiera una fotografía. La imagen en cuestión llegó minutos después al WhatsApp del periodista. En ella aparecían Juan Carlos I, sus hijas Cristina y Elena, sus nietos Juan, Miguel y Pablo Urdangarin y sus nietas Irene Urdangarin y Victoria Federica Marichalar. Todos habían viajado a Abu Dabi para reunirse con el jefe del clan. El rey estaba en el centro y sus descendientes posaban abrazados a su alrededor como si fueran una familia cualquiera en medio de una celebración, ajenos a la tormenta que trataba de sortear la monarquía. El troleo de ese frente de desheredados llegó rápidamente a las redacciones de todos los medios de comunicación y contrarrestó el alcance de los actos públicos de la princesa Leonor. Felipe VI vio ese movimiento como un acto subversivo.

Juan Carlos I cumplió la amenaza de su regreso un mes después, en mayo de 2022, casi dos años después de su marcha. Eligió Sanxenxo, el último sitio que había visitado antes de partir. Decenas de periodistas se desplazaron a Galicia para contar su vuelta. Las televisiones retransmitieron en directo su aterrizaje en el aeropuerto de Vigo. Se alojó en la casa de su amigo Pedro Campos, vio a otros colegas y salió a navegar de nuevo en su añorado Bribón.

No fue una visita discreta, o al menos no tanto como le hubiera gustado a la Zarzuela y al Gobierno de Pedro Sánchez. Los periodistas lo siguieron a todas partes durante aquella semana. Una redactora consiguió acercarse lo suficiente como para lanzarle una pregunta. Quería saber si el monarca tenía pensado dirigirse a los españoles para dar algún tipo de explicaciones. «¿Explicaciones, de qué?», respondió Juan Carlos I asomado a la ventanilla de un coche y alejándose con una última carcajada.

16.
LOS VUELOS POR MEDIO MUNDO

La compañía aeronáutica estadounidense Gulfstream anunció en mayo de 2015 la fabricación de la unidad número 500 de su modelo G550, el jet privado más caro del mundo, con un precio superior a los 40 millones de dólares. Empresas como Nike, Pepsi, Disney, McDonald's, Motorola y Toyota tenían en propiedad una de estas aeronaves para que sus directivos pudieran moverse por el mundo sin tener que hacer colas en los mostradores de facturación.

Los Falcon del Ala 45 del Ejército del Aire, los que utilizan los miembros del Gobierno y la Casa Real, son confortables pero tienen una autonomía de 6115 kilómetros. Para cruzar el Atlántico tienen que hacer una parada a mitad de camino, habitualmente en la base aérea de Lajes de las islas Azores. El G550, en cambio, puede volar ininterrumpidamente 12 500 kilómetros, suficiente para saltar de Madrid a Tokio sin detenerse, y con las comodidades de un servicio VIP a bordo que incluye azafatas, platos y vinos de primera calidad y un surtido minibar. Con buen criterio, Juan Carlos I fue durante años uno de los principales pasajeros del G550.

En mayo de 2015, el comisario Villarejo anotó en una de sus agendas: «El "transfer" de dinero se sigue haciendo en aviones y maletas, ya que paran en la base aérea de Torrejón. Aviones privados para los movimientos de dinero. Usan fundaciones». El policía acababa de mantener su primera reunión con Corinna Larsen y esta le había contado que Juan Carlos I usaba fundaciones instrumentales para pagar vuelos privados y mover dinero y regalos con ellos.

La investigación de la Fiscalía suiza corroboró tres años después esa acusación. Juan Carlos I utilizó una sociedad patrimonial de su primo Álvaro de Orleans llamada Fundación Zagatka para pagar con dinero de origen desconocido vuelos privados por todo el mundo. Viajó a Suiza, Reino Unido, América del Norte, al Caribe y a casi todos los países de Oriente Medio. Tras su renuncia a la Corona en junio de 2014, intensificó el uso de esa forma de transporte.

Entre sus vuelos opacos figuran dos visitas a Santo Domingo, un tour por los emiratos del Golfo y un vuelo chárter desde Santiago de Compostela a Vancouver (Canadá) con toda la tripulación del Bribón para participar en un Campeonato del Mundo de Vela, como reveló *El Confidencial*[1]. En la mayoría de las ocasiones, el rey despegaba desde la base militar de Torrejón de Ardoz. Ninguno de esos desplazamientos apareció nunca en la agenda oficial de la Casa del Rey. Había una trama entera diseñada precisamente para ocultar la existencia de estos viajes y la procedencia del dinero con el que se abonaban.

La primera empresa de alquiler de aviones que aparece en los movimientos de Zagatka es la británica NetJets UK Ltd. El 15 de mayo de 2009 fue cargado un cheque de 189 026 euros en una de las ocho cuentas que la sociedad instrumental tenía en ese momento en el Credit Suisse de Ginebra.

El monarca recurrió a los servicios de otra compañía chárter al año siguiente: la suiza Tag Aviation. A lo largo de 2010

---

[1] José María Olmo y Pablo Gabilondo, «Juan Carlos I gastó 8 millones en vuelos de placer al Caribe, golfo Pérsico y Canadá», *El Confidencial*, 17 de noviembre de 2020.

salieron de Zagatka una treintena de transferencias con dirección a esa empresa que sumaron un total de 997 532 euros.

En 2011, el rey volvió a cambiar de proveedor de aviones. Confió ese servicio a VistaJet Aviation Services, líder en el sector de la aviación privada y con base en el aeropuerto internacional de Malta. Según las averiguaciones del fiscal Yves Bertossa, Zagatka pagó ese ejercicio tres facturas de VistaJet por un importe conjunto de 576 310 euros.

Durante los siguientes dos años se produjo un parón forzoso en el gasto en vuelos privados. En abril de 2012, el rey viajó a Botsuana, pero el avión de ida y el de vuelta fueron sufragados por Corinna a través de una de sus empresas. El accidente en el safari le obligó a hacer un paréntesis en los siguientes meses, tanto por razones médicas como de imagen. En septiembre de 2012, *The New York Times* publicó que el entonces jefe del Estado tenía una fortuna personal que superaba los 2000 millones de euros. La noticia llegó a España, pero la ausencia de datos concretos sobre ese supuesto patrimonio reforzó la sensación de impunidad del monarca.

En enero de 2013, con motivo de su setenta y cinco cumpleaños, Jesús Hermida lo entrevistó en TVE. Hinchado por la cortisona, pero intentando mostrarse cercano y sonriente, Juan Carlos I intentó pasar página. «Todavía nos falta por conseguir una España más igualitaria y más justa», dijo. Ese año Juan Carlos I volvió a pasar tres veces por el quirófano, en marzo, septiembre y noviembre, lo que limitó forzosamente sus movimientos.

La pausa se terminó en diciembre de 2013, cuando viajó con Corinna para pasar la Nochevieja en Omán. Antes de su partida, grabó su tradicional discurso de Navidad. Fue el último que ofreció y dio una clase magistral de desdoblamiento de personalidad. «Sé que la sociedad española reclama hoy un profundo cambio de actitud y un compromiso ético en todos los ámbitos de la vida política, económica y social que satisfaga las exigencias imprescindibles en una democracia. Es indiscutible que la crisis económica que sufre España ha provocado desaliento en los ciudadanos, y que la dificultad para alcanzar soluciones rápidas, así como los casos de falta de ejemplaridad en la vida pública, han afectado al prestigio de la política y de las instituciones».

Corinna desveló, en la demanda por acoso que interpuso contra el rey en diciembre de 2020 en los tribunales del Reino Unido, que este la «continuó presionando» en 2014 para reanudar su relación, proponiéndole incluso matrimonio. «Me llamaba a diario, a menudo varias veces al día, esperando que estuviera a su disposición, a su voluntad. Si no respondía a sus llamadas, hacía que amigos comunes me llamaran y me presionaran para que le devolviera las llamadas. Me mostró los planos de un palacio en Madrid que afirmaba sería reformado para nosotros».

Para entonces, ya hacía dos años que Corinna atesoraba los 65 millones de euros donados por el monarca y este empezaba a notar las estrecheces presupuestarias que implicaba su nueva condición de emérito.

Su primo Álvaro de Orleans salió a su rescate en noviembre de 2014. A partir de esa fecha, Zagatka disparó el gasto en vuelos privados. El rey se convirtió en cliente de otra compañía de vuelos chárter, la británica Air Partner, que cotiza en la Bolsa de Londres y alquila sus aeronaves a la familia real británica. De los 7 929 118 euros que salieron en total del balance de Zagatka para costear vuelos de Juan Carlos I, 6 166 250 euros corresponden al periodo posterior a su renuncia al trono.

Durante esos años ya estaba en vigor una normativa aprobada por Felipe VI que prohibía a los miembros de la familia real aceptar cualquier presente o aportación «que, por su alto valor económico, finalidad o interés comercial o publicitario, o por la propia naturaleza del obsequio, puedan comprometer la dignidad de las funciones institucionales que tengan o les sean atribuidas». El nuevo jefe del Estado quería poner en práctica su promesa de encarnar una «monarquía renovada […] íntegra, honesta y transparente». Pero su padre fue el primero en saltarse esa prohibición.

Los vuelos privados eran una forma de mantener el estatus que había perdido al ceder la jefatura del Estado. Su acceso a las aeronaves del Ejército del Aire quedó drásticamente limitado tras la abdicación, pero nunca entró en sus planes convertirse en un pasajero cualquiera de Iberia. Comer en Sublimotion, el restaurante más caro de España, cuesta 1500 euros. Solo unos pocos privilegiados pueden darse ese capricho, pero lo que diferencia a un simple rico de alguien verdaderamente poderoso es la capacidad para acceder de manera recurrente a aviones privados. Un viaje de ida y vuelta Madrid-Bahamas en uno de los jets más asequibles del mercado exige 200 000 euros. El precio de una gira por Oriente Medio supera los 400 000. Juan Carlos I encontró el modo de pagar ese tipo de desplazamientos todos los meses.

Así, en noviembre de 2014, salieron de las cuentas de Zagatka otros 294 035 euros para vuelos. En diciembre, la cifra aumentó a 375 000 euros. En junio de 2015, coincidiendo con la decisión de Felipe VI de retirar el ducado de Palma a su hermana Cristina, la fundación controlada por Álvaro de Orleans pagó otros 294 019 euros en aviones chárter.

El goteo era constante y el método siempre era el mismo. Primero, Juan Carlos I comunicaba a su primo que necesitaba dinero para un viaje. A continuación, De Orleans pedía a los testaferros profesionales que administraban la fundación, el abogado Dante Canonica y el gestor Arturo Fasana, que contactaran con el banco de Zagatka para liberar los fondos para los vuelos. Canonica y Fasana solían acompañar la solicitud de la transferencia de la factura de la compañía chárter, el contrato de prestación del servicio y otros detalles del desplazamiento. Finalmente, el banco efectuaba el pago del importe. Solo Álvaro de Orleans-Borbón, Canonica, Fasana y el propio Juan Carlos I sabían que ese dinero escondido en Suiza servía para pagar un pasaje del antiguo jefe del Estado. El nombre del rey no aparecía en los documentos.

Juan Carlos I se aficionó a despedir los años fuera de España. En su mensaje televisado de las Navidades de 2015, Felipe VI reclamó a las instituciones públicas «rigor, rectitud e integridad». Casi al mismo tiempo, su padre estaba volando a Los Ángeles (EE. UU.) para pasar la Nochevieja con amigos. Después, lo primero que hizo en 2016 fue poner rumbo a Papeete, Tahití, en la Polinesia Francesa, para comenzar el año en uno de los destinos más lujosos del mundo.

Uno de los cuatro escoltas que acompañó a Juan Carlos I en ese viaje de placer fue su jefe de seguridad, Vicente García-Mochales, que se encargó de gestionar la escapada. Como acreditan varios documentos, García-Mochales envió un correo desde una cuenta de Hotmail a una secretaria de Álvaro de Orleans, Renata de Felice, para que la Fundación Zagatka asumiera el coste de los billetes de avión de Los Ángeles a Papeete. «Buenas tardes, Renata. Espero que te encuentres bien y llena de felicidad como siempre. Un poco más abajo y en un archivo adjunto puedes encontrar unas facturas que hay que pagar a la cuenta que verás más abajo. Por favor, avísame cuando se halla [sic] girado el dinero. Muchas gracias por tu amable ayuda y seguimos en contacto. Un abrazo muy grande para ti. Vicente», recoge el cuerpo del correo, publicado íntegramente por *El Confidencial*[2].

En esa ocasión, el dinero de la fundación no acabó en la compañía aérea, sino en un depósito del HSBC de Hong Kong controlado por una sociedad *offshore* de Philip Adkins, primer esposo de Corinna. Aunque la relación entre el rey y la empresaria ya llevaba en ese momento al menos cinco años rota, Juan Carlos I había trabado una estrecha amistad con su exmarido y utilizaba las sociedades de este para triangular pagos.

El correo de García-Mochales indica que Adkins adelantó las 26 311 libras esterlinas (32 900 euros al cambio de ese momento) que costaron los vuelos a la Polinesia Francesa y, posteriormente, Zagatka le reintegró ese importe mediante la transferencia al HSBC de Hong Kong. El viaje del rey a Tahití nunca trascendió y el dinero ni siquiera llegó a pasar por España.

En las grabaciones que hizo Villarejo, Corinna también habló de estos adelantos de dinero que su primer marido hacía al rey emérito. «Le pregunté a mi exmarido, en Los Ángeles, donde se publicó una foto en Beverly Hills de Juan Carlos comiendo en el restaurante The Ivy. Le dije a Philip: "Estás loco, qué haces…". Y me contestó: "Bueno, me pidieron si podía pagarle el hotel"». No fue únicamente el dinero para un hotel. La contabilidad de Zagatka revela cinco pagos a empresas de Adkins, entre diciembre de 2014 y noviembre de 2015, por un valor conjunto de 145 000 euros.

En esas mismas Navidades de 2015 salieron de Zagatka otros 980 000 euros para pagar nuevamente vuelos de Air

---

[2] José María Olmo, «El jefe de escolta de Zarzuela movió dinero opaco de Juan Carlos I desde Hotmail», *El Confidencial*, 22 de julio de 2020 [actualizado el 29 de abril de 2021].

Partner. Y, en marzo de 2016, el rey volvió a recurrir a García-Mochales para contratar vuelos privados, en esa ocasión, a Bahréin y Emiratos Árabes Unidos. El nombre del jefe de seguridad del monarca y el de Álvaro de Orleans aparecen en la casilla «*charterer name*» (nombre del fletador) del contrato de servicios. El vuelo costó 125 000 euros. Juan Carlos I aprovechó los siete días que permaneció en tierras árabes para disfrutar de los monoplazas de la Fórmula 1 y reunirse con amigos y colegas. El 1 de abril apareció en el *paddock* del circuito de Sakhir de Baréin conversando con los pilotos españoles Fernando Alonso y Carlos Sainz. Las cámaras captaron la escena, pero la Casa Real no aclaró cómo había llegado el rey emérito hasta ese punto del planeta ni para qué propósito.

Nadie se preguntó nada. Era una especie de omisión colectiva, el mecanismo era parecido al que operaba cada vez que Juan Carlos I se subió a alguna de las veinte embarcaciones de competición que usó durante cuatro décadas para participar en todo tipo de regatas. Alguien había tenido que pagar esos barcos que el rey utilizaba una y otra vez ante la mirada de todos los españoles. Pero había una especie de consenso silencioso en que el acceso a esas prebendas respondía a la lógica intrínseca del poder y dejó de considerarse relevante contestar esa pregunta, como si el dinero fuera consustancial a la mera existencia del jefe del Estado.

Los viajes prosiguieron ese año, con España inmersa en una crisis política sin precedentes: dos elecciones generales, tres investiduras (dos de ellas fallidas), 314 días para formar un Gobierno y una crisis en Cataluña que estaba a punto de desbordarse. El 23 de noviembre de 2016, mientras los programas matinales informaban de la muerte de la política valenciana Rita Barberá en un hotel de Madrid, Juan Carlos I despegó de la pista del aeropuerto de Torrejón en dirección a Abu Dabi. Allí permaneció una semana antes de regresar a España. En ambos trayectos utilizó un exclusivo Gulfstream G550. El precio del desplazamiento ascendió a 171 504 euros.

Febrero de 2017 fue uno de los meses más complicados para Felipe VI, por la condena de su cuñado Iñaki Urdangarin a más de seis años de prisión por el caso Nóos. Juan Carlos I gastó aquel mes otros 189 000 euros en un viaje de ida y vuelta a República Dominicana para disfrutar de una semana de descanso en el resort de La Romana, propiedad de los hermanos Fanjul, magnates del sector azucarero amigos del monarca.

Para entonces, las apariciones de Juan Carlos I en actos oficiales de la Casa Real se habían reducido al mínimo. En mayo de 2017 acudió con la reina Sofía a la entrega de la Medalla de Oro de la Real Academia de Medicina a su hermana, la infanta Margarita. Días después se trasladó a Oslo (Noruega) para asistir a los fastos del ochenta aniversario del rey Harald. A su regreso a España, los reyes eméritos asistieron a la misa funeral de Alicia de Borbón-Parma, tía de Juan Carlos I. Y el 17 de mayo se tomó una de las últimas imágenes de la familia real al completo con motivo de la primera comunión de la infanta Sofía.

Hacía tiempo que aquella vida de posados y discursos no le interesaba. La gran ventaja de la abdicación era que ya no tenía que inventarse ninguna excusa para esfumarse. El 3 de junio de 2017, presidió en Cardiff (Gales) la final de la Champions disputada por Real Madrid y Juventus. Luego, se subió a un avión que lo llevó hasta las islas Bermudas, donde pasó tres días presenciando regatas, invitado por el equipo inglés de vela Land Rover. También aprovechó para saludar a los miembros de la tripulación del Spanish Impulse, un barco que competía en ese momento en la categoría juvenil de la

Copa América. Varias noticias y vídeos recogieron la escena. El 7 de junio, tres días después, regresó a Madrid en otro Gulfstream G550. Zagatka pagó los 105 000 euros del billete de vuelta.

La investigación suiza todavía no había comenzado, ni tampoco se conocía el contenido de las cintas de Villarejo, pero un halo de sospecha rodeaba ya al antiguo jefe del Estado. La Zarzuela decidió que no estuviera presente en el acto del cuarenta aniversario de las primeras elecciones democráticas tras el franquismo, que se celebró en el Congreso de los Diputados el 28 de junio de 2017. Felipe VI también evitó que trascendieran imágenes de otro desplazamiento de Juan Carlos I a Ginebra, tres días después, para entregarle a su nieto Juan Urdangarin el diploma de graduación del instituto. Parecía que Felipe VI atisbaba a lo lejos los primeros nubarrones.

No todos los vuelos privados del rey emérito fueron pagados por Zagatka. Por aquellos años, como desveló el periodista Agustín Marco[3], el emérito viajaba gratis en los cuatro aviones privados que Telefónica tuvo hasta el año 2019 gracias a su buena amistad con César Alierta, presidente del grupo de telecomunicaciones durante dieciséis años.

También fue usuario habitual de las aeronaves de Indra, la compañía tecnológica participada por el Estado y vinculada al Centro Nacional de Inteligencia (CNI) que estuvo presidida durante veintidós años por Javier Monzón, otro de los empresarios que formaban parte de la camarilla personal del rey y que recibieron el apoyo de este en momentos de zozobra corporativa. Los gastos que implicaba el uso de la aeronave

---

[3] Agustín Marco, «Telefónica prestó sus aviones privados al Rey emérito para sus viajes personales», *El Confidencial*, 6 de julio de 2022.

no eran sufragados por el monarca, sino por los accionistas de Indra.

Exactamente lo mismo ocurría con los aviones de la constructora OHL, de su amigo Juan Miguel Villar Mir. El rey voló en numerosas ocasiones con el hijo de este, Juan Villar-Mir, para ver las carreras de la Fórmula 1 en Oriente Medio.

Sin embargo, estos favores también declinaron después de su salida del trono. Su nueva condición de emérito mermó su capacidad de influencia en los gobiernos de turno y pagarle favores y regalos se convirtió en una transacción sin apenas retorno económico.

Con todo, el monarca continuó exprimiendo su jubilación. Aquel verano de 2017, el humorista Arévalo compartió en Twitter una fotografía con el rey, la infanta Elena y el presentador Bertín Osborne comiendo paella en su casa. El monarca también pasó varios meses haciendo un tour gastronómico por los mejores restaurantes del país: Landa en Burgos, Amparito Roca en Guadalajara, Zalacaín en Madrid, Arzak y Akelarre en San Sebastián, Atrio en Cáceres...

La Fundación Zagatka pagó el alquiler de un Boeing que despegó el 11 de septiembre de 2017 desde Santiago de Compostela con rumbo a Vancouver, Canadá. A bordo viajó Juan Carlos I junto a 19 pasajeros, la tripulación al completo del último Bribón, el número XVII, construido en fibra de vidrio en Galicia y financiado por el banquero venezolano José Álvarez Stelling, otro de sus financieros de cabecera. En el foque llevaba el logotipo de Movistar, patrocinador principal de la embarcación.

Durante los siguientes días, el rey y sus compañeros participaron en el Campeonato del Mundo de Vela de la división de Clásicos de la clase 6M. Algunos medios recogieron su presencia en la Costa oeste de América del Norte, pero tampoco se preguntó nadie cómo había llegado hasta allí.

Después de cinco días de competición, el Bribón Movistar terminó ganando la medalla de oro y el Boeing regresó a Torrejón de Ardoz. Llegó el 21 de septiembre con los mismos pasajeros. La factura de Air Partner del Madrid-Vancouver ida y vuelta supuso otros 440 000 euros.

Juan Carlos I llegó a contratar tantos aviones privados que Zagatka compró bonos de 100 horas de vuelo para minorar el precio de los desplazamientos. Cada uno de esos bonos costaba 980 000 euros y el rey los agotaba en menos de doce meses. En esa época, el salario mínimo interprofesional era de 707.7 euros mensuales. El monarca se gastaba catorce veces esa cantidad en sesenta minutos en el aire.

La siguiente gira privada de Juan Carlos I se produjo en noviembre de 2017 y tuvo como destino Oriente Medio. Duró siete días y visitó Baréin, Abu Dabi y Kuwait. En esa ocasión utilizó un Gulfstream G650 de última generación, con un nuevo diseño de presurización de la cabina que genera un aire más puro y logra que los pasajeros lleguen más descansados a su destino. La fundación controlada por su primo desembolsó otros 214 384 euros por ese conjunto de desplazamientos. El monarca voló acompañado de otras seis personas, aunque se omitieron sus identidades.

Apenas un mes después, Juan Carlos I volvió a subirse a un Gulfstream para pasar la Nochevieja en las Bahamas. El 27 de diciembre de 2017 salió de Torrejón y aterrizó diez horas después en el aeropuerto internacional de Nassau con otras cinco personas. Días antes, su hijo Felipe VI había recordado nuevamente en el tradicional discurso navideño que la corrupción se mantenía «como una de las principales preocupaciones de la sociedad, que demanda que sigan tomándose las medidas necesarias para su completa erradicación y que los ciudadanos puedan confiar plenamente en la correcta administración del dinero público». El escándalo de su padre estaba a punto de explotar, pero el antiguo jefe del Estado continuó desatendiendo todas las señales.

El 3 de enero de 2018, el emérito volvió de Bahamas. En total, Zagatka pagó 258 000 euros por esa escapada. Como en ocasiones anteriores, su nombre no apareció en ningún documento, pero contrató tantos vuelos chárter que Air Partner acabó cometiendo un descuido. La compañía británica reflejó en aquella factura que el cliente vivía en el Palacio de la Zarzuela, en el código postal 28071 de Madrid.

El emérito tenía ya ochenta años, pero no tenía previsto descansar. Solo tres semanas después del viaje a Bahamas, volvió a marcharse de España. Esa vez, despegó de Torrejón de Ardoz en otro Gulfstream para hacer otra visita a los hermanos Fanjul en el complejo de La Romana, en República Dominicana. El resort está cerca del punto donde encalló la nave Santa María de Cristóbal Colón en su primera expedición a América, en 1492. Dispone de tres campos de golf, ocho restaurantes de lujo, un centro ecuestre con canchas de polo, un centro de tiro, tiendas de lujo, tres hermosas playas de arenas blancas y un hotel de cinco estrellas. Juan Carlos I tiene además una calle con su nombre. Zagatka abonó 200 000 euros por los billetes de ida y vuelta Madrid-La Romana.

La última contratación de la que hay constancia ocurrió en mayo de 2018 y es quizá el desplazamiento más misterioso de todos. El día 16 de ese mes partió de Torrejón hacia el aeropuerto internacional Bradley, en Windsor Locks, en el estado de Connecticut, en la Costa este de Estados Unidos. Volvió cuatro días después sin que trascendiera ningún detalle sobre las razones de ese traslado. La factura supuso otro cargo de 358 000 euros en las cuentas de la fundación de Álvaro de Orleans.

En total, solo entre 2016 y 2018, el rey emérito efectuó al menos diecisiete vuelos privados con salida o llegada a la base militar de Torrejón de Ardoz, a pesar de que los vuelos civiles estaban prohibidos en ese aeródromo desde 2013. ¿Cómo pudieron despegar y aterrizar tantas veces los aviones privados de Juan Carlos I en esas instalaciones sin que el Ministerio de Defensa o la Casa Real dieran la voz de alarma o directamente vetaran esos vuelos? Una fuente militar que pasó por la base área se sorprende de la pregunta. «La respuesta es muy sencilla. Privilegio, cadena de mando y silencio. El emérito siempre ha podido usar esas instalaciones. Daban la orden desde arriba y nadie hacía preguntas. Sin más. No hay que olvidar que fue durante muchos años el mando supremo de las Fuerzas Armadas como capitán general de los tres Ejércitos», explica esta persona.

Álvaro de Orleans aseguró en una entrevista concedida a *El País* que los vuelos se terminaron en el otoño de 2018 porque el rey llegó supuestamente a la convicción, de forma repentina, de que había abusado demasiado de la generosidad de su primo. «Un día el rey me dijo: "Ya has pagado muchas cosas"», explicó el aristócrata[4].

Según esa versión, Juan Carlos I envió una carta manuscrita a su familiar el 16 de septiembre de 2018 para comunicarle que, a partir de ese momento, no usaría más fondos de Zagatka. El texto de la misiva era el siguiente: «Querido Álvaro, salgo antes de una hora para Nueva York y con este vuelo me doy cuenta de que sin darme cuenta me has invitado a muchos más vuelos de los que yo pensaba haber realizado (me habrías podido avisar); siempre nuestra familia ha estado unida desde

---

[4] José María Irujo, «Pagué muchos vuelos privados del Rey emérito, pero no soy su testaferro», *El País*, 2 de marzo de 2020.

siglos y yo no puedo olvidar situaciones históricas donde la ayuda fue decisiva, no tengo más que palabras de agradecimiento a tan prolongado gesto. Bueno, hablando de familia, ¿cómo está la tuya y mi ahijada a la que quiero tanto? Esperando verte pronto. Recibe un fuerte abrazo de tu primo que te quiere y admira. Juanito».

Hay motivos para cuestionar esta versión. Cuando Juan Carlos I envió la carta a su primo, el fiscal Yves Bertossa ya había abierto diligencias de investigación para rastrear las cuentas del monarca en Suiza, conocía las salidas de fondos de la Fundación Zagatka, ya había registrado los despachos de Dante Canonica y Arturo Fasana y había tomado declaración a varios implicados en la ocultación de esa fortuna. Juan Carlos I no dejó de gastar dinero de Zagatka hasta que vio la espada de la justicia acercándose a su cuello.

La última partida de Zagatka, que llegó a sus manos antes de que comenzara la investigación penal en Suiza, ascendió a 102 000 euros y sirvió para comprar tres escopetas de caza en una de las armerías más prestigiosas de España, Kemen SL, con sede en Elgoibar (Guipúzcoa). Documentos publicados por *El Confidencial*[5] acreditan que la Fundación Zagatka pagó la factura emitida por la armería el 18 de junio de 2018 por la adquisición de las escopetas, «superpuestas» modelo Eder Titanio, de calibre 12 y setenta y dos centímetros de cañón, «minuciosamente labradas a mano» y capaces de «soportar pruebas de resistencia superiores a los 100 000 tiros».

La caza seguía siendo otra de sus pasiones. En 2007 había ordenado la construcción de su propio pabellón de caza en el complejo de la Zarzuela. Patrimonio Nacional pagó 3.4

[5] José María Olmo, «El rey Juan Carlos compró 3 escopetas de caza de 34 000€ con dinero suizo en 2018», *El Confidencial*, 25 de noviembre de 2020.

millones de euros por la edificación. La noticia la adelantó en 2013 la agencia Europa Press, quien especificó que el coste se había imputado a los presupuestos públicos de los ejercicios de 2006, 2007 y 2008.

El depósito de Zagatka tenía el 1 de enero de 2018 un saldo de 8 729 172 euros. En los siete meses siguientes se esfumaron 917 320 euros «mediante retiradas» en efectivo y transferencias.

Tras estallar el caso en Suiza, Álvaro de Orleans cortó todos los lazos societarios con el emérito. En junio de 2020, Zagatka modificó su reglamento para quitar a Juan Carlos I su condición de tercer beneficiario. El nuevo texto estableció de manera «irrevocable» que Álvaro de Orleans era el primer beneficiario de los fondos, y su hijo Andrés, el único heredero. También cambió el objeto de la fundación. Si en origen tenía supuestamente como misión ayudar con recursos financieros a las monarquías en Europa, con la investigación penal pasó a tener como propósito «garantizar la asistencia financiera a la familia del fundador», es decir, la del propio Álvaro de Orleans. Dante Canonica también desapareció de la gestión de la sociedad.

La justicia los había descubierto. La prioridad ya no era conseguir y ocultar más dinero, sino escapar de las posibles responsabilidades penales y recuperar los más de 6 millones de euros que permanecían bajo el paraguas de Zagatka y habían sido congelados por el fiscal Bertossa. Con eso ya podían darse por contentos.

17.
LAS TARJETAS MEXICANAS

Victoria Federica de Todos los Santos de Marichalar y Borbón, quinta en la línea de sucesión al trono de España, cumplió diecisiete años el 9 de septiembre de 2017. Ese mismo día ganó el Concurso Nacional de Saltos celebrado en Guadalajara luciendo una pequeña bandera de España en el frontal de su casco. La tabla clasificatoria estaba repleta de apellidos nobles y compuestos. Un representante del patrocinador del certamen, Clínica Dental Megía, le entregó el primer premio en el Club de Campo Casino, a las afueras de la ciudad castellanomanchega.

Victoria Federica se impuso en la modalidad de saltos a noventa centímetros sin cronómetro a lomos de Dibelunga, una yegua cruzada de color pardo oscuro que montaba desde hacía un par de años. Su madre, la infanta Elena, había comprado el animal en octubre de 2015 en la cuadra española Maihorses, de Alcobendas (Madrid). Dibelunga estuvo a la venta en su web por 10 000 euros. «Experiencia con niños y un carácter increíble», rezaba el anuncio.

Poco después, la infanta Elena se hizo con un segundo caballo de competición llamado Magali, que quedó a cargo de la hípica Nueva Cartuja, situada al norte de Madrid. La nieta del rey comenzó a participar con mayor asiduidad en competiciones de salto por toda España. La revista *Hola* anunció su debut en Segovia en julio de 2016. Y la web Ecuestre.es[1] informó al año siguiente de su participación en nuevos certámenes de Segovia, Madrid y Guadalajara.

La infanta Elena podía haber asumido los gastos de Dibelunga y Magali. Desde el año 2008 cobraba más de 200 000 euros anuales por su puesto de directora de Proyectos Sociales de la Fundación Mapfre, una de las compañías que más ha apoyado tradicionalmente los caprichos de la Casa Real. La aseguradora es uno de los patrocinadores destacados del Bribón y de las regatas de la Copa del Rey de Vela, por ejemplo.

Por su parte, el padre de Victoria Federica, Jaime de Marichalar, también ha pasado por varios consejos de administración y tiene negocios en el sector de la moda. Entre ambos sumaban dinero suficiente para costear la principal actividad extraescolar de su hija. Competir en concursos de saltos era caro, pero podían pagarlo.

Sin embargo, el dinero para comprar los caballos y sufragar su mantenimiento salió de otros bolsillos. Al fin y al cabo, la infanta Elena creció en un sistema instaurado por su padre que durante cinco décadas garantizó discretamente fondos ilimitados, veinticuatro horas al día, siete días a la semana, a todos los inquilinos de la Zarzuela. Desde fuera parecía que vivieran con la modestia y las estrecheces de un funcionario público. En privado se codeaban con algunas de las mayores fortunas del planeta gracias a millones y millones de euros de dinero de origen opaco. ¿Para qué iba la infanta Elena a gastar su sueldo de Mapfre en los caballos si tenían recursos infinitos para pagarlos?

El Servicio de Prevención del Blanqueo de Capitales (Sepblac) descubrió por casualidad en 2019 que el dinero de Dibe-

[1] <https://www.ecuestre.es/app/resultados/caballo/148435/divelunga>.

lunga y Magali llegó desde Irlanda. Las alertas saltaron cuando varios bancos detectaron que un coronel del Ejército del Aire jubilado que había servido como ayudante de campo de Juan Carlos I, Nicolás Murga Mendoza, llevaba tres años recibiendo grandes transferencias de dinero desde el extranjero que no se correspondían con ningún tipo de servicio ni operación financiera. Una vez que los fondos llegaban a España, Murga los usaba supuestamente para pagar productos y bienes que tampoco encajaban con el patrón de gasto de un militar ya retirado.

Murga tenía una relación especial con Juan Carlos I. El ayudante de campo o edecán de un rey debe ser leal y discreto. Acompaña al monarca veinticuatro horas al día. La vinculación de Murga con el monarca era tan estrecha que, cuando ascendió a coronel, decidió quedarse en la Zarzuela en lugar de elegir otro destino dentro del Ejército del Aire. Y siguió a su lado incluso después de la abdicación.

En un perfil publicado por *El País*[2], algunas fuentes describieron al coronel como una persona de «moral íntegra» y «lealtad total» al monarca. Recordaban que en diciembre de 2007, nada más pasar al servicio de Juan Carlos I, le tocó acompañar al asistente de Gadafi durante una visita del dictador libio a España. El ayudante de Gadafi se movió todo el tiempo con un maletín repleto de billetes de 500 euros para pagar gastos y propinas. Al final del viaje, intentó regalarle a Murga el dinero que le había sobrado, pero el militar español se negó a aceptarlo.

Su carrera militar comenzó en agosto de 1979, cuando fue nombrado caballero cadete de la Academia General del Aire.

---

[2] Miguel González, «El coronel que se convirtió en la sombra de Juan Carlos I», *El País*, 5 de noviembre de 2020.

En 1990 fue casco azul en Onuca, en Nicaragua, la misión con la que España se estrenó con los observadores de la ONU en Centroamérica. Allí, los cascos azules trabajaron para desmovilizar lo que quedaba de la Contra nicaragüense. Más tarde, Murga fue agregado aéreo de la Embajada de España en Rabat (Marruecos) y jefe de la oficina de Comunicación del Ejército del Aire, su último destino antes de ingresar en la Zarzuela.

Su brillante hoja de servicios evidenciaba su compromiso con la defensa de España y, por tanto, desde la óptica de las Fuerzas Armadas, también de la Casa Real. Eso, unido a su demostrada capacidad de cautela y reserva, lo convirtió en el candidato perfecto para hacerse cargo de los secretos de Juan Carlos I. Según *El Mundo*[3], el emérito lo nombró albacea de su testamento para que fuera él quien, tras su muerte, se ocupara de que doña Sofía y sus hijas dispusieran del sustento económico necesario. Pero el monarca también le encargó otra misión más urgente.

El aviso del Sepblac llevó a la Fiscalía Anticorrupción a abrir diligencias de investigación para tratar de averiguar qué estaba ocurriendo con las entradas y salidas de dinero que registraban las cuentas del coronel. Las pesquisas fueron desveladas por *elDiario.es* en noviembre de 2020[4]. Agentes de la Unidad de Delincuencia Económica y Fiscal (UDEF) de la Policía Nacional comprobaron que, efectivamente, la operativa no tenía sentido.

[3] Pablo Herraiz y Leyre Iglesias, «El hombre que se decía albacea del Rey», *El Mundo*, 9 de noviembre de 2020.
[4] Ignacio Escolar y Pedro Águeda, «Anticorrupción investiga al rey Juan Carlos, a la reina Sofía y a varios de sus familiares por el uso de tarjetas de crédito opacas», *elDiario.es*, 3 de noviembre de 2020.

Murga procedía de una familia aristocrática de Extremadura. Su tía es Antonia de Mendoza y Tous de Monsalve, marquesa de la Alameda de Mendoza. Su abuelo y su padre también fueron militares. Su progenitor llegó a ser gobernador civil de Gerona. Tras jubilarse, el ayudante de campo del monarca se hizo cargo de una finca ganadera de 190 hectáreas en Badajoz que había heredado junto a varios hermanos. Sin embargo, sus cuentas siempre habían reflejado movimientos modestos, alejados de los importes que recibía del extranjero y los gastos que había comenzado a efectuar en los últimos años.

Los investigadores de la UDEF descubrieron que el autor de las transferencias a Murga era el exdirectivo de Goldman Sachs y empresario mexicano Allen de Jesús Sanginés-Krause, íntimo amigo de Juan Carlos I. El militar estaba actuando como una simple pantalla del monarca. Los verdaderos destinatarios de los fondos eran Juan Carlos I y el resto de la familia real casi al completo. Entre los principales usuarios de ese dinero opaco se encontraban la infanta Cristina, la infanta Elena y los dos hijos de esta última, Victoria Federica y Froilán, aunque también los disfrutó la reina Sofía.

Las pesquisas desvelaron que el rey emérito y su entorno usaban tarjetas a nombre del coronel del Ejército del Aire para cargar directamente los gastos en sus cuentas bancarias, como compras en grandes almacenes, transportes en vehículos de Uber y pagos en restaurantes. En otras ocasiones, el militar abonó las facturas que generaban los miembros de la Casa Real, en particular, importes relacionados con desplazamientos y hoteles tramitados a través de Viajes El Corte Inglés, aunque también los servicios relacionados con el mantenimiento de las yeguas Dibelunga y Magali y clases de equitación y piano.

Solo entre 2016 y 2019, Sanginés-Krause pagó a Juan Carlos I y su familia gastos por un importe de 1 083 644 euros. De esa cantidad, 471 673 euros se dedicaron exclusivamente a recibos de Viajes El Corte Inglés.

El dinero de Sanginés-Krause llegó a las cuentas de Murga por varios canales. Una parte entró mediante transferencias directas desde un banco de Irlanda. Otra, desde depósitos de Pretorian Prevention SA de CV, una compañía mexicana del estado de Jalisco, participada por el banquero amigo del monarca, que ofrece servicios de seguridad y escolta para grandes compañías y personalidades. Y, por último, el militar también simuló la prestación de servicios de consultoría a la misma empresa Pretorian Prevention SA de CV para camuflar las verdaderas razones de otra transferencia que llegó a sus cuentas por importe de 149 000 euros, como desveló *El Confidencial*[5].

Los agentes pusieron en marcha una operación de vigilancia y seguimiento para reunir más pruebas contra Murga. Confiaban en detectar alguna reunión con Sanginés-Krause o incluso con el rey emérito que apuntalara los indicios de que se trataba de un simple hombre de paja. Sin embargo, la Fiscalía Anticorrupción limitó abruptamente el alcance de las diligencias citando a declarar al militar.

El ministerio público le tomó declaración en abril de 2019. Apenas aportó información relevante. Reconoció que había recibido dinero de Sanginés-Krause y que había asumido gastos de Juan Carlos I, pero dijo que no lo había hecho porque fuera su testaferro, sino por el afecto que sentía hacia el emérito y su familia. Los pagos eran meras «atenciones y detalles», afirmó Murga.

---

[5] José María Olmo, «El coronel-testaferro de Juan Carlos I facturó en México dinero opaco para Zarzuela», *El Confidencial*, 1 de febrero de 2021.

La declaración no sirvió para conseguir ninguna nueva pista, pero desactivó las diligencias. El ayudante de campo de Juan Carlos I descubrió automáticamente que Anticorrupción estaba investigando los movimientos de fondos y hay motivos para pensar que no tardó mucho en alertar a su jefe.

Tras la declaración de Murga en la Fiscalía, el trasvase de dinero a la familia real se detuvo y el monarca empezó incluso a devolverle dinero al coronel para crear la apariencia de que las facturas que este había pagado constituían únicamente un adelanto. El antiguo jefe del Estado esperaba deshacer de esa forma la posible acusación por blanqueo de capitales a la que se exponía por mover más de un millón de euros mediante ese esquema financiero. Sobre el papel, el riesgo de que el monarca terminara en la cárcel era perfectamente factible. Durante el periodo en el que habían circulado los fondos, entre 2016 y 2019, ya no gozaba de inviolabilidad jurídica.

La investigación del Sepblac y la UDEF reveló que Juan Carlos I también usó a Murga para que Sanginés-Krause se hiciera cargo de sus gastos médicos. Entre 2017 y 2018 el coronel abonó 95 365 euros en facturas de la empresa Sociedad de Medicina Antiaging y Longevidad Saludable SL, el nombre jurídico de la Clínica DeSánchez, propiedad del doctor de cabecera del monarca, Manuel Sánchez Sánchez. Juan Carlos I ni siquiera pagaba sus operaciones de cirugía estética ni sus tratamientos antiedad.

La investigación de la Fiscalía Anticorrupción concluyó que todas estas transferencias de Sanginés-Krause se produjeron sin «que haya constancia de ningún tipo de contraprestación». «Se trata de actos unilaterales efectuados a título lucrativo; por tanto, son donaciones», consideró el ministerio público.

El sentido común obliga a replantearse tanto la versión de Murga como la que terminó asumiendo la Fiscalía.

Sanginés-Krause tenía un patrimonio holgado pero no era ningún multimillonario. Había sido directivo de Goldman Sachs, pero nunca fue el dueño del banco. Cuesta creer que regalara a Juan Carlos I y al resto de la familia real más de un millón de euros y que, además, lo hiciera a cambio de nada. En el caso de Murga, militar de carrera, esa opción era directamente imposible. Tenía más lógica que el dinero perteneciera originalmente al rey y que Sanginés-Krause y el coronel solo fueran otras piezas del complejo engranaje de su caja B.

Un correo electrónico que permaneció escondido durante años arroja luz sobre el funcionamiento de ese triángulo financiero. En noviembre de 2014, Pepe Fanjul, el magnate del sector azucarero íntimo amigo del rey, escribió a Corinna Larsen para contarle que el monarca había encargado a Sanginés-Krause la gestión de sus finanzas personales. Tras la abdicación, Juan Carlos I decidió romper con el pasado y buscar un nuevo administrador para su fortuna. Le pareció que el industrial mexicano era la persona idónea, no solo por su pasado en el sector de la banca, sino también porque estaba acostumbrado a operar en jurisdicciones como Rusia, Seychelles, Malta y Guernsey, y era extremadamente discreto.

El banquero mexicano hizo más pagos al médico del rey. La Agencia Tributaria descubrió a comienzos de 2022 un presunto fraude fiscal que se transformó en una investigación penal del Juzgado de Instrucción número 29 de Barcelona. Entre 2016 y 2018, el doctor Manuel Sánchez Sánchez facturó 1.3 millones de euros a pacientes de «elevada capacidad económica», sobre todo, a Juan Carlos I. Pero esos importes no fueron abonados por los clientes del doctor, sino por Sanginés-Krause.

Según la querella presentada por la Fiscalía de Barcelona, el médico del rey hizo una ampliación de capital en Sociedad de

Medicina Antiaging y Longevidad Saludable SL por valor de los 1.3 millones de euros que tenía pendiente cobrar. El exdirectivo de Goldman Sachs abonó ese importe, pero no se lo transfirió directamente al doctor, sino que lo hizo aportando esa cantidad en la supuesta ampliación.

Parecía un plan sin fisuras, pero a la Agencia Tributaria le llamó la atención que, tras invertir supuestamente 1.3 millones en la clínica DeSánchez, Sanginés-Krause solo tuviera el 35 % de las participaciones, mientras que el médico del rey controlaba el otro 65 % con una aportación de capital de únicamente 3010 euros. El inversor mexicano había dejado su representación en la compañía en manos de una ciudadana venezolana y no parecía tener tampoco ningún interés en la gestión de la empresa. Ni siquiera constaba que hubiera acudido a las juntas de accionistas. Además, la totalidad de los beneficios generados por la clínica habían acabado en la cuenta del doctor Sánchez. Para Hacienda era incomprensible que Sanginés-Krause no le hubiera exigido al menos el 35 % de los dividendos.

La querella de la Fiscalía señala que el médico habría cometido un fraude fiscal de 604 690 euros e implica al banquero mexicano como colaborador del engaño. El volumen defraudado es lo suficientemente alto como para que ambos sean condenados por un delito contra la Hacienda pública, castigado con hasta seis años de cárcel.

La acusación del ministerio público menciona un dato interesante. El dinero con el que Sanginés-Krause acudió a la ampliación de capital de la clínica salió de una empresa creada por el antiguo ejecutivo de Goldman Sachs en 2015, solo unos meses después de que Juan Carlos I lo designara gestor de su fortuna, según Pepe Fanjul. Esa empresa se llama Sanlua Inversiones SL y continúa activa. Hasta la querella de la

Agencia Tributaria, la sociedad tenía su sede en el número 63 de la calle Ayala de Madrid, en pleno barrio de Salamanca, una de las zonas más caras de la capital.

La dirección corresponde a un enorme edificio de estilo art nouveau que fue construido en 1907 y remodelado íntegramente en 2020 para convertirlo en un bloque de diecisiete viviendas de lujo en régimen de alquiler. Las reservas se tramitan a través de la compañía The Arc Collection. «El diseño interior de Ayala 63 gira en torno a la actualización de elementos clásicos que motivan [sic] bienestar en un estilo cosmopolita y contemporáneo. El confort de las paredes revestidas discretamente de madera, la comodidad de uso de cada espacio para su fin, la elegancia de las molduras y la calidad de los materiales configuran diecisiete viviendas únicas, cada una de ellas con acabados diseñados al detalle», asegura la compañía. Además del alojamiento, se pueden contratar otros extras como chef privado, servicio de chófer y servicio de cuidado de niños. En las zonas comunes hay un gimnasio, piscina, spa, zona de chimenea y patio ajardinado. La joya de la corona es su ático, un piso de noventa metros cuadrados y cuarenta y seis adicionales de terraza situado en la sexta planta de la finca, que se alquila por 320 euros por noche.

Hay razones para sospechar que Sanginés-Krause no es el verdadero propietario de Ayala 63 o que, al menos, no es su único dueño. En la estructura de Sanlua Inversiones SL, la empresa que paga las facturas del médico del rey, figura como apoderada la mercantil Intertrust Spain SL, una compañía especializada en la prestación de servicios fiduciarios. Sus representantes en España actúan en nombre de clientes que prefieren permanecer en el anonimato. Se trata de un servicio caro, pero compensa a quienes no pueden permitirse que su identidad aparezca en el registro mercantil. En el entorno de Sanginés-Krause solo hay una persona que encaja en ese supuesto.

El hilo de Sanlua Inversiones SL aporta más indicios. Además de la vinculación con Ayala 63, Sanginés-Krause y su entorno también están relacionados con un proyecto casi idéntico de apartamentos de lujo en régimen de alquiler en el número 8 de la plaza de Tirso de Molina, en el corazón de Madrid. El bloque al completo salió a la venta a través de la consultora inmobiliaria Knight Frank en el año 2021. Otra mercantil administrada por Sanginés-Krause, llamada Palacio Tirso de Molina SL, adquirió el edificio, construyó diecisiete estudios de alto standing y los puso en el mercado turístico bajo el mismo paraguas de The Arc Collection.

El 100 % de Palacio Tirso de Molina SL pertenece a una mercantil de Madrid llamada Asiru Inversiones SL. Curiosamente, esta sociedad está controlada a su vez por Alcazar Ventures FZE, una compañía domiciliada en la zona franca del aeropuerto internacional de Sharjah, uno de los siete estados que componen Emiratos Árabes Unidos, hogar de Juan Carlos I desde agosto de 2020.

18.
COCHES, JOYAS Y DINERO

Sanlua Inversiones SL, la empresa con la que el financiero de Juan Carlos I, Allen Sanginés-Krause, pagó al médico personal del monarca y controla dos edificios de apartamentos de lujo en el centro de Madrid, cambió de sede en junio de 2022. Su antiguo domicilio estaba en uno de esos bloques de apartamentos turísticos, en el número 63 de la calle Ayala de Madrid. De allí se trasladó a un discreto bajo del número 15 de la calle San Bernardino de la capital, muy cerca de la plaza de España.

Sanlua Inversiones SL no se mudó a un sitio cualquiera. En ese mismo bajo tienen su domicilio medio centenar de sociedades dedicadas a inversiones financieras e inmobiliarias, así como al comercio de metales preciosos y bienes de lujo, aunque solo uno de esos negocios se anuncia en la calle con un rótulo. Se llama España Watches y es necesario pedir cita previa para poder ser atendido por uno de sus comerciales. Dentro se pueden encontrar relojes de los fabricantes más caros del mundo, desde Audemars Piguet a Patek Philippe, pasando por Cartier, Glashütte, Vacheron Constantin, Roger Dubuis, Panerai, Girard-Perregaux, Chopard, Chanel, Bulgari e IWC.

Viendo la anodina fachada del local, nadie diría que detrás de sus cristaleras traslúcidas se mueven decenas de miles de euros en artículos de lujo. Algunos de los modelos de Patek

Philippe que vende España Watches superan los 10 millones de euros. Uno de los más demandados de la casa Audemars Piguet, el Oak Grande Complication, alcanza los 825 000 euros. En el interior del local es posible tocar y probarse algunos de estos cronógrafos. Otros se sirven bajo pedido en un plazo máximo de veintiocho días.

Para las personas que quieren portar en su muñeca estos ejemplares, pero no pueden comprarlos, España Watches ofrece la opción del alquiler. Arrendarlos setenta y dos horas cuesta el 10 % del precio de venta. Para más de tres días, un 3 % por cada jornada. En el momento de la devolución, el reloj tiene que estar en perfectas condiciones, pero este singular sistema permite lucir las referencias más caras en eventos o citas señaladas.

El máximo responsable de España Watches es Jorge Fernández de Araoz García-Lubén, otro amigo íntimo de Juan Carlos I. Coincidiendo con los problemas fiscales de Sanginés-Krause y su compañía Sanlua Inversiones SL por los pagos al médico personal del rey emérito, el banquero mexicano salió de la sociedad y Fernández de Araoz se convirtió en su administrador. Con él entró en la compañía el abogado experto en derecho mercantil Bruno Masoliver Macaya, descendiente de un clan de aristócratas.

Fernández de Araoz García-Lubén, economista y abogado de formación, representa a la última generación de Aldao, una de las joyerías más prestigiosas y con más solera de Madrid, y también una de las mejor relacionadas con el poder. Joyerías Aldao fue fundada en 1911 en Madrid por Manuel Fernández-Aldao Balbis, que había aprendido el oficio de manos de su padre, asentado en A Coruña. Aldao se convirtió rápidamente en una de las joyerías más elitistas de la capital. Atendía al público en plena Gran Vía, en uno de los escasos reductos del lujo en el Madrid de principios de siglo. La hemeroteca municipal aseguraba en la década de los años veinte que era «la casa mejor surtida y que más barato vende en España».

El negocio fue pasando de generación en generación. En 1931, se hizo cargo de Aldao una hija de Manuel, Antoñita Fernández-Aldao, que se puso tras el mostrador del establecimiento con dieciocho años y llegó a ser decana del Gremio de Joyeros, Plateros y Relojeros de Madrid. La leyenda dice que una de sus mejores clientas era la esposa de Franco, Carmen Polo, cuya afición por las piedras preciosas alcanzó fama mundial, aunque lo que más le gustaba era llevárselas sin pagarlas. Paul Preston cuenta que varias joyerías de la época decidieron formar una alianza para colectivizar las pérdidas que generaba doña Carmen Polo cuando «honraba» al gremio con una de sus visitas.

Fue Carmen Polo, alias la Collares, quien habló de esta joyería a un joven príncipe de Asturias que luego heredaría la jefatura del Estado por orden del dictador. Para celebrar el compromiso oficial en 1961 de los futuros reyes de España, Franco regaló a don Juan Carlos una escribanía de plata y, a doña Sofía, un broche y una diadema convertible en collar. «De diseño isabelino, la diadema tiene un aire romántico, pero es de apariencia ligera, alejada de las joyas pesadas e imponentes. Se trata de un conjunto de piezas desmontables, adquirido en la casa Aldao de Madrid, que pueden utilizarse como broches independientes, como collar o como diadema», explica Fernando Rayón en el mejor libro[1] que existe sobre las joyas de la monarquía española.

---

[1] Fernando Rayón y José Luis Sampedro, *Las joyas de las reinas de España: La desconocida historia de las alhajas reales*, Planeta, 2004.

Según esta obra, Alfonso XIII, abuelo de Juan Carlos I, tenía una fortuna personal, incluyendo las joyas y alhajas, por valor de 41 millones de pesetas en 1931, lo que equivalía a unos 100 millones de euros en 2022. La diadema floral de Aldao sería usada años después por la infanta Cristina para su tocado nupcial en 1997 en su boda con Iñaki Urdangarin.

Aquel regalo de Franco convirtió a Aldao en la joyería de referencia de un joven Juan Carlos I que, a lo largo de los años, llegó a trabar una intensa amistad con Antoñita y sus herederos. La empresaria falleció en 2011, a los noventa y nueve años de edad. Como nunca tuvo hijos, dos de sus sobrinos, José Luis y Juan Carlos García-Lubén Fernández-Aldao, heredaron las riendas del negocio en los ochenta. José Luis, que también fue presidente del Gremio de Joyeros, falleció en mayo de 2014. El segundo, Juan Carlos, regenta desde hace unos años la nueva sede del establecimiento, situada en un piso de la calle Argensola, muy cerca de la Audiencia Nacional, después de tener que cerrar el histórico local de la Gran Vía.

Para los responsables de Aldao, Juan Carlos I siempre ha sido «el gran jefe». El comercio está especializado en alta joyería, relojería y platería. También importa piedras preciosas y tiene su propia fábrica de joyas. Tiene fama por sus diamantes, rubís, zafiros, esmeraldas, aguamarinas y topacios.

El rey recurría al consejo de los García-Lubén para adquirir piezas que luego regalaba a otros mandatarios de visita oficial en España, pero Aldao también era su proveedor privado de joyas. Todas las amantes del rey recibieron en algún momento unos pendientes, un collar o una gargantilla como muestra de compromiso, aunque ese vínculo fuera en realidad solamente pasajero. Era la forma habitual de Juan Carlos I de generar una complicidad con sus parejas furtivas y, también, de entregarles algo que pudieran interiorizar como una obligación de silencio cuando esa relación sentimental ya se hubiera roto. El método era efectivo y se costeaba con dinero que no salía de su bolsillo, sino de la caja B que llenaban periódicamente sus amigos del IBEX y los jeques árabes.

A comienzos de 2011, Juan Carlos I estaba intentando retomar la relación con Corinna Larsen. El monarca le regaló a la aristócrata alemana dos enormes esmeraldas colombianas suministradas por Aldao. A veces se le infiltra color verde a este tipo de gemas para mejorar su apariencia, pero las dos esmeraldas que el monarca entregó a su examante eran de un verde brillante rabiosamente natural. El precio superaba los 250 000 euros, casi tanto como su asignación anual de los Presupuestos Generales del Estado.

Los dos cristales eran casi idénticos, algo difícil de encontrar, y además tenían forma de lágrima. Corinna decidió engarzarlos en alguna estructura sencilla de oro para convertirlos en pendientes. Se decantó por un diseño sencillo que se limitara a realzar su espectacularidad. En la primavera de 2011, entregó las dos esmeraldas a una amiga estadounidense llamada Tracey Espy-Hejailan, que se dedicaba al diseño de joyas. Uno de sus empleados esbozó varios diseños y Corinna se decantó por uno que incorporaba algunos diamantes, pero en el que, sobre todo, destacaba el verde luminoso de las piedras regaladas por el rey de España.

Corinna y Tracey enviaron las dos gemas a una de las mejores joyerías del mundo, Gembel Company, de la ciudad de Amberes, Bélgica, para que un experto las engarzara en la estructura de oro que las transformaría en pendientes. Esa precaución no fue suficiente. El 10 de junio de 2011, Corinna recibió una mala noticia que desencadenó decenas de gestiones, viajes, encuentros y conversaciones que nunca trascendieron a la opinión pública.

Una avalancha de documentos que habían permanecido en secreto desvela que, durante el proceso de manipulación de las piedras en Bélgica, una de ellas se rompió. Gembel Company envió a Corinna varias fotografías en las que se apreciaba que la esquina de una de las lágrimas verdes se había quebrado dividiéndose a su vez en pequeñas porciones.

La joyería de Amberes ofreció a Corinna dos posibilidades. La primera era pulir el desperfecto para volver a realzar la perfección de la piedra. El problema era que eso implicaba destruir parte de las gemas. No solo desaparecerían los miligramos que ya se habían desprendido, sino que también era necesario eliminar la misma cantidad de la otra esmeralda para que siguieran siendo idénticas.

La segunda opción que planteó Gembel Company fue sustituir las dos esmeraldas por otras iguales. En ambos casos, el seguro de la joyería belga se haría cargo de los desperfectos y la posible pérdida de valor. Para ir adelantando la ejecución de la póliza, Gembel Company solicitó a Corinna que aportara la factura de Aldao. El precio de compra serviría para calcular el importe de los daños y la correspondiente indemnización.

En las siguientes semanas, Corinna y su amiga Tracey trataron de contactar con Juan Carlos García-Lubén Fernández-Aldao para conseguir la factura. El joyero español tardó semanas en contestar. Tardó tanto que, el 7 de diciembre de 2011, Tracey recibió un correo que dejó claro que el asunto se estaba convirtiendo en un problema. El autor del correo era Manuel Paredes, secretario privado de Juan Carlos I. «Querida Tracey, HM [su majestad, en inglés] me ha pedido que averigüe qué está ocurriendo con las ESMERALDAS. Por favor, avísame si tienes alguna noticia. Le gustaría que este asunto quede resuelto de forma urgente. Por favor, trasládaselo al joyero [belga]. Cordialmente, Manolo», decía el texto.

García-Lubén acabó contestando a los requerimientos de Corinna y Tracey. En un folio timbrado con el nombre de la joyería Aldao en su parte superior, García-Lubén manifestó a la amiga de la examante del rey que había decidido involucrarse en la búsqueda de una solución para el incidente. «Estoy pensando que debo tratar este asunto con mi mejor respeto y discreción para proteger a nuestros clientes», escribió García-Lubén, evitando mencionar al monarca y a Corinna.

A continuación, el dueño de Aldao explicó que podía enviarle la factura que él recibió cuando compró las esmeraldas, aunque solo para usarla con el seguro. No existía ninguna factura de la posterior venta de las piedras a Juan Carlos I. El monarca se las había llevado de Aldao sin dejar rastro documental de esa operación y menos aún el pago del IVA correspondiente, pese a que el precio superaba los 250 000 euros.

García-Lubén también contó a Tracey que estaba buscando un par de esmeraldas «de las mismas características con el objetivo de reemplazarlas y terminar con el problema». Pero lo cierto es que aún quedaba mucho para que el episodio se cerrara. García-Lubén no localizó ningún ejemplar que se aproximara siquiera a las dos que el rey había regalado a Corinna. Unas eran demasiado pequeñas, otras tenían una forma fea o incompatible con unos pendientes y, la gran mayoría, no eran simétricas.

Gembel Company propuso entonces buscar dos unidades, aunque mantuvo la puerta abierta a pulir la piedra dañada e igualar la otra. Pero el tiempo seguía pasando y ninguna alternativa prosperaba. En las primeras semanas de 2012, García-Lubén escribió al joyero belga notablemente molesto.

«Creo que ha pasado demasiado tiempo para encontrar una solución a esta situación. Necesito darle una solución a mis clientes que incluya las siguientes condiciones: 1. La piedra dañada no puede ser recortada y reutilizada. 2. El nuevo par de esmeraldas debe de tener un certificado Gübelin [uno de los laboratorios gemológicos más respetados del mundo]. Si no hay certificado, habremos perdido el tiempo. 3. Una vez que los dos primeros puntos se hayan cumplido, necesito ver el par de esmeraldas. Solo aprobaré las nuevas esmeraldas si tienen el certificado, las mismas características y la misma calidad. 4. En el caso de que no consigas las esmeraldas, debes pagar el importe de las piedras», zanjó el responsable de Aldao. «Espero que entiendas que necesito una solución para este problema inmediatamente porque ya han transcurrido siete meses desde que se produjo el incidente».

El responsable de la joyería de Amberes viajó a Madrid días después con varias parejas de esmeraldas para que García-Lubén seleccionara las mejores. Las piedras originales se quedaron en Bélgica bajo custodia de Gembel Company. Corinna seguía sin poder ponerse las joyas que le había regalado Juan Carlos I. El monarca había tenido ese gesto para tratar de resucitar la vieja complicidad entre ambos, pero el episodio se estaba convirtiendo en una película de enredo que animaba a todo lo contrario.

La reunión del representante de Gembel con García-Lubén se produjo en la sede de Aldao y se saldó sin acuerdo. Ninguna esmeralda convenció al joyero de Juan Carlos I. El 1 de marzo de 2012, García-Lubén escribió a la empresaria para comunicarle que había cambiado de opinión. «Estimada princesa Corinna —comenzaba el correo—. Referente a las esmeraldas talla perilla seleccioné la mejor pareja de las que nos trajeron. A pesar de ser las mejores, son de peor calidad que las originales.

También coincido con usted en la forma, pues es mucho mejor la forma de las originales. Mi humilde opinión es de retallar las originales (asumiendo el riesgo las personas que las rompieron). Posteriormente se debería hacer una valoración de la pérdida de peso de las esmeraldas y los daños ocasionados. No me puedo comprometer a día de hoy a conseguir en el mercado una pareja igual y no sabría decirle el tiempo que me llevaría conseguirla. Con respeto y cariño. Juan Carlos [García-Lubén]».

Parecía que el final de este capítulo casi cómico estaba cerca, pero solo mes y medio después se produjo la caída de Juan Carlos I en Botsuana y las negociaciones sobre las esmeraldas saltaron por los aires. El destino de las joyas se convirtió de pronto en el problema menos importante de todos los que aparecieron en el horizonte del jefe del Estado.

Tras el safari, Corinna y su hijo Alexander fueron «invitados» a irse de España. Agentes de seguridad privada contratados por el CNI registraron la vivienda de la empresaria en Mónaco. Meses después, el director de los servicios de inteligencia, Félix Sanz Roldán, se reunió con Corinna en Londres para avisarla de que le convenía mantenerse alejada de la Casa Real. La popularidad de Juan Carlos I comenzó a caer en picado. Por los pasillos de la Zarzuela comenzó a circular la posibilidad de una abdicación. Todos los que habían tenido algún tipo de contacto con las esmeraldas comprendieron que habían surgido nuevas prioridades y las gemas quedaron olvidadas en Amberes.

No se produjo ninguna novedad hasta octubre de 2015. Casi año y medio después de abdicar y tras comprobar que su relación con Corinna no solo había acabado para siempre, sino que su expareja se negaba a devolverle los 65 millones de euros que le había regalado en 2012, Juan Carlos I ordenó a Aldao que recuperara inmediatamente las piedras.

El 20 de octubre de 2015, tres años después de la última gestión, Juan Carlos García-Lubén utilizó la cuenta de correo de su sobrino Jorge Fernández de Araoz, el administrador de la sociedad Sanlua Inversiones SL y de España Watches, para solicitar a Gembel Company la devolución de las piedras. La empresa belga no se opuso a la entrega, pero contestó a García-Lubén que las joyas habían sido depositadas en su establecimiento por la amiga de Corinna, Tracey Espy, y que esta era la única persona que podía autorizar la retirada.

El joyero de Juan Carlos I contactó entonces con Tracey para comunicarle sus intenciones. «Me dicen que necesitan tu autorización para devolver las joyas a mi negocio. Te agradecería que me dieras tu autorización porque nuestro cliente quiere recogerlas en mi establecimiento y he intentado solucionar este asunto durante un mes y no sé qué decirle a nuestro cliente», escribió el responsable de Aldao.

García-Lubén no obtuvo lo que buscaba. Cuando Corinna fue avisada por su amiga de las pretensiones de Juan Carlos I, se negó a autorizar la retirada de las esmeraldas. En los meses siguientes, el monarca y Aldao insistieron a Gembel Company en que ellos eran los verdaderos dueños de las gemas. Hay constancia de correos enviados hasta el año 2017 en los que el rey emérito y su joyero exigen el retorno de las esmeraldas colombianas en el estado que fuera, incluso rotas, de forma inmediata y sin ningún tipo de compensación, pero se desconoce qué ocurrió finalmente con ellas. Las piedras se diluyeron en un laberinto de gestiones tan tenebroso como el origen de los 250 000 euros con que fueron pagadas en 2011, si es que Juan Carlos I llegó a pagarlas.

Aldao, más que una joyería, era para el jefe del Estado como un banco. La afición más opulenta y menos conocida de Juan Carlos I es el coleccionismo de relojes de lujo. Pocas personas han contemplado su museo privado con más de 400 piezas de las marcas más suntuosas. Están guardadas en cajas especiales con dispositivos giratorios que simulan el movimiento de la muñeca, en una sala estanca de la Zarzuela en la que no entra polvo ni otras impurezas, y que se mantiene a una temperatura constante.

Gran parte de los relojes que integran esa colección son regalos de otros mandatarios, principalmente de Oriente Medio. Juan Carlos I y la reina Sofía solían volver de las visitas oficiales por los países del Golfo con todo tipo de joyas, y la pasión del rey por los relojes era sobradamente conocida por sus homólogos.

Otro porcentaje de las piezas de ese museo secreto fue pagado por empresarios españoles, que también conocían esa afición del monarca. La forma más sencilla de ganarse su atención y garantizarse su presencia en futuras citas era entregarle el último modelo de alguno de los fabricantes más exclusivos del mundo. A Juan Carlos I le cambiaba el rostro cuando alguien le ponía un buen reloj delante. Era como enseñarle a un niño las fotos de un parque de atracciones. No eran regalos baratos, pero estaban al alcance de los presidentes del IBEX y las mayores fortunas nacionales, y podían servir para tener al rey de aliado en un negocio.

La práctica de los regalos estaba institucionalizada y de un modo u otro se beneficiaron de ella todos los miembros de la familia real. La Unidad de Delincuencia Económica y Fiscal (UDEF) de la Policía Nacional registró la casa y las oficinas de los Ruiz-Mateos en enero de 2012 por el escándalo de las emisiones de pagarés de Nueva Rumasa, una macroestafa que dejó miles de afectados. Entre los documentos intervenidos aparecieron listados con los nombres y direcciones de las personas más ilustres del país. Eran los destinatarios de los regalos que la familia Ruiz-Mateos enviaba todas las Navidades para congraciarse con la cúspide del poder. Las mujeres más influyentes de España solían recibir un bolso de Carolina Herrera. Los listados reflejaban que la mayoría enviaba el bolso de vuelta unos días más tarde, probablemente para no mezclarse con un clan que se había convertido en un foco de malas noticias. Sin embargo, a los agentes se les fueron los ojos a tres filas de los listados que nunca devolvieron los bolsos. Eran la reina Sofía y las infantas Elena y Cristina.

El jefe del Estado prefería los relojes. Sus ayudantes de cámara llevaban el control de cada referencia que se incorporaba a su colección y anotaban qué mandatario, industrial o amigo se lo había regalado. Cuando quedaba con alguien, Juan Carlos I lucía el reloj que esa persona le había regalado en el pasado. «Así ese amigo podía ver que su obsequio le había gustado, sacaba el tema del reloj y el rey aprovechaba para hablarle de otros modelos que habían salido y también le gustaban. De ese modo, llegaban más relojes en forma de regalo porque veías que él lo apreciaba», señala una persona que perteneció a su entorno más próximo.

Rolex, Cartier, Richard Mille, Omega, Audemars Piguet Royal Oak, Hamilton, Bell & Ross, IWC… La lista de referencias en poder de Juan Carlos I es interminable y no aparece en ninguna estadística oficial. En 2022, Patrimonio Nacional declaró un inventario de 721 relojes, en su mayoría expuestos en los palacios y monasterios reales. Pero se trata de piezas elaboradas entre finales del siglo XVI y principios del XX que fueron incorporadas al patrimonio del Estado por diferentes monarcas de la historia de España y que cumplen un fin eminentemente decorativo.

Los relojes que fascinan al rey son los de pulsera y los utiliza en actos oficiales y privados. También deberían pertenecer al Estado pero, técnicamente, ni siquiera existen. A finales de 2014, Felipe VI impuso la normativa[2] que impedía a los miembros de la familia real aceptar regalos de «alto valor económico». Juan Carlos I simplemente evitó declararlos. Entre los años 2015 y 2019 (último año en el que aparece en el listado de obsequiados), el ya rey emérito recibió treinta y tres regalos oficiales, según la web de Transparencia de la Casa Real, y ninguno de ellos fue un reloj.

Hay motivos para dudar de esa estadística. Rafa Nadal ganó en junio de 2019 su duodécimo Roland Garros. Juan Carlos I presenció la final en las gradas de la Philippe Chatrier de París. Tras la victoria, el tenista balear acudió a saludar al monarca. Los periodistas fotografiaron el encuentro. A los amantes de los relojes les llamó la atención un detalle: ambos portaban un modelo de Richard Mille. El de Nadal estaba personalizado con su nombre, era una edición limitada de cincuenta unidades llamada RM 27-03 Tourbillon, que costaba en ese momento 799 000 euros. El del rey era el modelo RM 009, con una carcasa realizada en aleación de aluminio y silicio que pesa solo veintiocho gramos. Valía 350 000 euros. Era la primera vez que se le veía con ese modelo. Solo el importe de ese reloj superaba el salario que el emérito recibía en todo un año.

Fue su cargo como máximo representante de España lo que motivó sus viajes oficiales y le convirtió en un interlocutor

[2] Normativa sobre regalos a favor de los miembros de la Familia Real: <https://www.casareal.es/ES/Transparencia/InformacionJuridica/Paginas/normativa-regalos-familia-real.aspx>.

interesante para centenares de empresarios. Nunca habría acumulado más de 400 relojes si no hubiera sido por su condición de rey. Según la legislación, todos esos artículos tendrían que haberse incorporado al Patrimonio Nacional. Pero Juan Carlos I siempre pensó que los relojes formaban parte de la retribución que merecía por su contribución a la estabilidad política de España y al crecimiento exponencial de las cuentas de resultados de las compañías nacionales. Creía que si todo eso había ocurrido, había sido gracias a su olfato en momentos decisivos de la historia reciente del país. ¿De verdad esperaba la gente que el artífice de esa obra se conformara con un Casio o un Viceroy y que entregara al Estado la increíble colección que había reunido después de tantos años de entrega a España?

Esa concepción del poder tenía otra derivada. Si los relojes eran suyos, podía hacer con ellos lo que quisiera, también venderlos cuando tenía problemas de liquidez. Era un modo de conseguir efectivo más rápido que repatriar dinero de Suiza. Igual que España Watches, Aldao ofrecía un servicio de recompra de relojes y de todo tipo de joyas. Los García-Lubén acudían a la Zarzuela y se llevaban los modelos que Juan Carlos I quería cambiar por billetes. Los fondos eran incorporados luego a la cuenta que tenía el monarca en el establecimiento para que retirara otras piezas por ese mismo importe, por ejemplo, cuando necesitaba hacer un regalo. Las esmeraldas de 250 000 euros que regaló a Corinna en 2011 salieron de la joyería con ese sistema. Por eso García-Lubén no disponía de la factura de la venta de las piedras al monarca.

Otras veces, Juan Carlos I quería dinero, no aumentar su cuenta en Aldao. Para el establecimiento era un buen negocio. Las piezas que habían sido propiedad del rey de España subían de valor y podían ser revendidas por encima incluso del precio original. Además, la fama de proveedor de la Zarzuela le abría las puertas de las familias más adineradas del país.

El sistema funcionó durante décadas y fue aplicado a todo tipo de activos de la Casa Real y del Estado. Cualquier objeto que estuviera bajo el control de Juan Carlos I podía acabar convertido en dinero con el que luego pagaba los viajes, restaurantes, vuelos privados y nuevos objetos de lujo que no cubría su asignación oficial.

El método operaba al margen del presupuesto declarado de la Zarzuela y los beneficios obtenidos con la enajenación de esos bienes no revertían en el Patrimonio Nacional ni el erario público, sino que terminaban en cuentas personales del monarca. El mecanismo, que equiparaba a la Corona con una enorme casa de empeños, se convirtió en una de sus grandes fuentes de ingresos y, al mismo tiempo, le permitió disfrutar continuamente de productos exclusivos que de otra forma le habrían resultado inalcanzables. Cuando se cansaba de algo o quería la última novedad lanzada por una marca, solo tenía que desprenderse de lo viejo y adquirir lo nuevo.

Cualquier producto que estuviera bajo su dominio y no figurara en una estadística oficial era susceptible de ser utilizado para generar efectivo o pagar un favor. Todo lo que había en Palacio se monetizaba. A veces, según otras fuentes, ocurría incluso con bienes perfectamente inventariados.

En agosto de 1989 se cometió uno de los robos más misteriosos de la historia del arte nacional. Desaparecieron tres lienzos de una parte cerrada al público del Palacio Real de Madrid. Uno de esos cuadros era un Velázquez de 24 x 27 centímetros que representaba la mano del arzobispo de Granada y presidente del Consejo de Castilla entre 1633 y 1639,

Fernando Valdés. La mano sostenía un papel con la firma del artista. Fue pintado en 1633 y era el único fragmento que quedaba de un retrato de cuerpo entero del arzobispo en el que ya se apreciaban los rasgos del Velázquez de la edad madura. En 1989, estaba valorado en unos 100 millones de pesetas. También desapareció al mismo tiempo otra obra de pequeño formato tasada en 75 millones de pesetas, un cuadro de Juan Carreño de Miranda de cuarenta centímetros de altura titulado *Dama desconocida* con el busto de una mujer de la época de Carlos II[3].

Patrimonio Nacional comunicó que no se había detectado ningún signo de violencia en los accesos a las salas en las que se guardaban los cuadros. El entonces subdirector general de Bienes Muebles Históricos, Román Ledesma, declaró que la desaparición de las obras fue detectada un lunes, por lo que se sospechaba que el delito se había cometido durante el fin de semana.

Ledesma no se explicaba cómo se había producido la sustracción. «Los conservadores del Palacio Real hacen visitas de control de las instalaciones cada dos días y es muy difícil para un extraño acceder a la zona donde se encontraban los cuadros, ya que se dispone de un sistema automático de detección de intrusismo que advierte la presencia de cualquier objeto o persona que penetre en la sala», manifestó a la prensa. Al responsable del Palacio Real también le llamó la atención que el autor o autores hubieran elegido «obras de firmas muy conocidas e identificadas en libros y publicaciones», por lo que era imposible colocarlas en el mercado sin que saltaran las alarmas.

Pero las alarmas no saltaron. Los lienzos forman parte de la lista de obras robadas que la Brigada de Patrimonio Histórico

---

[3] «El arte robado más buscado», *La Razón*, 29 de diciembre de 2010.

de la Policía Nacional nunca ha podido recuperar. Los agentes llegaron a tomar declaración a muchos empleados del Palacio Real, pero la causa se archivó por falta de pruebas. Las sospechas se focalizaron en dos empleados, pero las pesquisas llegaron a un callejón sin salida.

Sabino Fernández Campo, secretario general de la Casa Real desde 1977, jefe de la Zarzuela entre 1990 y 1993, y custodio de los secretos de Juan Carlos I, se llevó el episodio a la tumba, aunque antes de fallecer en 2009 reveló a un allegado dónde estaban la «Mano» de Velázquez y la *Dama desconocida* de Juan Carreño de Miranda. Contó que los había visto colgados en las paredes de la casa de una amante del monarca. El antiguo militar lo confesó escandalizado, como otro ejemplo de todas las irregularidades que había contemplado durante su paso por Palacio y que le llevaron a distanciarse del monarca en sus últimos años al servicio de la Casa Real. Un portavoz de la amante del rey identificada por Fernández Campo aseguró que esta no quería hacer ningún comentario sobre los cuadros cuando fue preguntada por los autores de este libro.

El interés de Juan Carlos I por el arte ha dejado otros episodios. En torno a 2010, el todopoderoso Emilio Botín, presidente del Banco Santander, le pidió a Juan Carlos I que le ayudara a contactar con el rey de Marruecos, Mohamed VI. El monarca alauita era propietario de un banco participado por el Santander. Juan Carlos I había hecho en el pasado decenas de intercesiones como esa para todo tipo de empresarios y no era la primera vez que Botín le solicitaba una gestión, pero aquella colmó su paciencia. El rey se quejó de que el presidente del Santander aún no le hubiera regalado nada por los favores anteriores que ya le había hecho. «¡Botín todavía me debe un Picasso!», gritó Juan Carlos I después de recibir la llamada del banquero.

El monarca llevaba tiempo apuntando su mira telescópica a la Colección Santander, uno de los mejores catálogos privados de España, con más de un centenar de lienzos y esculturas de artistas como El Greco, Zurbarán, Van Dyck, Rubens, Tintoretto, Miró y Picasso. El entonces jefe del Estado podía visitar cualquier museo cuando quisiera. Uno de los más destacados de España llevaba el nombre de su mujer, la reina Sofía. Podía sentarse delante del *Guernica* o de cualquier otro Picasso y echar un día entero. Sus propios palacios estaban atestados de obras de arte. Pero quería que Botín le regalara un lienzo del pintor malagueño, precisamente el artista más cotizado. Lo quería para él solo. O, quizá, para convertirlo en dinero.

Todo podía reencarnarse en billetes. El 2 de agosto de 2005, las banderas de los edificios oficiales ondearon a media asta. El Gobierno de José Luis Rodríguez Zapatero decretó un luto oficial de veinticuatro horas por la muerte del rey de Arabia Saudí, Fahd Bin Abdulaziz, conocido en España por sus largas y fastuosas vacaciones en la Costa del Sol y por su relación casi fraternal con Juan Carlos I. Años después, una esposa secreta del mandatario saudí, la palestina Janan Harb, reveló que el amigo del rey emérito había tenido una relación problemática con las drogas, el alcohol y el juego. Pero en 2005 no se conocía ninguno de esos detalles y la prensa española llevaba décadas anunciando la llegada del rey Fahd a su mansión de Marbella como si fuera la reencarnación de una estrella del rock. Tampoco a la opinión pública española parecía inquietarle demasiado en esa época la conflictiva relación de Arabia Saudí con los derechos humanos.

Cuatro días después del fallecimiento, Juan Carlos I se desplazó a Riad para transmitir sus condolencias al pueblo saudí y presentarse oficialmente al nuevo rey, Abdalá Bin Abdulaziz. El viaje duró apenas unas horas, pero el rey emérito volvió a Arabia Saudí nueve meses después para efectuar su primera visita oficial al país bajo el nuevo reinado. Le acompañaron la reina Sofía, los ministros de Exteriores e Industria del momento, Miguel Ángel Moratinos y José Montilla, respectivamente, y un amplio grupo de empresarios españoles. El viaje duró tres días, del 8 al 10 de abril de 2006, y permitió estrechar aún más las relaciones bilaterales entre ambos países y abrir nuevas oportunidades de negocio para las compañías nacionales.

Juan Carlos I volvió a España con un souvenir. El rey Abdalá le regaló un Hummer amarillo modelo H2, un todoterreno de fabricación estadounidense e inspiración militar de dimensiones mastodónticas y capacidad para siete ocupantes. El automóvil tenía un motor de 6000 centímetros cúbicos y 325 caballos de potencia que consumían 25 litros de gasolina por cada 100 kilómetros. La versión más económica del H2 rondaba los 90 000 euros y había ejemplares que llegaban a los 125 000. El coche era tan excesivo que se convirtió en uno de los preferidos por los nuevos ricos del boom del ladrillo. No había ningún vehículo más grotesco circulando por las carreteras españolas.

Ningún informe ni estadística de Patrimonio Nacional ni de la Casa Real menciona el Hummer H2 de Juan Carlos I, ni tampoco consta lo que ocurrió luego con él. El rey emérito lo incorporó a su colección privada de coches, una extensa flota aparcada en el recinto de la Zarzuela al margen de los inventarios oficiales. Algunos de esos automóviles los utilizaba para darse un paseo de incógnito por las carreteras cercanas al Palacio. Otros, los vehículos tipo SUV o 4x4, los tenía reservados para ir a cazar con sus amigos a fincas rurales. Le gustaba tanto la velocidad como circular por estrechos y escarpados caminos de tierra, pero su mayor diversión era estrenar coche cada poco tiempo.

Durante décadas, esa pasión permaneció oculta dentro de su círculo más cercano. El mito describía a Juan Carlos I como un rey austero, con una personalidad forjada en las estrecheces económicas de su infancia. Su única fuente de ingresos conocida era el salario que le asignaban los Presupuestos Generales del Estado, inferior al que percibían otros reyes europeos. En 2014, por ejemplo, cobró 202 752 euros frente a los 11.6 millones de euros que recibió ese mismo ejercicio Felipe de Bélgica. Pero Juan Carlos I había logrado que calara la idea entre sus súbditos de que no necesitaba más dinero y que sus responsabilidades políticas copaban sus aspiraciones.

La realidad era distinta. No solo le apasionaban los coches o los relojes por el placer intrínseco que encontraba en su disfrute. Al igual que las cuentas en Suiza y el ático en Londres que le regaló Omán, creía que esos lujos formaban parte de la remuneración que le correspondía por su larga hoja de servicios a España. Además, en una institución como la Corona, que pivota sobre el simbolismo y ejerce únicamente poderes ejecutivos difusos, el oropel reforzaba la majestuosidad de su principal representante.

Tras dos años de uso, Juan Carlos I dejó de sentir interés por el Hummer H2 que le había regalado el rey Abdalá y decidió vendérselo a su amigo Arturo Fernández, el empresario de la restauración que llegó a ser presidente de los empresarios madrileños (CEIM) y vicepresidente de la patronal española (CEOE) hasta que su imperio hostelero, Grupo Arturo

Cantoblanco, comenzó a sufrir problemas económicos y en 2014 se vio obligado a presentar concurso de acreedores.

Fernández, experto tirador y aficionado a la caza como el monarca, fue una de las pocas personas que estuvo al tanto en tiempo real de su relación amorosa con Corinna. En la galería de tiro de su restaurante Cantoblanco, situado al norte de Madrid, en la carretera de Colmenar Viejo, aprendió a disparar Alexander, el hijo de la empresaria, cuando esta aún salía con el entonces rey de España y vivía en la casa de La Angorrilla, dentro del recinto del Palacio de la Zarzuela. Fernández comió decenas de veces con Corinna y Juan Carlos I en sus propios restaurantes, especialmente en el ya desaparecido Nicolasa, que estaba en la calle de Velázquez a la altura de la embajada de Rusia. El hostelero llevaba más de cincuenta años al lado del rey y conocía todos sus secretos. También era uno de los principales compradores de sus coches usados.

Fernández nunca ha escondido su pasión por los automóviles. Ni siquiera dejó de aumentar su colección cuando sus empresas comenzaron a desmoronarse. En las instalaciones de Cantoblanco tiene carpas y naves industriales en las que guarda más de un centenar de vehículos, y al menos doce de ellos pasaron previamente por las manos de Juan Carlos I.

El monarca aprovechó durante décadas la afición del empresario para traspasarle los coches que ya no le interesaban. Solo tenía que pedirle a Fernández que se los comprara. En el mundo del coleccionismo, además, un coche que haya tenido propietarios singulares tiene un atractivo mayor y cotiza más caro. El monarca conseguía cash y el propietario del Grupo Cantoblanco sumaba una joya a su museo privado. Uno de los doce coches del rey Juan Carlos I que terminó comprando el empresario es el Hummer amarillo regalado por el rey Abdalá. Fernández pagó por él unos 80 000 euros. El dinero terminó en una cuenta personal del monarca en territorio nacional.

En 2014, por ejemplo, *El Confidencial*[4] reveló que un jeque árabe había regalado al monarca un Maserati Quattroporte II, entonces fabricado por Citroën, valorado en más de 150 000 euros. Fue a principios de los años ochenta. El coche acabó años después, en 2008, en manos también de Arturo Fernández. El empresario pagó 100 000 euros por el vehículo. Arturo Fernández asegura que pagó «por el coche lo que valía». «El rey, que no tiene amigos, pero sí súbditos, tenía muchos coches. Yo solo se lo compré. Y aún lo tengo», cuenta.

El rey emérito no tuvo tiempo de notar la pérdida. Cuando se deshizo del Hummer H2, ya tenía otro volante en sus manos. Se trataba de un espectacular Maybach 57S, el primer modelo de la marca alemana después de que el grupo propietario, Daimler-Chrysler, decidiera resucitarla tras sesenta años fuera del mercado. El modelo más básico del Maybach 57S se vendía en la calle con un precio de partida de 470 000 euros. Ocupaba la primera posición en el segmento del lujo, por encima de modelos de Rolls-Royce y Bentley. Pero Juan Carlos I no tuvo que pagar ni un euro por ese coche, sobre el que tampoco existe ningún rastro en la Casa del Rey ni en Patrimonio Nacional.

Una de las fotos más vistas de Juan Carlos I junto a Corinna fue tomada en el aeropuerto de Stuttgart en febrero de 2006, cuando la sociedad española aún no tenía ni idea de quien era la intermediaria alemana ni menos aún conocía su relación amorosa con el jefe del Estado. La fotografía de Stuttgart no vio la luz hasta 2012, cuando fue publicada por

[4] José L. Lobo, «El Rey vendió al jefe de la patronal madrileña el Maserati que le había regalado un jeque árabe», *El Confidencial*, 1 de julio de 2010.

el diario sensacionalista germano *Bild* tras el escándalo de Botsuana. Juan Carlos I aparece en primer plano recorriendo una alfombra roja de terciopelo y recibiendo honores militares, justo después de descender de un avión Falcon del Ejército del Aire español. Detrás de él, junto a otras autoridades locales y a unos cinco metros de distancia, camina Corinna esbozando una sonrisa.

El viaje fue privado y duró un día. La Zarzuela no informó de la presencia del rey en Alemania. El único motivo por el que el monarca se desplazó a la capital del estado de Baden-Wurtemberg fue para reunirse con los directivos de Maybach en los cuarteles generales del grupo Daimler, como desveló *El Confidencial*[5]. Juan Carlos I les había trasladado meses atrás que estaba interesado en conducir uno de sus nuevos 57S. Los responsables de la marca alemana aceptaron la petición por la relevancia del conductor. La entrega del coche no trascendería, pero el monarca podría contar las bondades del nuevo Maybach a su círculo de confianza, tanto dentro como fuera de España. Quizá el monarca les ayudara a lanzar las ventas de un automóvil que estaba concebido precisamente para seducir a grandes fortunas y mandatarios.

En Stuttgart, Juan Carlos I tuvo un primer contacto con el que sería su nuevo coche. Pudo sentarse en el asiento del conductor y agarrar el volante. Los directivos de la marca le brindaron la posibilidad de escoger el color del vehículo, el tapizado interior y otros acabados. Por la tarde, ofrecieron una cena de gala en su honor con un reducido grupo de invitados. La visita a Maybach no aparecía en la agenda oficial, pero a Juan Carlos I lo acompañaba aquel día el entonces jefe de la

[5] José María Olmo, «El día que Juan Carlos I se subió a un Falcon y puso un pangolín en su Maybach de 495.000€», *El Confidencial*, 8 de febrero de 2022.

Casa Real, Alberto Aza. Por la noche, terminada ya la velada, el monarca regresó a la Zarzuela y retomó su agenda.

Maybach tardó tres meses en entregarle el 57S personalizado a su gusto. Le dio las llaves en un pequeño acto en el circuito de Montmeló de Barcelona, coincidiendo con la celebración en la Ciudad Condal de la gala de entrega de los Premios Laureus del deporte, patrocinada por Mercedes. Juan Carlos I probó el automóvil allí mismo dando unas vueltas al trazado del circuito de velocidad.

El Maybach aceleraba de 0 a 100 km/h en solo cinco segundos y alcanzaba una velocidad punta de 275 km/h. Medía de largo casi seis metros y sus doce cilindros generaban 612 caballos de potencia. Tenía un depósito de 110 litros de capacidad y un consumo de 24.6 litros por cada 100 kilómetros. Esas cifras contrastaban con su delicado diseño. Su aspecto era el de una gran berlina de alta gama, con perfiles curvos y transiciones redondeadas.

El interior destacaba por su confort y su enorme equipamiento, pero el Maybach de Juan Carlos I llamaba la atención por otro motivo. La marca alemana decidió que el vehículo estuviera decorado con apliques de plata de uno de los mejores orfebres del mundo, el británico Patrick Mavros. En la palanca de cambios del 57S colocó intencionadamente una escultura de un pangolín de plata, un animal sagrado en buena parte de África que evoca a los reyes o jefes de las tribus. La figura costó unos 11 000 euros. También había obras de Mavros en la consola delantera del vehículo y en los ceniceros de los asientos traseros.

Juan Carlos I lo incorporó a su parque privado de coches, aunque no llegó a ponerlo a su nombre. Negoció que el vehículo continuara perteneciendo a Daimler-Chrysler para que la multinacional pagara todos sus impuestos, gastos de mantenimiento y seguros. Si lo hubiera incorporado a su patrimonio, habría tenido que pagar esos gastos con su fortuna personal. Otra opción habría sido dejar que el Estado se hiciera cargo de esos importes, pero habría tenido que incluir el Maybach en el inventario oficial de la Zarzuela, y eso habría provocado que el vehículo fuera descubierto por la opinión pública española. Juan Carlos I eligió la fórmula más inteligente. Era el único que lo conducía, pero el *holding* de Mercedes corría con todos los gastos. Él solo tenía que preocuparse de que, cada vez que quisiera utilizar el 57S, hubiera gasolina en su depósito.

A los tres años de entregarle el 57S, Maybach se cansó de pagar los gastos del vehículo, que se había convertido en un agujero negro para las cuentas del fabricante. Además, la cesión del coche no le había generado ningún rédito comercial. Las ventas de los nuevos Maybach se situaron muy por debajo de los objetivos que se había marcado Daimler-Chrysler cuando decidió relanzar la marca alemana. Si el rey había ayudado a vender algún ejemplar, su impacto en el balance de la compañía había sido nulo. El gigante de la automoción contactó con Juan Carlos I para reclamarle la devolución de su coche.

La noticia provocó un enorme enfado en el monarca, que la interpretó casi como una traición personal. El rey había dado por hecho que el 57S formaba parte de su fortuna privada. Jamás pensó que, después de la ceremonia de entrega del automóvil en las oficinas de Stuttgart, la colocación de un pangolín de plata en su honor en la palanca de cambios y las facilidades que le habían puesto para disfrutarlo sin pagar ni un solo euro, llegaría el día en que tendría que devolverlo a Daimler-Chrysler.

Juan Carlos I perdió un coche, pero siguió conduciendo otro que tampoco aparecía en ninguna relación oficial y que la opinión pública española tardaría más de una década en descubrir. El 30 de septiembre de 2008, solo unos días después de que el Ministerio de Finanzas de Arabia Saudí le transfiriera 100 millones de dólares, el monarca se convirtió en el propietario de un Rolls-Royce modelo Phantom Drophead Coupé, uno de los deportivos más lujosos del mundo.

Nunca ha trascendido cómo llegó ese coche a las manos del rey emérito. En aquel momento, el Phantom se vendía con un precio de partida de 498 716 euros más impuestos. El elegido por Juan Carlos I tenía dos tonos de verde, uno claro y otro oscuro, y era descapotable. Contaba con un motor de 6749 centímetros cúbicos y 453 caballos de potencia que le permitían acelerar de 0 a 100 km/h en solo 5.9 segundos. Con la capota plegada, era imposible no sentir la velocidad mientras el peso del pie caía sobre el acelerador.

El automóvil estuvo aparcado en el garaje de la Zarzuela durante dos años, según acredita su historial en la base de datos de la Dirección General de Tráfico. En octubre de 2010, Juan Carlos I decidió convertirlo en dinero, como ya había hecho con el Hummer H2 y otros coches en el pasado. Pero en esa ocasión no recurrió a Arturo Fernández, sino que cerró la venta con otro de sus mejores amigos, el industrial Juan Miguel Villar Mir, antiguo propietario de la constructora OHL. La transacción no salió a la luz hasta enero de 2022, cuando lo desveló *El Confidencial*[6]. La ficha del vehículo indica que, en sus primeros catorce años dado de alta, el Rolls-Royce solo recorrió 9954 kilómetros. El jefe del Estado podía permitirse el lujo de tener un vehículo de esas características en el aparcamiento del Palacio y cogerlo un rato algunos domingos para dar una vuelta por El Pardo.

[6] José María Olmo, «Juan Carlos I vendió un Rolls-Royce descapotable de Casa Real a Villar Mir por 210.000 €», *El Confidencial*, 20 de enero de 2022.

Es imposible saber cuánto pagó Villar Mir por el Rolls-Royce. El empresario firmó un contrato de compra y realizó una transferencia por el coche, pero el dinero terminó en una cuenta de Juan Carlos I como si se hubiera tratado de un simple traspaso entre particulares. No hay ninguna prueba de que el Estado recibiera ni un solo euro por la enajenación de ese bien.

Cuando no tenía coches, Juan Carlos I los alquilaba con cargo al Estado. La Casa Real adjudicó en 2017 un contrato de renting al fabricante Volkswagen-Audi por un importe de 28 556 euros y una duración de un año. A cambio, los miembros de la familia real podían conducir tres vehículos de alta gama, aunque los pliegos no ofrecían esos detalles. *El Confidencial*[7] informó que uno de esos tres coches era un Bentley modelo Bentayga que tuvo como único conductor a Juan Carlos I. Se trataba de automóvil estilo SUV con un motor de 608 caballos de potencia capaz de alcanzar los 301 km/h. El rey lo usaba para cazar. Su precio en catálogo superaba los 250 000 euros. En junio de 2020, en mitad de la pandemia y tras el estallido del escándalo de la Fundación Lucum, la Zarzuela devolvió el coche y modificó el contrato con Volkswagen-Audi para que solo incluyera dos Audis conducidos habitualmente por Felipe VI y la reina Letizia. El episodio habría pasado desapercibido si no llega a ser por la investigación de un medio de comunicación. El Estado puede imponer el silencio igual que una apisonadora extiende el asfalto.

[7] José María Olmo, «Felipe VI retiró a Juan Carlos I en 2020 el Bentley de 250.000 € que usaba para cazar», *El Confidencial*, 24 de enero de 2022.

19.
LA SUERTE JUDICIAL DE UN COMISIONISTA

Juan Carlos I eligió como abogado a Javier Sánchez-Junco Mans, un fiscal en excedencia que dirige un prestigioso despacho de abogados desde un chalé de El Viso de Madrid. Juan Carlos I se fijó en él por dos motivos: por su importante currículo y porque fue uno de los pocos abogados de renombre que aceptó defenderle gratis.

Sánchez-Junco es experto en delitos societarios, fiscales, contra el patrimonio y el orden socioeconómico. Comenzó su carrera en los tribunales superiores de Justicia de Madrid y de Asturias. Luego formaría parte de la Fiscalía General del Estado y de la Fiscalía Anticorrupción. Tenía contactos en el ministerio público y sabía cómo funcionaba la institución.

A principios de marzo de 2022, cuando la invasión rusa de Ucrania copaba la actualidad mediática, la Fiscalía del Tribunal Supremo anunció que había decidido archivar las tres diligencias prejudiciales que había abierto contra el exjefe del Estado. La primera, por la famosa transferencia de 65 millones de euros que podía corresponder a una comisión por el AVE saudí. La segunda, por un dinero descubierto en el paraíso fiscal de Jersey, una pequeña isla en el canal de la Mancha. Y la tercera, por el uso de dinero opaco transferido por el financiero Allen Sanginés-Krause.

¿Por qué la Fiscalía archivó todas las causas? Los decretos de archivo constatan conductas por parte del emérito que podrían haber conllevado una condena no solo por delitos fiscales, sino también por blanqueo de capitales, tráfico de influencias y cohecho, pero el ministerio público llegó a la conclusión de que algunos de estos posibles reproches penales estaban prescritos o no eran perseguibles porque se cometieron antes de 2014, cuando Juan Carlos I estaba blindado por la inviolabilidad que el artículo 56.3 de la Constitución otorga al jefe de Estado. Y, al mismo tiempo, los actos presuntamente delictivos que pudo cometer a partir de la abdicación tampoco eran denunciables en vía penal, por las dos regularizaciones fiscales que efectuó voluntariamente antes de que el ministerio público presentara una querella en los tribunales.

Primer archivo

En julio de 2018 la Fiscalía comenzó a investigar si los 65 millones de euros de Arabia Saudí podían ser una dádiva por la adjudicación del AVE La Meca-Medina a un consorcio de empresas españolas. Nunca llegó a haber una imputación formal contra el emérito. La Fiscalía acreditó que el rey era «el verdadero titular» de la cuenta suiza que recibió los millones saudíes, pero no pudo probar que el pago correspondiera a una comisión por ese contrato. El banco que recibió el dinero apuntó que se trataba de un «importe enviado por el rey de Arabia Saudí como regalo de cara a otras monarquías».

Incluso en el caso de que realmente hubiera sido un «regalo», había base para iniciar una investigación penal. La ley de Patrimonio Nacional de 1982 asegura en su artículo 4, apartado 8, que deben formar parte del patrimonio nacional «las donaciones hechas al Estado a través del rey y los demás bienes y derechos que se afecten al uso y servicio de la Corona». Si se trataba de una donación de jefe de Estado a jefe de Estado, Juan Carlos I debería haberla hecho pública e incorporar los fondos a los activos del erario público.

Lo que sí dejó claro la Fiscalía es que el monarca ocultó ese dinero a la Hacienda española. Durante los años en los que la cuenta se mantuvo abierta, de 2008 a 2012, la cuota defraudada en cada ejercicio «supera con creces» el tope de 120 000 euros que el Código penal establece como umbral para ser condenado por un delito contra la Hacienda pública a una pena de hasta seis años de cárcel. Sin embargo, lo defraudado entre los ejercicios fiscales de 2008 y 2011 ya había prescrito, y lo defraudado en el ejercicio fiscal de 2012, el único no prescrito, no era imputable porque el rey todavía gozaba del privilegio de la inviolabilidad.

¿Cuánto defraudó Juan Carlos I a Hacienda? La Fiscalía desgranó dos hipótesis en su decreto. La primera, que el regalo que recibió de la monarquía árabe fuera gravable como impuesto de sucesiones y donaciones. En ese caso dejó de pagar casi 54 millones de euros. La segunda posibilidad era que el regalo fuera considerado patrimonio no declarado, por lo que debía haberlo declarado en el IRPF pagando unos 30.7 millones de euros.

La Fiscalía estudió por encima otros posibles delitos como el cohecho pasivo y el blanqueo de capitales, pero concluyó que, en cualquier caso, era imposible atribuírselos. «Esa irresponsabilidad proclamada por la Constitución —aclaró la Fiscalía en su decreto de archivo— se extiende a todo tipo de actos del rey, incluidos los de naturaleza estrictamente privados, es decir, aquellos que no guardan relación con la misión constitucional del jefe del Estado».

En julio de 2014, tras la abdicación de Juan Carlos I, el Gobierno de Mariano Rajoy aprobó una reforma legal[1], apoyada por el PSOE, para proteger judicialmente a Juan Carlos I tras dejar la Corona. En el preámbulo del texto se deja claro que la inviolabilidad alcanza a «todos los actos realizados por el rey o la reina durante el tiempo en que ostentare la jefatura del Estado, cualquiera que fuere su naturaleza», algo que no detalla la Constitución. Llevado al absurdo, el rey podía haber matado a alguien mientras era jefe de Estado y no ser acusado de homicidio o asesinato. Y esa fue exactamente la lectura por la que se decantó el ministerio público.

Aunque la Fiscalía del Supremo dio carpetazo a la parte de la trama del AVE que afectaba a Juan Carlos I, la Fiscalía Anticorrupción mantuvo abierto el caso para tratar de averiguar si las empresas españolas adjudicatarias del contrato habían pagado sobornos «a funcionarios o autoridades locales de Arabia Saudí» a través de la lobista iraní Shahpari Azam Zanganeh, exmujer del traficante de armas Adnan Khashoggi y amiga personal del emérito. La Fiscalía sospechó que el contrato de asesoramiento que el consorcio español firmó con Zanganeh y que ascendió a 95.7 millones de euros pudo servir para canalizar comisiones ilegales, pero apenas avanzó en sus pesquisas. En mayo de 2022, Anticorrupción archivó también esta rama de la investigación del AVE al concluir que «no se ha podido determinar la comisión de un delito de corrupción en las transacciones internacionales».

Era difícil que acabara de otro modo. Arabia Saudí se negó a entregar a España la documentación bancaria que requirió hasta en dos ocasiones el fiscal del caso, Luis Pastor, para averiguar el destino último del dinero que las empresas españolas

---

[1] BOE n.º 169, de 12 de julio de 2014, pp. 54 647 a 54 652.

habían entregado a Zanganeh. Riad se limitó a responder que había hecho su propia investigación y que no había encontrado nada sospechoso.

El Tribunal Supremo español no pidió información a Suiza sobre la Fundación Zagatka hasta septiembre de 2020, cuando ya se sabía que el rey la había usado para pagar vuelos por medio mundo en aviones privados. Para entonces, los medios españoles ya llevaban tiempo informando sobre las diligencias abiertas por la Fiscalía del cantón de Ginebra.

Álvaro de Orleans sostuvo que era el único propietario de la Fundación Zagatka y que pagó los vuelos de Juan Carlos I y otros gastos para ayudar financieramente a su familiar de forma desinteresada. Pero, desde un punto de vista tributario, esas donaciones también constituyeron un pago en especie que el monarca eludió declarar en el IRPF como incremento patrimonial no justificado.

Sánchez-Junco recomendó a Juan Carlos que hiciera en febrero de 2021 una regularización tributaria y abonara 4 416 757.46 euros para evitar un posible delito fiscal por las entregas de Zagatka. El rey comenzó a disfrutar de los vuelos en 2009, pero el riesgo se ceñía a los ejercicios no prescritos, de 2014 a 2018, un periodo en el que además ya no gozaba de inmunidad.

La regularización dinamitó cualquier posibilidad de investigarlo. El proceso estuvo acompañado de las mismas irregularidades que pueblan la trayectoria del monarca. En el momento en el que Juan Carlos I pagó a Hacienda para subsanar los cinco posibles delitos fiscales (uno por cada ejercicio), hacía casi un año que *El Confidencial*[2] había desvelado la existencia de los vuelos. Para que la responsabilidad se extinga, es necesario

---

[2] José María Olmo y Pablo Gabilondo, «Juan Carlos I gastó 8 millones en vuelos de placer al Caribe, golfo Pérsico y Canadá», *El Confidencial*, 17 de noviembre de 2020.

que la regularización se produzca antes de que la Agencia Tributaria haya iniciado el proceso sancionador. Hacienda y la Fiscalía podían haber presentado una querella contra Juan Carlos I justo después de leer las primeras informaciones, pero estiraron los plazos al máximo para concederle la posibilidad de archivar sus diligencias mediante el pago voluntario de sus deudas con el fisco.

El padre de Felipe VI no abonó los 4 416 757.46 euros con dinero de su bolsillo. Lo hizo con préstamos «debidamente documentados», supuestamente, que fueron otorgados por doce amigos y empresas, según Hacienda. Con todo, la Fiscalía admitió que no se «había podido determinar con precisión la procedencia y la cuantía de los fondos consignados en las cuentas de la Fundación Zagatka, ni los gastos y pagos efectuados por dicha fundación en su totalidad».

El ministerio público tenía la opción de indagar otras salidas de dinero de Zagatka. Por ejemplo, la fundación hizo tres transferencias en 2008 a otra cuenta de Credit Suisse que estaba controlada por la empresa instrumental panameña Lactuva SA, constituida en noviembre de 2000 por el bufete ABA Legal Bureau, el mismo que montó la Fundación Lucum. El titular de Lactuva SA era un ciudadano español, pero su identidad no trascendió. La empresa pasó a estar inactiva en septiembre de 2019, coincidiendo con las averiguaciones del fiscal Bertossa en Ginebra. La Fiscalía de España metió en un cajón esas operaciones.

Segundo archivo

El segundo archivo de la Fiscalía cerró la investigación sobre un depósito oculto en el paraíso fiscal de la isla de Jersey, en el canal de la Mancha. Juan Carlos I lo contralaba a través de un fideicomiso, una especie de sociedad instrumental, que se llamaba The JRM 2004 Trust. Fue abierto el 9 de marzo de 2004, dos días antes de los atentados del 11M, por Joaquín Romero Maura[3], un prestigioso historiador que llegó a ser ejecutivo del banco de negocios Merrill Lynch.

Romero Maura era bisnieto de Antonio Maura, presidente del consejo de ministros de Alfonso XIII, y nieto de Miguel Maura, ministro de Gobernación de la Segunda República. Creció en Barcelona y, aunque su pasión era la historia, se hizo un nombre en el mundo de los negocios de la Ciudad Condal frecuentando los mismos despachos que el empresario Javier de la Rosa. En esos círculos entró en contacto con el diplomático e inversor Manuel Prado y Colón de Carvajal, amigo y gestor de las finanzas privadas de Juan Carlos I.

De la mano de Prado y Colón de Carvajal, Romero Maura fue ungido como uno de los principales testaferros del rey de España. Cuando el gran amigo de Juan Carlos I falleció en 2009, Romero Maura quedó como único depositario de esa parte de la fortuna del jefe del Estado.

The JRM 2004 Trust se fundó con 14.9 millones de euros y nunca habría trascendido su existencia de no ser por unos movimientos de dinero que en octubre de 2020 levantaron las sospechas del Servicio de Prevención contra el Blanqueo de Capitales (Sepblac). Aquel primer aviso ya apuntó «ciertos indicios de que el propietario último de los fondos podría ser Juan Carlos de Borbón».

El ministerio público comprobó que el dinero del trust provenía, a su vez, de la liquidación de otros dos fondos llamados

---

[3] José María Olmo y Beatriz Parera, «El testaferro de Juan Carlos I en Jersey es un historiador nieto de Miguel Maura», *El Confidencial*, 27 de abril de 2021.

Tartessos y Hereu (heredero, en catalán), creados también en Jersey por Prado y Colón de Carvajal en los años 1995 y 1997.

Las averiguaciones de la Fiscalía arrojaron que estos dos fondos se nutrieron de «donaciones de personas no identificadas» que querían apoyar al rey en el caso de que fuera depuesto por «un golpe de Estado inconstitucional o una situación similar», aunque es imposible obviar la coincidencia temporal de este entramado opaco con el escándalo del caso KIO, en el que Prado y Colón de Carvajal fue condenado por la apropiación indebida de 12 millones de euros que nunca fueron localizados por la justicia.

Juan Carlos I era el único beneficiario de los dos trust. Al principio, apuntó la Fiscalía en su decreto de archivo, Tartessos y Hereu recaudaron 5 millones de dólares, pero la estructura fue creciendo poco a poco. En 1999, por ejemplo, el rey Simeón de Bulgaria, gran amigo del emérito, inyectó 9 millones de dólares.

Hacia finales de 2003, Prado y Colón de Carvajal hizo ver al antiguo monarca la «conveniencia» de cerrar ambos depósitos. «En 2004, la situación política en España era estable, el heredero, hoy rey Felipe VI, acababa de contraer matrimonio, la monarquía gozaba de prestigio y el conocimiento público de la existencia de los trust, con la presencia en ellos de Prado [ya entonces condenado por la Audiencia Nacional por el caso KIO], hubiera exigido embarazosas explicaciones», señaló la Fiscalía en este segundo decreto de archivo. Por estas supuestas razones, el aún jefe de Estado habría ordenado liquidar los dos trust y transferir sus fondos a uno de nueva creación, JRM, que quedaría en manos de Romero Maura, cuya conexión con el monarca era más difusa y, por tanto, más idónea.

A partir de ese punto, la Fiscalía hizo una interpretación de los datos completamente inverosímil. Según el ministerio público, el rey habría comunicado al historiador que «había decidido entregarle todos sus fondos en atención a su amistad de muchos años y a los servicios prestados por su familia a la monarquía durante generaciones», y con «la certeza» de que «Romero Maura vivía de acuerdo a unos códigos éticos que no iban a cambiar por recibir ese dinero». Así, continuó la Fiscalía, le habría autorizado expresamente a «emplearlo como estimara más conveniente, incluyendo destinarlo a otras personas que pudieran necesitarlo, en las mismas circunstancias que concurrieron en el propio rey Juan Carlos en el pasado». Romero Maura quedó como primer beneficiario y, tras su muerte, lo reemplazaría su esposa.

La normativa interna del trust desmiente esa versión. En la práctica, Juan Carlos I y Felipe VI siguieron siendo beneficiarios de The JRM 2004. Tenían derecho a disfrutar del dinero de la estructura opaca si cesaban «en la jefatura del Estado de España a causa de un golpe anticonstitucional u otra similar circunstancia inhabilitante», aunque el texto aclaraba que ni siquiera era necesario que fueran «literalmente destronados, derrocados, depuestos o exiliados», sino que «bastaría que le cualificara una pérdida de estatus implícita en los acuerdos que hubieren sido aceptados en aras de la armonía civil». En ese supuesto entraba una abdicación como la que se produjo en 2014.

Lo cierto es que Juan Carlos I nunca entregó los fondos a Romero Maura ni le interesaban sus «códigos éticos». Cualquiera que haya tratado alguna vez con el rey sabe que regalar dinero no es precisamente una de sus aficiones. Lo que realmente ocurrió fue que, tras la muerte de Prado y Colón de Carvajal, el monarca perdió el control del trust de Jersey. El financiero y diplomático sevillano era su único enlace con Romero Maura y The JRM 2004. Al desaparecer Prado y Colón de Carvajal de la ecuación, el descendiente de Miguel Maura se sintió liberado de todo compromiso y se quedó con el dinero. Con millones de euros en el bolsillo, Romero Maura se esfumó de España, se instaló en el Reino Unido, dejó el mundo de los negocios y se dedicó a dar clase de Historia, su gran pasión.

Juan Carlos I ordenó localizar a Romero Maura e intentó, sin éxito, que regresara a España como fuera. Pero el testaferro de cabecera del monarca continuó su vida como profesor de Historia de la Universidad de Oxford y publicó varios libros sobre la historia de España durante el primer tercio del siglo XX. Concedió entrevistas a medios nacionales para hablar de sus obras, pero solo hablaba de asuntos académicos o científicos. Nunca salió a la luz su faceta de financiero de la Zarzuela. Las alarmas solo saltaron cuando, a consecuencia de la edad, comenzó a sufrir un importante deterioro cognitivo y fue ingresado en un geriátrico de Zaragoza. Los gastos del centro fueron abonados con el dinero de Jersey. Las transferencias llamaron la atención de un banco español y el Sepblac terminó recibiendo una alerta.

El ministerio público volvió a encontrar motivos para no seguir investigando ni presentar querella. Consideró que, con Prado y Colón de Carvajal ya muerto y Romero Maura muy enfermo, la causa tenía un recorrido limitado. El historiador había acabado desprendiéndose de gran parte del dinero del trust. Tras analizar la documentación de The JRM 2004, la Fiscalía dictaminó que los activos de la estructura de Jersey se destinaron a una organización británica que ayuda a refugiados menores de edad, «sin que exista indicio alguno de que esta organización pueda encubrir, a modo de pantalla, otros intereses o beneficiarios y conste tampoco conexión alguna directa ni indirecta con S. M. D. Juan Carlos de Borbón».

Curiosamente, termina el argumento de la Fiscalía, «a partir del 19 de junio de 2014, fecha en la que se hizo efectiva la abdicación de S. M. el rey don Juan Carlos I de Borbón y quedó sin efecto la inviolabilidad e irresponsabilidad que para el rey de España establece el artículo 56.3 de la Constitución española», las transferencias que hizo el fondo fueron siempre inferiores a los 120 000 euros anuales, «cuantías que en ningún caso alcanzarían la cuota correspondiente a un delito contra la Hacienda pública, aun cuando tales fondos hubieran sido eventualmente entregados a un contribuyente español, algo de lo que no existe constancia alguna».

Romero Maura falleció en el geriátrico de Zaragoza en junio de 2022.

Tercer archivo

La tercera investigación archivada por la Fiscalía podía haber afectado a varios miembros de la familia real, no solo a Juan Carlos I. Se centraba en los fondos que el banquero mexicano Allen Sanginés-Krause, encargado de las finanzas privadas del monarca tras su abdicación, entregó al propio rey emérito, la reina Sofía y las infantas Elena y Cristina utilizando como intermediario a un coronel del Ejército del Aire que había trabajado en la Zarzuela. Sanginés-Krause hizo un total de veintidós transferencias que sumaron casi 900 000 euros.

El ministerio público afrontó las diligencias dando por hecho que el dinero recibido por la familia real pertenecía al industrial mexicano. Dictaminó que no había constancia «de contraprestación alguna a estas transferencias», por lo que debían ser consideradas «actos unilaterales efectuados a título lucrativo». Desde esa óptica, los fondos estaban sujetos al impuesto de sucesiones y donaciones. El rey no los había declarado, pero la regularización voluntaria que presentó en diciembre de 2020 le eximió de ser acusado de varios delitos contra la Hacienda pública (uno por cada ejercicio en el que la cuota defraudada hubiera superado los 120 000 euros).

Así, con el pago de 678 393 euros, Juan Carlos I dio carpetazo a este tercer procedimiento. Y eso fue posible en gran medida porque, en un ejercicio imposible de contorsionismo penal, la Fiscalía redujo el escándalo a un simple incidente tributario por la no declaración de una donación.

La realidad es que, además de un delito fiscal, las operaciones implicaban supuestamente a varias personas que actuaban coordinadamente con funciones jerarquizadas y específicas (presunto delito de organización criminal) para esconder la utilización del dinero evadido (blanqueo de capitales) mediante facturas ficticias (falsedad documental). Además, cabía la posibilidad de que el empresario hubiera efectuado las transferencias esperando de Juan Carlos I alguna gestión concreta o que incluso ya la hubiera obtenido en el pasado (posibles delitos de cohecho y tráfico de influencias). Ya sin el paraguas de la inviolabilidad, el monarca y sus colaboradores podían haber sido condenados a más de diez años de cárcel.

La Fiscalía fue benévola incluso con los delitos fiscales. Teniendo en cuenta los más de 8 millones de euros en vuelos privados que recibió de la Fundación Zagatka, el antiguo jefe del Estado podía ser investigado por el tipo agravado del delito contra la Hacienda pública (artículo 305 del Código penal). Para que se produzca esa forma de fraude fiscal basta con que concurran alguna de estas tres circunstancias: que la cuota defraudada supere los 600 000 euros, que la elusión se haya cometido en el seno de un grupo organizado; o que para la evasión se hayan empleado testaferros, paraísos fiscales o cuentas opacas. Juan Carlos I había incurrido en los tres supuestos. La Agencia Tributaria tenía vía libre para analizar sus declaraciones de los últimos diez años en busca de nuevas irregularidades y podía solicitar que fuera condenado a seis años de cárcel y a una multa de hasta el séxtuplo de lo defraudado. La sanción habría superado los 30 millones de euros. Pero nada de eso ocurrió. Juan Carlos I saldó su deuda con Hacienda sin sentarse en el banquillo y abonando únicamente 5 millones (678 393 euros de la primera regularización y 4 416 757 por la segunda).

Sin caso no hay culpables

Las investigaciones evidenciaron que Juan Carlos I se había valido de los resortes del Estado para amasar una inmensa fortuna y que usó la inviolabilidad que le otorgó la Constitución para salvaguardar su liderazgo con fines groseramente alejados de ese espíritu. Incluso tras la abdicación, ese velo de protección de la Carta Magna siguió desplegando sus efectos sobre los abusos que cometió en su esfera privada. La Fiscalía llegó a la conclusión de que el rey había cometido innumerables irregularidades, pero que ninguna de ellas podía ser perseguida por la justicia.

Solo entre 2014 y 2019, los años no prescritos y en los que el emérito ya no era inviolable, Juan Carlos I recibió un total de 9.1 millones que no declaró al fisco. Es imposible hacer un cálculo fiable sobre cuánto dinero ingresó antes de su renuncia al trono. El catedrático de Derecho Constitucional de la Universidad de Oviedo, Francisco Bastida, sostiene que la inviolabilidad de los hechos cometidos durante el reinado no debió mantenerse tras la abdicación porque, a partir de ese momento, dejó de ser el símbolo del Estado y garantía de su estabilidad. En su opinión, «carece de sentido constitucional afirmar que, no siendo ya rey, su persona sigue siendo inviolable». Para Bastida, a partir de la salida del trono, la justificación constitucional de su inviolabilidad desapareció, por lo que se le podría haber exigido responsabilidad por acciones cometidas antes y durante su reinado, con la única excepción de aquellos acontecimientos vinculados con el ejercicio de la jefatura del Estado.

La Fiscalía se decantó por la interpretación contraria. Primero, atribuyó al rey emérito una protección absoluta por los episodios producidos durante su mandato, y, en segundo lugar, consideró que el antiguo jefe del Estado no era imputable en el presente por infracciones que, aunque perduraran en el tiempo y rebasaran la frontera de la abdicación, tuvieran origen en su mandato.

El balance judicial no pudo ser más positivo para Juan Carlos I. El ministerio público calificó de «voluntarias y espontáneas» sus dos regularizaciones tributarias, a pesar de que el artículo 305.4 del Código penal señala que la regularización neutraliza la acción penal siempre y cuando «se haya procedido al completo reconocimiento y pago de la deuda tributaria antes de que por la Administración Tributaria se le haya notificado el inicio de actuaciones de comprobación o investigación»; o antes de que el ministerio fiscal «interponga querella o denuncia» o «realice actuaciones que le permitan tener [al presunto defraudador] conocimiento formal de la iniciación de diligencias».

Técnicamente, en el momento en el que trascendió que la Fiscalía había abierto diligencias, el rey ya no podía presentar ninguna regularización. Sin embargo, el ministerio público consideró que Juan Carlos I no había sido informado oficialmente del contenido de las investigaciones en su contra. «Las referidas notificaciones de incoación de diligencias de investigación no podían tener, en los momentos en que se realizaron, el carácter de trasladar el conocimiento formal del inicio de diligencias», sentenciaron los decretos de archivo, a pesar de la contradicción.

Por un lado aseguraban que las regularizaciones eran ajenas a las diligencias abiertas, pero, por otro, la Fiscalía afirmó orgullosa que su actuación permitió «recuperar para las arcas públicas 5 095 148 euros correspondientes a las cuotas tributarias adeudadas por S. M. D. Juan Carlos de Borbón a la Hacienda pública, incluyendo los oportunos recargos e intereses de demora».

El otro requisito, que las regularizaciones fueran completas y veraces, tampoco se cumplió. La primera que realizó en diciembre de 2020 dio paso a una segunda en febrero de 2021. Además, *El Mundo* publicó en junio de 2022[4] que la Agencia Tributaria había iniciado varios requerimientos de información por las cacerías a las que el monarca asistió entre 2014 y 2018. Varios empresarios habían pagado los aviones que usó para desplazarse, así como otras partidas (hoteles, manutención, licencias de caza).

Hacienda acabó este otro expediente en noviembre de 2022 concluyendo que el rey había eludido la declaración de ese incremento patrimonial. La cantidad defraudada no superaba en ningún ejercicio los 120 000 euros, por lo que la sanción se cerró en vía administrativa con el pago de una multa. Pero esa discrepancia prueba que las dos regulaciones voluntarias

---

[4] Esteban Urreiztieta y Ángela Martialay, «Hacienda investiga ahora al Emérito por las cacerías a las que fue invitado tras su abdicación en 2014», *El Mundo*, 8 de junio de 2022.

que efectuó previamente nunca debieron ser aceptadas por el ministerio público. Ningún contribuyente ha disfrutado jamás de una lectura tan laxa del Código penal.

La decisión de la Fiscalía de archivar todas las investigaciones sobre el rey emérito tuvo otra derivada en la que no reparó casi nadie. Si no había querella, no había procedimiento y, por tanto, tampoco había culpables. No es solo que el ministerio público considerara a Juan Carlos I inviolable. Es que esa protección también se extendió a todos los empresarios, testaferros, abogados y banqueros que cooperaron con él durante años para que pudiera recibir millones de euros en Suiza y, finalmente, usar el dinero para pagar gastos y caprichos personales mediante transferencias y retiradas de efectivo en billetes.

Cualquier individuo que hubiera cometido una hipotética infracción de la mano del rey se benefició de su estatus. La Fiscalía vino a proclamar que la presencia del monarca en una trama corrupta fue durante cuarenta años la mejor garantía de que ninguno de los hipotéticos involucrados tendría que sentarse en el banquillo. Contra toda lógica, los empresarios que renunciaron a pagar comisiones a Juan Carlos I no solo dejaron escapar grandes oportunidades de negocio, sino que asumieron más riesgo de terminar ante un juez por cualquier asunto que aquellos otros que pasaron por la caja B de la Zarzuela.

Investigaciones en Suiza

La investigación que abrió en Suiza el fiscal Yves Bertossa en agosto de 2018 también acabó muriéndose por inanición. El caso no afectaba técnicamente a Juan Carlos I, pero se dirigía contra su círculo de confianza: desde Corinna Larsen a los dos gestores de la Fundación Lucum, el abogado Dante

Canonica y el financiero Arturo Fasana, pasando por Yves Mirabaud, presidente del banco Mirabaud, en el que estuvieron alojados los fondos de Arabia Saudí.

En diciembre de 2021, Bertossa archivó sus diligencias. El representante del ministerio público helvético no pudo demostrar que los 65 millones de euros pagados por Riad y escondidos en la Fundación Lucum fueran algo distinto a una donación de la monarquía saudí, y tampoco halló indicios para acusar a Corinna de haber actuado como testaferro del rey al quedarse con su dinero en septiembre de 2012.

Las diligencias sirvieron para aflorar el patrimonio del rey emérito en Suiza, pero el procedimiento también acabó sin culpables. «No se ha podido establecer de manera suficiente un vínculo entre el montante recibido de Arabia Saudí y la celebración de contratos para la construcción del tren de alta velocidad», rezó el auto de archivo.

La ley saudí tampoco dejó espacio para imputar a las autoridades de este país por la entrega de los 65 millones de euros a Juan Carlos I. El fiscal Bertossa incorporó al sumario tres dictámenes de expertos en la interpretación de la sharía que concluyeron que el rey saudí estaba perfectamente facultado para transferir el dinero a Juan Carlos I en el año 2008. Sus poderes eran absolutos y estaba facultado para disponer ilimitadamente de los fondos del Estado.

Solo recibió una sanción el banco Mirabaud por incumplir las normas estatales de lucha contra el blanqueo de capitales. Pero la multa fue de solo 50 000 francos suizos (unos 50 600 euros), equivalente al 0.0000012 % de los 38 900 millones de francos (40 000 millones de euros) que gestionaba Mirabaud al cierre del ejercicio 2021.

Denuncia por acoso

Juan Carlos I aún no ha encontrado la paz en los tribunales. Corinna presentó una demanda contra él por la vía civil en un tribunal de Londres en diciembre de 2020 por el acoso, la difamación, el hostigamiento y la vigilancia a la que asegura haber sido sometida entre 2012 y 2020 por su negativa a devolverle los 65 millones de euros de Arabia Saudí.

La expareja del rey enumera en su acción judicial el registro de su apartamento de Mónaco, un supuesto ataque con disparos a su mansión en la campiña inglesa, seguimientos por las calles de Londres, maniobras para implicarla en el caso Nóos en España y mensajes de carácter amenazante. Corinna atribuye todos estos episodios al rey emérito y al exdirector del Centro Nacional de Inteligencia Félix Sanz Roldán. Asegura que esas maniobras afectaron a sus negocios de consultoría, provocándole un enorme perjuicio económico.

Juan Carlos I reaccionó a la demanda contratando los servicios del despacho británico Clifford Chance, miembro del llamado Magic Circle («círculo mágico», en castellano), el grupo de los cinco bufetes más grandes y caros del Reino Unido. *The Guardian* publicó en 2016 un reportaje[5] que destacaba el elevado precio de los servicios de Clifford Chance. Tasaba la minuta de sus abogados en hasta 1100 libras por hora de trabajo, unos 1280 euros al cambio actual.

La corte número 13 de la Sala Civil del Tribunal Superior de Justicia Británico acogió en diciembre de 2021 la vista previa del procedimiento. Los abogados del monarca negaron las acusaciones de acoso y plantearon un recurso para solicitar

[5] Owen Bowcott, «City law firms charging up to £1,100 an hour», *The Guardian*, 5 de febrero de 2016.

que la denuncia ni siquiera fuera estudiada por el juez asignado al caso, Matthew Nicklin, apelando a la inmunidad de la que supuestamente seguía gozando el monarca. Para reforzar ese argumento, alegaron que Juan Carlos I continuaba formando parte de la Casa del Rey.

Los elementos más contundentes que esgrimieron los letrados del rey emérito tenían que ver con su supuesta inmunidad. Recordaron que desde 1978 está en vigor en el Reino Unido la ley de Inmunidad Estatal, que impide juzgar en ese territorio a terceros Estados. «Dado el estatus único de los miembros soberanos y superiores de la familia real en una monarquía como la del Reino Unido (y la de España), no puede haber duda de que su majestad presuntamente se inscribe en el marco legal del Estado». Incluso después de su abdicación, Juan Carlos I seguía siendo inviolable, también en suelo británico, expusieron sus abogados. El diario británico *Daily Mail* se mofó de esos argumentos: «No puedes demandarme, he sido rey».

En el otro lado del ring, el abogado de Corinna, James Lewis, exgobernador de las Malvinas y colaborador clave en el caso contra el dictador chileno Augusto Pinochet, sostuvo que era obvio que Juan Carlos I ya no era un «soberano» y mucho menos un jefe de Estado. También señaló que nadie piensa que dependa económicamente de su hijo Felipe VI, y ese es el verdadero sentido de la ley de Inmunidad Estatal cuando se refiere a los «familiares del jefe del Estado». No son estas las circunstancias de Juan Carlos I, que en marzo de 2020 dejó de recibir una asignación de los Presupuestos Generales del Estado y que en agosto de ese año se trasladó a vivir a los Emiratos Árabes Unidos.

Además, Lewis razonó que no se podía mantener que los actos de acoso u hostigamiento a Corinna se realizaran bajo el manto de su función como rey de España. «Maltratar o acosar a una mujer con la que el acusado tuvo una relación sentimental es un asunto privado. Es casi ridículo sostener que el Estado español es el que cometió esos actos», sentenció el abogado de la examante del monarca.

El juez inglés decidió en marzo de 2022 que la demanda civil contra el emérito debía seguir adelante porque ya no tenía inmunidad en Inglaterra. «Rechazo la tesis del demandado de que, a pesar de su abdicación, su posición constitucional en España supone que sigue siendo «soberano» y merecedor de la inmunidad personal que ofrece [la ley inglesa]», dijo la resolución dictada por el magistrado Matthew Nicklin.

Nicklin puso un ejemplo claro. De aceptar la tesis de la defensa, expuso el juez, «si mañana el denunciado entrara en una joyería de Hatton Garden [el centro de este tipo de negocios en Londres] y robase un anillo de diamantes no se enfrentaría a ninguna consecuencia civil o penal. Nada en los principios de derecho internacional o respeto a la dignidad y soberanía del Estado español lleva a esa conclusión». Tampoco aceptó que la mayor parte de los actos de acoso denunciados por Corinna, como presuntos seguimientos, se produjeran antes de la abdicación. En todo caso, apuntó, esa inviolabilidad no amparaba cualquier tipo de actividad. «Ese tipo de actuaciones no entra en la esfera de actividades gubernamentales o soberanas».

El auto judicial especificó que «si los actos de acoso alegados se hubieran llevado a cabo por agentes del CNI podrían, potencialmente, estar cubiertos por la inmunidad del Estado, pero esa inmunidad no ha sido solicitada por el Estado español y no está claro cuál era exactamente el papel de los agentes del CNI en los actos de acoso denunciados». El juez Nicklin consideró «llamativo» que ni el Estado español ni el rey Felipe VI hayan hecho ningún movimiento para defender que el emérito es miembro de la Casa Real. «Ni se ha facilitado a esta sala ningún certificado procedente del Ministerio de Exteriores, como establece el artículo 21 de la ley de Inmunidad del Estado». Juan Carlos I estaba cada vez más solo.

El rey decidió cambiar de abogados y recurrir ese primer fallo. Se puso en manos del despacho londinense Carter-Ruck, de menor tamaño, pero más agresivo que Clifford Chance[6]. En julio de 2022 se produjo una vista para estudiar el recurso interpuesto por sus nuevos letrados y, en diciembre de ese mismo año, la Corte de Apelación del Reino Unido aceptó concederle inmunidad hasta el momento de su abdicación. Los presuntos hechos cometidos antes de 2014 no serán juzgados por el tribunal de Londres. Por contra, tendrá que sentarse en el banquillo para responder por todo lo que presuntamente hizo para perjudicar o dañar a su expareja entre 2014 y 2020.

La aristócrata alemana pide una compensación económica por el daño supuestamente sufrido y que a Juan Carlos I se le imponga una orden de alejamiento. Será difícil que la imagen del rey sentado delante de un juez no evoque fotografías como las del dictador chileno Augusto Pinochet deambulando por los tribunales británicos entre 1998 y 2000. Además, si la demanda civil de Corinna prospera y termina con la condena del monarca, la empresaria tratará de repetir el movimiento en la vía penal. Las posibles consecuencias serían entonces más graves. La codicia no lo sentará ante los tribunales, pero tal vez lo haga su relación extramatrimonial con Corinna.

---

[6] José María Olmo, «El rey Juan Carlos cambia de abogados tras su primer gran revés por la denuncia de Corinna», *El Confidencial*, 11 de julio de 2022.

Queremos compartir
más momentos contigo.

Únete a la comunidad de PenguinLibros
y encuentra tu siguiente lectura.

¡Únete hoy!

Penguin
Random House
Grupo Editorial